MANFRED FASCHINGBAUER

Bayerisch Tot

TÖDLICHES BURGGEHEIMNIS Kriminaloberkommissar Moritz Buchmann hat sich den Burgfreunden Runding angeschlossen. Dort lernt er Julia kennen, die eines Tages auf der Burgruine ein kleines Kästchen findet. Dieses birgt ein Geheimnis, das rechtsradikale Gruppierungen und die US-Geheimdienste auf den Plan ruft. Dann verschwindet Julia spurlos. Kurz darauf wird im Höllensteinsee das Bein eines jungen Mannes gefunden. Moritz begibt sich auf die Suche nach Julia und der Identität des Toten. Zur gleichen Zeit ermittelt seine Kollegin Melanie Güßbacher in Regensburg im Fall eines in der Donau ertrunkenen Mädchens. Während Moritz und Melanie bei ihren Ermittlungen getrennte Wege gehen, geraten auch noch Moritz' Freunde in Gefahr. Kann er ihr Leben und das Tausender anderer Menschen retten, oder werden seine schlimmsten Albträume wahr?

© privat

Manfred Faschingbauer, 1963 in Bad Kötzting geboren, lebt mit seiner Familie in dem kleinen Bayerwalddorf Blaibach. Die mystischen, in den Wäldern des Bayerischen Waldes versteckten keltischen Opferstätten sind die Schauplätze von Moritz Buchmanns neuem Kriminalfall, der ihn und seine Lieblingskollegin Melanie wieder in den »Woid« und zu den »Waidlern« führt. Nach »Osserblut«, »Bayerisch Kalt« und »Bayerisch Tot« ist »Gnadenlos im Bayerwald« Moritz Buchmanns vierter Fall.

MANFRED FASCHINGBAUER

Bayerisch Tot

KRIMINALROMAN

GMEINER

Immer informiert

Spannung pur – mit unserem Newsletter informieren wir Sie
regelmäßig über Wissenswertes aus unserer Bücherwelt.

Gefällt mir!

Facebook: @Gmeiner.Verlag
Instagram: @gmeinerverlag

Besuchen Sie uns im Internet:
www.gmeiner-verlag.de

© 2020 – Gmeiner-Verlag GmbH
Im Ehnried 5, 88605 Meßkirch
Telefon 0 75 75 / 20 95 - 0
info@gmeiner-verlag.de
Alle Rechte vorbehalten
2. Auflage 2024

Lektorat: Teresa Storkenmaier
Herstellung: Mirjam Hecht
Umschlaggestaltung: U.O.R.G. Lutz Eberle, Stuttgart
unter Verwendung eines Fotos von: © escada007 / stock.adobe.com
Druck: Custom Printing Warschau
Printed in Poland
ISBN 978-3-8392-2563-9

Für Mama.

Danke für deine Geschichten

und für alles andere.

1945

Walter Stemmle duckte sich unter die weit ausladenden Äste des Baumes. Ein nutzloses Unterfangen, das wusste er. Entweder verbargen ihn die Blätter der Buche, unter der er das Motorradgespann abgestellt hatte, oder eben nicht. Sechs Jahre an den Fronten von Frankreich bis Moskau hatten jedoch seine Sinne geschärft und unlöschbare Reflexe in ihm verankert. Sein Körper reagierte auf bestimmte Vorgänge selbstständig. Dazu gehörte es auch, den Kopf einzuziehen, wenn ein feindliches Flugzeug am Himmel erschien.

Ja, er war dabei gewesen beim Einmarsch in die Hauptstadt des Erzfeindes Frankreich. Er hatte gleich Tausenden Kameraden am Straßenrand gestanden und dem Führer salutiert, als dieser im offenen Wagen die Champs-Élysées hinaufgefahren war in diesem Augenblick des Triumphes. Aber er war auch vor Moskau gelegen im Winter 1941/42, als die deutsche Wehrmacht halb erfroren den Rückzug antreten musste. Seither war der Krieg zu einer ständigen Flucht vor der Roten Armee geworden, die den Eindringling vor sich her nach Westen trieb. Irgendwie hatte er überlebt. Hätte ihn jemand gefragt, wie er das geschafft hatte, während seine Kameraden zerfetzt, verstümmelt und verbrannt in den Wäldern und Flüssen, den Steppen, Städten und Dörfern Russlands geblieben waren, er hätte keine Antwort gewusst.

Er hatte überlebt und er wollte weiterleben, und deshalb duckte er sich noch tiefer in das Gebüsch, während die amerikanische Thunderbolt eine letzte Schleife über den kleinen Wald zog und in Richtung Westen abdrehte. Keine Flak, kein Maschinengewehr und schon gar kein deutsches Jagdflugzeug hinderten sie daran. All das gab es nicht mehr in diesen letzten Tagen des Tausendjährigen Reiches. Vielleicht hatte der Pilot das Motorrad nicht gesehen? Vielleicht aber war er auch nur auf der Suche nach lohnenderen Zielen, die sich seinen Bordkanonen und Bomben in diesen Tagen reichlich boten.

Hauptfeldwebel Stemmle konnte es nur recht sein. Es war kein Platz in seinen Gedanken für seine Kameraden von der 11. Panzerdivision, die kurz davor standen, sich General Pattons Truppen zu ergeben, und auf die das amerikanische Flugzeug jetzt Jagd machte.

Er gehörte nicht zu ihnen. Wenn man es genau betrachtete, gehörte er zu keiner einzigen regulären Einheit der deutschen Wehrmacht. Nicht mehr, seit er die Schatulle bei sich trug.

Vielleicht, so dachte er bei sich, hatte ihn ja sein Sonderauftrag lebend durch die letzten chaotischen Tage gebracht? Nicht gebunden an taktische Vorgaben und Befehle hatten ihn das kleine Metallkästchen und der schriftliche Auftrag in seiner Brusttasche davor bewahrt, sich an den sinnlosen Verteidigungskämpfen beteiligen zu müssen. Kein Wunder, war der Befehl doch vom Kommandeur der 6. SS-Panzerarmee, Generaloberst Josef Dietrich selbst ausgestellt worden.

Walter Stemmle war die Wichtigkeit des Auftrags spätestens bewusst geworden, als er den Brief gelesen und die Unterschrift gesehen hatte. Das war vor einigen Tagen geschehen, als er das Schriftstück aus der blutgetränkten Uniformjacke Hauptmann Frenzels gezogen hatte. Er hatte keine Ahnung, was sich in der Schatulle befand, welche die beiden Männer in den langen schwarzen Mänteln seinem Hauptmann in Krakau übergeben hatten, um sie nach Berchtesgaden zu bringen. Sie bestand aus einem ihm unbekannten schwarzen Metall. Er kannte auch die Bedeutung der Schriftzeichen und Tierbilder auf dem Deckel des Kästchens. Sein Hauptmann hatte sie ihm erklärt.

An der Längsseite war ein winziges Schlüsselloch angebracht, dessen Gegenstück Frenzel an einem Lederband um den Hals getragen hatte, als ihn die Granate in Stücke riss. Das war vor drei Tagen gewesen, kurz nach Pardubice im Reichsprotektorat Böhmen und Mähren. Zum Glück für Hauptfeldwebel Stemmle war das Motorradgespann heil geblieben. Und auch der Umschlag mit ihrem Befehl, den er dem kopflosen Torso, der einmal Jochen Frenzel gewesen war, aus der Jacke gezogen hatte. Blutverschmiert zwar, aber noch deutlich lesbar. Der Schlüssel jedoch lag zusammen mit den nicht mehr zu identifizierenden Überresten seines Vorgesetzten über ein Feld westlich von Prag verstreut und blieb unauffindbar.

Somit war er der Einzige, der von der Waffe wusste. Denn es war eine Waffe, die sich in dem Kästchen befand, das unbemerkt unter dem Sitz des Beiwagens der BMW versteckt lag.

Natürlich hatte niemand Walter Stemmle mit dieser Information vertraut gemacht. Immerhin war er nur Hauptfeldwebel. Doch sein Hauptmann wusste mehr. An dem einen Abend während ihrer langen Flucht, in einem böhmischen Gasthaus, das unversehrt von allen Kriegswirren am Wegesrand stand, hatte er es ihm anvertraut. Vielleicht war es die unwirkliche Atmosphäre der Situation gewesen, vielleicht das Bier, das sie getrunken hatten? Jedenfalls hatte Hauptmann Frenzel ihn ermahnt, nie zu versuchen, das Kästchen zu öffnen. Davor hätten ihn die beiden Männer in den langen Mänteln eindringlich gewarnt. *Büchse der Pandora*, hätten sie es genannt, und dass alle sterben würden, sollte der Inhalt des Kästchens bekannt werden.

»Wirklich alle!«, hatte Frenzel mit schwerer Zunge nachdenklich wiederholt, ehe ihn der Alkohol in den Schlaf getragen hatte. Seit diesem Tag war sich Walter Stemmle bewusst, dass die Schatulle auf keinen Fall dem Feind in die Hände fallen durfte.

Aber wohin damit? Berchtesgaden? München? Berlin? Alles zu spät! Russen, Engländer und Amerikaner waren schneller gewesen. Es war zu spät für diese neue Wunderwaffe, wie es auch zu spät für all die anderen gewesen war. Nicht einmal die V2 hatte den Krieg zugunsten Deutschlands entscheiden können.

Wohin damit? Seit dem Tod seines Hauptmanns zermarterte er sich das Gehirn über diese Frage und fand doch keine Antwort. Also fuhr er einfach weiter nach Westen, in der Hoffnung, das Schicksal wiese ihm den Weg. Und so war er hier gelandet, in diesem kleinen Wäldchen bei Kdyně. Inzwischen hatten die amerikanischen Flugzeuge am Himmel die russischen abgelöst. Die deutsche Grenze lag fast in Sichtweite vor ihm. Die Heimat würde jedoch keinen Schutz bieten.

Langsam kroch er aus seinem Versteck und schlich zu seiner BMW hinüber. Die Thunderbolt war verschwunden, der blaue Himmel über diesem Maitag unbefleckt. Weit entfernt störten Kanonendonner und Bombeneinschläge die Idylle. Das Brummen schwerer deutscher Kampfpanzer vom Typ Tiger drang von den Hügeln im

Süden zu ihm herab. Er warf die Zweige, mit denen er das Motorrad getarnt hatte, zur Seite und setzte sich in den Sattel. Die BMW sprang sofort an. Langsam rollte er auf die Straße und weiter in Richtung Westen, wo die Hügel des Böhmerwaldes in die des Bayerischen Waldes übergingen.

*

Spätestens als er die deutsche Grenze erreichte, wusste er, dass der Krieg endgültig verloren war. Auch die apokalyptische Zerstörung, die sich in seinen Händen, oder vielmehr unter dem Sitz des Beiwagens befand, konnte dies nicht mehr verhindern. Und er wusste, dass er ab jetzt zu Fuß laufen musste. Nicht nur, weil sein Benzinvorrat zu Ende war. Nein, auch weil die Straßen vor amerikanischen Truppen wimmelten. Dazwischen immer wieder versprengte deutsche Einheiten. Ihre Fahrzeuge zerschossen, ihre Soldaten erschöpft und verwundet, in ihren Augen diese Mischung aus Entsetzen und nacktem Überlebenswillen.

Er stellte das Gespann einfach am Straßenrand ab, packte das kleine Kästchen in seinen Rucksack und marschierte quer über die Wiesen los. Die Maschinenpistole ließ er zurück. Wozu sollte er sie brauchen? Die Walther P38 musste jetzt reichen, um ihn zu schützen.

Die nächsten Stunden kam er nur langsam voran. Am Tag versteckte er sich in einer Scheune. Im Schutz der Nacht schlich er weiter, ohne zu wissen, wohin er eigentlich wollte. Gleich hinter der Grenze umging er den Ort Eschlkam, und hätte er geahnt, dass hier in diesen Stunden Generalleutnant Wend von Wietersheim die Kapitulation der 11. Panzerdivision unterzeichnete, er hätte sich vielleicht sofort dem Schicksal seiner Kameraden angeschlossen. So aber marschierte er weiter.

Am Morgen des zweiten Tages traf er eine Handvoll deutscher Soldaten unter Führung eines Unteroffiziers. Die ehemalige Besatzung eines Sturmgeschützes schlich unbewaffnet zu Fuß über einen Feldweg. Auf seine Frage »Wohin des Weges?« erfuhr er, dass sie sich zur Sammelstelle in Kötzting begeben sollten. Dort wartete die amerikanische Gefangenschaft auf sie.

Das bestätigte seine Befürchtungen. So weit war es also bereits gekommen! Wenn jetzt schon ganze Divisionen kapitulierten, dann war das Ende des Reiches nicht mehr fern. Ein letztes Mal versteckte er sich, bis die Sonne am östlichen Horizont verschwand. Eine amerikanische Patrouille fuhr im offenen Geländewagen vorbei. Er kroch tiefer in das Dunkel des Schuppens, in dem er untergekommen war, und nutzte die Zeit des Wartens. Der Bleistift in seiner Jackentasche war nur noch ein Stumpen, den er mit seinem Feldmesser anspitzte. Da er kein Papier hatte, musste sein Befehl herhalten. Walter Stemmle schrieb seine Gedanken zwischen die Schreibmaschinenzeilen, die ein Adjutant des Stabes im Hauptquartier der Division – vor einer Ewigkeit, wie es ihm schien – getippt hatte.

Er schrieb von der Schatulle und vom Untergang der Menschheit.

Er schrieb von Tod und Elend, den beiden Geschwistern, die er während seiner Jahre im Krieg zu oft gesehen hatte.

Er schrieb von seiner Frau und seiner Tochter, die er nur einmal während eines Fronturlaubs hatte besuchen dürfen.

Er schrieb von der Hoffnung, sie wiederzusehen.

Auf der Rückseite des Befehls fand sich eine kleine Stelle unbeschriebenen Papiers. Er hielt inne, dann begann er zu zeichnen. Im Licht des aufgehenden Mondes malte er ein Kreuz, einen Wolf und eine Schlange, er schrieb Zahlen und Namen.

Als er fertig und vom Bleistift fast nichts mehr übrig war, überlegte er kurz, den Befehl, der nun zugleich sein Vermächtnis war, zusammen mit der Schatulle zu begraben, doch dann steckte er ihn wieder in die Tasche seiner Wehrmachtsuniform. Sollte er aufgegriffen werden, konnte er das Blatt Papier noch immer vernichten. Notfalls würde er es einfach runterschlucken.

Noch einmal betrachtete er die Symbole auf dem Deckel des Kästchens. Mit dem Zeigefinger fuhr er die Linien entlang. Sie waren nicht nur aufgemalt, sondern in das Metall eingraviert. Sein Finger verweilte kurz auf dem Hakenkreuz, dann griff er nach seinem Hemd, riss es in Streifen und umwickelte das Kästchen. Das Ganze steckte er in seinen Rucksack. Er wusste jetzt, was er zu tun hatte. Wenn der Schrecken, der ihm anvertraut worden war, schon seinem Vaterland nicht mehr von Nutzen sein konnte, dann sollte auch niemand anderer davon erfahren. Er konnte es nicht vernichten, also musste er es verstecken. Und er wusste bereits, wo. Sollten sein Land und sein Volk dieses Geheimnis noch benötigen, konnte er ja wiederkommen und seinen Auftrag zu Ende führen. Die Nacht war endlich da. Sie würde ihn und sein Vorhaben verbergen. Vorsichtig lugte er aus der Scheune. Vor dem Mond erhoben sich dunkel ein Hügel und darauf die Reste einer Burg.

*

Im fahlen Licht der Sterne und des Mondes stolperte er durch die Ruine. Er trug keine Lampe bei sich und wenn, dann hätte er es nicht gewagt, sie zu entzünden. Von hier oben hätte man sie kilometerweit gesehen. Von der Burg war nicht mehr viel übrig. Nur die Ecke eines Turmes zeugte von ihrer einstigen Größe. Langsam tastete er sich ans Ende des Innenhofes bis zu einer brüchigen Außenwand. Dort machte er sich an die Arbeit.

*

Walter Stemmle versteckte die Schatulle so, dass sie niemand so leicht entdecken würde. Es müsste schon jemand kommen, der die alten Gemäuer untersuchte oder diese endgültig abriss. Die Stelle hatte er so gewählt, dass er sie auf jeden Fall wiederfinden konnte. Sorgfältig schob er den letzten Stein an seine ursprüngliche Position zurück. Und ebenso vorsichtig verließ er die Burg und den Berg.

*

Ein paar Minuten später befand er sich wieder unten im Tal. Er war nicht durch den Ort gegangen, sondern über eine Wiese, und erreichte auf direktem Weg einen Bauernhof. Ein kleines Anwesen, das sich in den Schatten des Berges und der Burg darauf duckte. Haus, Scheune und Stall wirkten heruntergekommen und verlassen, und doch hörte er das Muhen einer Kuh und das Gackern einiger Hühner. Aus dem Stall kämpfte das schwache Licht einer Lampe gegen eine verschmutzte Fensterscheibe und die Dunkelheit draußen an. Jemand versorgte die Tiere.

Eine Frau, erkannte er, als sich die Stalltür öffnete. Die Bäuerin wirkte müde und erschöpft. Mit schweren Schritten schlich sie auf das Haus zu. Einige Minuten später lag der Hof dunkel und leise da.

Walter Stemmle spürte den Hunger zum ersten Mal seit Stunden. Die Aufregung hatte ihn diesen ganz vergessen lassen, doch jetzt meldete er sich mit aller Kraft. Vielleicht ließ sich im Stall ja etwas Essbares finden? Ein Ei oder ein bisschen Milch? Und wenn nicht? So musste er eben bis morgen warten. Dann würde er sich den Amerikanern stellen. Das Schriftstück in seiner Jacke würde er in seinen Schuhen verstecken. Die Amis hatten sicher einen Bissen Brot für ihn. Die Wahrscheinlichkeit auf ein Überleben in ihrer Gefangenschaft lag jedenfalls wesentlich höher, als bei den Russen.

Dennoch! Sein Magen drängte ihn, hineinzugehen und nachzusehen. Sechs Jahre Überleben im Krieg gemahnten ihn zur Vorsicht. Die Stalltür war gut geschmiert. Ohne Quietschen gab sie ihm den Weg frei. Die Dunkelheit nahm seinen Augen einige Sekunden des Sehens. Nichts war zu hören. Langsam trat er näher. Rechts vor ihm gewahrte er die Augen einer Kuh, die ihn neugierig ansah.

»Du schläfst ja noch gar nicht«, flüsterte er lächelnd. Es waren seine letzten Worte.

*

Hauptfeldwebel Walter Stemmle starb nicht in der Schlacht von Gembloux im Mai 1940, als er mit dem XIV. Panzerkorps Frankreich gestürmt hatte. Er erfror auch nicht ein Jahr später wie viele seiner Kameraden der 9. Armee vor Moskau. Er starb weder durch eine französische noch durch eine russische Kugel. Walter Stemmle starb in der Heimat durch den Schlag einer langstieligen Axt, die mit sauberem Schnitt seine Wirbelsäule zwischen dem vierten und fünften Halswirbel durchtrennte. Er hörte den Schlag kommen, konnte jedoch nicht mehr reagieren. Als er auf dem Boden aufschlug, war Walter Stemmle bereits tot. Und mit ihm das Geheimnis um das Versteck der Schatulle.

*

Der Junge blickte mit teilnahmslosem Gesichtsausdruck auf den Mann hinab. Er hatte erwartet, dass dieser durch die Tür kommen würde. Da er nicht sonderlich groß war, hatte er sich auf die Kartoffelkiste gestellt. Er wollte den Mann ja nicht in den Rücken schlagen! Der Junge war kräftig und er hatte gelernt, mit der Axt umzugehen. Von hier oben sollte ein waagrechter Schlag in den Hals gelingen! So war es dann auch gekommen. Irgendwie hatte die Klinge es geschafft, zwischen zwei Wirbel einzudringen und den Mann, der ein Soldat gewesen war, sofort zu töten, ohne seinen Kopf vom Rumpf zu trennen.

Der Junge hatte den Mann beobachtet, seit dieser die Ruine droben am Schlossberg verlassen hatte. Er hatte, wie fast jeden Abend, am Fenster seiner Stube unter dem Dach des Bauernhauses gesessen und hinaus in die von Mond und Sternen erhellte Dunkelheit gestarrt. An diesem Tag hatte eine greifbare Aufregung die Menschen im Dorf erfasst. Ganze Heerscharen von Soldaten waren vorbeigezogen. Amerikaner und Deutsche! Die einen sauber und wohlgenährt, die anderen zerlumpt und ausgehungert. So hatte es ihn nicht verwundert, dass es ein deutscher Landser war, der sich in dieser Nacht auf ihren Hof schlich.

Sicher ein Deserteur, dachte der Junge. In jedem Fall aber ein Plünderer, der ihn und seine Mutter um Hab und Gut bringen wollte. Großvater, der blind und lahm drüben in seiner Kammer auf den Tod wartete, hatte ihn gewarnt: »Sie werden kommen! Wenn der Krieg zu Ende geht, werden sie kommen und uns alles nehmen!«, hatte er zwischen zwei Hustenanfällen, die den alten Mann in letzter Zeit immer häufiger quälten, geröchelt. »Dann musst du den Hof und deine Mutter beschützen!«, hatte er dem Jungen aufgetragen. Und das wollte er auch! Schließlich war er für alles verantwortlich, seit Vater fortgegangen war.

Der Soldat war vornübergefallen. Sein Blut tränkte die Streu des Stallbodens. Der Junge würde sie noch beseitigen müssen. Morgen früh, dachte er. Er stieg von seiner Kiste, legte die Axt zu Seite und drehte den Toten auf den Rücken. Er wollte das Gesicht des Mannes sehen. Hatte so auch sein Vater ausgesehen, im Augenblick des Todes? Ausgemergelt, hart, verzweifelt, hoffnungslos! Waren seine Augen ebenfalls weit aufgerissen gewesen, als er den Heldentod für Deutschland gestorben war, wie es sein Kompaniechef, an dessen Namen sich der Junge nicht mehr erinnerte, geschrieben hatte? War noch Zeit gewesen, Angst zu empfinden, oder hatte ihn die Panzergranate in Stücke gerissen, ohne dass er es bemerkt hatte?

Der Junge konnte sich nicht an das Gesicht seines Vaters erinnern. Es sollte das Gesicht dieses Mannes hier sein, das ihn für den Rest seines Lebens verfolgen würde. Doch das wusste der Junge in diesem Augenblick noch nicht. Neugierig beugte er sich zu dem Mann hinab und nahm dessen Pistole an sich. Er wusste, was die Amerikaner mit Leuten machten, die eine Waffe besaßen. Die Alten im Dorf hatten es erzählt. Aber noch war der Krieg ja nicht verloren und außerdem kannte er die besten Verstecke weit und breit. Niemand würde die Pistole finden! Dann durchsuchte er die Taschen des Toten: eine Handvoll Patronen, ein Kompass, ein Messer, ein Umschlag mit einem Brief, eine Geldbörse ohne Geld, dafür mit Bildern einer Frau und eines Mädchens, ein Verwundetenabzeichen, ein Eisernes Kreuz II. Klasse, ein Bleistiftstumpen, die Erkennungsmarke.

Sorgfältig legte er alles beiseite. Später konnte er sich die Sachen noch genauer ansehen. Jetzt aber musste erst einmal der Tote verschwinden. Der Junge packte den Mann bei den Beinen. Überrascht stellte er fest, wie leicht dieser war. Er hatte offenbar schon lange nicht mehr genug zu essen bekommen. Im ersten Augenblick dachte er daran, die Leiche im ehemaligen Brunnen unter dem Stall zu verstecken. In früheren Jahren, als der Großvater des Jungen den Hof gegründet hatte, hatten sie beim Ausgraben des Kellers eine Quelle gefunden. Was lag näher, als den Brunnen dort zu errichten, wo das Wasser am dringendsten benötigt wurde? Die Quelle war versiegt, aber den Brunnen gab es noch immer. Tief und trocken lag er versteckt unter den Gewölben des Stalles. Nur ein Holzdeckel verhinderte, dass jemand in der Dunkelheit dort unten in die Tiefe fiel. Sein Vater hatte vor seiner Einberufung an die Front jedes Jahr die losen Steine des Kellers notdürftig mit Lehm verschmiert, doch seit er das Vaterland weit weg von diesem verteidigt hatte, ging niemand mehr dort hinab. Sollten aber die Amerikaner nach Waffen oder anderem suchen, würden sie den toten Landser finden.

Aber nicht dort, wohin ich ihn bringen werde, dachte der Junge. Vorsichtig band er Lisa los. Dann nahm er die ganze Kraft seines jungen Körpers zusammen und hob und schob die Leiche über ihren Rücken. Er nahm einen

Strick von der Wand und band damit Arme und Beine des Mannes unter dem Bauch der Kuh zusammen.

Bevor er sich auf den Weg machte, sah er sich draußen um. Niemand war in der Nähe. Leise und langsam trieb er Lisa aus dem Stall. Es schien, als würde die Kuh, die das Überleben der drei Menschen auf dem Hof sicherte, die Anspannung des Jungen spüren. Ohne einen Laut von sich zu geben, trug sie ihre Last hinauf zur Burg. Der Kopf des Mannes pendelte bei jedem ihrer Schritte hin und her, sodass der Junge befürchtete, dieser könnte sich vom Körper lösen und wie eine Kegelkugel den Berg hinabrollen. Glücklicherweise hielten Sehnen und Hautfetzen und nichts dergleichen geschah.

Oben angekommen tätschelte er Lisas Hals. Wildes Gras und Gestrüpp bedeckten den Boden und die Reste des einst stattlichen Baus. Obwohl nur fahles Mondlicht die Szenerie erhellte, war sein Tritt sicher. Er kannte hier jeden Stein und jeden Strauch. So wusste er natürlich von dem Brunnen und der Zisterne, die einst die Bewohner der Burg mit Wasser versorgten.

Er löste den Knoten des Strickes. Schwer fiel der tote Körper zu Boden. Der Junge ging zum Brunnen hinter den Brombeerbüschen, gleich links unter dem Fels, auf dem ehemals eine Kapelle über die Burg wachte. Irgendjemand hatte ihn mit Brettern abgedeckt. Wohl, um Ziegen und Kinder, die sich hier oben herumtrieben, vor dem tödlichen Sturz in die Tiefe zu bewahren. Niemand wisse, wie tief der Brunnen sei, und noch nie sei etwas, was hineingefallen war, je wieder ans Licht der Sonne gelangt, hatte seine Mutter gesagt und ihn stets davor gewarnt, die Holzbohlen über dem Loch zu entfernen, wollte er nicht für immer von dieser Erde verschwinden. Er hatte sich an die Warnung gehalten. Jetzt jedoch musste der Mann verschwinden! Er begann, die Bretter zur Seite zu schieben. Kein leichtes Unterfangen, waren diese doch regelrecht festgewachsen. Moder und Kälte schlugen ihm entgegen. Noch einmal bedurfte es all seiner Kraft, den Mann hierherzuschleppen und über die Mauer zu heben.

Der Soldat beobachtete seine Anstrengungen aus toten Augen.

Selbst schuld, schienen sie zu sagen. Warum hast du das getan? Was hast du dir nur dabei gedacht?

Dann hatte er es endlich geschafft. Da er nicht die Kraft hatte, den Mann langsam in die Tiefe hinabzulassen, rollte er ihn über den Rand und warf ihn mit einer letzten Anstrengung hinab. Mit einem dumpfen Platscher schlug er weit unten auf das Wasser auf.

Der Junge sah noch minutenlang in die Tiefe, dann erinnerte er sich an Lisa, Mutter und Opa. Es war an der Zeit zurückzukehren. Er legte die Bretter wieder auf ihren Platz, streute Blätter und Gras darüber und ging zu Lisa. Die Kuh sah ihn aus vorwurfsvollen Augen an.

»Hab ich dich um deinen Schlaf gebracht«, sagte er. »Tut mir leid. Gleich sind wir wieder in deinem Stall.«

Er strich zärtlich über ihren Kopf. Wenn er es recht betrachtete, war das Tier in den letzten Monaten sein einziger Freund gewesen. Treu und zuverlässig, so wie in dieser Nacht. Seite an Seite, und ohne von jemandem gesehen zu werden, gingen sie hinab zu dem kleinen Hof am Fuße des Berges. Hoffentlich hat niemand im Haus etwas gehört, dachte er. Doch Mutter und Großvater waren alt an Jahren und jeder Tag ließ sie müde zurück. Er führte Lisa in den Stall und band sie fest. Ein letztes Mal für diesen Tag tätschelte er die Kuh am Hals, nahm die Habseligkeiten des

Mannes und schlich ins Haus zurück. Noch einmal ging sein Blick hinauf, dorthin, wo sich die Silhouette des Turmes vor den Sternen abhob. Großvater und Mutter hatten von den Geschehnissen dieser Nacht nichts bemerkt.

Zwei Tage später kapitulierte das Großdeutsche Reich. Der Krieg war zu Ende.

PROLOG

Regensburg – Donauufer beim Dultplatz

Die Kälte des Wassers stach mit tausend Nadeln in ihre Haut und riss sie aus der Bewusstlosigkeit. Sie öffnete die Augen und sah – nichts! Undurchdringliche Dunkelheit umgab sie. Ihr war furchtbar übel und es schien, als sei ihr ganzer Körper ein einziger Quell des Schmerzes, dessen Zentrum in ihren Händen lag.

Obwohl sie völlig orientierungslos war, bemerkte sie, dass sie sich unter Wasser befand. Langsam sank sie tiefer. Eine Erkenntnis, die in Panik mündete. Ihre Arme und Beine begannen zu zucken. Ihre Augen waren keine Hilfe, doch die Richtung, in der sich ihr Körper bewegte, zeigte ihr, wo oben war. Sie war eine ausgezeichnete Schwimmerin, doch beim Fall ins Wasser war sie bewusstlos gewesen. Dies bedeutete, der Luftvorrat in ihren Lungen musste bald aufgebraucht sein.

Wieso war sie bewusstlos gewesen? Warum befand sie sich überhaupt in dieser misslichen Lage? Sie war doch spazieren gegangen. Und dann? Es schien, als blockiere eine dicke Nebelwand ihre Erinnerungen.

Ihre Beine schlugen und ihre Arme ruderten, um sie nach oben zu bringen. Nach oben, dorthin, wo das Leben auf sie wartete. Sie war noch nicht tief gesunken. Es dauerte nur Sekunden und doch saugten ihre Lungen gierig nach Luft, als ihr Kopf die Oberfläche des Wassers durchbrach.

Sie drehte sich um ihre Achse, doch war da nur Dunkelheit. Ihre Hand tastete nach ihrer Brille, sie fand sie nicht. Erst jetzt bemerkte sie den Regen, der einen dichten Vorhang um sie legte. Unzählige Tropfen trommelten auf die aufgewühlte Wasseroberfläche und versperrten die Sicht. Sie versuchte sich zu beruhigen. Das wilde Zucken und Zappeln ihrer Arme und Beine ging in kontrollierte Schwimmbewegungen über. Der Regen ließ etwas nach und gab den Blick auf das nahe Ufer frei. Nur wenige Meter, dachte sie.

Sie stellte sich zwei Fragen: Was? Warum?

Schlagartig kam alles zurück. Ein Mann! Der Mann! Er hatte ihr Fragen gestellt. Was für Fragen? Julia! Irgendetwas mit Julia. Richtig! Weitere Begriffe tauchten zusammenhanglos auf: ihr Laptop! Ein Kästchen! Eine Schlange! Ein Wolf!

Dann Schmerzen! Ihre Hände, ihre Finger!

Mit langsamen Bewegungen schwamm sie los. Wasser vermischt mit Tränen verschleierte ihren Blick. Sie wollte leben, und dazu brauchte sie Hilfe. Ihre Gedanken wirbelten wild durcheinander, blieben bei ihrem Freund hängen. Wo war er nur? Sie brauchte ihn. Jetzt!

»Hilfe!«, würgte sie gurgelnd hervor. »Hilfe!« Obwohl das Ufer fast schon in Griffweite lag, spürte sie keinen

Grund unter den Füßen. Plötzlich schälte sich eine Gestalt aus der Dunkelheit. Sie beugte sich herab, kniete sich hin und streckte ihr die Hand entgegen. Mit letzter Kraft griff sie zu. Sie spürte, wie sie gezogen wurde, heraus aus dem Wasser.

»Danke!«

»Komm schon! Ich hab dich.«

Sie blickte nach oben, sah ein Lächeln. Die Stimme war vertraut, klang besorgt.

Wer? In ihrem Kopf vermischten sich Gesichter und Namen.

»Hilfe! Michi, hilf mir!«

Das Lächeln verschwand. Die Hand ließ die ihre los. Verzweifelt packte sie noch einmal zu. Ihre Fingernägel krallten sich fest. Ein letztes Aufflackern ihres Willens. Dann schwanden ihre Kräfte. Sie spürte, wie ihr die rettende Hand entglitt und sich auf ihren Kopf legte. Sanft wurde sie nach unten gedrückt. Noch einmal gelang es ihr, an die Oberfläche zu kommen. Ein letzter Gedanke: Warum?

Die Hand drückte fester.

**In der gleichen Nacht, nur später.
Chamerau, Ortsteil Roßberg**

Das Haus lag wunderbar. Nicht nur, weil es am Tag einen fantastischen Ausblick auf den Fluss drunten im Tal bieten musste. Auch die Wiese vor der Terrasse und die dunklen Bäume, hinter denen es sich verbarg, machten es einzigartig. Letztendlich aber war es die Einsamkeit des Hauses, die ihn begeisterte. Abseits der nächsten menschlichen Behausungen, nur durch einen Feldweg mit der öffentlichen Straße verbunden, bot es geradezu ideale Bedingungen für sein Vorhaben.

Er hatte es vermieden, den Wagen oben bei dem halben Dutzend Häuser und der Sternwarte, die er hier nicht erwartet hatte, abzustellen. Obwohl die Wahrscheinlichkeit, um vier Uhr morgens einem Spaziergänger oder einem Bewohner dieses Dorfes zu begegnen, verschwindend gering war, ging er kein Risiko ein. Jetzt stand der Audi mit der Nummer einer Leihfirma, den er unter falschem Namen und mit falschen Papieren besorgt hatte, am Rande eines Waldweges außerhalb der Ansiedlung.

Er hatte sich den Weg zu dem Haus auf Google Earth angesehen und eingeprägt. Das Licht der mondhellen Nacht sollte ein Übriges tun, doch im Dunkel der Hohlgasse, durch die er nun stolperte, sperrten Sträucher und Blätter das fahle Licht aus. Vorsichtig Fuß vor Fuß setzend arbeitete er sich hinab bis zum Rand des Waldes, hinter dem er das Haus wusste. Rechts des Weges stand in einer Einbuchtung ein Auto. Hätte das Mädchen, das sein Ziel war, ihren Wagen mitten auf der Straße geparkt, er wäre dagegengelaufen. Und hätte sie gewusst, dass er kommt, sie wäre geflohen und hätte sich wimmernd vor Angst versteckt.

Wie ein Tunnel tauchte der Weg in die Wand aus Bäumen ein. Er tastete sich voran. Die frühe Morgenstunde würde seinen Plan begünstigen. Das Türschloss sollte kein Problem für ihn darstellen. Genauso wenig wie das Mädchen. Er würde sie im Schlaf überraschen. Die Frage, ob sie ihm die Schatulle aushändigen würde, stellte sich nicht. Er wusste, er konnte sehr überzeugend sein.

Vor ihm schälten sich die Umrisse des Hauses aus dem dunklen Grau des Hintergrunds. Seine Hand tastete in seiner Tasche nach dem Dietrich, der ihm die Tür hinein öffnen sollte, als ein plötzliches Geräusch all seine Sinne in Anspruch nahm. Er verharrte in der Bewegung und hielt den Atem an. Dann trat er lautlos in den Schatten einiger Büsche am Rande des Weges. Das Haus stand auf einer Lichtung. Die Bäume wichen zurück und gewährten dem Mondlicht Einlass.

In seinem Schein rangen zwei Gestalten miteinander. Ein nur wenige stumme und lautlose Sekunden dauerndes surreales Schattenkabinett des Todes. Denn jetzt hob sich der Arm des einen und fuhr wieder hernieder, traf den anderen, trennte einen Arm von dessen Schatten. Ein dumpfes Aufstöhnen kündete den unvermeidlichen Schrei an. Noch einmal hob sich der Arm, noch einmal senkte er sich, würgte den Ruf in seiner Entstehung ab, streckte den anderen zu Boden. Der schwere Atem des Überlebenden keuchte durch die folgende Stille.

Er hielt die Luft an. Seine Gestalt verschmolz mit der Dunkelheit der Bäume, blieb unsichtbar für den Sieger dieses nächtlichen Kampfes, der kurz innehielt. Dann packte dieser den leblosen Körper, schwang ihn ächzend über seine Schulter und trug ihn den Weg hinauf. Von oben hörte er das leise Zuschlagen eines Kofferraums. Es war also das Auto des anderen und nicht das des Mädchens.

Er verharrte weiter regungslos in seinem Versteck, da der andere zurückkam. Das Licht einer Taschenlampe fraß sich in die Dunkelheit. Ziellos strich sein Schein über den

Boden, um nach einer Minute wieder zu erlöschen. Dann verschwand er endgültig den Weg hinauf. Eine Autotür öffnete und schloss sich, ein Motor brummte leise auf, Fahrgeräusche der Räder auf dem steinigen Untergrund. Dann Stille.

Er fluchte leise in sich hinein. Das Mädchen war jetzt sicher wach und gewarnt. Sollte er seine Mission abbrechen? Nein, entschied er. Es musste sein. Nach den Ereignissen dieser Nacht würde sie morgen nicht mehr hier sein oder noch schlimmer, die Polizei rufen.

Also los! Mit wenigen Schritten war er an der Tür. Diese zu öffnen, dauerte nur Sekunden. Er zog seine Pistole, schraubte den Schalldämpfer auf und entsicherte die Waffe. Seine Hand tastete nach einem Lichtschalter. Für Heimlichkeiten war jetzt keine Zeit. Durch einen kurzen Flur erreichte er das Wohnzimmer, fand auch hier das Licht und machte es an. Mit einem Blick erfasste er den Raum. Eine Couch, zwei Lesestühle, ein Schreibtisch, ein Fernseher, ein kleiner Schrank. Alles älteren Datums. Fenster und eine Tür ins Freie, zwei weitere Türen. Eine in eine kleine Küche, eine andere in einen winzigen Flur. Wieder zwei Türen. Eine ins Bad, eine ins Schlafzimmer. Dort, das Bett: unbenutzt. Die Tür zur Terrasse verschlossen.

Das Mädchen war nicht hier!

Konzentriert und schnell durchsuchte er das Haus. Fünf Minuten später wusste er, dass die Schatulle nicht hier war. Außer, das Mädchen hatte sie besonders gut versteckt. Was war mit den beiden anderen? Dem Überlebenden und dem, der jetzt tot in dessen Kofferraum lag? Hatten sie die Schatulle vielleicht schon an sich genommen und waren darüber in Streit geraten?

Vorsichtig verließ er das Haus, so, wie er es betreten hatte. Er hatte keine Schubladen herausgerissen und keine

Möbel umgeworfen. Nichts deutete auf seinen Besuch hin. Er schloss die Tür und ging, ohne sich noch einmal umzusehen, den Weg hinauf zu seinem Auto. Er knirschte mit den Zähnen. Wie viele wussten noch von der Sache? Wie viele wollten ihm den Fund des Mädchens streitig machen? Wie dem auch sei. Ab jetzt durfte er keine Zeit mehr verlieren. Das Rennen um die Schatulle war eröffnet.

*

Der Mann trat aus dem sicheren Dunkel des Waldes. Sollte er sich Zutritt zum Haus verschaffen? Er entschied, dass das nicht nötig war. Der andere war ihm zuvorgekommen, aber auch er war zu spät gewesen. Auch er hatte den Ausgang des Kampfes abgewartet. Dann hatte der andere das Haus durchsucht, aber das Mädchen offenbar nicht angetroffen. Und er hatte nichts in den Händen getragen, als er wieder herausgekommen war. Das bedeutete, dass sich die Schatulle noch in ihrem Besitz befand.

Das nächtliche Duell hatte seinen Auftrag erleichtert. Nur wer war der andere? Er würde sich um ihn kümmern müssen. Zuerst aber galt es, das Mädchen zu finden. Auch ihr Tod würde unvermeidlich sein. Doch zuvor musste sie ihm das Versteck des kleinen und so wertvollen Kästchens verraten. Der Mann drehte sich um und verschwand in der Dunkelheit.

ERSTES BUCH
- WAS VOR DEN MORDEN GESCHAH -

Samstag, 03.06.2017
Runding, Burgruine, 13.30 Uhr

»Julia!«

Keine Reaktion.

»Julia! Guten Tag!«, starte ich einen zweiten Versuch.

»Oh! Hallo, Moritz! Ja, grüß Gott. Heute auch im Einsatz?«

»Na ja, wird Zeit, dass ich mich mal wieder hier sehen lasse. Sonst denken sich die anderen noch, ich bin nur wegen der Grillfeiern und Gartenfeste zu den Burgfreunden gegangen.«

»Sind ja auch der angenehmere Teil«, lächelt sie verträumt.

»Ist Claudia hier?«

»Nein, Hausarbeit. Außerdem meinte sie, es würde ohnehin gleich wieder regnen.«

»Gut möglich. Letzte Nacht hat's ja wieder mächtig gekracht!«

»Kein Tag ohne Gewitter«, bestätige ich die diesjährige Wetterlage mit einem sorgenvollen Blick auf die dunklen Wolken, die über dem Haidstein heranziehen. Kein Wunder, dass Claudia da lieber zu Hause bleibt. Obwohl es ja eigentlich sie war, die mich nach zahllosen Wanderungen durch den Bayerischen Wald mit herüber nach Runding geschleppt hat. Erst wollte sie nur eine ihrer Freundinnen besuchen, doch Monika nahm uns mit hinauf auf den Schlossberg, wo die Burgfreunde ihr alljährliches Sommerfest feierten. Und während sich die staatlich geprüfte Heilpraktikerin und die Frau meines Lebens bei Kaffee und Kuchen über alternative Heilmethoden unterhielten, gelang es den ehrenamtlichen Rettern dieses historischen Platzes, mich ihren Reihen anzuschließen. Keine schwere Aufgabe, haben mich Schlösser und Burgen doch von jeher fasziniert, und warum sollte ich nicht einen winzigen Teil meines Geldes und meiner Zeit opfern, um die ehemals größte Burganlage des Bayerischen Waldes freizulegen? Und da ich schon mal dabei war und ohne sie ja nicht hier gewesen wäre, habe ich Claudia gleich mit angemeldet. Seither unterstützen wir die Arbeit dieser Leute. Claudia mit Kuchenspenden und ich mit meiner Hände Arbeit.

Nicht, dass das sonderlich hilfreich wäre. Mein handwerkliches Geschick hält sich doch arg in Grenzen. Da man mir jedoch früh erklärte, dass auch Handlangerdienste gefragt seien, hat sich das Sommerfest nicht zum letzten Aufenthalt auf dem Schlossberg in Runding entwickelt.

Ein gutes Dutzend Arbeitseinsätze später läuft meine Integration in die Welt der Einheimischen auf Hochtouren. Ich lebe nun seit mehr als einem Jahr in Kirchbach und ich glaube, behaupten zu können, dass ich in der Regentalgemeinde inzwischen wohlgelitten bin und als Kriminalbeamter ein ganz ordentliches Ansehen genieße. Dennoch beschränkt sich mein Freundeskreis im Großen und Ganzen auf ein paar alte Damen, einen Polizisten aus Bad Kötzting, dessen ukrainische Lebensgefährtin und den Bekanntenkreis Claudias. Da kann es nicht schaden, durch die Mitgliedschaft in einem Verein enger in den geschlossenen Kreis der Waidler einzudringen. Und dafür scheinen mir die Burgfreunde Runding e.V. nicht schlechter geeignet zu sein als ein Sport- oder Schützenverein.

Und so bin ich heute hier und warte zusammen mit Julia, Karl-Heinz – Kalle – Schmidgruber, dem mindestens 85-jährigen Otto Schnitzbauer, dem höchstens 15-jährigen Bernhard Vogl und Uli Meindl auf Anweisungen. Darum kümmert sich seit Jahren Friedrich Greisinger, der unumstrittene Fachmann in Organisationsfragen.

»Viel können wir heute nicht machen«, begrüßt er uns. »Der Regen letzte Nacht hat alles aufgeweicht. Ich hab mich schon umgesehen.«

Wahrscheinlich, während ich noch geschlafen habe, denke ich schuldbewusst.

»Oben beim Backofen hat das Wasser einige Steine aus der Mauer zum Burggraben gelöst«, fährt Friedrich fort. »Das könnt ihr beide machen.«

Sein Blick teilt mich und Julia ein. Ich weiß zwar nicht, was wir machen sollen, aber Otto wird uns das sicher noch erklären. Denkt zumindest Friedrich und schickt den Alten mit uns. Dann bekommen Kalle, Bernd und Uli den Auftrag, im Keller des zuletzt freigelegten Getreidestadels beim Eingang der Burg nach weiteren brauchbaren Mauersteinen für den Wiederaufbau zu suchen.

»Kommt mit«, richtet sich der gebürtige Rundinger Otto, Urgestein der Burgfreunde, an uns. Dankbar, nicht hinab in das feuchte Kellerloch steigen zu müssen, folge ich dem Berg von einem Mann und dem Mädchen. Otto ist alt, aber in der Blüte seiner Jahre strotzte er sicher vor Kraft. Noch heute packt er ohne Scheu zu und steckt Softies wie mich ohne Mühe in die Tasche. Nur gut, dass unsere Arbeit verspricht, nicht zu schwer zu werden.

»Schöner Tag heute, um zu arbeiten«, versuche ich, ein Gespräch mit dem Alten in Gang zu bringen.

»Hm«, meint dieser nur. »Wird bald regnen.«

Recht gesprächig ist er ja nicht gerade, denke ich. Ich passe mich dem schweigenden Alten an.

An der alten Wasserzisterne hält Julia an.

»Vorsicht!«, warnt Otto. »Die Steine sind locker.« Respektvoll wage ich einen Blick, der sich jedoch im Dunkel verliert. Wie auch beim Brunnen der Burg verhindert ein stabiles Eisengitter mit einer Einstiegsluke Schlimmeres. Wenigstens kann niemand dort hinabfallen, wenngleich die Gewitter dieses Sommers dem Mauerwerk um das Loch im Boden bedenklich zugesetzt haben.

Inzwischen haben wir den ehemaligen Kräutergarten hinter dem restaurierten und voll funktionsfähigen Backofen erreicht. Man muss kein Fachmann sein, um zu erkennen, dass der Sturzregen ganze Arbeit geleistet hat. Die zum Burggraben hinabführende Mauer ist hier noch in ihrem ursprünglichen Zustand oder besser gesagt, war es bis gestern. Die Fluten haben Gestrüpp und kleine Bäume mit sich gerissen. Deren Wurzeln wiederum ganze Mauersteine. Löcher in der Mauer und im Burggraben liegende Bruchsteine zeugen vom Kampf Wasser gegen mittelalterliche Baukunst. Hier, am östlichen Burgwall, hat das Wasser den Sieg davongetragen. Sicher müssen wir jetzt dort hinab.

»Da unten«, bestätigt Otto meine Befürchtungen. »Holt die Steine und macht sie sauber! Dann legt ihr sie hier hin!« Ein Kopfnicken lässt uns die Stelle vermuten.

»Wenn ihr fertig seid, könnt ihr noch die losen Bruchsteine hier beim Ofen freikratzen.« Er deutet auf die Rückwand des Backofens. Ein kurzer Blick reicht, um zu verstehen, was er meint. Die so sorgfältig von freiwilligen Händen verputzten Mauerfugen haben sich an einigen Stellen gelöst und wurden einfach fortgespült. Jetzt heißt es, die losen Reste zu entfernen, um Platz für neuen Mörtel zu schaffen.

Ohne ein weiteres Wort dreht sich Otto um und geht zurück zu den anderen.

»War ja klar! Mauern können wir ja nicht.« Ich kann Julia nur zustimmen. Ich sähe sie aber auch ungern unten an der steilen Mauer im Burggraben herumklettern.

»Lass nur! Ich steige in den Graben hinab. Kümmere du dich um den Backofen!«

»Wirklich? Du gehst allein hinunter?« Ich nicke nur und ernte einen dankbaren Blick. Es ist doch wesentlich angenehmer, die Fugen freizukratzen, als durch das nasse Gebüsch im Burggraben zu kriechen und die für den Wiederaufbau der Mauer so wichtigen Originalsteine von der Umklammerung der Wurzeln, von Schmutz und Schlamm zu befreien.

»Was machen deine Geschichten?«, lege ich bei der jungen Frau, die mit ihren 19 Jahre eigentlich noch ein Mädchen ist, einen Schalter um, während wir unsere Werkzeuge sortieren. Die anderen wissen es schon lange, ich erst seit ein paar Wochen. Das Herz des schlanken Mädchens mit den strubbeligen, schmutzig blonden, schulterlangen Haaren, den hohen Wangenknochen und den wachen, braunen Augen fiebert mit ihren Helden mit. Die Hände, die sich jetzt daranmachen, losen Mörtel von einer rauen Wand zu kratzen, tippen für gewöhnlich die Ergebnisse einer außergewöhnlichen Fantasie in ihren Laptop. Ein paar Minuten später bin ich über den aktuellen Stand ihres neuen Buchprojekts informiert. Weitere Fragen erübrigen sich. Während sie gewissenhaft den stählernen Fugenkratzer durch die Nahtstellen zwischen den Steinen zieht, erzählt Julia von Druckkosten, Layout, Covergestaltung und ihrer Freundin Sabine, die so gut zeichnen kann und die so nett ist und die in Regensburg studiert und die alle Grafiken im neuen Buch zeichnet und die kein Geld dafür verlangt und die so klug ist.

»Jetzt muss ich mich aber an die Arbeit machen!«, unterbreche ich schließlich ihren Redeschwall. Es ist höchste Zeit, in den Burggraben hinabzusteigen. Schließlich will ich nicht nach Hause gehen, ohne auch nur einen Handgriff erledigt zu haben. Zur Bekräftigung meiner Worte packe ich Pickel und Schaufel in die eine sowie eine Metallbürste in die andere Hand und stapfe auf den schmalen Steig zu, der in die Tiefe führt.

»Sei vorsichtig!«, gibt sie mir mit auf den Weg und wendet sich wieder ihrer Arbeit zu.

Unten angekommen, sehe ich mich um. Der Regen hat tatsächlich ganze Arbeit geleistet. Also los! Schweigend und nach wenigen Minuten schwitzend grabe ich Steine frei, bürste nassen Lehm und Erde von ihnen und lege sie auf einen Haufen. Ich kann nicht sagen, wie lange ich so zu Werke gehe, als sich ein besonders großer Brocken meinen Bemühungen widersetzt. Ein wichtiger Stein, wie es aussieht. Ein mittelalterlicher Handwerker hat ihn vor Hunderten von Jahren zum perfekten Quader geschlagen.

Jetzt ist er gefangen in einem Geflecht aus Wurzeln, die ihn nicht mehr freigeben wollen. Schnell ist mir klar, dass ich im Kampf gegen sie Hilfe brauche: eine Axt! Nur gut, dass der zum Werkzeuglager umfunktionierte Bauwagen nicht weit entfernt am Ende des Burggrabens steht, den ich nur entlangzulaufen brauche.

Ich bin keine Minute unterwegs, als mich ein gewaltiger Donnerschlag zusammenzucken lässt. Ich habe Julia ganz aus meinem Gedächtnis verbannt. Jetzt fällt mir das Mädchen oben beim Kräutergarten wieder ein. Sie hat sicher genauso wie ich über ihre Arbeit das aufziehende Gewitter vergessen! Dieses hat nun die Freundlichkeit, mich durch einen zweiten Blitz und das darauffolgende Grollen auf sich aufmerksam zu machen. Mein Blick geht zurück zu der Stelle, wo ich Julia vermute, und sieht nachtschwarze Wolken über Runding und den Schlossberg heraufziehen.

Nein, eigentlich sind sie schon da. Wie zur Bestätigung öffnet der Himmel seine Schleusen. Es regnet nicht, das Wasser fällt wie ein geschlossener Vorhang zur Erde. Ich spurte los und stürze in den Dohlenturm. Was für ein Glück, dass hier die Archäologen die Dokumentation der Geschichte der Burg untergebracht und dabei den Resten des einstigen Turmes ein neues Dach verpasst haben. Dennoch bin ich nicht gerade trocken, als mich Friedrich und die anderen empfangen. Sie haben etwas schneller auf die Situation reagiert. Ein Kasten Bier, aus dem sie mir eine Flasche anbieten, lässt mich vermuten, dass sie höchstens von innen nass sind. Der kurze Spurt hat meinen Puls nur unmerklich beschleunigt. Noch vor wenigen Jahren hätte mein Körper auf die Belastung verärgert reagiert. Alkohol und Zigaretten statt gesunder Ernährung und Sport. Zahlreiche ausgedehnte Touren über die Höhen des Bayerischen Waldes später fühle ich mich jünger als 42, obwohl ich vor vier Jahren älter als 38 zu sein schien. Zweifellos profitiert meine Konstitution auch von der Null-Promille-Grenze, die seit einem Jahr für mich gilt. Mein ehemals nicht zu verbergender Rettungsring ist einem Bauchansatz gewichen, der bei wohlwollender Betrachtung und unter Berücksichtigung meines Alters durchaus als sportlich durchgehen kann. All das hat im Zusammenspiel mit der neuen Frau an meiner Seite meinem Selbstwertgefühl auf die Sprünge geholfen. Früher versuchte ich, mein Alter hinter einem Bart zu verstecken. Heute stehe ich zu Fältchen und grauen Haaren. Solange es nicht zu viele werden.

»Wo sind Julia und Otto?« Friedrich klingt besorgt.

»Otto weiß ich nicht, aber Julia ist noch hinten beim Kräutergarten. Wir sollten sie holen, meinst du nicht?«

Kalle wirft einen Blick nach draußen. »Bis wir bei ihr sind, hört es schon wieder auf. Das ist nur ein Gewitter.«

»Ja! Außerdem ist sie ein kluges Mädchen. Sie hat sich sicher unter dem Dach des Backofens untergestellt«, bekräftigt Uli den vorherrschenden Trend, im Trockenen zu bleiben. Eine Meinung, die ich nicht unbedingt teile. Es bleibt nur die Hoffnung, dass das Mädchen in Sicherheit ist. Das umso mehr, als Blitze und Donner jetzt nahtlos ineinander übergehen. Das Gewitter schwebt langsam über die Burg hinweg. Und dann ist es auch schon wieder vorbei und bestätigt damit die anderen. Nur der Regen weigert sich beharrlich nachzulassen und hält uns weiter im Dohlenturm gefangen. Mit jeder Minute wächst meine Sorge um die junge Frau oben im Burghof.

»Ich schau mal nach ihr«, erkläre ich schließlich den anderen, die mir zuprosten, während ich meine Arbeitsjacke über den Kopf ziehe und den trockenen Unterstand verlasse. Ich orientiere mich nach rechts, als mir der dumpfe Knall einer zuschlagenden Autotür den Weg hinab zum Parkplatz weist. Rutschend laufe ich über die glatten Pflastersteine des Burgaufgangs hinab und erreiche Julias Opel Corsa in dem Augenblick, als sie den Motor startet und losfahren will. Ihre weit aufgerissenen Augen starren mich an. Ich klopfe an das Seitenfenster, das sich zögernd öffnet.

»Alles in Ordnung?«, rufe ich gegen das Trommeln des Regens auf dem Wagendach an.

»Ja! Ja, alles in Ordnung!«

Das Unwetter hat wohl außerhalb des Turmes heftiger getobt, als ich angenommen habe. Sie wirkt verwirrt. »Was ist da oben passiert? Ich hoffe, du konntest dich irgendwo unterstellen!«

Die folgende Pause ist zu lang. »Ja! Ja, es ist wirklich alles in Ordnung! Aber ich friere und bin total durchnässt. Ich möchte jetzt nach Hause!«

»Ist schon klar! Denkst du, du kannst fahren? Ich könnte dich heimbringen, wenn du willst.«

»Nein, es geht schon.«

Diesmal kommt die Antwort blitzschnell. Seltsam! Irgendetwas stimmt doch da nicht. Und was ist das?

»Hast du das gefunden?« Ich deute auf den Beifahrersitz, auf dem ein kleines Kästchen liegt.

»Was? Das …?« Hastig nimmt sie es und legt es auf den Boden. »Ach, nur ein Geschenk. Hatte ich schon dabei, als ich hergekommen bin.«

»Ach so. Ja dann, sieh zu, dass du ins Trockene kommst! Nicht, dass du noch krank wirst.«

»Ich spring sofort unter die heiße Dusche. Bis zum nächsten Mal, Moritz.«

Ich sehe ihr noch nach, bis sie um die nächste Kurve verschwindet. Erst jetzt bemerke ich, dass auch ich durch und durch nass bin. Das mit der Dusche scheint mir keine schlechte Idee zu sein. Der Arbeitseinsatz ist für heute ohnehin beendet. Ich muss nur noch mal hinauf zu den anderen und mich verabschieden. Dann fahre ich wieder hinüber nach Kirchbach.

Ich drehe mich um und zucke zurück: »Mann, Otto! Hast du mich erschreckt!«

Ich habe sein Kommen nicht bemerkt. Wie lange steht er schon hinter mir? »Julia ist nach Hause gefahren«, erkläre ich das Offensichtliche. »Wo warst du die ganze Zeit?«, schiebe ich eine Frage nach, in der Hoffnung, dass diese intelligenter klingt.

»Da hinten.« Er nickt in eine unbestimmte Richtung, dreht sich um und lässt mich verdutzt zurück. Es stimmt schon. Sehr gesprächig ist Otto wirklich nicht.

Der Regen lässt nach und ermöglicht Friedrich und den anderen die Rückkehr zum Parkplatz. Er beendet offiziell den heutigen Arbeitseinsatz. Nach und nach rollen die Autos der freiwilligen Helfer hinab nach Runding. Ich sitze halb nackt in meinem BMW und folge ihnen. Meine nassen Sachen liegen hinten im Kofferraum. Schließlich will ich den Innenraum meines treuen Vehikels nicht überfluten. Während ich durch den Ort fahre, frage ich mich, warum mich Julia belogen hat.

Chamerau, Ortsteil Roßberg, 17.30 Uhr

Julia saß auf der wackligen Holzbank vor dem Haus, das außer ihr niemand bewohnen wollte, und starrte auf die Schatulle.

Was ist Besonderes an dir?, dachte sie. War es das Hakenkreuz, das ihr, wie sie sich eingestehen musste, etwas Angst machte? Waren es die Umstände oder der Ort ihres Fundes?

Julia gehörte zu dem Teil der Menschheit, der an die Macht des Schicksals glaubte. Es war Schicksal gewesen, dass der Donnerschlag sie just in dem Augenblick erschrocken hatte, als sie ihre Hand neugierig in das Loch steckte, das sich hinter dem letzten Stein, den sie aus der Mauer gekratzt hatte, auftat. Sie war nach vorne gekippt, und als ihre Hand Boden fand, hatte sie dieses scharfkantige Teil gespürt. Das konnte kein Fels oder Stein sein. Vorsichtig hatte sie das Loch in der Wand vergrößert und als der Himmel seine Schleusen geöffnet hatte, hatte sie das Kästchen ans Licht des Tages gehoben.

Noch bevor sie die Bilder und Buchstaben darauf entziffern konnte, hatte sie das Geheimnis gespürt, das sie in Händen hielt. Ein Ergebnis ihrer überbordenden Fantasie oder Realität? Eine Frage, die der Regen beantwortet hatte, indem er den Schmutz, der das Kästchen bedeckt hatte, abwusch.

Ihre Finger tasteten über den Deckel. Die Buchstaben, das Zeichen einer vergangenen Diktatur und die beiden Tiere waren deutlich zu spüren. Gravuren, dachte sie. Grausilberne Vertiefungen auf schwarzem Hintergrund.

Was für ein Material das wohl ist? Dem Gewicht nach mindestens Eisen. Warum aber dann die schwarze Farbe?

Sie hob das Kästchen, das sie an die alte, kunstvoll verzierte Schmuckschatulle ihrer Großmutter erinnerte, vor ihre Augen und drehte es in alle Richtungen. Die Buchstaben und Zeichnungen auf dem Deckel hatte sie schon drüben, auf der Burg entdeckt. Die Gravur am Boden spürte sie erst jetzt. Kleiner, dünner und doch bei genauem Hinsehen deutlich zu lesen. Ein Datum. Und ein Ort, von dem sie noch nie gehört hatte.

An einer Seite versprach ein Schlüsselloch Zugang zum Inhalt des Kästchens. Falls man den passenden Schlüssel dazu besaß. Doch wo war dieser? Noch in dem Erdloch droben auf der Burg? Eine weitere Frage. Die es später zu beantworten galt. Erst einmal wollte sie die Bedeutung der Zahlen und Namen entschlüsseln.

Und dazu brauchte sie einen Zugang zum Internet. Den sie nicht hatte. Nicht hier oben, in ihrem einsamen Domizil, das sie so sehr liebte. Hier konnte sich ihre Fantasie austoben, konnte ungestört von Facebook, Twitter und WhatsApp gute und böse Menschen, Helden und Verbrecher, ganze Welten und Zeitalter entwerfen. Ohne die Allgegenwart eines Smartphones. Julia verzichtete auf diesen für einen Teil der Menschheit inzwischen unentbehrlichen technischen Alleskönner, der ihr von jeher unheimlich gewesen war. Ein Alleinstellungsmerkmal, das sie in ihrer Altersgruppe fast schon einmalig machte.

Wenigstens hatte sie sich von Sabine ein Handy aufschwatzen lassen. »Wo du doch so einsam wohnst«, hatte ihre beste Freundin zu bedenken gegeben. »Als Frau noch dazu.« Julia hatte nachgegeben und sich ein altes Nokia der Klappgeneration schenken lassen.

Jetzt aber, das musste sie zugeben, wären Google und Wikipedia doch ganz praktisch.

Hab ich nicht, dachte sie.

Also brauchte sie Sabine. Die 21-jährige Studentin der Biologie verbrachte ihre Zeit nicht nur damit, ihre beste Freundin zu sein.

Plötzlich lief ein Schauer durch ihren Körper. Zitternd schüttelte sie sich. Kein Wunder, ihre Klamotten waren genauso klitschnass wie ihre Haare. Sie marschierte ins Haus, stellte die Schatulle auf den Tisch und ging ins Bad. Dort warf sie die nassen Sachen auf den Boden. Die nächsten Minuten genoss sie die Wärme des Wassers auf ihrer Haut, drehte den roten Knopf so weit, bis sie es kaum mehr aushielt, und schlüpfte dann in einen bequemen Trainingsanzug. Anschließend ließ sie sich auf das alte Sofa in der Ecke fallen und wählte Sabines Nummer.

Nachdenklich streichelte sie Hector. Der weiß-braunschwarz gefleckte Kater, an dem sie mehr hing als an den meisten Menschen, schnurrte wie eine Turbine und sah sie erwartungsvoll an.

»Sabine Kulzer … Hey, Julia.« Dann redeten die beiden jungen Frauen über Dinge, über die junge Frauen eben so redeten. Julia konnte es kaum erwarten, endlich zum Punkt zu kommen. »Du, Sabine, ich hab da heute was gefunden, über das ich gerne mehr wüsste. Könntest du mal für mich nachsehen?«

»Ich hab dir schon tausendmal gesagt, dass du Internet brauchst.« Die junge Frau, die dank ihrer Sommersprossen und der Brille mit der roten Fassung aus der Masse Gleichaltriger herausstach, bemühte sich, vorwurfsvoll zu klingen.

»Ja, ja! Schon gut. Kannst du oder kannst du nicht?«

»Dumme Frage. Klar mach ich das für dich, Liebstes. Um was geht's denn?«

»Komm doch morgen vorbei. Dann kann ich's dir zeigen.«

»Wow, hört sich ja geheimnisvoll an.«

Ist es auch, dachte Julia.

»Klar doch. Ich mach auf dem Weg nach Regensburg einen Abstecher zu dir. So um zwei?«

»Jep!«

»Ich muss jetzt. Michi kommt gerade. Wir sehen uns dann morgen.«

Michi! Was fand sie nur an dem Kerl? Julia sah Hector an und verzog das Gesicht zur Grimasse. Nur gut, dass Sabine sie nicht sehen konnte. Die Katze mit dem Namen ihres trojanischen Lieblingshelden legte den Kopf schief und kniff die Augen zusammen.

»Passt! Bis morgen dann. Wir sehen uns.« Nachdenklich starrte Julia auf ihr Handy. Sie wusste, die junge Frau mit dem untrüglichen Gespür für die falschen Kerle würde es kaum erwarten können, ihren Fund zu sehen.

Was aber, wenn das Kästchen gefährlich war? Das Wort tauchte unvermittelt auf. Mit einem unsicheren Lächeln verbannte sie es wieder und ersetzte es durch einen anderen Gedanken: Hat Moritz etwas gesehen? Sie hatte ihn nicht bemerkt, bis er an ihr Autofenster geklopft hatte. Ich habe völlig falsch reagiert, dachte sie. Spätestens, als ich das Kästchen auf den Boden vor dem Beifahrersitz geworfen habe, muss ihm das aufgefallen sein. Er ist Polizist! Da hat man doch ein Auge für so was.

Egal! Schon passiert. Jetzt will ich erst mal wissen, was die Schlange und der Wolf zu bedeuten haben.

»Mann, du wohnst aber abgelegen.«

Sabine trat ihrem Freund unauffällig ans Schienbein. Nicht unauffällig genug, zumal Michi das Gesicht verzog und sie wütend ansah.

Julia grinste. Die Meinung von Sabines Begleiter störte sie nicht. Er war damit nicht allein. Jeder ihrer seltenen Besucher betrat ihr selbst gewähltes Exil mit mehr oder weniger offen gezeigter Verwunderung. Dabei war es einer ihrer Glückstage gewesen, als sie oben an der Straße das »Zu vermieten«-Schild gelesen hatte.

Das Haus war klein, mehr ein Wochenendhaus. Und es lag am Ende eines Feldweges, der von Roßberg hinab in den Wald führte. Der Ort, selbst nur ein paar Häuser, befand sich auf einer Lichtung, hoch oben über dem Regental. Vor ein paar Jahren hatten ihn die Sternfreunde aus Cham als Standort für ihre Sternwarte auserkoren und ihn damit aus dem Dornröschenschlaf gerissen. Seither trafen sich hier in klaren Nächten Astroenthusiasten von nah und fern, um sich das All näher zu holen.

Das Haus verlangte ihr jedes Mal die Mühen eines steilen Anstiegs ab, wenn sie von Chamerau oder Kirchbach kommend hinauf nach Roßberg fuhr, aber es entschädigte mit einem fantastischen Ausblick und eben jener Abgeschiedenheit, die sie liebte.

Deshalb nahm sie es dem schmächtigen Jungen, der mit ihr und Sabine auf der Terrasse hinter dem Haus saß, nicht übel, dass er ihre Beweggründe für ihren Wohnort nicht verstand. Vielmehr ärgerte es sie, dass ihre Freundin den Kerl überhaupt mitgebracht hatte. Und sie ärgerte sich über sich selbst, dass sie damit einverstanden gewesen war. Dabei waren es nicht seine kurzen Stoppelhaare und die Pickelnarben – Überbleibsel einer unglücklichen Pubertät. Auch die schwarzen Klamotten und die von Tattoos übersäten dünnen Arme schreckten sie nicht. Schlangen, Drachen und Totenköpfe. Wirklich hässlich.

Es ging um die Tatsache, dass er überhaupt hier war. Michael Obermeier sollte nicht hier sein. Schließlich ging es um ein Geheimnis, das sie, wenn überhaupt, dann nur mit ihrer Freundin teilen wollte. Doch jetzt war es zu spät. Michi wusste nun ebenfalls von der Schatulle. Sie wurde den Eindruck nicht los, hinter den teilnahmslosen grauen Augen des Jungen saugte dessen Verstand alles auf, was die beiden Mädchen sagten.

Ach Sabine, seufzte sie lautlos. Warum nur bist du so sorglos und ohne Verantwortungsgefühl. Aber vielleicht war genau das der Grund, warum sie sich so gut mit ihr verstand. Weil auch Julia lieber in einer der von ihr geschaffenen Welten leben würde? Ohne die Zwänge des realen Lebens?

Heute hatte sie ihre Freundin eingeladen, um das Geheimnis der Schatulle zu lüften. Die verborgen unter einem Stapel Handtüchern in ihrem winzigen Badezimmer lag. Sie hatte beschlossen, sie vorerst niemandem zu zeigen.

»Nicht einmal dir, Sabine, tut mir leid.«

Sabine zog einen Schmollmund. Ihre Hand fuhr durch ihr kurzes Haar. Auf dem Tisch lag Julias Coolpix, mit der sie heute Morgen einige Fotos geschossen hatte. Sabine nahm mit einem beleidigten Blick die Kamera und studierte die Bilder auf dem Display.

»Also damit kann ich nichts anfangen.« Sie reichte die Kamera an den jungen Mann weiter, der in diesen Tagen

Freizeit und Bett mit ihr teilte. Sie wusste, dass ihre Eltern Michi Obermeier genauso ablehnten wie der Rest der Welt. Ehrlich gesagt wunderte sie das nicht. Und dabei war es nicht nur sein äußeres Erscheinungsbild, das konservativ denkende Menschen abschreckte. Auch Michis Ansichten und Lebensauffassung waren gelinde gesagt gewöhnungsbedürftig. Dabei musste sie sich eingestehen, noch recht wenig über ihren Freund zu wissen. Was tat er, wenn er nicht bei ihr war? Wer gehörte zu seinem Bekanntenkreis? Hatte er Freunde? Das wohl eher nicht.

Schon von jeher fühlte sie sich zu Außenseitern und Einzelgängern hingezogen. Vielleicht war das auch der Grund, warum sie dem Jungen mit dem blassen Gesicht und den auffälligen Tätowierungen ihre Zuneigung schenkte.

Egal. Michi war nicht der Erste und er würde nicht der Letzte sein. So viel stand fest.

Sie spürte Julias Abneigung und ihren Ärger darüber, dass sie Michi mitgebracht hatte. Vielleicht hätte ich das nicht tun sollen, dachte sie. Aber Julia hat ja nichts dagegen gehabt. Jetzt war er nun mal hier.

»Nordische Mythologie.«

Die beiden Mädchen starrten den blassen Jungen an. Dann prusteten sie wie auf Kommando los.

»Was denn?« Michi sah von Julia zu Sabine. Dann von Sabine zu Julia. »Warum soll ich das nicht wissen?«

»Die Frage ist, warum du es weißt.«

»Ich hab mich mal damit beschäftigt. Hat mich eben interessiert.« Er wirkte verlegen. »Also, wollt ihr es nun wissen?«

Sabine spürte den Umschwung in seiner Stimme. So war er oft. In einem Moment wirkte er schüchtern und zurückhaltend, im nächsten Augenblick konnte er seinen Jähzorn nur mühsam im Zaum halten. Dann machte er ihr Angst und sie fragte sich, warum sie mit ihm zusammen war.

»Rück raus«, öffnete Julia das Überdruckventil in Michis Kessel und brachte die Situation unbewusst wieder unter Kontrolle.

»Der Wolf hier, das ist Fenrir und das, das ist die Midgardschlange. Beide Geschwister von Hel, der Todesgöttin. Alle drei sind Kinder von Loki, dem Bruder von Thor.«

»Hey, du kennst dich ja wirklich aus.« Sabine küsste ihn auf die Wange.

»Na ja. Mehr weiß ich leider auch nicht.«

»Reicht ja. Alles Weitere recherchiere ich heute Abend und druck es dir aus. Ich bring dir alles nächstes Wochenende mit. Dann unterhalten wir uns noch mal über deinen Fund. Und dann will ich ihn auch sehen, okay?«

Julia schien sie nicht zu hören. »Nordische Mythologie«, murmelte sie. »Was hat das mit dem Kästchen zu tun?« Sie wirkte aufgekratzt, konnte kaum still sitzen.

»Scheint, du hast da was ganz Besonderes gefunden«, sagte Michi Obermeier heiser. Auch sein Interesse galt in diesem Augenblick mehr dem Display der Kamera, als seiner Freundin.

Julia fuhr sich mit der Hand durch die Haare. »Ja, scheint so. Und ich fühl mich gar nicht wohl dabei. Was ist mit diesem Ort und dem Datum auf der Unterseite?«

»Nehm ich mir auch vor«, versprach Sabine.

»Also gut«, antwortete Julia und bedeutete Michi, ihr die Kamera zu geben. Zögernd folgte dieser der Aufforderung.

»Was da wohl drinnen ist?«, murmelte er mit einem letzten Blick auf das Foto der Schatulle.

Julia sah ihn mit durchdringendem Blick an. Der

Gedanke, der ihr unsympathische Kerl könnte das Geheimnis lüften, missfiel ihr sichtlich.

»Wann kommst du wieder vorbei?«, wandte sie sich an Sabine.

»Erst am Sonntag. Ich habe diese Woche noch eine Klausur vor mir. Bin froh, wenn das vorbei ist. Wir könnten uns in Stefans Café treffen.« Sie sah auf die Uhr. »Es wird Zeit zu fahren. Und dich muss ich auch noch nach Hause bringen«, wandte sie sich an Michi.

»Ja, schon gut. Lass uns gehen.« Sie verließen die kleine Terrasse und gingen zu Sabines Auto, das vor Julias Einsiedelei parkte.

»Und was passiert jetzt mit dem Kästchen?« Michis Stimme hatte einen lauernden Unterton angenommen.

»Erst einmal überlege ich mir eine Geschichte dazu«, meinte Julia lächelnd. Die beiden Freundinnen umarmten sich zum Abschied, wie sie es jedes Mal taten.

Sie ahnten nicht, dass sie sich nie wiedersehen würden.

Regensburg, Oberpfalz-Studentenwohnheim, 23.55 Uhr

Der Tageswechsel stand kurz bevor, als Sabine endlich ihren Laptop hochfuhr, um ihr Versprechen einzulösen. Mit müden Augen las sie alles, was das Netz über Hel und ihre beiden Geschwister hergab. Sie wählte aus den unzähligen Seiten die nach ihrer Ansicht interessantesten aus und speicherte sie auf ihrem USB-Stick, der in einem kleinen Plüschhasen versteckt war. Ein kitschiges Teil, das sie in einem Souvenirladen in Amsterdam gekauft hatte. Sie starrte bereits eine Stunde auf den Bildschirm, als sie den letzten Suchbegriff in Google eintippte. Sie kannte den Ort, nach dem sie suchte, nicht, und der Bericht darüber umfasste mehrere Seiten. Je mehr sie las, umso faszinierter flogen ihre Augen über die Buchstaben. Als sie endlich fertig war, lehnte sie sich zurück und verschränkte die Hände hinter dem Kopf. Nachdenklich wippte sie auf ihrem Bürostuhl vor und zurück.

»Oh Mann, Julia. Was hast du da nur gefunden?«

Und dann, plötzlich und ohne ihr Zutun, lieferte ihr Verstand die Schlussfolgerung: Sollten die falschen Leute davon erfahren, befand sich ihre Freundin in höchster Gefahr!

Sie musste mehr über die Sache herausfinden. Wer wäre da besser geeignet als Betti? Sie studierte nicht nur Geschichte. Nein, ihr Spezialgebiet passte wie die Faust aufs Auge. Hatte sie nicht ihre Bachelorarbeit über etwas mit den Nazis und so geschrieben? Sie griff zu ihrem Handy. Um diese Zeit? Ach was! Betti würde das sicher verstehen.

Sabine ahnte nichts von den Ereignissen, die die Begriffe, welche sie in die Suchmaske tippte, in Gang setzten. Die Begriffe und die Worte, die sie ihrer Freundin Betti, die wieder einmal nicht ans Telefon ging, auf den Anrufbeantworter sprach.

Weit entfernt von ihrem kleinen Zimmer im fünften Stock des Wohnheimes gegenüber der Regensburger Universität aktivierten sie PRISM. Natürlich hatte sie noch nie davon gehört. Und hätte sie jemand nach XKeyscore gefragt, sie hätte ihn nur verständnislos angesehen und sich mit dem Finger an die Stirn getippt. Und doch waren es diese beiden Spionageprogramme, die ihr Leben und das einer Reihe anderer Menschen auf dramatische Weise beeinflussen sollten.

Nein, Sabine wusste nichts vom direkten Zugriff der National Security Agency auf die Daten der weltgrößten Suchmaschine. Sie wusste nicht, dass jede ihrer Anfragen abgefangen und zur späteren Analyse gespeichert wurde. Genauso wie E-Mails und Telefonate. Die Programme durchforsteten das Netz nach Schlüsselworten und spätestens, als sie sich Informationen über das Hakenkreuz holte, wurde das NSA-Abhörzentrum in Wiesbaden auf sie aufmerksam. Doch es war der Ort, der zusammen mit den anderen Begriffen dafür sorgte, dass Sabine Kulzers Name bald Menschen bekannt wurde, von deren Existenz sie nie gehört hatte.

Am Ende war es Nucleon, das den Inhalt ihres Anrufes bei Betti auswertete und speicherte.

All diese Informationen landeten noch in derselben Nacht auf dem Computer von Daniel Silverman.

Montag, 05.06.2017
Bad Kötzting, Kurpark, 07.45 Uhr

Michael Obermeier, der von seinen wenigen Freunden und auch von allen anderen nur Michi gerufen wurde, warf ein

Stückchen Brot ins Wasser. Am anderen Ufer des Teiches wurde eine der Enten auf das leicht verdiente Frühstück aufmerksam. Nach einigen wenigen Flügelschlägen landete sie elegant vor ihm und machte sich daran, den Brocken zu verschlingen. Eine Aktion, die bei ihren Artgenossen nicht unbemerkt blieb. Gleich darauf gingen ein Dutzend graue Weibchen und farbig schimmernde Erpel auf die Jagd nach Michis Futter. Natürlich wusste er, dass es nicht gerne gesehen wurde, die Tiere im Kurpark zu füttern. Doch das kümmerte ihn nicht.

Wie ihn so vieles nicht kümmerte. Auch die Art und der Blick dieser Julia nicht. Wie geringschätzig sie ihn angesehen hatte.

Sie ist wie alle anderen, dachte er. Alle außer Sabine.

Und außer den Kameraden.

Schon in der Schule hatte er als Außenseiter gegolten. Keine der Gruppierungen dort hatte ihn aufgenommen. Irgendwie passte er weder zu den Sportlichen, noch zu den Stylischen oder den Coolen. Und zu den Strebern schon gar nicht. Also hatte er sich allein rumgetrieben. Und dabei auch Glück gehabt. Er wurde nie ertappt, wenn er Automaten aufbrach, Wände besprühte oder ein Fahrrad klaute.

Mit der Zeit hatte er sich daran gewöhnt, allein zu sein. Er hatte begonnen, sich in der Rolle des Außenseiters zu gefallen. Die anderen, die Spießer und Gutbürger, die Ausbeuter und Karrieristen, die waren die Dummen. Zu ihnen wollte er nie gehören. Tief im Innern ahnte er, dass diese Einstellung aus dem Wissen rührte, nie zu ihnen gehören zu können.

Nein, nicht zu denen. Aber zu den Kameraden. Die waren wie er, die wussten, um was es im Leben wirklich ging. Die Kameraden hatten ihn aufgenommen. Für sie war er kein Außenstehender, kein Sonderling und schon gar kein Versager. Sie vertrauten ihm Aufgaben an, lobten ihn, wenn er sie zu ihrer Zufriedenheit erledigte, und gaben ihm die Chance, Fehler wiedergutzumachen. Auch wenn er in der Hierarchie der Organisation noch ganz unten stand, so wusste er, er konnte es weit bringen. Vor allem jetzt, mit Julias Entdeckung.

Fenrir und Midgard.

Michi hatte keine Ahnung, was die nordischen Halbgötter mit der Sache zu tun hatten. Aber da war ja auch das Hakenkreuz. Er erinnerte sich an den Stich, den ihm sein Anblick versetzt hatte.

Beinahe hätte ich mich verraten, dachte er. Aber er hatte sich zusammengenommen. Sein Interesse musste auf die beiden Mädchen irritierend gewirkt haben. Dabei hatten sich seine Gedanken überschlagen. Vielleicht erwies sich ja der Fund der Freundin seiner Freundin als sein Glücksfall. Vielleicht war er für die Kameraden wichtig. Irgendjemand dort würde die Bedeutung der Worte und Bilder kennen. Dessen war er sich sicher. Nicht aber, wie weit nach oben die Nachricht gehen musste. Eigentlich hatte er keine Ahnung, wie weit nach oben die Organisation überhaupt ging. Er kannte Fritz Brandl, seinen Gruppenführer, und Albert Schwarzfischer, den Bezirkshauptmann. Das war es aber auch schon.

Nun gut, dachte er. Dann erzähle ich es eben dem Fritz. Den treffe ich ja heute noch. Der kann es dann weitermelden. Die werden schon nicht vergessen, dass ich es war, der die Entdeckung gemacht hat.

Er widmete seine Aufmerksamkeit wieder den Enten, die die letzten Brotkrümel aus dem Wasser fischten. Er mochte die Enten. Wenn er nachdachte oder wütend auf die Welt da draußen war, suchte er ihre Gegenwart. Er hatte noch ein größeres Stückchen Brot in der Hand. Er stand auf, holte aus und warf es weit hinaus in den Teich. So machte er es jedes Mal. Die Vögel stoben fast zeitgleich auseinander, um zu der Stelle zu eilen, an der jetzt kleine Kreise durch das Wasser zogen. Michael Obermeier lächelte, als eine von ihnen das Brot als Erste erreichte und die anderen wütend schnatternd zurückließ.

Es war an der Zeit zu gehen. Fritz wartete sicher schon. Michi konnte sich kaum gedulden, ihm seine Geschichte zu erzählen. Eine Geschichte, die sein Leben verändern sollte.

Er ahnte nicht, wie sehr.

USA, Maryland, Fort Meade, NSA-Hauptquartier, 7.30 Uhr (13.30 Uhr MESZ – mitteleuropäische Sommerzeit)

Diese Woche war der Sommer in die Staaten an der Ostküste eingekehrt. Seit gestern war auch dem Letzten bewusst, dass das Warten ein Ende hatte. Die Sonne stach von einem stahlblauen Himmel auf das Land der Gründerväter. Die Natur schien nur auf dieses Signal gewartet zu haben. Erste Sommerblumen wagten einen Blick ins Licht und Schmetterlinge übten ihren Tanz. Ein Aufatmen schien durch Maryland zu gehen.

Ein Aufatmen, von dem Daniel Silverman nichts

bemerkte. Seit ihn Linda verlassen hatte, musste er sich eingestehen, die besten Jahre seines Lebens hinter sich zu haben. Und das mit nicht einmal vierzig. Zu gerne hätte er ihr die Schuld an seiner misslichen Lage in die Schuhe geschoben, doch hätte er sich damit nur selbst belogen.

Genau betrachtet hatte sie es sogar ziemlich lange mit ihm ausgehalten. Mit ihm und dem Teufel an seiner Seite, der anfangs klein und kaum sichtbar, doch zuletzt übermächtig und alles dominierend Daniels Leben in seinen Klauen gehalten hatte.

Als Linda gegangen war, hatten Whiskey und Scotch ihren Platz eingenommen. An der Seite des anderen Teufels, des unbegreiflichen, des dämonischen.

Dieser hatte ihn in den Keller der beiden netten alten Damen gelockt. Und dort hatte das Unheil seinen Lauf genommen.

Jetzt stand er am Fenster und sah hinab auf den riesigen Parkplatz vor seinem Büro, wo neben Daniels Dodge die Autos von 11.000 weiteren Mitarbeitern der National Security Agency in der Sonne glänzten. Gleich ihm waren sie damit beschäftigt, praktisch die gesamte Telefon- und Internetkommunikation des Planeten auszuwerten. Potenzielle Gegner ebenso wie Verbündete, Regierungen und Wirtschaftsunternehmen, Terroristen und unbescholtene Bürger. Selten legal und meistens verdeckt. Was nützten da Sicherheitsprogramme und Virenscanner. Die NSA war den Programmierern der Softwarefirmen stets auf der Spur und zumeist einige Schritte voraus.

Und dann die glorreichen Zeiten der sozialen Netzwerke! Facebook, Twitter und WhatsApp lagen wie offene Bücher vor den Analysten von Amerikas größtem Auslandsgeheimdienst. So auch die Nachricht, welche die

Algorithmen der Suchprogramme aus der unübersehbaren Datenflut des Internets und aus Millionen Telefonaten gefiltert hatten und die der wahre Grund war, warum Daniel den Wechsel der Jahreszeiten nicht mitbekommen hatte.

Die Suchanfragen und das Telefonat erschienen auf den ersten Blick harmlos. Zwar hatten sie für XKeyscore und Nucleon sowie einen unbekannten Kollegen in Wiesbaden gereicht, um sie als potenziell gefährlich einzustufen, aber erst Daniels Wissen und seine akribische Arbeitsweise hatten ihm die Möglichkeiten aufgezeigt, die der heutige Analyseauftrag für ihn eröffnete.

Die Daten stammten aus Deutschland, einem der am besten überwachten Staaten dieser Erde. Lag dies an der permanent schwelenden Paranoia Amerikas und am Zweifel an der Treue des treuesten Verbündeten? Oder einfach daran, dass die Überwachung dieser europäischen Wirtschaftsgroßmacht so einfach war?

Seiner misslichen Lage trotzend grinste Daniel innerlich bei dem Gedanken. Wie war das gewesen, als man die Abhöranlagen im bayerischen Bad Aibling auf Druck der deutschen Regierung abgebaut hatte, nur um diese in der Nähe von Griesheim auf dem dortigen Luftwaffenstützpunkt der Royal Air Force wiederaufzubauen? Oder der Schock, als der NSA-Mitarbeiter Edward Snowden Deutschland und der Welt von den Abhöraktionen im Allgemeinen und dem Handy der Bundeskanzlerin im Besonderen erzählt hatte?

Ein kurzer Schreck war durch das Hauptquartier in Fort Meade gezuckt.

Ein ganz kurzer, wohlgemerkt. Hatte Deutschland aufgeschrien? Hatte es Konsequenzen gezogen? Daniels Grinsen eroberte seine Lippen. Die Bundeskanzlerin hatte den amerikanischen Botschafter einbestellt und ihre Empörung geäußert. Und dann? Dann hatte sie dem Mann, der ihr das ungeheuerliche Verhalten ihrer angeblichen Freunde erst verraten hatte, die Überflugrechte über ihr Land verweigert. Edward Snowden musste auf seiner Flucht vor der Rache der moralischen Weltinstanz nach Russland einen Umweg nehmen. In Deutschland hatte man ihn zur unerwünschten Person erklärt. Special Agent Silverman schüttelte den Kopf angesichts der Erinnerung an das heimliche Gelächter in den Büros und Fluren von Fort Meade. Wie praktisch es für sein Land doch war, eine der größten Wirtschaftsnationen der Welt an der Leine zu führen.

Dann zwang er seine Gedanken in die Gegenwart. Das Grinsen verschwand.

Daniel wandte sich vom Fenster ab und dem Bildschirm seines Computers zu. Er griff in die oberste Schublade seines Schreibtisches und holte sich ein Aspirin heraus. Nein, besser zwei, dachte er. Sein Kopf glich einem aufgeschreckten Bienenschwarm.

Er spülte die beiden Helfer in der Not mit einem Glas Wasser hinunter und machte sich an die Arbeit. Es handelte sich um einige Google-Suchanfragen und ein Telefonat. Die Rechner der Agency hatten einen Zusammenhang zwischen beiden hergestellt und die Sache zumindest als prüfenswert eingestuft. Seit er einige Jahre in der US-Botschaft in Berlin verbracht hatte, war Daniel neben einigen anderen für diese Fälle zuständig. Und dabei waren es nicht nur seine ausgezeichneten Kenntnisse der deutschen Sprache, sondern auch sein politisches und historisches Hintergrundwissen über dieses Land, die ihn zu einem der erfolgreichsten Analysten in seiner Abteilung machten.

Sein anfänglich eher beiläufiges Interesse stieg beträchtlich, als er sich durch den Bericht arbeitete. Der erste Hinweis war gelinde gesagt langweilig.

Hakenkreuze tauchten in den sozialen Medien zu Tausenden auf und deuteten zumeist auf irgendwelche harmlosen Spinner hin, die nicht einmal wussten, was genau sich hinter diesem Symbol verbarg.

Die anderen Begriffe machten die Sache schon interessanter.

Nordische Mythologie. Auch dies ein Hinweis auf nationalistische Gesinnungen.

Dann der Ort: Hohenlychen. Davon hatte er noch nie gehört. Eine Anfrage an den Computer später wusste er mehr. Aufmerksam las er das mehrseitige Dossier über die Heilanstalt im Norden Deutschlands.

Inzwischen entfaltete das Aspirin seine Wirkung. Die Kopfschmerzen wichen und machten seinem analytischen Verstand Platz.

Sein Gedächtnis suchte nach den Namen, die der Bericht enthielt. Gebhardt, Heißmeyer, Stumpfegger. Letzterer löste ein kurzes Gefühl des Erinnerns aus, das sich jedoch nicht greifen ließ.

Wieder bemühte er die Datenbanken der Agency. Langsam formte sich aus den einzelnen Puzzleteilen ein Bild. Er überlegte kurz, stand auf und ging hinab in die Archive. Zu den uralten Dokumenten auf – es war kaum zu glauben – Papier. Endlose Regale gefüllt mit Büchern, Aufzeichnungen, gerollten Karten und wer weiß, was sonst noch allem, das niemand für wichtig genug hielt, um es einzuscannen und zu digitalisieren.

Und dort fand er zwischen Stapeln anderer Berichte über echte und vermutete Geheimwaffen des NS-Regimes den einen, auf den er gehofft hatte. Es war nur ein Brief. Ein Brief, der dem israelischen Geheimdienst Jahre nach Ende des Krieges in die Hände gefallen war, um auf verschlungenen und unergründlichen Wegen bei der NSA zu landen.

Daniel las. Zweimal, zehnmal. Wissenschaftliche Ausdrücke, die ihm nichts sagten. Doch das, was er verstand, reichte, um ihm die Brisanz des Fundes aus Deutschland schlagartig vor Augen zu führen.

Er atmete tief durch. Vielleicht, dachte er. Vielleicht ist dieses Mädchen meine Rettung. Seine Augen suchten noch einmal die Überschrift des Briefes. Dr. Gabriel Eisenberg hatte ihn schlicht und einfach *Der Tod* genannt.

Regensburg, Oberpfalz-Studentenwohnheim, 17.20 Uhr

»Jetzt mach dir mal keine Sorgen …

Er ist kein so übler Kerl, wie du denkst …

Ich muss aufhören …

Du weißt ja, die Prüfung diese Woche …

Jaja, schon gut. Bis Samstag dann …

Ich komme etwas später …

Ja, ich muss noch bei Julia vorbeischauen …

Ja, ich grüße sie von dir. Tschau.«

Kopfschüttelnd starrte Sabine auf ihr Handy, bevor sie es zur Seite legte. Sie mochte ihre Mutter ja, aber die ständige Fürsorge, mit der diese sie überschüttete, erstickte sie.

Das Gesicht Marianne Kulzers, als sie Michi mit nach Hause gebracht hatte, ließ sie kurz auflachen. Noch nie war der Frau, die sie zur Welt gebracht hatte, die Abneigung so anzusehen gewesen wie in diesem Augenblick. Irgendwie konnte Sabine das ja auch verstehen. War doch die Welt in ihrem Heimatdorf im Bayerischen Wald noch in Ordnung. Da hinein passte kein Kerl, der einem der Fernsehberichte über Hooligans und Radikale entsprungen zu sein schien. Und schon gar nicht als Freund der eigenen Tochter. Nur gut, dass Sabine die Woche in Regensburg und die meiste Zeit des Wochenendes bei Julia oder Michi verbrachte. So blieb Mama und Papa und auch den Nachbarn und Verwandten der Anblick ihres Freundes erspart.

Sabine musste sich eingestehen, nicht wählerisch zu sein, was ihre Begleiter anbelangte. Und diese häufiger zu wechseln, als es gut für sie war. Und Michi?

Na, mal sehen, dachte sie.

Sie setzte sich an den Schreibtisch ihres winzigen Studentenapartments. Was für ein Glück sie doch gehabt hatte, das Zimmer mit Bad und Gemeinschaftsküche im fünften Stock des Oberpfalzheimes zu ergattern. Es war vor allem die perfekte Lage direkt gegenüber der Universität, welche die Wohnanlage bei Studenten so beliebt machte.

Während Sabines Laptop hochfuhr, wählte sie Bettis Nummer. Nach dreimaligem Läuten erklang die Stimme ihrer Studienfreundin: »Willkommen bei Betti Greiner. Auch wenn du ein Freund oder eine Freundin bist – ich bin nicht zu erreichen. Ich sage nur: Examen! Also diese Woche bitte keine Störungen! Bis Freitag! Und euch allen: Viel Glück bei den Prüfungen!«

Mist! Dabei wusste Betti doch, wie ungeduldig sie auf weitere Informationen wartete. Schließlich hatte sie ihr das gestern Abend mehr als eindringlich klargemacht. Und wenn Sabine ihre schüchterne Freundin um etwas bat, ließ diese für gewöhnlich alles stehen und liegen, um den Wunsch zu erfüllen. Manchmal konnte sie sich die fast schon sklavische Anhänglichkeit des Mädchens mit der Figur eines kräftigen Jungen nicht erklären. Dann wieder glaubte sie zu ahnen, warum Betti wie eine Klette an ihr hing.

Das Wort war Liebe.

Ein Gefühl, das Sabine nicht erwidern wollte und konnte.

Nicht, dass sie sich in Liebesdingen bisher anspruchsvoll gezeigt hätte – Michi war der aktuelle Beweis dafür. Ihr Interesse beschränkte sich jedoch ausschließlich auf das männliche Geschlecht.

Aber hatte sie nicht auch immer wieder Hoffnungen und Begierden bei ihrer Freundin geweckt? Vor allem dann, wenn sie ihre Hilfe gebraucht hatte?

Sabine war jedoch heute nicht in der Laune, sich ein schlechtes Gewissen einzureden. Viel lieber hätte sie gewusst, ob Betti schon mehr über die Schatulle herausgefunden hatte.

Na, dann eben später, dachte sie.

USA, Maryland, Fort Meade, Moe's Bar, 13.40 Uhr (19.40 Uhr MESZ)

Gedankenverloren beobachtete Daniel Silverman Moe Rangley, der den Tresen seiner Kneipe polierte. Einmal in der Woche tauschte er die Hektik der Kantine gegen die beschauliche Atmosphäre dunklen Holzes und leiser Bluesmusik bei »Moe's«. Dann verließ er das trostlose Gelände der Agency inmitten der ebenso trostlosen Ansammlung von Bürokomplexen, Supermärkten, Parkplätzen und gesichtslosen Wohnvierteln, alles zusammengehalten von vierspurigen Straßen, die sich Fort Meade nannte, und fuhr hinauf nach Meade Heights. Zumal Moe neben dem besten Bourbon der Stadt auch ein vorzügliches Mittagessen servierte.

Wie immer saß er auf dem Stuhl ganz am Ende der Theke und wartete auf sein original Italian Beef. Moe zwang niemandem ein Gespräch auf und war doch da, wenn man ihn brauchte. Einer der Gründe, warum Daniel dieses Lokal allen anderen vorzog.

Er starrte auf das Glas in seiner Hand und versank in seiner Gedankenwelt. Diese entführte ihn gegen seinen Willen zurück zu den Stunden, die sein Leben in den Abgrund gerissen hatten. Dabei war es nicht nur diese eine Nacht im Keller der beiden alten Damen gewesen, die sein Schicksal besiegelt hatte.

Nein, Daniel wusste, es hatte schon früher begonnen. Spätestens, als er vor seinem Computer eingeschlafen war und Linda entdeckt hatte, welch unbeschreibliche Wege er im World Wide Web beschritt. Was hätte er sagen sollen, um seine Frau zurückzuhalten? Wie hätte er ihr erklären können, dass die Fotografien gefesselter, angeketteter und blutbesudelter junger Mädchen nicht alles waren.

Dass es schlimmer war. Unfassbar schlimmer.

Dass er dabei war.

Dabei, wenn …

»Darf's noch einer sein?«, bewahrte ihn Moe vor dem Albtraum der Erinnerung. Ein stummes Nicken reichte. Das leere Glas verschwand und wurde durch eine weitere Stufe auf dem Weg hinauf in den Himmel des betrunkenen Vergessens ersetzt. Daniel starrte auf die goldbraune Flüssigkeit und ließ sich wieder treiben.

Nachdem ihn Linda verlassen hatte, war alles noch beschissener geworden. Er hatte angefangen zu trinken. Noch hatten es die Kollegen bei der Agency nicht bemerkt, aber es würde nicht mehr lange dauern, und er würde auch seinen Job verlieren.

Der Job! Bis letzte Woche hatte es so ausgesehen, als würde der Beruf seine geringste Sorge sein. Warum nur war er zu den beiden alten Damen gegangen? Warum?

Wütend nahm er einen tiefen Schluck. Er konzentrierte sich auf das leichte Brennen, das über seine Kehle und Speiseröhre den Magen erreichte. Ein tiefer Atemzug und er hatte sich wieder unter Kontrolle. Was nützte es, jetzt die Nerven zu verlieren?

Sein letzter Besuch dort hatte alles verändert. Er schloss die Augen und sah noch einmal den Umschlag, den ihm eine der beiden in die Hand gedrückt hatte. Den Umschlag mit den Bildern. Gestochen scharfe Fotografien.

Daniel, der neben dem Tisch stand.

Daniel, der mit vor Gier irrem Blick auf das gefesselte Mädchen hinabstarrte.

Daniel, nackt und mit blutverschmierten Händen.

Daniel, der …

Ein weiterer Schluck in der Hoffnung auf Vergessen. Doch wie sollte er all das verdrängen? Er wusste, er konnte es nicht. Nicht die Bilder und nicht den Brief, der nur aus einem Satz bestand: »Dein Leben gegen Informationen.«

Mehr nicht. Und doch genug. Es hatte keiner langen Überlegung bedurft, um ihm klarzumachen, dass es um die NSA ging. Um seinen Job!

Irgendjemand hatte ihm eine Falle gestellt und er war blind hineingetappt. Irgendjemand hatte jetzt einen Fuß in der Tür des Geheimdienstes.

Daniel wusste, er musste liefern, sollten die Fotos mit ihm nicht beim FBI landen. Kein zweitklassiges Geheimnis, keine minderwertige Information. Er ahnte, dass der Preis für seine Freiheit ein hoher sein würde.

Seit heute konnte er ihn bezahlen. Ein unbekanntes Mädchen aus Deutschland hatte ihm die Chance in die Hand gelegt, sein Leben wieder in den Griff zu bekommen. Er gedachte, sie zu ergreifen.

Daniel schloss die Augen. Wieder sah er sich die Treppe in den Keller der beiden alten Damen hinabsteigen. Er sah, wie sich die Stahltür öffnete und er in den Raum trat. Er sah die drei anderen Männer und die Frau. Der Bärtige, der beinahe unbeteiligt ausgesehen hatte. Der Einäugige, der seine Gier kaum verbergen konnte. Der Dicke mit der Hornbrille und den schwieligen, zitternden Händen. Die Frau, deren Blick in einer Mischung aus Hass und Bosheit Daniel erschauern ließ.

Und das Mädchen. Sie war mit Handschellen an den Tisch gefesselt und stand zweifellos unter Drogen. Das verrieten ihre Augen. Und noch viel mehr.

Es waren diese Augen, die ihn seither jede Nacht verfolgten. Es war nicht die Angst in ihnen. Es war der unausgesprochene Vorwurf, die stille Frage: Warum?

Sie mochte 15 oder 16 Jahre alt sein und aus Mexiko, Puerto Rico oder einem anderen dieser Länder des südlichen Teiles des amerikanischen Kontinents kommen. Fragte sie sich gerade, warum sie ihre Heimat verlassen hatte? Warum sie dem Versprechen auf ein besseres Leben gefolgt war? Wünschte sie sich, niemals von zu Hause weggegangen zu sein?

Dann durchbrach ein Strahl der Erkenntnis den Nebel der Drogen und sie begann, an den Fesseln zu rütteln und zu wimmern. Es war wie ein Signal für die Menschen in diesem Keller. Es war der Augenblick, da aus Menschen Tiere wurden.

Daniel riss die Augen auf. Er umklammerte das Glas und atmete schwer.

»Alles in Ordnung?«

Moes Stimme klang nicht sonderlich besorgt. Sicher traf er in seinem Berufsleben nicht zum ersten Mal auf einen Kunden wie Daniel. Wie viel Schicksale und Probleme waren schon hier, an diesem Tresen, abgeladen worden?

Daniel nickt kurz, leerte das Glas und reichte ihm 30 Dollar.

»Und das Beef? Ist gleich fertig.« Moe sah ihn erstaunt an.

»Tut mir leid. Heute nicht.« Daniel legte die Hand auf seinen Bauch, um zu signalisieren, dass er sich nicht wohlfühle. Ein paar Köpfe wandten sich ihm zu, als er die Bar verließ, und vergaßen ihn einen Augenblick später schon wieder.

Moe schüttelte empört den Kopf. Komischer Kauz. Das gute Beef.

Daniel sah auf die Uhr. Es war an der Zeit, die beiden alten Damen anzurufen. Sie waren sein Kontakt zu seinem Erpresser. Sie sollten ihm mitteilen, dass Daniel bereit war zu bezahlen. Seit heute hatte er seinen Anteil an diesem Geschäft. Er befand sich in seinem Kopf. Morgen dann würde er zu den beiden gehen. Nicht, um ein hilfloses Mädchen zu quälen und seine Begierde an ihrem Leid zu befriedigen. Nein, morgen würde er den Unbekannten treffen, um von ihm sein Leben zurückzufordern.

USA, Maryland, Fort Meade, NSA Hauptquartier, 14.15 Uhr (20.15 Uhr MESZ)

Edward hatte sein Büro als Ort des Treffens ausgewählt. Nicht nur, weil er Daniel Silvermans unmittelbarer Vorgesetzter war. Nein, er war es auch gewesen, der der inneren Abteilung empfohlen hatte, den Analysten der Sektion Europa genauer unter die Lupe zu nehmen. Diese hatte mit Alan Kingsley einen ihrer erfahrensten Bluthunde auf Daniel angesetzt.

Die beiden NSA-Agenten saßen in den durchaus bequemen Lederstühlen in Edwards Büro und beobachteten den dritten Mann im Raum.

Barry Perkins starrte aus dem Fenster hinaus auf den Parkplatz, der sich diesseits der Stacheldraht- und Elektrozäune ausbreitete. Ein Bild, das ihn unweigerlich an Langley, das Hauptquartier seiner Firma, erinnerte. Während er den an- und abfahrenden Autos bei ihrer Suche nach freien Parkplätzen zusah, versuchte er, das soeben Gehörte zu verarbeiten. Hatten die beiden Männer hinter ihm tatsächlich von einer Gefahr gesprochen, die von den Nazis des Dritten Reiches ausging? Hatte man Hitlerdeutschland nicht besiegt? Gründlich besiegt? Griff der Arm des Führers über die Jahrzehnte hinweg aus der Vergangenheit nach der Gegenwart? Als ob Nordkorea, der Islamische Staat und Putin nicht schon reichen, dachte Barry. Waren sie nicht Gefahr genug für sein Land, nein, für die gesamte Menschheit?

Barry Perkins unterschied sich von den beiden anderen Männern. Äußerlich glichen sie sich zwar: Anzug und Krawatte, groß gewachsen mit entschlossenen Gesichtern. Doch die beiden agierten im Verborgenen. Hinter Computern und eingesperrt in Büros und Labore beschafften sie Informationen. Informationen, die ihn und die Agency ins Spiel brachten. Die CIA und ihr Agent Barry Perkins standen an der Front, wenn es die Interessen der USA und damit der freien Welt zu verteidigen galt.

Und diese Interessen standen heute auf dem Spiel. Wieder einmal! Das wusste er und das wussten die beiden anderen Männer im Raum.

Barry drehte sich um und setzte sich auf den letzten freien Stuhl. Er kannte Kingsley und Dallmann nicht, doch er spürte das Band, das sie mit ihm verband. Es war geflochten aus bedingungsloser Loyalität zu ihrem Land. Sie würden alles dafür tun. Sie würden die heraufziehende Gefahr bannen. Egal, zu welchem Preis!

»Nun, Mr. Perkins.«

»Barry!«, unterbrach der CIA-Agent Edward Dallmann. »Ich denke, wir sollten bei Barry bleiben.«

»Gut. Edward!«

»Und Alan!«

Die drei reichten sich die Hände. Damit war der Form Genüge getan.

»Also, Barry. Sie wissen jetzt, was Daniel Silverman herausgefunden hat. Was halten Sie davon?«

»Hört sich nach einem guten Special Agent an.« Barry lehnte sich zurück und schlug die Beine übereinander.

»Hört sich nach einem Verräter an.« Alan Kingsleys Stimme klang verbittert.

»Jedenfalls hat er nicht lockergelassen und in den Bucharchiven weitergeforscht.«

»Bucharchive? So etwas gibt es noch?« Barry war ehrlich überrascht.

»Wie man sieht, manchmal ganz nützlich.« Kingsley zog einen schwarzen Füller aus der Innentasche seines Sakkos und begann, diesen zwischen den Fingern kreisen zu lassen. Wohl seine Art der Konzentrationshilfe, dachte Barry. Der Agent der inneren Abteilung der NSA schaffte auf seiner persönlichen Sympathieskala von eins bis zehn höchstens eine vier.

»Hätte Silverman dort nicht gesucht, wir hätten es auch nicht getan«, gestand Edward Dallmann. »Als wir herausfanden, dass er dort unten war, haben auch wir alles durchsucht und gefunden, was er gefunden hat.«

»Gabriel Eisenbergs Brief!«

»Dr. Eisenbergs Brief«, konkretisierte Edward Dallmann und fuhr fort, ehe Barry fragen konnte. »Gabriel Eisenberg war ein israelischer Forscher. Zu jener Zeit mehr ein jüdischer Forscher.«

»Zu jener Zeit?«

»Er überlebte das Deutschland Adolf Hitlers. Nachdem

der Krieg beendet und Nazideutschland untergegangen war, machte er es sich zur Aufgabe, die Täter aufzuspüren.«

»Dr. Eisenberg war ein Nazijäger?« Barry verspürte Lust nach einer Zigarette, verdrängte sie jedoch wieder.

»Nun, keiner vom Bekanntheitsgrad eines Simon Wiesenthal. Das wollte er wohl auch nicht sein. Gabriel Eisenberg spezialisierte sich auf die Verbrechen, die im Umfeld der Konzentrationslager von Ravensbrück und Neuengamme begangen wurden.«

»Dazu muss man wissen, dass seine Verlobte Rachel Ledermann Gefangene im KZ Ravensbrück war«, fiel Edward seinem Kollegen ins Wort.

»Und an den Folgen medizinischer Versuche in den Heilanstalten Hohenlychen ums Leben kam«, fuhr dieser fort.

»Hohenlychen? Das ist doch der Ort, nach dem dieses Mädchen in Deutschland sich erkundigt hat. Er steht auf der Schatulle, richtig?« Langsam begann Barry, Zusammenhänge zu erkennen.

»Dort gab es mehrere Ärzte, die sich durch Menschenversuche einen Namen machten. Einer von ihnen, Kurt Heißmeyer, vergrub seine Ergebnisse auf dem Gelände der Anstalt.«

Barry ließ seine Finger knacken. »Lassen Sie mich raten: in einer Metallschatulle.«

Edward Dallmann nickte wortlos.

Barry faltete seine Hände wie zum Gebet und vergrub Mund und Nase darin. Ein sicheres Zeichen, dass er konzentriert nachdachte. Die beiden anderen unterbrachen ihn nicht. Nach fast zwei Minuten gemeinsamen Schweigens räusperte sich der CIA-Agent. »Was war Dr. Heißmeyers Forschungsgebiet?«

Diesmal war es Alan Kingsley, der antwortete: »Heißmeyer befasste sich mit der Bekämpfung von schwerer Tuberkulose.«

»Mit der Bekämpfung? Wären dann seine Aufzeichnungen nicht ein Fortschritt für die Medizin?« Barry sah die beiden an, dann korrigierte er sich selbst: »Wohl kaum. Seither ist die Forschung sicher schon um Lichtjahre weiter als zu Heißmeyers Zeit.«

»Grundsätzlich ja, aber er hatte einen entscheidenden Vorteil gegenüber heutigen Wissenschaftlern.«

Noch ehe Alan Kingsley weitersprach, wusste Barry, was er meinte. Menschenversuche! Heißmeyer testete am lebenden Menschen. Edward erkannte offenbar, dass der Kollege vom CIA verstanden hatte.

»Ein Vorteil, um den die Naziärzte von so manchem Kollegen späterer Jahre beneidet wurden.«

»Das glauben Sie doch selbst nicht.« Barry schüttelte den Kopf.

»Täuschen Sie sich nicht über die Ethikvorstellungen unserer Zivilisation. Es gibt belegbare Aussagen von Wissenschaftlern und Ärzten, die die Forschung am Menschen als Ideallösung propagieren und die Möglichkeiten der NS-Forschung als vorbildlich bezeichnen.«

Nun war es auch an Alan Kingsley, Edward Dallmann ungläubig anzustarren. »Und ich spreche hier auch von amerikanischen Forschern«, setzte dieser noch einen drauf.

»Na schön. Noch mal. Warum sollte vom Inhalt dieses Kästchens eine Gefahr ausgehen, wo Heißmeyer doch die Bekämpfung der Tuberkulose im Sinn hatte?«

»Weil Eisenberg etwas anderes berichtet. Er hat Mitarbeiter und überlebende Versuchsopfer Heißmeyers befragt. Es scheint, als habe dieser bei seinen Versuchen einen neuen Typus der Tuberkulose entdeckt. TBC wird durch Bakterien übertragen. Wird ein Mensch davon befallen, setzt die Medizin Antibiotika ein. Der häufigste Fall der Tuberkulose befällt die Lunge. Nicht so Kurt Heißmeyers Bakterien. Sie lösten die sogenannte Miliartuberkulose aus. Sie schädigt mehrere Organe gleichzeitig und führt immer zum Tod der Patienten. Die Bakterien waren gegen jede Form der Behandlung resistent, vermehrten sich rasend schnell und wurden enorm leicht übertragen.«

»Und das alles wissen Sie ...«

»... aus einem Brief von Dr. Eisenberg an den Schin Bet«, vervollständigte Alan Kingsley Barrys Satz.

»Sechs Millionen seiner Landsleute haben das Dritte Reich nicht überlebt«, übernahm Edward Dallmann wieder das Wort. »Gabriel Eisenberg schon. Er lebte in Krakau, wurde deportiert und entkam irgendwie den Gaskammern der Nazis. Zum Ende des Krieges schaffte er es nach Österreich, wo ihn unsere Truppen aufgriffen. Als David Ben-Gurion im Mai 1948 den Staat Israel ausrief, gehörte Eisenberg zu den ersten Juden, die sich in der Hoffnung auf eine neue Heimat aufmachten. Nach den ersten turbulenten Jahren entschloss er sich, sein Wissen seinem Land zur Verfügung zu stellen. Er wandte sich an den israelischen Inlandsgeheimdienst. Der Schin Bet informierte den Mossad und von dort gelangten Eisenbergs Aufzeichnungen aus unerfindlichen Gründen in unsere Archive.«

»Wo sie jahrzehntelang verstaubten«, beendete Alan Kingsley den Bericht seines NSA-Kollegen.

»Bis ein Mädchen in Bayern ein Kästchen findet«, meinte Barry nachdenklich.

»Und im Internet nach der Bedeutung der Worte darauf nachforscht!« Der Füller in Kingsleys Hand kam kurz zum Stillstand, wie Barry dankbar registrierte. Der NSA-Agent würde es noch schaffen, seine Nervosität auf ihn zu übertragen.

»Und damit unsere Suchprogramme aktiviert.« Edward Dallmann stand auf und ging zur Tür: »Auch einen Kaffee?« Barry und Alan winkten ab. »Bin gleich wieder da!«, ließ er die beiden anderen mit ihren Gedanken zurück. Barry versuchte Kingsley, dessen Füller wieder zu kreisen begann, zu ignorieren und seine Gedanken zu sortieren.

»Was wissen wir noch über Kurt Heißmeyer?«, fing er Edward Dallmann ab, kaum dass dieser den Raum wieder betrat.

»Das Zeug wird auch immer widerlicher«, schimpfte dieser auf den Pappbecher in seiner Hand, während er sich zurück in seinen Stuhl sinken ließ. »Er war nur einer von mehreren Ärzten, die in Hohenlychen gearbeitet haben. Der Chef der Klinik war Karl Gebhardt. Unter seiner Leitung führte Kurt Heißmeyer die Versuche durch, die für Rachel Ledermanns Tod verantwortlich waren. Das Ganze begann, als SS-Obergruppenführer Reinhard Heydrich nach einem Attentat in Prag an Wundinfektion starb. Daraufhin erprobte Gebhardt die Wirkung von Sulfonamid an 36 Frauen aus dem KZ Ravensbrück. Er setzte ihnen die Bakterien zusammen mit Holz- und Glaspartikeln in die Oberschenkel ein. Drei der Frauen starben. Eine davon war Gabriel Eisenbergs Verlobte.«

»Heißmeyers Versuchspersonen wurden ihm vom KZ Neuengamme bei Hamburg zur Verfügung gestellt«, führte Alan Kingsley fort. »Gebhardt wurde bei den Nürnberger Prozessen zum Tode verurteilt.«

»Und Kurt Heißmeyer?«

»Er hat seine Versuche an Erwachsenen und Kindern durchgeführt.«

Barry vermeinte, Empörung in der bisher analytisch kühlen Stimme Edward Dallmanns zu hören. »Am Ende hat er 20 Kinder aus Auschwitz angefordert, die er mit einer Lungensonde mit den Tuberkuloseerregern infizierte. Als die britischen Truppen Hamburg erreichten, ließ er die Kinder im Keller einer Schule strangulieren. Nach dem Krieg war er Direktor einer Klinik in der damaligen DDR. Erst 1963 wurde er verhaftet und zu lebenslanger Haft verurteilt. Er starb nach einem Jahr im Gefängnis an Herzinfarkt.«

Barry hielt es nicht mehr auf seinem Stuhl. Er wusste, dass seine Gedanken irrational waren. Auch das Todesurteil gegen Karl Gebhardt konnte keines der Opfer dieses gewissenlosen Unmenschen retten. Und dennoch befriedigte es auf gewisse Weise das Gerechtigkeitsgefühl der Sieger, zu denen sich Barry als Amerikaner zählte. Dass ein Kindermörder wie Kurt Heißmeyer nahezu unbescholten weiterleben und sterben durfte, traf ihn bis ins Mark.

»Ich weiß, was Sie denken«, rief ihn Edwards Stimme zurück. »Aber Heißmeyer ist tot. Seine Entdeckungen sind es nicht. Sie wurden gefunden, und wenn sie das sind, was wir denken, dann können sie in den falschen Händen gefährlich sein.«

Und damit waren die drei Männer endlich dort angelangt, wohin sie dieses Gespräch führen sollte, seit sie Edward Dallmanns Büro betreten hatten.

»Nun gut«, ergriff Barry das Wort. »Ihr Mann, Silverman, kennt also Eisenbergs Brief und er weiß vom Fund der Forschungsergebnisse von Kurt Heißmeyer. Wenn er diese Informationen zu Geld machen will, braucht er einen Abnehmer.«

»Richtig. Und um den geht es.« Die beiden NSA-Agenten musterten ihn bedeutungsvoll. Dann eröffnete ihm Edward Dallmann ihren Plan.

Chamerau, Ortsteil Roßberg, 22.25 Uhr

Die Nacht brachte die Antwort. Ohne große Anstrengung war die Geschichte plötzlich da! Wie schon so häufig! Julia stand noch einmal auf, schaltete ihren Laptop ein und drei Stunden später wieder aus. Dazwischen lagen elf Seiten, auf denen Laura, ihre Heldin, die Schatulle fand und wieder versteckte. Kurz vor Mitternacht las Julia ihre Geschichte noch einmal durch. Sie korrigierte ein paar Tippfehler und verbesserte einige Ausdrücke und Szenen. Dann druckte sie die Seiten aus und heftete sie in den Ordner zu all den anderen Abenteuern, die sie in diesem Jahr bereits erdacht hatte.

USA, Virginia, Salona Village, 22.35 Uhr (04.35 Uhr MESZ)

Der Verkehr auf der Interstate 495 hielt sich an diesem Abend in Grenzen. Barry überquerte gerade die Brücke über den Potomac River. Gleich würde er wieder in Virginia sein, dem Staat, in den er und Clara gezogen waren, als er bei der Agency angefangen hatte.

Er konnte es nicht fassen. Die Geschichte, die ihm die beiden NSA-Agenten vor kaum fünf Stunden eröffnet hatten, barg die einmalige Gelegenheit, Joshua endlich zu fassen.

Joshua! Er war der große Unbekannte und er war für den Tod zahlloser Menschen verantwortlich. Er kaufte und verkaufte militärische und industrielle Informationen ebenso wie politische Geheimnisse. Seine Ware tötete niemanden unmittelbar und doch führte sie zu Verrat, Kriegen und Terror. Und er, Barry, hatte es sich zur Aufgabe gemacht, dem ein Ende zu setzen.

Doch zugleich hatten Alan und Edward ihn mit in einen Albtraum gezogen. Konnte es wirklich sein, dass sich amerikanische Sicherheitsbehörden in Verbrechen verwickeln ließen, die fern jeder Vorstellungskraft lagen?

Barry sah sich nicht als naiven Gutmenschen. Auch er wusste, dass die Geheimdienste seines Landes in ihrer Geschichte nie zimperlich in der Wahl ihrer Mittel und Verbündeten gewesen waren. Auch seine Firma nicht. Schließlich galt es, die Interessen abzuwägen. Das Wohl braver und unbescholtener US-Bürger stand doch deutlich höher als das des Restes der Welt.

God save America.

Um die anderen konnte er sich danach kümmern.

Aber das, was der unscheinbare braune Umschlag, den ihm Kingsley mitgegeben hatte, enthielt, sprengte die Grenzen seiner Vorstellung von Moral und Ethik. Noch immer war er verwundert, dass die NSA ihn in diese Operation miteinbezog. Er machte sich nichts vor. Sie wollten ihn nicht wegen seines brillanten Könnens oder seiner überragenden Erfolgsbilanz. Beides gab es nicht. Sie wollten ihn, weil er der Einzige war, der Joshua je gesehen hatte. Es war bei einem der vielen missglückten Versuche, den Händler des Todes zu verhaften, passiert. Barry hatte ihm direkt gegenübergestanden, ihm sogar die Hand geschüttelt. Erst später, zu spät, erfuhr er, wer der Mann gewesen war, der sich ihm als Kollege von Europol vorgestellt hatte. Vielleicht rührte daher seine Verbissenheit? Vielleicht musste er deshalb Joshua unbedingt finden? Weil er ihn schon hatte. Weil er so nahe an ihm dran war, wie man nur sein kann. Und deshalb würde er bei der Operation mitmachen. Deshalb würde er Edward Dallmanns Plan unterstützen.

*

Clara und Nancy schliefen bereits. Gott sei Dank, dachte er. Auf dem Wohnzimmertisch vor ihm lagen die Fotos. Seine Familie durfte diese nie sehen. Wie sollten sie dieses Grauen verkraften? Und wie das Wissen, dass ihr Ehegatte und Vater, der Mann, den sie als aufrechten Kämpfer für die Freiheit ihres Landes sahen, dass dieser Mann es zuließ, dass zwei alte, unfassbar skrupellose Frauen ihr Geld damit verdienten, in ihrem Keller unschuldige Mädchen an den Abschaum der Menschheit zu verkaufen? Und das unter dem Schutzmantel des amerikanischen Staates, verkörpert durch die NSA und jetzt auch durch ihn, Barry Perkins, Familienvater und CIA-Agent. Und das nur, weil die beiden mit diesen Verfechtern der wahren Demokratie zusammenarbeiteten und ihnen verraten hatten, dass der NSA-Mitarbeiter Daniel Silverman von einem unbekannten Fremden kontaktiert worden war und dass diese Information doch sicher wertvoll genug sei, um weiter ungestraft ihrem schmutzigen Menschenhandel nachzugehen.

Natürlich hatten die beiden Damen auch ein Bild des Fremden geliefert und auf diesem hatte er trotz des Bartes Joshua erkannt. Der Mann auf dem Foto war weder groß noch klein, weder dick noch dünn. Sein dunkles Haar fiel in einem Scheitel nach links, der Bart verdeckte ein ovales Gesicht mit braunen Augen und einer unauffälligen Nase.

Unauffällig.

Genau das war es, was diesen Mann auszeichnete. Auch wenn er sich nicht sicher war, ob Augen- und Haarfarbe jene waren, mit denen die Natur Joshua ausgestattet hatte. Es war diese Beliebigkeit, diese Einordnung in die Norm und den Durchschnitt aller Menschen, die Joshuas Tarnung so perfekt machte. Gehörte auch er zu den abartigen Wesen auf den Fotos, oder hatte er die Dienste der beiden alten Damen nur in Anspruch genommen, um sich eine neue Informationsquelle zu erschließen?

Einen Analysten der NSA in der Hand zu haben, kann in diesem Geschäft nicht schaden, dachte Barry. Joshuas Vorgehen bewies ihm wieder einmal dessen unglaubliche Professionalität.

Ein Geräusch an der Tür ließ ihn auffahren. Nancy stand dort und sah ihn mit verschlafenen Augen an. In letzter Zeit träumte der Engel der Familie Perkins des Öfteren von Dingen, die einer Fünfjährigen den Schlaf raubten.

Dann kroch sie zu ihren Eltern ins Bett und schmiegte sich an ihren Vater. Momente, die Barry für nichts auf der Welt vermissen wollte.

Er zwang ein Lächeln auf sein Gesicht und steckte die Fotos rasch in den Umschlag, auf dem die Codenamen der beiden alten Damen standen: Thelma und Louise. Als er das letzte Bild vor den Augen seiner Tochter verbarg, fiel sein Blick auf das Gesicht des Mädchens darauf. Im Bruchteil einer Sekunde schossen die Gedanken durch seinen Kopf: Wer bist du? Woher kommst du? Was ist aus dir geworden? Bist du dort unten gestorben? Auf bestialische Weise getötet worden? Wie viele waren vor dir? Wie viele kommen nach dir?

Niemand!

Das Wort tauchte auf und würde nicht mehr verschwinden. In diesem Augenblick, da er seine Tochter in die Arme nahm und sie ins Bett trug, entschied Barry Perkins, dass er dem Treiben von Thelma und Louise ein Ende setzen würde. Und es spielte keine Rolle, was dann mit ihm geschehen würde.

Dienstag, 06.06.2017
Bad Kötzting, Kurpark, 07.45 Uhr

Eigentlich sollte er nervös sein. Michi Obermeier hatte heute keine Leckerbissen für seine Freunde dabei. Wie jeden Morgen vor der Arbeit saß er auf einem der weißen Metallstühle, die locker verteilt willkommene Sitzgelegenheiten für Parkbesucher boten, und wartete. Der leere Stuhl neben ihm gab ihm Zeit nachzudenken. Die Auslieferung des größten Möbelhauses der Gegend öffnete erst um halb neun. Die Kollegen dort akzeptierten ihn so, wie er war, und das machte die Arbeit erträglich. Sabine stand mit ihm über WhatsApp in Kontakt. Worte und Bilder konnten ihre Nähe natürlich nicht ersetzen. Sie hatte ihm geschrieben, sie hätte noch nichts Genaueres über die Schatulle herausgefunden. Und damit Julia auch nicht. Michi fragte sich, ob er seiner Freundin in dieser Sache vertrauen durfte. Ob Sabine nicht doch mehr wusste, als sie bereit war, mit ihm zu teilen?

Die letzten Stunden hatten für ihn nichts Aufregendes gebracht. Ganz anders schien die Stimmung bei den Kameraden zu sein. Dort hatte seine Nachricht einigen Staub aufgewirbelt. Sie war weit nach oben gedrungen. Vielleicht sogar bis zur Führungsspitze. Michi wagte es nicht, sich das auszumalen. Es war durchaus möglich, dass Leute, deren Namen er nicht einmal kannte, über ihn sprachen. Deshalb hatten sie einen der ihren geschickt, um mit ihm zu reden.

Er kannte den Mann nicht, den er gleich treffen sollte. Aber er wusste, dass er im Rang weit über ihm stand. Und dass er, Michael Obermeier, dabei war, ein wichtiges Blatt in einem großen Spiel zu werden. Falls er alles richtig machte. Falls er die Erwartungen der anderen erfüllte. Und das würde er.

Er drehte sich um, doch der Pavillon hinter ihm war leer. Einige Minuten beobachtete er die Wasserfontäne, die dem großen Teich im Park Leben einhauchte. Fasziniert folgten seine Augen großen und kleinen Wassertropfen, die hochgeschleudert und in ständig neuen Mustern herunterfallend das Rauschen eines Wildbaches erzeugten.

Beinahe hätte er den Mann nicht bemerkt, der sich lautlos in den Stuhl neben ihm sinken ließ. Michi wagte es kaum, den Kopf zur Seite zu drehen. Aus den Augenwinkeln heraus musterte er seinen Kameraden. War der etwa 40-Jährige mit dem vollen dunklen Haar und dem glattrasierten Gesicht überhaupt einer von ihnen? Es konnte sich durchaus um einen normalen Parkbesucher handeln. Schließlich erfreute sich der Kurpark Bad Kötztings nicht umsonst großer Beliebtheit. Und der Mann wirkte nun so gar nicht wie ein Mitglied der unter Beobachtung des Verfassungsschutzes stehenden Keltischen Kameraden. Dazu wollten Anzug, Krawatte und spiegelblank polierte Schuhe einfach nicht passen. Zumindest nicht in Michis Vorstellung. Doch er täuschte sich.

»Wir sind außerordentlich zufrieden mit dir.« Der Mann sprach, ohne Michi anzusehen. Er hielt die Luft an. Was sollte er darauf antworten? Sag etwas! Der andere wartet darauf. Benimm dich nicht wie ein Idiot!

»Ich gebe zu, ich weiß nicht, was das zu bedeuten hat, aber ich dachte mir, dass es wichtig sein könnte.« Nicht gerade geistreich, aber immerhin.

»Du hast einen ausgezeichneten Instinkt bewiesen.« Die Stimme des Mannes war sonor, aber eindringlich. Jemand, der weiß, was er will, fand Michi. »Diese Schatulle ist für die Organisation wichtig. Sie kann uns helfen, unseren Kampf siegreich zu Ende zu führen.«

Wusste ich's doch, dachte er. »Also müssen wir sie beschaffen«, sagte er.

»Nicht wir. Du!«

»Ich? Wie denn?«

»Diese Julia kennt dich. Du wirst sie zu einem Ort, den du noch erfahren wirst, locken. Das ist alles. Dort wird ein anderer Kamerad übernehmen. Alles, was du tun musst, ist, sie dorthin zu bringen. Und zwar so, dass niemand etwas davon bemerkt.«

Das ist alles?, dachte Michi. Das reicht aber schon. Ja, Julia kennt mich, aber sie mag mich nicht. Wie soll ich sie da überreden, mit mir zu kommen?

Doch das sagte er dem Fremden nicht. Schließlich wollte er alles richtig machen. Wie sollte er das, wenn er schon an so einer kleinen Aufgabe scheiterte? Also nickte er stumm. Dann blitzte ein Gedanke durch seinen Kopf. »Und dann? Was passiert dann mit Julia?«

»Du musst dich nicht um das Mädchen sorgen. Wir kümmern uns um sie.«

»Ihr kümmert euch um sie? Was bedeutet das? Ihr wird doch nichts geschehen?«

In Michis Kopf tauchten Bilder auf, die ihm nicht gefielen. Er sah Julia gefangen, verletzt und sogar tot. Na gut, sie konnte ihn nicht leiden und er sie auch nicht. Und er war ein Mitglied der KK. Aber andere Menschen verletzen oder noch Schlimmeres? Nein, das wollte er nicht. Selbst wenn es sich nur um so eine blöde Zicke handelte. Gewalt gegen ein Mädchen? Das war nicht Michi Obermeier.

»Hast du ein Problem damit?« Die Stimme des Mannes nahm einen lauernden Unterton an. »Wir können dich gerne von dieser Mission abziehen.«

Mission? Er war Teil einer Mission? Das konnte nur seinen Aufstieg in der Organisation bedeuten, sollte alles gut gehen. Und was hatte der Kamerad im Nadelstreifenanzug doch gesagt? Die Schatulle konnte den Sieg für die KK bedeuten? Durch seine Hilfe! Michi schüttelte den Kopf.

»Sehr gut.«

Der Fremde stand auf und nickte ihm zufrieden zu. Dann drehte er sich wortlos um.

Auch Michi erhob sich. »Was ist eigentlich in diesem Kästchen?« Der Mann blieb stehen und wandte sich ihm noch einmal zu. Er sagte kein Wort. Michi sah in sein Gesicht und in seine Augen und verstand: Frag nicht!

Dann ging der Mann, der von weither gekommen war, um Michi Obermeier zu treffen. Dieser wusste, es war besser, ihm nicht zu folgen.

Jetzt konnte er nur noch warten, bis ihm der Ort mitgeteilt wurde, an den er Julia bringen sollte.

Damit dort was mit ihr passiert?, dachte er. Er schüttelte den Kopf, um den Gedanken daraus zu verbannen. Überleg dir lieber, wie du sie dorthin bringst!, ermahnte er sich.

USA, Maryland, Silver Spring, Yorktown Road, 08.20 Uhr (14.20 Uhr MESZ)

Rita Hamiltons und Helen Sinwoods Blicke kreuzten sich. Rita legte langsam den Telefonhörer zurück. Der Deal mit Alan Kingsley stand. Heute Nacht sollten sich ihr unbekannter Kunde und Daniel Silverman treffen. In ihrem Haus. Unter Beobachtung der NSA. Ein Ereignis, das über ihre Zukunft entscheiden würde.

Die beiden alten Damen konnten guten Gewissens von

sich behaupten, bei ihren Nachbarn beliebt zu sein. Es wäre ihnen nicht im Traum eingefallen, Streit mit all den braven amerikanischen Bürgern zu suchen, die tagsüber in ihren Büros und Fabriken ihren Jobs nachgingen, um abends das Leben zu führen, das Gott und die Regierung allen Amerikanern versprochen hatten. Unbeschwert und in bescheidenem Wohlstand zu leben, war für die Volksgruppe, die man gemeinhin als Mittelstand bezeichnete, ein Grundrecht, das man sich nicht nehmen ließ.

Rita und Helen verstanden das und sie fanden, sie passten perfekt in dieses Bild. Gelegentlich verteilten sie Kuchenstücke an Willi, den einsamen Rentner von der anderen Straßenseite, und Eis an die Kinder der Familie Walker, deren Dad Vorarbeiter bei US Steel war und sich dort abschuftete, damit die beiden Töchter und der Sohn später aufs College gehen konnten. Die Straße am Rand der Stadt war so unauffällig wie ihr Haus, das sich in nichts von den anderen hier unterschied.

Gäbe es da nicht diesen Raum im Keller.

Hätte Nancy Tillerman von gegenüber den Tisch dort mit den fest montierten Handschellen gesehen, die Lederriemen, Messer und Geräte, deren Sinn sich ihr sicher nicht auf den ersten Blick erschlossen hätte, sie wäre entsetzt zur Polizei gelaufen.

Hätte Alana Brewster, die Krankenschwester war und die ein Geheimnis so gut für sich behalten konnte wie ein inkontinenter 90-Jähriger das Wasser, von den versteckten Kameras gewusst, von den Aufzeichnungsgeräten und Tonbändern, die Bewohner der Yorktown Road wären über Rita und Helen hergefallen und hätten sie gesteinigt. So aber wusste niemand vom wahren Wesen der beiden älteren Damen und niemandem war bisher der Besuch aufgefallen, der in manchen Nächten leise kam und ebenso leise wieder verschwand. Sie kannten die beiden nur als etwas schrullige, aber durchwegs sympathische alte Frauen, deren Nachbarschaft man gerne genoss und die sich blendend zu verstehen schienen, seit sie in das Haus am Ende der Straße eingezogen waren.

Hätte heute jemand die beiden besucht, er hätte sich gewundert. Denn heute stritten sich die beiden, die doch sonst immer einer Meinung waren.

»Jetzt sitzen wir gehörig in der Patsche«, meinte Rita, die an der Spüle stand und das Geschirr abtrocknete.

»Das ist nicht meine Schuld«, antwortete Helen. Sie saß am Küchentisch und blätterte ohne großes Interesse in der Zeitung. Es war ihre Art, Aufregung zu überspielen. Denn sie war aufgeregt. Kein Wunder, stand doch ihr ganzes Unternehmen auf dem Spiel und noch mehr. Vielleicht ging es sogar um ihr Leben. Nicht, dass davon mit 76 Jahren noch viel übrig gewesen wäre, aber immerhin.

»Wir hätten gleich bemerken müssen, dass dieser Kerl gefährlich ist«, jammerte Rita. »Spätestens, als du keinen Ausweis und nichts bei seinen Sachen gefunden hast.«

Helen stimmte ihr im Stillen zu. Wie immer hatten sie an jenem Abend die Kleidungsstücke ihrer Gäste durchsucht, während diese im Kabinett, wie sie den schalldichten Raum nebenan nannten, ihre Party feierten. Es gehörte zu ihrem Geschäftsmodell, ihre Kunden zu kennen. Während diese auf die absolute Anonymität der Veranstaltung vertrauten, wollten Rita und Helen wissen, mit wem sie es zu tun hatten. Die Einzigen, die sie nicht beim Namen kannten, waren die Lieferanten der Mädchen. Es spielte für sie keine Rolle, woher sie kamen. Hauptsache, sie waren jung und niemand vermisste sie.

So würde auch niemand Fragen stellen. Natürlich hätten sie die Namen ihrer Gäste niemals gegen diese verwendet, aber zu wissen, woher sie kamen und was sie taten, war irgendwie beruhigend. Es erregte die beiden alten Damen aufs Tiefste, dass es ganz normale Durchschnittsmenschen waren, mit Frau und Kind, ehrbaren Berufen nachgehende Steuerzahler, die im Kabinett zu Monstern wurden.

Dieser eine Mann aber hatte keine Papiere bei sich gehabt. Keinen Führerschein und keinen Sozialversicherungsausweis. Nichts, an dem man ihn hätte festmachen können. Aber er hatte eine Empfehlung. Ohne Empfehlung hätten sie nie jemanden in ihr Haus gelassen. So waren die Gepflogenheiten in den Kreisen, in denen sich Rita und Helen bewegten. Außenstehende konnten nur durch bereits bekannte Gäste eingeführt werden. Ihr Geschäft war nun mal von besonderer Art und bedurfte eines besonderen Schutzes.

Der Bärtige war ihnen empfohlen worden und er war es gewesen, der ihnen nach seinem ersten Besuch das Angebot gemacht hatte.

»Ist dir nicht aufgefallen, wie er sich bei der Party zurückgehalten hat?«

Helen hatte die Vorwürfe jetzt satt und schoss zurück: »Da war er nicht der Erste. Du weißt genau, dass es immer wieder Gäste gibt, die beim ersten Mal schüchtern reagieren.« Sie musste ihrer Freundin recht geben. Es war sogar schon vorgekommen, dass ein Mann oder eine Frau ohnmächtig geworden war angesichts der Dinge, die die anderen Partygäste veranstaltet hatten. »Woher wusste er aber, dass dieser Silverman bei der NSA ist?«

»Und einer unserer Gäste!«

»Die NSA!«, zischte Rita. »Wie sind sie uns nur auf die Schliche gekommen?«

»Stell dich nicht so dumm! Daniel Silverman, das ist doch klar. Sie haben ihn beobachtet. Er ist einer von ihnen.«

Ja, so war es gewesen. Silverman hatte seine Kollegen auf ihre Spur gebracht und jetzt hingen sie an Alan Kingsleys Haken. Helen wusste, sie mussten ihn schlucken.

Es war der Deal mit Kingsley, der sie vor dem Knast bewahrt hatte. Also mussten sie liefern. Und das brachte sie jetzt in diese Zwickmühle, aus der es kein Entkommen zu geben schien. Denn sie hatten auch das Angebot des bärtigen Unbekannten angenommen. Er wollte diesen Silverman ebenso.

Der Unbekannte schien von den Kameras zu wissen, die versteckt in der Wand des Kabinetts das Geschehen dort aufnahmen. Er hatte ihnen eine riesige Summe geboten für die Aufnahmen der letzten Party. Und während diese ihren Lauf genommen hatte, hatte Rita im Nebenraum die Ausdrucke gefertigt, die der Bärtige in den Umschlag steckte, den er mitgebracht hatte und den sie Daniel Silverman zum Abschied in die Hand gedrückt hatten.

Zu diesem Zeitpunkt war der Fremde schon über alle Berge gewesen. Nicht, ohne ihnen den versprochenen Betrag ausgehändigt zu haben. Bar, wie auch der Eintritt zu der Party beglichen wurde. Nur Bargeld ließ sich nicht verfolgen. Und er hatte ihnen den gleichen Betrag noch einmal versprochen, sollten sie als Kontaktstelle zwischen Silverman und ihm fungieren. Alles wunderbar, dachte Helen. Gäbe es da nicht den Deal mit Kingsley, der ihre Freiheit sicherte. Was blieb ihnen für eine Alternative, als den NSA-Agenten über die Sache zwischen Silverman und dem Unbekannten zu informieren. Und als Bonus ein Foto des Bärtigen zu liefern. Vielleicht half das ja, um sich die NSA wieder vom Leib zu schaffen.

So schön, so gut, dachte Helen. Aber damit hatten sie den ehernen Grundsatz ihres Geschäftes verraten: einen Gast. Sollte sich das herumsprechen, konnten sie einpacken.

»Vielleicht sollten wir uns langsam aus dem Geschäft zurückziehen«, meinte Rita und legte das Geschirrtuch zur Seite. Selten hatte Helen die Freundin so ernst gesehen.

»Du liest meine Gedanken«, sagte sie mit versteinerter Miene.

USA, Fort Meade, NSA Hauptquartier, 08.45 Uhr (14.45 Uhr MESZ)

Alan Kingsley lehnte sich zufrieden zurück. Seine Augen suchten einen imaginären Punkt an der Decke seines Büros. Soeben hatte er den Anruf erhalten. Daniel hatte mit Thelma Kontakt aufgenommen. Er war bereit, Kurt Heißmeyers Forschungsergebnisse und den Inhalt von Gabriel Eisenbergs Brief zu verkaufen. An wen? Nach Auswertung aller Fakten musste der Käufer Joshua sein. Barry hatte das Gesicht auf dem Foto, das Thelma und Louise geliefert hatten, als den Mann identifiziert, der ihnen und ihm schon so oft durch die Lappen gegangen war. Spätestens da war ihm klar geworden, dass das Ende der langen Suche vielleicht endlich bevorstand.

Alan war alles andere als erfreut gewesen, als Edward vorgeschlagen hatte, die CIA mit ins Boot zu holen. Sie, die NSA, standen kurz vor einem Fahndungserfolg, nach dem die Sicherheitsdienste der halben Welt dürsteten. Zumindest die der einen Hälfte, die keine Geschäfte mit Joshua machte. Warum diesen teilen? Am Ende hatte Edward ihn jedoch überzeugt. Unglücklicherweise war Barry der Einzige, der den Mann jemals gesehen hatte. Sie brauchten ihn. Nein, dachte er. Jetzt nicht mehr. Er hatte Joshua trotz des Bartes erkannt und damit seine Schuldigkeit getan. Der Zugriff, die Verhaftung des meistgesuchten Informationsdealers des Kontinents würde in den Händen der NSA liegen.

Alan nahm die Akte, die auf seinem Tisch lag, und sperrte sie in den Schub seines Schreibtisches.

Er wusste von den Mädchen. Von diesem und den anderen davor. Ihr Schicksal warf einen Schatten auf seine Ermittlungen. Ein Schatten, der jedoch vom Glanz des Sieges überstrahlt werden würde.

Joshua war eine Gefahr für die nationale Sicherheit der USA. Seines Landes, seines Volkes. Er befand sich im Krieg mit seinem Land. Ein Schlachtfeld, das Alan als Sieger zu verlassen gedachte. Er würde jedem US-Bürger die Freiheit erhalten, die diese Nation verdiente. Die Menschen da draußen ahnten nichts davon. Er, Alan Kingsley, war ein Soldat, der für sie kämpfte.

Die Mädchen waren ebenfalls Soldatinnen, ohne es zu wissen. Sie waren für das amerikanische Volk gefallen.

Auch Thelma und Louise gehörten zu seinen Truppen. Genauso unfreiwillig wie die Mädchen, doch das spielte für Alan keine Rolle. Er hatte sie in der Hand. Ein Anruf von ihm beim FBI, und Rita und Helen würden ihre letzten

Tage drüben im Estrella Jail in Arizona verbringen. Und sollten die anderen Gefangenen des berüchtigtsten Frauengefängnisses des Landes erfahren, warum die beiden netten alten Damen in so fortgeschrittenem Alter noch den Gefängnishof mit ihnen teilten, konnte die Zeit im Knast zur Hölle für sie werden. Eine Hölle, die der glich, die sie den Mädchen bereitet hatten.

Da sie darauf offenbar keine Lust verspürten, erfüllten sie die ihnen von Alan zugedachte Aufgabe zu seiner vollsten Zufriedenheit. Jetzt lag es an ihm, die nächsten Schritte in die Wege zu leiten.

Daniel Silverman musste observiert werden. Genauso wie das Haus von Thelma und Louise. Dort sollte die Übergabe stattfinden. Und dort würde er Joshua endlich in Handschellen legen.

USA, Maryland, Silver Spring, Sudbury Park, 16.40 Uhr (22.40 Uhr MESZ)

Sudbury Park lag am südlichen Ende der Stadt. In den 90er-Jahren hatten die Stadtväter beschlossen, oben auf dem Plateau zwischen dem Rand des Buchenwaldes und dem Abhang, der bis zu den Gärten der ersten Häuser führte, ein Freizeitgelände für Groß und Klein zu errichten. Ein Geschenk an die Bürger, das diese aber nur in den ersten Jahren annahmen. Obwohl ein Großteil der Stadt dem Besucher der Grünanlage mit dem achteckigen Brunnen in der Mitte zu Füßen lag, hatte die Begeisterung der Menschen nicht lange angehalten.

Vielleicht lag es daran, dass sich auch der neue Bürgermeister bei seinen Wählern beliebt machen wollte und drunten am Fluss einen weiteren Park erbauen ließ. Einen mit Rollschuhbahn, Kiosk und einem WLAN-Hotspot. Verständlich, dass sich die jungen Leute lieber im Flussbad und im Internet tummelten, als den anstrengenden Weg hinauf nach Sudbury Park zu gehen.

Heute verirrten sich nur noch Hunde und ihre Besitzer und manchmal das Auto eines Liebespaares hierher. So mancher Kerl hoffte, die Lichter der nächtlichen Stadt würden helfen, die Stimmung der Auserwählten und deren Moralvorstellungen zu lockern.

So kam es, dass niemand den bärtigen Mann bemerkte, der seit dem Morgen auf einer der zunehmend verfallenden Bänke saß und auf die Stadt hinabblickte. Nichts Ungewöhnliches, hätte er nicht durch ein hochauflösendes Fernglas mit enormer Brennweite geschaut. Zu Füßen des Hügels zog sich die Yorktown Road nach Norden hinein ins Zentrum der Stadt. An ihrem Ende, durch das Glas zum Greifen nahe, lag das Haus der beiden alten Damen.

Alexander Oehgren schenkte ihm jedoch nur einen Bruchteil seiner Aufmerksamkeit. Viel mehr interessierten ihn die anderen Häuser. Das scheinbar unbewohnte gegenüber, in das noch vor dem Sonnenaufgang ein Paar gegangen war. Gegen vier Uhr nachmittags erschien ein weiterer Mann und kurz darauf ging die Frau. Oder der zweistöckige Bau zwei Häuser weiter. Die Gardine eines der Fenster im Obergeschoss war nicht ganz zugezogen. Eine kurze Einstellung am Zoom des Fernglases und er erkannte das auf einem Stativ montierte Teleobjektiv. Sie warten auf mich, dachte er. Seine Hand strich über seinen Bart. Es wurde Zeit, ihn wieder abzurasieren und die Haarfarbe zu ändern. Schließlich musste er sein Äußeres einem anderen der vielen Pässe und Namen anpassen, die ihn seit Jahren durchs Leben begleiteten. Nach 20 Jahren im Geschäft ertappte er sich immer häufiger beim Gedanken, aus diesem auszusteigen.

Irgendwo schlug eine Glocke fünf Uhr. Ohne Hektik packte er seine Sachen zusammen und ging zu seinem Auto, das einsam an der Straße, die herauf zum Park führte, auf ihn wartete. Während er zurück in sein Hotel fuhr, ging er seinen Plan noch einmal durch. Die NSA schien diesmal Ernst zu machen. So wie die CIA und das FBI, Europol und all die anderen in den letzten Jahren. Dass er ihnen immer wieder entwischt war, lag nicht am Glück oder Zufall. Nein, es lag an ihm. An seiner Erfahrung, seiner Rücksichtslosigkeit und nicht zuletzt an seinem Instinkt. Natürlich hatte er die beiden alten Damen beobachtet, ehe er sie auserwählt hatte, den Kontakt zu Daniel Silverman herzustellen.

Natürlich hatte er ihr Haus durchsucht, bevor er diese abscheuliche Nacht im Keller der beiden mitgemacht hatte. Nicht, dass ihn das Schicksal des Mädchens berührt hätte. Was ihn aber aufs Tiefste anwiderte, war das Verhalten der anderen dort. Diese ungezügelte, perverse Gier, mit der sie über dieses Kind, denn mehr war sie noch nicht gewesen, hergefallen waren. Wäre es nicht seinem Plan zuwidergelaufen, er hätte sie in diesem Augenblick alle über den Haufen geschossen.

Er hatte es nicht getan.

Er hatte abgewartet, den beiden Damen die Fotos abgekauft und ihnen eine abenteuerliche Summe geboten, wenn sie halfen, den Deal mit Silverman über die Bühne zu bringen. Woher er von den Fotos wisse, hatten sie ihn gefragt. Er hatte auf eine Stelle in der Ecke gedeutet, wo eine der Kameras versteckt war. Sie hatten sich peinlich berührt angesehen und nicht weitergefragt.

Sie ahnten nicht, dass er am Tag zuvor, als sie in der Stadt gewesen waren, in ihr Haus eingebrochen war und dort den Kameraraum fand. Und nicht nur das. Er hatte auch den versteckten Raum im Dachgeschoss gefunden. Sicher nur, weil eine der beiden Damen die Tür dorthin offen gelassen hatte. Diese fügte sich so nahtlos in die Wand ein, dass der Raum unmöglich von außen zu finden war, kannte man nicht die Pläne des Hauses. Er hatte keine Ahnung, wozu die Erbauer des Gebäudes dieses Versteck vorgesehen hatten, doch für ihn bot es ungeahnte Möglichkeiten. Bevor er das Haus so unauffällig, wie er es durch den Garten betreten hatte, wieder verließ, installierte er noch eine Wanze im Telefon.

Als er dann mit anhören musste, wie ihn die beiden Damen an die NSA verrieten, hatte er kurz überlegt, die Sache abzublasen. Aber dieser Silverman bot Potenzial.

Er hatte es gleich gespürt, als er von Galadriel erfahren hatte, dass ein Mitarbeiter des Geheimdienstes im Darknet surfte und sich dort auch mit den beiden alten Damen verabredete. Zwei geldgierigen alten Damen, die sein Angebot, für ihn zu arbeiten, nicht abschlagen konnten. Nicht bei dem Betrag, den er ihnen geboten hatte.

Und so hatten sie ihn gestern benachrichtigt, Silverman habe ein Angebot zu machen und wünsche, ihn zu treffen. Alexander Oehgren kannte die Spielregeln. Daniel konnte sich darauf verlassen, dass die Fotos von ihm wieder aus seinem Leben verschwinden würden, sollte die Information, die er zu bieten hatte, dies wert sein. Eine Information, die ein gewisses Risiko lohnt, dachte er.

Als er sein Zimmer erreichte, sah er auf die Uhr. Noch eine halbe Stunde. Dann würde Rita in den Supermarkt in der Lincoln Road fahren, wie jeden Abend. Das, was sie dort einkaufte, war nicht der Rede wert. Aber die kleine Shoppingtour gehörte für sie zum Tagesablauf. Genauso, wie den Wagen hinter dem kleinen Schuppen, der die Müllbehälter beherbergte, abzustellen. Ein Ritual sozusagen. Und perfekt für ihn.

Um 22.30 Uhr würde Daniel das Haus von Rita und Helen betreten. So hatten sie es vereinbart. Beobachtet von einem halben Dutzend Agenten der NSA. Sie würden warten, bis auch er im Haus war. Oder wollten sie ihn verhaften, wenn er aus dem Auto stieg oder zu Fuß die Straße heraufkam? Zum ersten Mal an diesem Tag huschte ein Lächeln über sein Gesicht. Ich muss euch leider enttäuschen, dachte er.

Bedächtig schraubte er den Schalldämpfer auf seine Beretta.

USA, Silver City, Yorktown Road, 22.20 Uhr (04.20 Uhr MESZ)

Die Straße lag wie leer gefegt vor ihm. Langsam ließ Daniel seinen Wagen ausrollen. Der Coffeeshop teilte die Yorktown Road in eine nördliche und eine südliche Hälfte. Er wählte einen der rückwärtigen Parkplätze des um diese Zeit nur noch schwach besuchten Ladens. Am Tag genossen hier die Menschen der Umgebung Tom Hanleys vorzüglichen Kaffee und seine schon legendären Donuts. Jetzt lagen Laden und Parkplatz fast leer vor ihm.

Daniel zögerte eine Minute, dann stieg er aus und ging zielstrebig die Straße hinab. Die meisten Fenster um ihn glichen dunklen Augen in den Gesichtern der Häuser. Nur vereinzelt verriet ein zuckendes Blau, dass dahinter noch jemand vor dem Fernseher saß. Er erinnerte sich an die Nervosität, die ihn jedes Mal befallen hatte, wenn er zu den beiden alten Damen gegangen war. Seine heutige Gefühlslage war ihm bisher fremd gewesen. Sein Magen krampfte sich zusammen, wie in dem Augenblick, als er die Fotos von sich gesehen hatte.

Von den nächsten Minuten hing alles ab. Würde der Erpresser auf den Deal eingehen?

Informationen gegen dein Leben!

War Heißmeyers Erbe sein Leben wert?

Als er das Haus erreichte, blieb er zögernd stehen. Er sah sich noch einmal um. Niemand beobachtete ihn. Vorsichtig betrat er das Grundstück und schlich gleich einem Dieb zu der Tür auf der Rückseite des Hauses.

Die Schatten des Gartens umhüllten ihn, die Tür war unverschlossen. Drinnen empfing ihn der kleine Vorraum mit der Beobachtungskamera über der nächsten Tür. Für ihn war diese stets die Mauer zwischen Normalität und Wahnsinn, zwischen Leben und perversem Sterben gewesen. Jetzt sollte sie der Zugang zurück in sein altes Leben sein. Sein Leben vor den Fotos, vor der Erpressung.

Bei seinen bisherigen Besuchen hatte eine der beiden Damen entschieden, ob ihm Zugang zum Kabinett gewährt wurde. Heute war diese Tür nur angelehnt. Was war hier los? War das Teil des Plans des Unbekannten? Oder eine Falle? Noch konnte er umkehren.

Nein, entschied er. Er hatte keine Wahl. Dies war seine einzige Chance. Der Erpresser würde ihm keine zweite gewähren.

Daniel drückte gegen die Tür, die sich lautlos öffnete. Die Treppe dahinter führte in die Tiefe. Er ging weiter, erreichte den kurzen Flur, den Raum vor dem Kabinett. Ein Umkleidezimmer, in dem die Besucher ihre Kleidung zurückließen. Nicht heute. Er sah sich um, kämpfte gegen die aufkommende Übelkeit. Er betrat das Kabinett, blieb stehen.

Die beiden netten alten Damen waren da. Er hatte ihre wahren Namen nie erfahren. Sie saßen in den beiden Sesseln, die an der Wand hinter dem Tisch standen. Sie warteten auf ihn. Wie immer waren beide stark geschminkt, ohne jedoch die Falten in ihren Gesichtern verbergen zu können. Insgeheim hatte er ihre roten Lippen, das dicke Make-up und die farbigen Augenlider stets verabscheut.

Heute waren es die gezackten Einschusslöcher mitten auf ihrer Stirn, die seinen Blick auf sich zogen. Die beiden würden nie mehr Mädchen kaufen, nie mehr Besucher in ihrem Haus empfangen.

Ein Stich durchfuhr seinen Magen, ließ ihn aufstöhnen. Hinter ihm ein Geräusch. Er wirbelte herum und starrte in die Mündung eines Schalldämpfers.

*

Alexander Oehgren kauerte auf dem Boden. Das war der Nachteil seines Verstecks: keine Möbel. Die Vorteile aber wogen diese kleine Unannehmlichkeit mehr als auf. Dieser Raum, dessen ursprünglicher Zweck sich ihm weiterhin entzog, hatte seinen Plan erst möglich gemacht. Er und Ritas Ford Ranger, auf dessen Ladefläche er, verborgen unter einer Plane, unbemerkt ins Haus gelangt war. Während der kurzen Fahrt hatte er sich gefragt, wie viele der unglücklichen Mädchen wohl diesen, oft letzten Weg genommen hatten. Gefesselt und betäubt, dem kommenden Verderben hilflos ausgeliefert.

Das war jetzt vorbei. Nicht, dass er es als sein Ziel ansah, dem Schrecken im Keller der beiden Damen ein Ende zu bereiten. Es interessierte ihn nicht. Genauso wenig wie die beiden selbst. Aber sie hatten ihn gesehen. Und sie hätten bei dem Gespräch gestört, das er mit Daniel Silverman geführt hatte, bevor er auch diesen erschossen hatte. Außerdem hatten sie ihn an die NSA verraten.

Doch das allein war es nicht. Objektiv betrachtet hatten sie ja keine andere Wahl gehabt. Es gehörte zum Geschäft. Alexander verstand das. Insgeheim bewunderte er die Professionalität der beiden Damen. Sie waren ihm gar nicht so unähnlich gewesen. Er war sich sicher, sie hätten verstanden, warum er sie töten musste. Sie hätten es sicher genauso gemacht, dachte er. Jetzt hatten sie ein Loch im Kopf.

Genauso wie Daniel Silverman.

Der Tod des Agenten passte jedoch nicht ins Bild. Alexander war wütend auf sich selbst. Silverman hatte seinen Teil der Vereinbarung eingehalten. Was er jetzt in der Hand hatte, war vielversprechend. Besonders, wenn man einen interessierten Abnehmer dafür kannte.

Er hielt seine Vereinbarungen stets ein. Auch das gehörte zum Geschäft. Absolute Zuverlässigkeit und Vertrauenswürdigkeit. Heute hatte er diese Grundsätze gebrochen.

Natürlich konnte er es nicht riskieren, einen ausgebildeten Agenten, der ihn gesehen hatte, am Leben zu lassen. Doch das hätte er früher bedenken müssen. Der Tod Daniels hatte von Anfang an zum Plan gehört und das war nicht in Ordnung.

Vielleicht war es doch langsam an der Zeit, sich aus dem Geschäft zurückzuziehen. Einen Informanten zu töten, war ein Zeichen von Schwäche und Schwäche konnte er sich nicht leisten.

Jetzt war es zu spät. Es war geschehen und es galt, die nächsten Schritte zu gehen. Noch aber musste er warten, bis seine Jäger da draußen abzogen. Sie würden zurück in ihre Büros gehen und nachdenken. Sicher würden sie bald die richtigen Schlüsse ziehen.

Das Zeitfenster war klein und die Sache mehr als gefährlich. Wenn sie wiederkamen, würden sie nicht gehen, bevor sie diesen Raum gefunden hatten. Silvermans Information aber war das Risiko wert. Donald Whitmoore würde dafür tief in die Tasche greifen müssen. Und er wird es tun, dachte er.

Es gehörte zu seinen hervorstechendsten Eigenschaften, die Interessen jedes seiner potenziellen Kunden bestens zu kennen. Die vielen Stunden, die er mit dem Sammeln von Informationen über sie verbrachte, zahlten sich auch in diesem Fall aus. Sofort hatte er erkannt, für wen Daniel Silvermans Informationen von Wert waren.

Donald Whitmoores National Alliance existierte seit 2013 nicht mehr. Ihr Führer selbst hatte sie aufgelöst. Offiziell zumindest. Seiher lebte er abgeschieden auf seinem weitläufigen Anwesen am Lake Murray. Er hatte sich vollständig aus der Politik zurückgezogen. Soweit man den Rassenwahn einiger Spinner, deren Ziel es war, eine arische Gesellschaft zu installieren, Politik nennen konnte.

Die National Alliance Donald Whitmoores hatte zu ihrer besten Zeit Ende des 20. Jahrhunderts einige aufsehenerregende Aktionen gestartet, die ihren Anführer prompt auf die Liste der zu observierenden Personen katapultiert hatte. Streitigkeiten innerhalb der NA und der darauffolgende Mitgliederschwund führten 15 Jahre nach der Gründung zu ihrer Auflösung.

Jetzt würde er dem Gründer und Anführer dieser längst vergessenen Organisation verblendeter Fanatiker die Möglichkeit in die Hände legen, wieder in Erscheinung zu treten. Für die staatlichen Sicherheitskräfte musste er nach all den Jahren unbedeutend erscheinen.

Ich muss noch heute mit ihm Kontakt aufnehmen, entschied er. In diesem Augenblick reifte ein neuer Plan in ihm. Warum nur die Information liefern?, dachte er. Warum nicht Heißmeyers Forschungsergebnisse selbst? Als krönender Abschluss seiner Karriere. Um dann von dem Geld, das er über den ganzen Globus verteilt angelegt hatte, einen geruhsamen Lebensabend zu genießen.

Passte das zu ihm?

Mal sehen, dachte er, was Donald bereit ist zu bezahlen.

Mittwoch, 07.06.2017
Bad Kötzting, 02.25 Uhr

Sein Sichtfeld beschränkte sich auf einen schmalen Schlitz. So muss sich ein Panzerfahrer fühlen, dachte er. Was für ein absurder Gedanke angesichts des Geschehens, das sich in seinem eingeschränkten Blickfeld abspielte. Er befand sich in einem düsteren Gewölbe. Fackeln an den Wänden warfen tanzende Lichter auf einen schwarzen Tisch.

Nein, kein Tisch, erkannte er. Ein Altar! Davor reglose Gestalten in langen schwarzen Mänteln. Ihre Gesichter verbargen sich unter Kapuzen. Zögernd griff er an seinen Kopf, fühlte den Stoff.

Seine Hand zuckte zurück.

Ich auch?, durchfuhr es ihn. Langsam trat er näher, bis er sehen konnte, was auf dem Altar lag. Ein Mädchen! Weiß gekleidet. Obwohl sie nicht angekettet war, bewegte sie sich nicht. Ihre Augen starrten auf einen imaginären Punkt an der Decke. Sie hatte die Hände vor ihrer Brust verschränkt. Die Gestalten traten einen Schritt an sie heran. Sie schien sie nicht zu bemerken. Ihre Lippen waren zu zwei schmalen Strichen zusammengepresst. Erst jetzt sah er, dass etwas auf ihrer Brust lag. Es war die Schatulle.

Sein Blick wanderte nach oben, blieb an ihrem Gesicht hängen, erkannten es.

In diesem Augenblick drehte sich eine der Gestalten zu ihm um. Sie zog ein rotglühendes Messer hervor und hielt es ihm auffordernd entgegen. Erschrocken wich er zurück. Die schwarzen Mäntel folgten ihm. Das Messer schwebte vor seinen Augen. Die Gestalt zog sich die Maske vom Kopf, gab sich zu erkennen. Der Kamerad aus dem Kurpark sah ihn schweigend an und deutete auf das Mädchen.

Die anderen packten ihn und schoben ihn zu ihr. Ohne zu wissen warum, hielt er plötzlich das glühende Eisen in der Hand, hob es über sie ...

Schreiend wachte er auf. Er rollte sich aus dem Bett und wankte ins Bad. Aus dem Spiegel starrten ihn schreckgeweitete Augen an.

Nein, ächzte er. Nein! Julia, ich werde dir nichts antun.

USA, Fort Meade, NSA-Hauptquartier, 04.20 Uhr

Die Stimmung in Edward Dallmanns Büro ließ sich schwer beschreiben. Ratlosigkeit war das Wort, das ihr am nächsten kam. Barry Perkins stand nachdenklich am Fenster, während Alan Kingsley rastlos auf und ab ging.

Edward erwartete an seinem Schreibtisch die Worte der Frau, die ihm gegenübersaß. Noch studierte Elizabeth Cooper seinen kurzen Bericht über den missglückten Einsatz der letzten Nacht. Endlich blickte sie auf: »Verdammt, Alan! Setzen Sie sich! Es bringt uns auch nicht weiter, wenn Sie hier herumlaufen wie ein Tiger im Käfig.«

Mit versteinertem Gesicht ließ sich der Angesprochene auf einen der Stühle fallen. »Wir glauben doch wohl nicht, dass sich ihre beiden Damen und Silverman gegenseitig erschossen haben?«

»Kann gar nicht sein«, erwiderte Edward. »Andere Kugeln, anderes Kaliber. Daniels Waffe und die von

Thelma und Louise passen nicht.« Noch benutzte er ihre Decknamen. Er wusste, es wäre besser für ihn, nie von den beiden gehört zu haben. Gut, es war Alan gewesen, der die beiden rekrutiert hatte. Es war Alan gewesen, der sie und ihr Geschäft gedeckt hatte. Aber er, Edward, wusste von den Spielchen im Keller der beiden. Er wusste von den Mädchen, den menschlichen Tieren, vom Schrecken dort unten. Er hatte es geduldet. Er hatte es hingenommen. Joshuas wegen. Doch sie hatten ihn nicht gefasst. Sie hatten versagt und nun würden die Ereignisse, über die man im Falle eines Erfolges gerne den Mantel des Schweigens breitete, über ihn und Alan hereinbrechen. Edward wusste das und er sah Alan an, dass auch ihm bewusst war, was kommen würde.

»Also hat Joshua sie erledigt«, fuhr die stellvertretende Abteilungsdirektorin fort. »Obwohl keiner Ihrer Agenten ihn ins Haus gehen sah.« Sie ließ ihren Blick zwischen ihren beiden Untergebenen hin- und herschweifen.

»Weil er schon drinnen war«, ließ sich Barry erstmals aus dem Hintergrund hören.

»Ach was? So weit war ich auch schon.« Elizabeth Cooper sah ihn an, als würde sie ihn erst jetzt wahrnehmen. Es war ihr anzusehen, dass sie der Fehlschlag, mit dem ihre Mitarbeiter sie in diesen ersten Stunden des neuen Tages konfrontiert hatten, wütend machte. »Und wie ist er wieder herausgekommen, nachdem 20 Männer das Haus gestürmt und durchsucht haben?«

Das war die Frage, die in den letzten Stunden die drei Männer beherrschte. Dabei hatten sie nichts dem Zufall überlassen. Barry hatte die Minuten des Zugriffs noch vor Augen. Nachdem Daniel Silverman im Haus verschwunden war, hatten sie gewartet. Fünf Minuten, zehn Minuten.

Doch Joshua war nicht gekommen. Hatte er den Braten gerochen? War er gewarnt worden? Waren sie zu unvorsichtig gewesen?

Schließlich hatte Edward den Zugriff befohlen. Unterstützt von einem Dutzend Männern eines SWAT-Teams hatten sie das Haus gestürmt. Nur, um dort den ganzen Schlamassel vorzufinden.

Daniel tot!

Thelma und Louise tot!

Joshua? Keine Spur von ihm.

»Ich hoffe, Ihnen ist klar, dass Ihre Mission nicht nur ein Fehlschlag ist?«, unterbrach die Frau seine Gedanken. »Sie ist die größte Katastrophe, die diese Abteilung seit Jahren einstecken muss. Und ich hoffe, Ihnen ist auch klar, dass ich das so nicht hinnehmen werde! Noch weiß ich nicht, was sich im Haus Ihrer beiden Damen abgespielt hat. Oder sollte ich sagen, in diesem Keller? Ihr Bericht ist da etwas dünn, meinen Sie nicht? Aber seien Sie versichert, ich werde es herausfinden. Und sollte es mir nicht gefallen, werden Sie sich wünschen, mich nie kennengelert zu haben.« Wieder ließ sie ihren Blick durch den Raum schweifen, blieb bei Barry hängen. »Auch Sie. Ich werde Ihre Dienststelle über alles informieren.« Ihre Stimme war gefasst, aber die drei Männer wussten, diese Frau hielt, was sie versprach.

»Er ist noch da!« Drei Augenpaare richteten sich auf den Mann, der im Raum und doch keiner von ihnen war. »Joshua ist noch im Haus. Zumindest war er noch dort, als wir es verlassen haben.«

»Unmöglich«, meinte Alan. »Wir haben jeden Winkel mehrmals durchsucht.«

»Sie denken an einen versteckten Raum!« Edward verstand.

»Wir brauchen die Baupläne des Hauses«, begriff auch Elizabeth Cooper.

Noch während sie sprach, griff Edward zum Telefon. Sein erster Anruf galt der diensthabenden Eingreiftruppe der NSA. Sie mussten das Haus sofort sichern. Niemand durfte es betreten, niemand verlassen. Dann ließ er sich mit dem städtischen Bauamt verbinden. Hoffentlich ist es nicht zu spät, dachte Barry.

✼

Elizabeth Cooper warf nur einen kurzen Blick in die winzige, unmöblierte Kammer. Dann drehte sie sich kopfschüttelnd um und ging wortlos nach draußen. Ohne die Hilfe des Bauingenieurs, der die Pläne des Hauses mit den Räumen vor Ort verglichen hatte, wäre nie aufgefallen, dass hier oben ein Raum fehlte. Bereits als sie das Haus umrundet hatte, war ihr bewusst geworden, dass ihnen Joshua ein weiteres Mal entkommen war. Bei einem der Fenster zum Garten hatten sie das polizeiliche Siegel gebrochen vorgefunden.

»Eigentlich können wir wieder nach Hause fahren.«

Der Mann von der CIA sprach aus, was sie alle dachten. Und das taten sie dann auch.

USA, Silver Spring, Yorktown Road, 06.15 Uhr (12.15 Uhr MESZ)

Mindestens 20 Augenpaare beobachteten an diesem Morgen das Haus der beiden Damen. Zwar hatten die wenigsten bemerkt, dass in der Nacht eine ganze Armada schwerbewaffneter Einsatzkräfte hineingestürmt war, aber als pünktlich mit der aufgehenden Sonne drei Metallsärge aus dem Haus getragen wurden, kochte die Gerüchteküche in der Nachbarschaft über.

Rita und Helen, hieß es, diese beiden guten Seelen der Nachbarschaft, die stets freundlich und hilfsbereit waren, mit denen sich alle gut verstanden, diese patriotischen Amerikanerinnen seien überfallen und ermordet worden. Die Polizei habe dann den Täter erschossen. Das übliche Verbrechen, das sie alle aus dem Fernseher kannten und das jetzt in ihre Straße und ihr Leben eingezogen war.

Als die Einsatzkräfte wieder abgezogen waren, hatte es niemand gewagt, das Anwesen zu betreten. Gelbe Bänder und amtliche Siegel hinderten sie daran. Anfangs hatten sie vor dem Anwesen gestanden, um das ungeheuerliche Geschehen zu diskutieren. Schließlich gingen sie in ihre Häuser zurück, griffen zum Telefon und teilten ihr vormittägliches Erlebnis mit Bekannten und Verwandten.

Stunden zuvor, nur wenige Minuten bevor die NSA-Eingreiftruppe eingetroffen war, hatte Alexander Oehgren das amtliche Siegel ignorierend eines der Fenster zum Garten geöffnet, war behände hinausgestiegen, unbemerkt durch drei Nachbargärten geschlichen, auf die Straße getreten und unauffällig verschwunden.

*

Mathew Fowler zählte nicht zu Alexanders Geschäftspartnern. Der Rechtsanwalt war nicht sein Kunde, aber mit Donald Whitmoore selbst zu sprechen, barg ein hohes Risiko in sich. Auch wenn beide ihn nur als Dimitri kannten, bot der Name allein keinen ausreichenden Schutz. Die Vermutung lag nahe, dass der ehemalige Führer der National Alliance ständig vom FBI überwacht und abgehört wurde.

Er wollte das Geschäft so schnell wie nur möglich abwickeln.

Gut, er war der NSA entkommen. Wieder einmal. Und wieder einmal war das Glück auf seiner Seite gewesen. Ihm war bewusst, dass es nicht immer so sein würde. Das Geschäft mit Whitmoore sollte noch einmal einen ansehnlichen Betrag in seine Kasse spülen. Dort lag zwar schon mehr, als er zu Lebzeiten ausgeben konnte, aber das war es nicht. Nicht das Geld trieb ihn zu immer neuen Aktionen. Nein, es war das Gefühl, der Beste zu sein.

Er wusste, es gab andere als ihn. Einige hatten sich auf Waffen spezialisiert, andere auf Drogen und wieder andere auf Wirtschaftsgeheimnisse.

Er hatte kein Spezialgebiet. Er lieferte alles. Und er agierte nicht nur im Hintergrund. Weder seine Auftraggeber noch seine Verfolger wussten, dass er jederzeit bereit war, selbst den Abzug zu bedienen, wenn es dem Geschäft dienlich war. Alexander war nicht nur ein Händler des Todes. Er überbrachte ihn auch. Das war es, was ihn so erfolgreich machte.

Und so gefährlich.

USA, Virginia, Langley, CIA-Hauptquartier, 09.40 Uhr (15.40 Uhr MESZ)

Barry Perkins saß einsam in seinem Büro. Nachdem das Scheitern der Mission festgestanden hatte, war er sofort nach Langley zurückgefahren. Seltsam, dachte er. Anscheinend galten die Gedanken der NSA-Agenten ausschließlich Joshua. Dabei ging es doch um viel mehr. Barry sorgte sich um das, was der Dealer von Daniel Silverman erhalten hatte. Kurt Heißmeyers Forschungsergebnisse. Was immer sie auch bedeuten mochten, in den Händen der falschen Leute konnten sie gefährlich sein. Und Joshuas Kunden waren für gewöhnlich die falschen Leute.

Barry stand auf und ging zur Wand. Dort hing eine Karte der USA und daneben eine Weltkarte. Sein Blick suchte Europa, Deutschland, Bayern. Wer auch immer Joshua bezahlte, er würde jemanden schicken und sich die Schatulle holen, dachte er. Und alle beseitigen, die ihm dabei im Weg standen.

Er setzte sich an seinen Computer und startete Google Earth. Sein Gedächtnis spulte zurück und projizierte die Akte Edward Dallmanns vor seine Augen.

Wie hieß der Ort doch gleich? Regensburg! Das Mädchen? Sabine!

Dann traf er die Entscheidung. Seine Tochter musste wieder einmal ein paar Tage ohne ihren Dad zu Bett gehen. Es war an der Zeit, sein Deutsch aufzufrischen. Auch wenn seine Kenntnisse im Laufe der Jahre etwas eingerostet waren, sollten sie für einen Besuch des Landes im Herzen Europas ausreichend sein. Er griff zum Hörer und wählte die Nummer seines Vorgesetzten.

USA, South Carolina, Lake Murray, Shull Island, 14.30 Uhr (20.30 MESZ)

Niemand hätte Mathew Fowler angesehen, dass er einst zu den besten Jahrgangsabsolventen am renommierten Swarthmore College in Pennsylvania gehört hatte. Dem summa cum laude der juristischen Fakultät und dem damit verbundenen steilen Aufstieg, der ihn bis nahe an die Partnerschaft bei »Bowers & Anleitner« geführt hatte, war ein ebenso jäher Absturz gefolgt. Mathew hatte einsehen müssen, dass eine Affäre mit einer Minderjährigen auch im Amerika des 21. Jahrhunderts das Ende aller Ambitionen bedeuten konnte.

Dass es sich bei der 15-Jährigen – hatte sie nicht behauptet, sie sei 20, und auch so ausgesehen? – um die Enkelin eines seiner Bosse gehandelt hatte, war der ganzen Sache auch nicht gerade zuträglich gewesen. Frederik Anleitner hatte den hoffnungsvollsten der 80 Mitarbeiter seiner Anwaltskanzlei nicht nur gefeuert. Er hatte auch dafür gesorgt, dass der Kerl, der es gewagt hatte, seine Finger und noch mehr an seine kleine Alicia zu legen, in keiner anderen Sozietät West Virginias mehr Fuß fassen konnte.

Zu allem Unglück war Mathew Fowler nicht die Art Mensch, die ihren Lebensstil so einfach ändern wollte und konnte. So war es nur eine Frage der Zeit gewesen, bis das letzte Konto überzogen und die letzte Kreditkarte gesperrt war.

In dieser aussichtslosen Lage, kurz vor dem endgültigen Absturz war es Donald gewesen, der ihn am Schopf gepackt und aus dem drohenden Sumpf gezogen hatte. Das war 2002 gewesen, als sich die National Alliance mit ihrem Anführer Donald Whitmoore auf dem Höhepunkt ihrer Macht befunden hatte. Es lag in der Natur der Sache, dass die radikalen Ansichten und Aktionen der NA, die sich gegen Farbige, Juden und das politische Establishment gleichermaßen richteten, nicht nur einmal mit den Sicherheitsbehörden des Staates in Konflikt geraten waren. Es war Mathew gewesen, der führende Agitatoren der NA und deren Gründer Whitmoore erfolgreich verteidigt und so manche Anklage zu Fall gebracht hatte. Warum auch nicht? Schließlich war er noch immer ein Topanwalt!

Mit jedem Prozess, den er zum Vorteil der NA entschieden hatte, war er in der Gunst deren Führers gestiegen, bis diese schließlich in ein lockeres Freundschaftsverhältnis mündete. Mathew hatte nicht nur die Alliance vertreten, sondern auch Whitmoores Privataktivitäten. Da dieser zu jener Zeit seine Brötchen als erfolgreicher Geschäftsmann und Börsenspekulant verdient hatte, stand es auch um die Finanzen seines neuen Anwalts bald merklich besser.

Und er hatte Einblicke in die Strukturen der Organisation gewonnen, die beim FBI mehr als Verwunderung hervorgerufen hätten. Ein weltweites Netz, wie er bald feststellen musste, von dem die Bundespolizei nur wenige Fäden kannte. Mathew erstaunte es dennoch, dass es scheinbar in jedem Land dieser Erde Anhänger der obskuren Rassenideologie seines Brötchengebers gab. Einflussreiche und mächtige Anhänger. Und da er dank ihnen und Donald Whitmoore zu seinem ausschweifenden und luxuriösen Lebensstil zurückkehren konnte, hatte er keinerlei Skrupel empfunden, sich in den Kampf um die Wahrung der Rechte der weißen Rasse einzureihen.

Sicher hatten auch die Überzeugungskraft und das Charisma des inzwischen 55-jährigen Mannes dazu beigetragen, der sich rühmte, seine Vorfahren hätten noch Sklaven ausgepeitscht.

Heute hatte er ein Geschenk für seinen Boss. Als ihn Dimitri noch vor Sonnenaufgang angerufen hatte, war ihm das noch nicht bewusst gewesen. Sie hatten sich zu einem unverfänglichen Geschäftsessen in einem mexikanischen Lokal draußen in West Columbia verabredet.

Als der Kellner Burritos serviert hatte, klang das alles noch mäßig spannend. Spätestens beim Caesar Salad hatte Mathew die ganze Tragweite der Angelegenheit erkannt. Für Donald und die Alliance konnte sich das Wissen in Dimitris Kopf als unbezahlbar erweisen. Jetzt galt es nur noch, beide zusammenzubringen. Das ging selbstverständlich nicht telefonisch. Man konnte nie sicher sein, ob nicht ein FBI-Spitzel sein Ohr an der falschen Stelle hatte. Vorsicht konnte nie schaden!

Ein Treffen auf Shull Island schien doch weitaus sicherer zu sein.

Langsam fuhr er von der Interstate auf das weitläufige Anwesen, das Donald Whitmoore zu seiner Residenz erkoren hatte. Es war wohl kaum Zufall, dass das geschwungene Eisentor und die folgende Eichenallee einer der Baumwollplantagen des Südens nachempfunden waren. Mathew war der Zusammenhang zwischen den Ansichten Donalds und dessen Wohnort in dem Augenblick bewusst geworden, da er zum ersten Mal die Kiesauffahrt zum weißen Herrenhaus hinaufgefahren war.

Er sah kurz zur Seite, doch Dimitri schien wenig beeindruckt zu sein. Keine Regung in seinem Gesicht verriet, was er dachte. Mathew wusste, dass Dimitri nicht zum ersten Mal hier war. Es war kein Zufall, dass er Daniel Silvermans Wissen an Donald Whitmoore verkaufen wollte.

Schließlich war es nicht sein erstes Geschäft mit dem Rassisten. Geschäfte, die stets zur Zufriedenheit beider Parteien verlaufen waren.

Rodik, der Dienstbote des Hauses, erwartete sie bereits. In seiner schwarzen Livree hob er sich von den weiß gestrichenen Brettern der Terrasse ab wie ein Kaminkehrer von einem Schneefeld. Ein Bild aus den Tagen der Baumwolle, Sklaven und Südstaatenarroganz.

Seltsam, dachte Mathew, ich habe mich nie gefragt, wie Rodik noch heißt. Oder sollte Rodik alles sein? Egal. Es gab Wichtigeres zu bedenken. Donald wartete auf sie. Trotz der drückenden Schwüle des Tages schlüpfte er in sein Sakko. Donald Whitmoore bestand auf gepflegte Auftritte und Manieren.

*

Der erfolgreiche Unternehmer und ehemalige Führer der rechtsradikalen National Alliance beobachtete die beiden Männer durch das Fenster der Bibliothek. Er konnte zufrieden mit sich sein. Seine ehemaligen Parteifreunde hatten ihm abgeraten, die juristischen Interessen der Organisation Mathew Fowler anzuvertrauen. Bald jedoch hatte sich herausgestellt, dass dieser wie geschaffen für diese Aufgabe war.

Was interessierte da schon diese kleine Geschichte mit einer Minderjährigen? Zumal diese ja zum Teufel noch mal wirklich messerscharf gewesen war! Wer würde da nicht schwach werden? Der Gedanke zwang ein Lächeln auf seine Lippen.

Der Rechtsanwalt hatte sich in den Jahren ihrer Zusammenarbeit nicht nur die Ideologie seines Mentors zu eigen gemacht. Inzwischen bestand auch eine veritable Männerfreundschaft zwischen den beiden. Wenngleich die Rangverhältnisse nie infrage gestellt wurden.

In Wahrheit hielt Donald wenig von Freundschaft. Loyalität, ja! Der Rest menschlichen Zusammenlebens bestand seiner Auffassung nach aus Herrschen und Dienen. Nur eine klare Hierarchie vermied das Chaos. Sein Anwalt unterwarf sich ohne große Worte dieser Weltanschauung. Auch deshalb war seine Wahl auf Mathew Fowler gefallen.

Wieder lächelte er, während Rodik die Tür des Wagens hinter Dimitri schloss.

Selbstverständlich war das nicht der richtige Name des Mannes, der ihm das Geschenk aus der Vergangenheit versprochen hatte.

Das Leben schrieb manchmal seltsame Geschichten. Wer hätte je gedacht, dass Heinrich Friedmann noch einmal eine Rolle in seinem Leben spielen würde?

Eigenartig, dachte er. Donald gönnte seinen Gedanken eine kurze Reise in die Vergangenheit. Seine Erinnerung erfasste jenen Abend, als der Deutsche vor seiner Tür gestanden hatte. Nicht unerwartet, sicher. Edward Koszinsky, einer seiner engsten Vertrauten in der National Alliance, hatte den Gast aus Chile angekündigt. Als medizinischer Assistent und engster Vertrauter von Adolf Hitlers zweitem Leibarzt hatte er dort als Javier Perez unauffällig und unbehelligt gelebt. Eines Tages war er dann doch mit dem Gesetz in Konflikt geraten. Die USA erschienen ihm da wohl als geeignetes Land, um einen Neuanfang zu wagen. Und bei diesem erhoffte er sich die Hilfe der NA, wo man doch die gleichen politischen Ansichten vertrat. Das musste für etwas nützlich sein, oder?

Selbstverständlich sei das nützlich und selbstverständlich könne man einem wahren Nationalsozialisten behilflich sein. Zumal es auch in Amerika zahlreiche bürokratische Hürden zu überwinden galt. Gefälschte Pässe, eine Sozialversicherungsnummer und ein Führerschein konnten da sicher nicht schaden.

Während diese für einen Neuanfang als unbescholtener Bürger so wichtigen Papiere von einem vertrauenswürdigen Künstler gedruckt wurden, hatte sich der baldige waschechte Amerikaner mit chilenischem Pass und deutschen Wurzeln auf Donalds Anwesen versteckt gehalten.

Und so hatte es sich ergeben, dass eines Abends nach dem Genuss einer nicht mehr feststellbaren Anzahl von Gläsern Wein und Whiskey ihr Gespräch zurück in die glorreichen Zeiten des Dritten Reiches gewandert war. Heinrich Friedmann hatte von Ludwig Stumpfegger berichtet, der im Sanatorium Hohenlychen an der Seite Kurt Heißmeyers gearbeitet und geforscht hatte. Im Verlauf des Abends war Friedmanns Zunge immer lockerer geworden. Nach seiner abenteuerlichen Flucht vor den Aggressoren der Roten Armee, der Engländer und der Amerikaner war er froh gewesen, noch viele glückliche Jahre unter dem Schutz der chilenischen Regierung genießen zu können.

Und dann hatte er Donald das geheimste aller Geheimnisse seines abenteuerlichen Lebens verraten.

Er hatte von Kurt Heißmeyers Aktentasche erzählt, die dieser seinem Freund Stumpfegger anvertraut hatte, von dem wiederum er sie selbst erhalten hatte und die mehr war als eine Erinnerung an eine bessere Zeit.

Donald fragte sich noch heute, ob Friedmanns Geschichte der Wahrheit entsprach. Hatte Ludwig Stumpfegger den persönlichsten Besitz seines Freundes

Heißmeyer wirklich seinem Assistenten überlassen? Oder hatte der sie sich auf andere Weise angeeignet? Aber das spielte keine Rolle mehr.

Friedmann erzählte von einem Ritterkreuz erster Klasse, einem Empfehlungsschreiben Heinrich Himmlers, der Einberufung zum wissenschaftlichen Stab der Wehrmacht, Briefen an die Mutter und an die Geliebte und einem kleinen Tagebuch. Heißmeyers Eintragungen dort ließen ihn die ganze Tragweite von dessen Forschungen erfassen.

»Wenn wir doch noch ein paar Wochen gehabt hätten«, hatte er mit Wehmut in der Stimme gesagt. »Kurt Heißmeyer hätte den Ausgang des Krieges verändern können! Er hätte die Geschichte ändern können!«

Diese Geschichte aber wollte es, dass die Alliierten den Krieg gewannen, bevor die Forschungen der Ärzte von Hohenlychen das Reich retten konnten.

Jetzt aber sollten sie Heinrich Friedmann helfen, die letzten Jahre seines Lebens in Sicherheit zu verbringen.

Donald erinnerte sich genau an die Hoffnung in den Augen des alten Mannes. Hoffnung, dass sich sein neuer einflussreicher amerikanischer Freund um ihn kümmern würde.

Und das hatte dieser dann auch getan.

Eigentlich war es Dimitri gewesen, der sich um Heinrich Friedmann gekümmert hatte. Donald nahm die Dienste des Mannes nicht oft in Anspruch. Sicher, er hätte sich des Alten auch billiger entledigen können, hatte es jedoch für sicherer gehalten, zur fraglichen Zeit vor zahllosen Zeugen eine flammende Rede zu halten. Eine wahrscheinlich überflüssige Vorsichtsmaßnahme.

Friedmann war aus seinem Leben verschwunden und niemand vermisste den Deutschen. Schließlich war er illegal im Land gewesen. Keiner außer Donald wusste von ihm. Auch er selbst erfuhr nie vom weiteren Schicksal seines Gastes. Das blieb Dimitris Geheimnis. Eigentlich schade um diesen treuen Parteigänger und überzeugten Anhänger ihrer Sache! Doch sein Wissen war zu gefährlich gewesen.

Auch wenn es lückenhaft war. Das Tagebuch berichtete nur von der Entdeckung der tödlichen und absolut resistenten TBC-Erreger. Nicht, wie Heißmeyer sie gefunden und genutzt hatte. Auch nicht, ob es ein Gegenmittel oder eine Schutzimpfung gab. Unabdingbar, wollten die Verbreiter der Krankheit dieser nicht selbst erliegen.

Diese Informationen hatte Heißmeyer in einer Schatulle aufbewahrt und verborgen. Er hatte sie genau beschrieben.

Midgard und Fenrir.

Schlange und Wolf.

Wie verheißungsvoll die Namen doch klangen. Auch den Ort, wo er sie vergraben hatte, verriet das Tagebuch.

Doch dann war es passiert. Irgendjemand hatte sie gesucht und gefunden. Die Schatulle war aus den Augen der Geschichte verschwunden, um jetzt nach all den Jahren wieder aufzutauchen.

Was für ein Zufall, dachte er. Würde er Dimitri nicht kennen und dieser nicht von Donalds politischer Gesinnung wissen, wer weiß, wem sein heutiger Gast den Deal angeboten hätte. Dabei konnte nur er, Donald Whitmoore, die Bedeutung des Fundes in Deutschland ermessen. Und das dank Heinrich Friedmann.

Donald kniff bei der Erinnerung an den alten Mann die Lippen zusammen. Was hätte er machen sollen? Es war ihm nicht leicht gefallen, einen echten Nationalsozialisten töten zu lassen.

Aber die Schatulle und ihr Inhalt standen nur ihm zu. Ihm, dem Führer der National Alliance. Und Dimitri würde sie für ihn holen. Er verlangte eine gigantische Summe. Sollten die Worte in Kurt Heißmeyers Tagebuch aber die Wahrheit sprechen, wäre kein Preis dieser Welt zu hoch.

Das werden auch Stefen Noland und Robert Ashford so sehen, dachte er. Sein Kontakt zu einem der reichsten Männer des Landes und einem einflussreichen Abgeordneten des Repräsentantenhauses, der für seine radikal nationalistische Gesinnung bekannt war, würde sich wieder einmal auszahlen. Es war an der Zeit, sie zu einem ebenso exklusiven, wie auch nützlichen Dinner in eines der angesagten Restaurants der Stadt einzuladen.

Sie werden unsere Sache unterstützen.

Sie werden Dimitris Preis bezahlen.

Und er wird uns mit der Schatulle den Schlüssel zu unbegrenztem Terror in die Hände legen.

Und damit zu unbegrenzter Macht.

Donnerstag, 08.06.2017
Berlin, 11.20 Uhr

Keiner der 65 Mitarbeiter der MedSoftTec ahnte etwas vom Doppelleben ihres Chefs. Der Gründer und Alleininhaber des innovativen Softwareunternehmens mit Firmensitz am Stadtrand Berlins präsentierte sich seinen Kunden und Kollegen gleichermaßen charmant und weltoffen. Eloquent und geschäftstüchtig hatte er seine Firma vom unbedeutenden Helfer örtlicher Apotheken zu einem führenden Dienstleister der Pharmabranche entwickelt.

Auch privat fuhr der smarte Mittdreißiger auf der Überholspur. Ein schickes Eigenheim, Autos der gehobenen Mittelklasse, eine Frau an seiner Seite, um die ihn so mancher der Nachbarn beneidete. Leon und Luisa rundeten das Bild einer Vorzeigefamilie ab. Die 7- und 9-jährigen Geschwister galten nicht nur in der Schule als Musterkinder.

Volker Scharf, der seine Kindheitsjahre in einer engen Zweizimmerwohnung in einem der gesichtslosen Plattenbauten in Berlin-Hellersdorf gefristet hatte, hatte es geschafft, so viel stand für Nachbarn und Kollegen fest.

Hätte ihnen jemand erklärt, dass der stets korrekt gekleidete Mann mit den gepflegten Umgangsformen an der Spitze des Führungskaders der Keltischen Kameraden stand, sie hätten den offensichtlich verrückten Informanten als Lügner bezeichnet. Und doch kämpfte Volker mit der gleichen Tatkraft, die er in sein Unternehmen steckte, für ein rassisch reines, den Ariern vorbehaltenes Deutschland. Mit organisatorischem Talent und einem ausgeprägten Gespür für menschliche Stärken und Schwächen formte er die Kameraden zu einer Organisation, die Innenminister de Maizière dazu veranlasst hatte, sie zu verbieten.

Seither operierten Volker und seine Getreuen im Untergrund. Und während die niedrigen Dienstgrade in einschlägigen Kneipen und Szenetreffs Gleichgesinnte rekrutierten, zog es Volker vor, die Fäden aus dem Hintergrund zu ziehen. Schließlich galt es, seine Führungsqualitäten nicht bei Auseinandersetzungen mit der Staatsmacht zu vergeuden.

Wer sonst sollte die Kameraden führen, wenn nicht er? Außerdem würde es sich nicht gerade positiv auf die Geschäftsbeziehungen der MedSoftTec auswirken, würden deren Kunden Wind davon bekommen, dass deren Inhaber einer der gefährlichsten rechtsradikalen Gruppierungen der Republik vorstand. Als solcher hatte der Bundesnachrichtendienst die Keltischen Kameraden eingestuft und damit erst die Voraussetzung dafür geschaffen, dass sich die KK auf der Liste verbotener Parteien und Vereinigungen wiederfanden.

Wenn sie wüssten, wie gefährlich wir wirklich sind, dachte Volker. Oder zumindest werden können, sollte sich der Inhalt des Telefonats, das er soeben geführt hatte, als wahr erweisen. Es hatte zu lange gedauert, bis die Nachricht bei ihm gelandet war. Zeit war der Preis der Anonymität.

Es verstand sich von selbst, dass ein Kamerad der untersten Hierarchieebene, wie es Michael Obermeier war, nicht einfach bei ihm anrufen konnte. Nicht einmal Obermeiers Vorgesetzter und dessen Vorgesetzter kannten Volkers Namen.

Es gab Augenblicke, da sehnte er sich nach dem Kontakt mit den Kameraden, wie er sich nach der Öffentlichkeit sehnte. Wie gerne hätte er ihre Bewunderung genossen und sich an ihrer Treue und Hingabe für das Vaterland und für ihn erfreut. Doch so war es Markus Brunner vorbehalten geblieben, ihm von der Schatulle zu berichten. Als Mitglied der zweiten Führungsebene der KK war er Volkers Bindeglied zu dessen Gefolgsleuten. Brunner war sich der Bedeutung der Entdeckung des Kameraden Obermeier nicht bewusst gewesen.

Aber ich bin es, dachte Volker.

Er hatte sich den KK nicht grundlos angeschlossen. Von jeher interessierte er sich für das Kapitel deutscher Geschichte, das die meisten seiner Landsleute am liebsten vergessen und ungeschehen machen würden.

Nicht er! Ihn hatten Motive und Gedanken, Weltanschauungen und Ideologie des Nationalsozialismus fasziniert, seit er alt genug gewesen war, geschichtliche und gesellschaftliche Zusammenhänge zu erkennen. Er wusste über das Dritte Reich, was alle glaubten zu wissen, und noch vieles mehr. Er kannte die Namen Gebhardt, Heißmeyer und Stumpfegger. Er wusste, was in Hohenlychen geschehen war, an was die Ärzte dort geforscht hatten.

Er hatte von dem sagenhaften Kästchen gehört, in dem Kurt Heißmeyer das Wissen um das von ihm gefundene Grauen vergraben hatte und das auf mysteriöse Weise verschwunden war.

Welch seltsame Wege das Schicksal manchmal doch geht, dachte er. Ein Mädchen aus dem hintersten Bayern und ein junger Kamerad, den irgendein Schicksalsschlag oder eine glückliche Fügung in die Arme der Kameraden geführt hatte. Denn so lief es immer: Sie fühlten sich missverstanden, ungeliebt und verstoßen. Ihnen fehlten Anerkennung, Freunde und Familie. Dann kamen Volker und seine Mitstreiter und versprachen all das, was sich der junge Mensch vom Leben erhoffte. Vordergründig und nur am Anfang. Später dann, wenn der neue Kämpfer für ein großes Vaterland fest in die Organisation eingebunden war, gab es für die meisten kein Zurück mehr. Einmal Kamerad, immer Kamerad! Und waren nicht die meisten von der Sache überzeugt?

Volker Scharf auf jeden Fall. Er hatte es sich zur Aufgabe gemacht, der Organisation allen Anfeindungen zum Trotz zu neuer Stärke zu verhelfen.

Eine Aufgabe, die in den letzten Jahren einfacher geworden war. Hunderttausende Flüchtlinge trieben seiner und anderen rechten Gruppierungen neue Kameraden bereitwillig in die weit geöffneten Arme.

Er wusste nicht, in welche Kategorie Mensch Michael Obermeier einzuordnen war, aber das ließ sich ja herausfinden. Natürlich würde er nicht ihn mit der Beschaffung der Schatulle beauftragen. Die Mission war zu wichtig, ja, einzigartig wichtig, um sie einem Anfänger anzuvertrauen. Dafür gab es Profis und Volker wusste solche in seiner Gefolgschaft. Dennoch konnte sich Kamerad Obermeier als nützlich erweisen. Schließlich stand er in Verbindung mit diesem Mädchen. Dieser Auserwählten, die die Geschichte Deutschlands, nein, die Geschichte der Welt neu schreiben konnte, ohne es zu ahnen.

Volker lehnte sich in den modernen Ledersessel seines Büros zurück. Nicht auszudenken, wenn sich die nur wenigen bekannte Geschichte als wahr herausstellen sollte. Heißmeyers Erbe! Was, wenn es in seine Hände fiel?

Es galt, schnell und entschlossen zu handeln.

»Frau Bayer! Ich möchte die nächste halbe Stunde auf keinen Fall gestört werden!« Seine Stimme klang freundlich und bestimmt wie immer. Dann wählte er Robert Meinrads Nummer.

Sie ahnen nicht, wie gefährlich wir sind!

Magdeburg, 11.40 Uhr

Der Anruf erreichte Robert Meinrad zwischen zwei Übungssätzen auf der Hantelbank. Für gewöhnlich nahm er im Fitnessstudio keine Anrufe entgegen. Die Nummer auf dem Display seines Smartphones ließ sich jedoch nicht ignorieren. Die Stimme dahinter gehörte einem der führenden Köpfe der Bewegung. Allein schon das forderte seinen Respekt.

Volker Scharf zählte zudem zu seinem überschaubar kleinen Kreis an Freunden. Ihn zu enttäuschen, kam nicht infrage. Er lächelte einer jungen Schönheit zu, die den Stepper strapazierte, um ihrem wohlgeformten Körper das letzte Gramm Fett abzuringen, legte sein Handtuch über die Schulter und zog sich an die in einer Ecke stehende Schrägbank zurück. Hier konnte er sich auf die Worte des Führers der Keltischen Kameraden konzentrieren, ohne von den knackigen Figuren der fitnessbewussten Frauen im Studio abgelenkt zu werden.

Schon nach wenigen Sätzen war ihm bewusst, dass dieser Auftrag Außergewöhnliches versprach.

Und das lag nicht an dem toten Kameraden und auch nicht an den zwei toten Mädchen, die er am Ende dieser Mission zurücklassen würde.

Menschenleben spielten für ihn keine Rolle. Nicht mehr, seit er mit der Fremdenlegion in Afrika gewesen war. Er hatte dort keine Menschen getötet, aber er hatte gelernt, sie bar jeder Empathie nur in Freunde und Feinde einzuteilen und sich jener, die zur zweiten Gruppe gehörten, notfalls zu entledigen.

Und noch etwas war dort mit ihm geschehen. Er hatte erfahren, dass nach dem großen Krieg viele ehemalige SS-

Soldaten ihr Heil in der Légion étrangère gesucht hatten. Sie versprach Schutz vor den Schergen der Sieger.

Und sie hatten Nachahmer und Nachfolger gefunden. Eine kleine Gruppe in der Legion. Elitär und geheim. Sie pflegten die Traditionen und Anschauungen ihrer Vorgänger, dieser letzten des Tausendjährigen Reiches.

Irgendwie war er mit ihnen in Kontakt gekommen. Wenn er sich recht erinnerte, war es Günter Reichelt gewesen, der ihn rekrutiert hatte. Er konnte bis heute nicht sagen, was ihn an dieser Organisation faszinierte. Bald schon war er einer von ihnen gewesen und nach seinem Ausscheiden und seiner Rückkehr nach Deutschland hatte es nicht lange gedauert, bis er Volker und seine Keltischen Kameraden kennengelernt hatte. Sein Aufstieg in deren Führungsriege war vorprogrammiert. Dabei wussten viele der Kameraden nicht einmal von seiner Existenz. Nichts, was ihn störte. Die Anonymität war unverzichtbarer Bestandteil seiner Rolle. Als bewaffneter Arm der KK war es wenig ratsam, im Rampenlicht zu stehen.

Schon gar nicht im Hinblick auf den Auftrag, der wichtiger sein konnte, als alles, was er je unternommen hatte. Die Sache erforderte seinen ganzen Einsatz.

Nachdenklich schaltete er sein Smartphone aus, ging betont lässig zur Bar und bestellte sich einen Proteinshake. Seine Gedanken eilten voraus, ließen die Mission Gestalt annehmen. Die Fahrt nach Regensburg würde etwa vier Stunden in Anspruch nehmen. Er musste nach Hause, um ein Hotel in der Domstadt zu reservieren und seine Sachen zu packen. Eine Übernachtung sollte reichen, um die örtlichen Verhältnisse zu studieren.

Und die von Sabine Kulzer. Michael Obermeier hatte seinem Gruppenführer nicht nur von Julia, sondern auch von deren Freundin Sabine berichtet. Und von ihrem Treffen, bei dem er und Sabine von der Schatulle erfahren hatten. Zu diesem Zeitpunkt ahnte der junge Kamerad noch nicht, dass der Fund des Mädchens den Tod aller Mitwisser erforderte.

Volker hatte ihm alle Informationen übermittelt, die er brauchte. Sein Plan stand fest. Heute war es zu spät, aber morgen würde die junge Frau Mitternacht nicht mehr erleben. Dann wollte er sofort zu Julia Reindl weiterfahren. Er kannte ihre Adresse. Volker hatte bereits recherchiert. Ein abgelegenes Haus. Kein Problem. Genauso wenig wie Julia selbst. Sie würde ihm ihren Fund freiwillig aushändigen. Er konnte in solchen Situationen sehr überzeugend sein.

Insgeheim hoffte er jedoch auf ihren Widerstand. Den Willen von Menschen zu brechen, hatte schon in Afrika eine undefinierbare Art von Freude in ihm hervorgerufen. Am Ende würde sie dankbar sein, ihm dieses kleine Kästchen geben zu dürfen. Dann konnte er sich noch um Kamerad Obermeier kümmern. Eigentlich schade um ihn, dachte er, während er den Rest des Milchshakes in sich hineinschüttete.

Die Mission forderte eben ihre Opfer. Und sie war jedes einzelne wert.

Regensburg, Universität, Mensa, 12.20 Uhr

Lustlos stocherte Sabine in ihrer Lasagne herum. Obwohl sie seit dem Frühstück nichts mehr gegessen hatte, verspürte sie keinen Hunger.

»Schmeckt es nicht?«

Der Typ gegenüber lächelte sie an. Eigentlich sah er ganz gut aus. Ziemlich gut sogar, wie ihr ein zweiter Blick verriet. Vermutlich einer der Kerle von der Sportfakultät, dachte sie angesichts des durchtrainierten Körpers des jungen Mannes, der sich ganz offensichtlich nicht nur für ihren Appetit interessierte. Unter normalen Umständen ja ganz nett, aber sie hatte augenblicklich andere Sorgen.

»Keinen Hunger«, antwortete sie kurz angebunden und widmete sich wieder ihrem Teller.

Ihre Gedanken kreisten um ihre Freundin.

Was habe ich falsch gemacht?

Anfangs, als sie Betti kennengelernt hatte, war sie von einer der üblichen Freundschaften zwischen Studentinnen ausgegangen. Eine Bekanntschaft, die der weitere Lebensweg nach dem Studium wieder beenden würde. Bald war ihr jedoch bewusst geworden, dass das Interesse des burschikosen Mädchens an ihr über das übliche Maß hinausging. Nichts, was Sabine gestört hätte. Im Gegenteil. Der Gedanke, von der anderen begehrt zu werden, erregte sie. Mehr aber auch nicht. Sie stand nun mal nicht auf Frauen. Aber hatte sie das Betti auch ausreichend klar gemacht?

Nein, habe ich nicht, musste sie sich eingestehen. Es war noch schlimmer. Habe ich ihr nicht sogar manchmal das Gefühl gegeben, sie hätte Chancen bei mir?

Ja, verdammt, das habe ich.

Sabine ließ die Gabel in den Teller fallen und stand abrupt auf. Überrascht sah ihr der gut aussehende Kerl nach, als sie mit energischen Schritten die Mensa verließ. Draußen blieb sie stehen, atmete tief durch.

Ich werde heute Abend mal mit Julia über Bettis Verhalten sprechen, dachte sie. Nicht, dass die eine ausgemachte Expertin in Beziehungsfragen wäre. Ganz und gar nicht. Aber vielleicht half es doch, mit jemandem über dieses Problem zu reden.

Denn die Unterhaltung mit Betti würde alles andere als einfach werden. Wie beendete man eine Beziehung, die von Anfang an keine war?

Julia wartet bestimmt schon auf Neuigkeiten über die Schatulle. Ein bisschen was hab ich ja schon. Und Betti sicher noch einiges mehr. Das kann ich ja dann von der Bibliothek aus machen. Mann, da muss ich ja auch noch hin. Wenn nur diese blöde Klausur schon vorbei wäre.

Mit diesen ernüchternden Gedanken machte sie sich auf den Weg.

Regensburg, Best Western Hotel, 12.45 Uhr

Dimitri hieß eigentlich nicht Dimitri. Und schon gar nicht hieß er Wolfgang Steiner, obwohl er diesen Namen gerade in das Anmeldeformular des Best Western Hotels schrieb. Es war der Name, der in seinem deutschen Reisepass stand.

In seinem gefälschten deutschen Reisepass. Genauso perfekt imitiert wie das Dutzend weiterer Pässe von einem Dutzend weiterer Staaten dieser Welt. Sein richtiger Name lag im Dunkel seiner Lebensgeschichte verborgen und nur wenige kannten ihn.

Dimitri hielt sich nicht ohne Grund für einen der Besten der Branche. Dazu trugen nicht nur sein unbestrittenes Können im Umgang mit Waffen, sein Sprachtalent und das weltmännische Auftreten bei. Ein weiterer Grund für seinen Erfolg war Galadriel. Bis zum heutigen Tag konnte er sich nicht erklären, wie sie – oder er – von seiner Existenz erfahren hatte. Ihm war nur so viel bewusst, dass es sich bei der Elbenfrau aus dem Herrn der Ringe um einen Computerfreak handeln musste, der sein Talent und seine Obsession zum Beruf gemacht hatte.

Galadriels Heimat war das Internet. Auf einem ihrer Streifzüge durch die virtuelle Welt war sie auf ihn und seine Tätigkeit gestoßen. Eine beängstigende Erkenntnis, hatte er doch stets gedacht, seine Anonymität sei unantastbar. Galadriel hatte ihn eines Besseren belehrt. Sie wusste von ihm und sie bot sich an, seine Vermittlerin zu sein. Gegen Bezahlung natürlich.

Als sie zum ersten Mal mit ihm in Kontakt getreten war, hatte er sofort erkannt, dass ihm keine andere Wahl blieb, als ihr Angebot anzunehmen. Die Unbekannte hatte ihn in der Hand. Ein Gefühl, mit dem es sich anfangs nur schwer leben ließ. Bald aber hatte sich herausgestellt, dass Galadriel absolut loyal, diskret und zuverlässig war. Die Beklemmung bei dem Gedanken an sie war im Laufe der Jahre ihrer Zusammenarbeit Anerkennung, Bewunderung und, ja, Zuneigung gewichen. Von beiden Seiten. Eine schwer zu begreifende Beziehung, die vor allem auf dem Wissen um die absolute Professionalität des jeweils anderen beruhte.

Galadriel war es auch gewesen, von der er von Daniel Silverman und seinen Besuchen im Keller der beiden alten Damen erfahren hatte. Es war ein unverfängliches Gespräch gewesen. Niemand hätte daraus etwas ableiten können. Eine Unterhaltung zweier Geschäftsleute. Mehr nicht. Telefonate waren unsicher in Zeiten, in denen die Ohren der Geheimdienste und neuerdings auch die der Polizei überall waren.

Nur ein erlesener Kreis kannte seine Nummer. Sie hatte ihn in Rom angerufen. Er liebte das Zentrum der antiken Welt und hatte dort einige freie Tage verbracht. Als Andrea Buonarroti war er an diesem Abend plan- und ziellos durch die Stadt gewandert, um sich schließlich auf der Piazza Navona ein Glas vorzüglichen Weines zu gönnen und dem Treiben der Leute zuzusehen. Natürlich hätte er auch unter seinem deutschen Namen, seinem englischen, holländischen oder unter dem Namen, den ihm seine schwedischen Eltern einst gegeben hatten, im Arcadia Roma einchecken können. Er hatte es jedoch für angemessen gehalten, hier, an der Wirkungsstädte seines Idols, dessen Namen zu verwenden.

Seit jeher verehrte er den großen Künstler der Renaissance und so gönnte er sich das Privileg, einen seiner zahlreichen Pässe auf den Familiennamen Michelangelos ausstellen zu lassen.

Eigentlich hatte er geplant, einige Wochen abzutauchen. Einen direkten Zugang ins Herz der NSA zu bekommen, war jedoch zu verlockend gewesen. Also hatte er seinen Aufenthalt in der ewigen Stadt unterbrochen und war zurück in die Staaten geflogen.

Die Aktion selbst war perfekt verlaufen. Wie nicht anders zu erwarten. Wochen der Vorbereitung hatten sich ausgezahlt. Er hatte die Information und er gedachte, sie für gutes Geld an Donald Whitmoore zu verkaufen.

Aber dann war ihm die Idee gekommen, den Auftrag zu erweitern. Warum nicht selbst die Mission zu Ende führen? Gegen die entsprechende Entlohnung natürlich. Doch es war nicht Geld, das ihn dazu getrieben hatte, einen Flug nach München zu buchen. Es war die Aufgabe selbst, die ihn herausforderte und seinen Ehrgeiz weckte.

Donald hatte sein Angebot bereitwillig angenommen. Warum auch nicht? Wer würde sich besser dafür eignen als er selbst?

Weder am Columbia Metropolitan Airport noch am Münchner Flughafen war einem der diensthabenden Polizisten der deutsche Reisepass aufgefallen, den ein besonders talentierter Fälscher auf den Namen Wolfgang Steiner ausgestellt hatte. Während des Nachtfluges über den Atlantik hatte er einige Stunden Schlaf nachgeholt und sich dann die nötigen Informationen besorgt. Hoch lebe das Informationszeitalter und hoch leben die sozialen Medien. Natürlich hatte Sabine Kulzer einen Facebook-Account. Und wie so viele ihrer Generation gab sie dort, ohne groß darüber nachzudenken, alles preis, was Dimitri, alias Alexander Oehgren, benötigte, um an sie heranzukommen.

Studienort und Studentenwohnheim hatten gereicht, um ihren Standort zu ermitteln. Jede Menge Fotos, um sie zu erkennen. Und nicht zuletzt ließ sie jeden, den es interessierte, wissen, dass sie zurzeit auch wirklich da war, um sich auf einige Examen vorzubereiten. Er würde das Mädchen auf die altmodischste Weise aufspüren, die man sich nur denken konnte: Beobachten und Warten!

»Herr Steiner, Zimmer neun, vierter Stock!«, reichte ihm die nette Dame an der Rezeption die Schlüssel.

»Vielen Dank«, antwortete er in fast akzentfreiem Deutsch.

»Und, was haben Sie heute noch vor?« Ihr Lächeln wirkte echt. Ihre Neugier auch.

»Nun, ich werde mich schon heute daranmachen, Ihre wunderbare Stadt zu erkunden. Ich denke, ich fange mit dem Dom an. Ich liebe gotische Bauten, müssen Sie wissen.«

Als er sein Zimmer betrat, warf er den kleinen Reisekoffer aufs Bett und einen Blick aus dem Fenster. Das Hotel lag inmitten der Altstadt. Vor seinen Augen erhob sich die mächtige Fassade des Kirchenbaus in den Himmel. Schade, dachte er. Er hatte die Dame am Empfang nicht belogen. Diese Stadt entsprach genau seinen Erwartungen. Wie gerne wäre er ein paar Tage durch ihre Gassen und über ihre Plätze geschlendert. Nun, vielleicht bald, sollte sich die spontane Eingebung von gestern zu einer Lebensentscheidung manifestieren. Nach seinem Rückzug aus dem Geschäft konnte er jede Stadt dieser Welt besuchen.

Noch aber hatte er keine Zeit. Diese drängte sogar mehr, als ihm recht sein konnte. Wer wusste schon, was dieses dumme Mädchen mit der Schatulle anfangen würde? Sie konnte jederzeit andere in ihr Geheimnis einweihen oder, noch schlimmer, die Behörden informieren. Das würde seinen eigentlich leichten Auftrag nahezu unmöglich machen.

Und da war noch etwas. Was, wenn noch andere von der Schatulle wussten? Daniel Silverman war vielleicht nicht der Einzige, der die richtigen Schlüsse gezogen hatte. Es gab noch andere Geheimdienste. Engländer, Russen und vor allem Israelis hätten sicher nichts dagegen, Kurt

Heißmeyers Entdeckung für sich zu vereinnahmen. Ja, es war an der Zeit zu handeln. Dennoch durfte er nichts übereilen. Erst einmal musste er die Verhältnisse auskundschaften. Als Tourist Wolfgang Steiner aus Braunschweig, der die Weltkulturerbestadt besichtigen wollte, sollte ihm dies nicht zu schwer fallen. Die Erfahrung zahlloser Aufträge hatte ihn gelehrt, dass nichts die Eindrücke vor Ort ersetzen konnte. Diese wollte er sich heute Nachmittag besorgen.

Heute galt es, Sabine Kulzer zu beobachten. Morgen würde er sich von ihr die Schatulle holen. Bis ihre Leiche gefunden wurde, sollte er längst zurück in den USA sein.

Freitag, 09.06.2017
Regensburg, »Body and Health« Fitnessstudio,
18.25 Uhr

Die beiden anderen hatten längst aufgegeben. Der Kerl rechts von ihr nahm einen tiefen Schluck aus seinem Iso-Getränk. Sein Shirt, das in gelben Lettern stolz von der Teilnahme an einem Halbmarathon berichtete, tropfte vor Schweiß. Die süße Kleine links hatte schwer atmend in den »Gehen«-Modus gewechselt. Ihr niedlicher Haarschopf, der noch vor wenigen Minuten im Rhythmus ihrer Schritte hin und her wippte, hing über ihre Schultern. Noch vor einer halben Stunde hatte sie die Herausforderung angenommen und versucht, Bettis Tempo mitzugehen. Ein Unterfangen, das schon viele der Sportler im »Body and Health« resigniert zurückgelassen hatte. So mancher von ihnen beneidete sie um ihre Fitness und Kraft. Aber sie wusste auch, dass mindestens genauso viele verständnislos den Kopf schüttelten ob ihres muskulösen Körpers, den sie sich in den letzten Jahren antrainiert hatte. So war es eben. Was für die einen attraktiv und sexy wirkte, fanden die anderen abstoßend.

Auch Sabine? Seit sie die Mitstudentin an der Uni getroffen hatte, ging ihr das Mädchen mit den Sommersprossen und der auffallenden Brille nicht mehr aus dem Kopf. Das war vor drei Monaten gewesen, noch im letzten Semester. Anfänglich gelegentliche Treffen waren auf Bettis Betreiben hin regelmäßig und häufig geworden. Sie kannte keinen anderen Menschen, dessen Wesen so verwirrend auf sie wirkte. Sabine war unzuverlässig und unpünktlich. Nicht nur einmal hatte sie ein Date vergessen und sie sprichwörtlich im Regen stehen lassen. Aber sie strahlte eine sexuelle Anziehungskraft auf Betti aus, der sie sich nicht entziehen konnte. Und sie war mit diesem spröden Charme ausgestattet, der es schwer machte, sie nicht zu mögen.

Immer wieder fragte sie sich, wie sich der Status ihrer Beziehung beschreiben ließ. Sie war verliebt. Und Sabine? Es wäre vermessen gewesen, dieselben Gefühle von ihr zu erwarten. Gäbe es da nicht immer wieder diese widersprüchlichen Signale. Ein unvermutetes Lächeln unter der Dusche, ein zarter Kuss auf die Wange, Händchenhalten im Bus, lange Umarmungen. Berührungen, die mehr erhoffen ließen als eine platonische Freundschaft. Oder spielte ihre Freundin nur mit ihr? Sie würde die Antwort auf diese Frage nie erhalten, wenn sie es nicht wagte, den nächsten Schritt zu gehen.

Doch da gab es diesen Kerl. Lange hatte Sabine ihn vor ihr verschwiegen. Sie führte ein Doppelleben zwischen Bayerischem Wald und Regensburg. Ein Leben zwischen Michi Obermeier und Betti Greiner.

Dabei versuchte sie alles, um Sabine zu gefallen. Wie schon so oft hatte sie dem gleichaltrigen Mädchen mit der unwiderstehlichen Ausstrahlung einen Gefallen getan.

Letzte Nacht hatte sie ihr schon vorhandenes Wissen über die Zeichen und Worte auf diesem Kästchen erweitert. Dabei gaben Internet und Unibibliothek nicht mehr her, als sie ohnehin wusste. Sie hatte ihr Fachgebiet nicht aus einer Laune heraus gewählt. Die Zeit des Nationalsozialismus in Deutschland fesselte sie. Wie hat es dazu kommen können?, war die Frage, auf die sie bis heute keine befriedigende Antwort fand.

Auf dem Weg dahin waren ihr auch Hohenlychen und Kurt Heißmeyer begegnet. Und noch mehr. Eines Tages war sie in der städtischen Bibliothek gewesen. In der beachtlich gut sortierten historischen Abteilung war ihr zwischen all den Sachbüchern und geschichtlichen Abhandlungen dieses schmale Büchlein in die Hand gefallen. Die Aufzeichnungen eines Häftlings des Konzentrationslagers Neuengamme.

Gunter Rosenbaum hatte in friedlichen Zeiten auch für Deutsche Schmuck und Möbelintarsien gefertigt, bis der aufkommende Rassenwahn dies unmöglich gemacht hatte. Sein künstlerisches Geschick hatte ihm geholfen, der Vernichtung zu entkommen. Auch die nationalsozialistische Führungsriege hatte sich in Schmuck und repräsentativer Umgebung gefallen.

Betti hatte sich an Gunter Rosenbaum erinnert, als sie das Foto, das ihr Sabine geschickt hatte, genau studiert hatte. Sie erfreute sich eines ausgezeichneten Gedächtnisses. Und dieses verriet ihr, dass sie die Darstellungen der Schlange und des Wolfes schon einmal gesehen hatte. Es war nicht nur ein unbestimmtes Déjà-vu gewesen. Es war genau diese Anordnung der Bilder und Buchstaben, die Gunter Rosenbaum in sein Tagebuch gezeichnet hatte. Er war es gewesen, den Kurt Heißmeyer mit der Anfertigung der Schatulle beauftragte. Und er hatte gewusst, für was sie benötigt wurde. Medizinische Aufzeichnungen, die er nicht verstanden hatte. Er hatte nur eins gewusst: Sie waren gefährlich. Gunter Rosenbaum war dabei gewesen, als Kurt Heißmeyer die Schatulle auf dem Gelände der Heilanstalten Hohenlychen vergrub. Und er hatte dessen leise gemurmelte Worte gehört und nie wieder vergessen. »Wir vergraben hier den Untergang der Menschheit.«

Wer wusste schon, welche Irrwege durch die Geschichte die Schatulle gegangen war, bis sie in die Hände von Sabines Freundin gelangte.

All diese Überlegungen hatte sie vor wenigen Stunden mit Sabine geteilt. Und wie hatte die junge Frau, von der Betti des Nachts träumte, auf dieses Wissen reagiert? Sie hatte sich bedankt. Klar doch. Mit diesem Lächeln, das ihr Herz schmelzen ließ.

Und dann? Dann hatte sie ihr Handy genommen und Michi angerufen. Sie habe es ihm versprochen, hatte sie nur gemeint. Außerdem müsse sie noch in die Bibliothek. Alles an ihr hatte verraten, dass sie allein sein wollte. Sie hatte es nicht gesagt, aber ihre Stimme, ihre Augen und ihr Gesicht hatten Betti gebeten zu gehen.

Wieder einmal hatte sie Sabine einen Gefallen getan, der

nicht belohnt wurde. Als sie aufgestanden war, um zu gehen, hatte ihre Hand einen Briefumschlag vom Schreibtisch gestreift. Michael Obermeier, Riedelsteinstraße 14, 93444 Bad Kötzting.

Sie hatte den Brief wieder zurückgelegt und war gegangen, ohne sich zu verabschieden.

Dann war sie in ihre Wohnung im Haus ihrer Tante gefahren und hatte ihre Sporttasche gepackt.

Betti steigerte die Geschwindigkeit des Laufbandes noch einmal. Sie wollte ihren Körper an dessen Grenzen treiben. Sie brauchte das. Erst, wenn sie völlig erschöpft unter der Dusche stand, fühlte sie sich frei von allen Zweifeln.

Heute gehe ich noch mal zu Sabine! Ihr Entschluss stand fest. Heute werde ich reinen Tisch machen. Entweder, sie liebt mich, oder …

Ja, was dann?

Betti wollte die Antwort nicht wissen.

Regensburg, Oberpfalz Studentenwohnheim, 21.24 Uhr.

Sabine Kulzer verließ das Studentenwohnheim um 21.24 Uhr. Beinahe hätte er sie nicht erkannt. Sie trug einen roten Anorak. Die Kapuze hatte sie tief über ihr Gesicht gezogen. Es war nicht schwierig gewesen, einen geeigneten Beobachtungsposten vor dem Wohnheim zu finden. Die lange Reihe parkender Autos auf der Straße bot eine ausgezeichnete Möglichkeit, sich unauffällig einzureihen.

Er hatte seinen Wagen zwischen einem Ford Focus und einem BMW versteckt, der auf wohlhabende Eltern schließen ließ. Vor wenigen Minuten hatte ein heftiger Regenschauer die Straßen leer gefegt. Vor der Bushaltestelle gegenüber blieb sie stehen. Er überlegte kurz, dann entschied er sich, ebenfalls den Bus hinab in die Stadt zu nehmen. Was blieb ihm anderes übrig, wollte er sie nicht verlieren. In dem Augenblick, da er die Wagentür öffnen wollte, stieg vor ihm ein Mann aus seinem Auto. Sein Instinkt hielt ihn zurück. Mit federnden Schritten überquerte der andere die Straße und reihte sich in die Wartenden ein.

Eine innere Stimme warnte ihn. Seine Entscheidung fiel in einer Sekunde. Er startete den Wagen und ließ ihn langsam an der Haltestelle vorbei hinaus auf die Universitätsstraße rollen. Diese fuhr er hinab in Richtung Innenstadt, vorbei an den nächsten zwei Haltestellen. Dann bog er links in die Guntherstraße, parkte sein Auto und rannte zu dem Schild mit dem Bus. Außer ihm wartete niemand. Er fragte sich, ob diese Vorsichtsmaßnahme nicht übertrieben war, doch sein Gefühl ließ ihn selten im Stich. Der Mann ist verdächtig, sagte es ihm.

Drei Minuten später bog der Bus um die Ecke. Er stieg ein, lächelte dem Fahrer kurz zu und legte ihm das Geld für das Ticket hin. Dann ging er nach hinten, ohne die anderen Fahrgäste zu beachten. Zwei Reihen hinter Sabine setzte er sich auf einen freien Platz des etwa zur Hälfte gefüllten Fahrzeugs.

Der Mann saß auf der anderen Seite, eine Reihe vor ihm. Auch er schien die junge Frau nicht zu beachten.

Er hatte Glück. Sie stieg, wie fast alle Fahrgäste, am zentralen Busbahnhof in der Albertstraße aus. So fiel es nicht weiter auf, dass auch er auf die regennasse Straße hinaustrat. Wie der andere. Jetzt wurde es schwierig.

Sabine Kulzer schien ihren nächtlichen Ausflug ohne festes Ziel angetreten zu haben. Beinahe orientierungslos begann sie, durch die Straßen und Gassen der Altstadt zu schlendern. Und doch führte ihr Weg stetig hinab zum Fluss.

Dort verlor er ihre Spur. Natürlich hatte er sich bemüht, die ganze Zeit über auf Abstand zu ihr zu bleiben. Der Regen setzte wieder ein und zwang sie unter ihre Kapuze. Das Trommeln der Regentropfen auf dem Plastik und ihre eingeschränkte Sicht erleichterten sein Unterfangen. Und das des anderen, der Sabine ebenfalls nicht aus den Augen ließ. Was nur einen Schluss zuließ. Er war nicht der Einzige, der von der Schatulle wusste. Und er war nicht der Einzige, der sie haben wollte. Das machte die Angelegenheit gefährlicher, als er erwartet hatte. Im Augenblick konnte er jedoch nichts anderes tun, als das Mädchen nicht aus den Augen zu verlieren. Doch genau das war ihm passiert. Kein Wunder, dachte er. Schließlich galt es auch noch, vor dem anderen verborgen zu bleiben.

Leise fluchend trat er bis an die Ufermauer des Flusses heran. Hier, an der Weinlände hielt sich um diese Zeit und bei diesem Wetter niemand auf. Unter ihm sprudelte und gurgelte schwarz das Wasser der Donau. Links von ihm überquerte ein eiserner Steg den Fluss und auf diesem erkannte er das leuchtende Rot ihres Anoraks. Er atmete tief durch. Das Glück war auf seiner Seite. Und es war dabei, Sabine Kulzer zu verlassen.

Als der rote Fleck das gegenüberliegende Ufer erreichte, setzte er sich in Bewegung. Ob der andere auch hier war?

Er trug eine dunkle Lederjacke, die ihn im Regendunkel der Nacht vor seinen Augen verbarg.

Die Brücke erwies sich als länger, als er gedacht hatte. Er warf einen Blick nach hinten. Dort betrat noch jemand den Steg. Er blieb stehen, konzentrierte sich auf die Gestalt. Nein, es war nicht der andere.

Wer ist denn bei dem Wetter noch alles unterwegs?, dachte er. Fluchend wandte er sich wieder dem Mädchen zu, begann, die letzten Meter zu laufen, doch sie war verschwunden. Er folgte dem nach links führenden Weg. Er hatte sich den Plan der Stadt gut eingeprägt. Was wollte sie um diese Stunde auf dem Dultplatz? Ohne weiter zu überlegen, beschleunigte er seine Schritte. Noch einmal ging es über einen Seitenarm der Donau, dann lag der menschenleere Platz in all seiner Trostlosigkeit vor ihm.

Sabine Kulzer war verschwunden. Er versuchte, sich zu orientieren. Ein kurzer Schrei wies ihm den Weg.

Der andere!, durchzuckte es ihn. Er rannte los, bemüht, lautlos und unsichtbar zu bleiben. Die wenigen hier abgestellten Lkws als Deckung nutzend erreichte er eine Baum- und Buschreihe, hinter der sich der Fluss verbarg. Vorsichtig schlüpfte er durch die Äste. Auf der anderen Seite führte eine Treppe den Hochwasserdamm hinab zum Ufer. Dumpfe Geräusche drangen von dort zu ihm herauf. Stimmen, ein hässliches Knacken, abgewürgte Schmerzensschreie.

Seine Stimme, drohend.

Ihre Stimme, angsterfüllt.

Dann ein Platschen.

Jemand kam die Treppe herauf. Er duckte sich noch tiefer in das Dunkel der Büsche. Ohne ihn zu bemerken, ging der andere an ihm vorbei.

Sollte er zum Fluss hinabgehen? Nein, das war nicht nötig. Er wusste, was dort geschehen war. Seine Gedanken rasten. Er musste sofort aufbrechen. Er war nicht mehr der Einzige. Und der andere wusste jetzt auch von Julia Reindl. Aus dem vermeintlich leichten Auftrag war ein Wettrennen geworden. Ein Wettrennen um die Schatulle.

Bad Kötzting, 21.50 Uhr

Eine innere Stimme drängte Michael Obermeier, sich noch einmal umzudrehen und Oma Berta zum Abschied zuzuwinken. Er tat es nicht. Michi liebte die alte Frau. Auch oder vielleicht gerade, weil sie in seinem Zimmer gewesen war und seither von seiner Gesinnung wusste. Klar, sie hatte damit ihr Versprechen gebrochen. Aber hatte sie ihr Verhalten ihm gegenüber verändert? Machte sie ihm Vorwürfe, ließ sie ihn spüren, dass sie ihn jetzt nicht mehr gern hatte? Nein, das tat sie nicht. Warum also sollte er das Band zwischen ihnen zerreißen?

Wo doch auch er ein Versprechen gebrochen hatte. Das Versprechen, Oma alles zu erzählen und nichts vor ihr zu verheimlichen. Und doch wusste sie weder von Julia noch von deren Fund. Und selbstverständlich hatte sie keine Ahnung von seinem nächtlichen Vorhaben. Sie hätte es nie zugelassen. Und das zu recht. Er war sich durchaus der Gefahr bewusst, in die er sich begeben würde.

Wie oft hatte er sich seit dem morgendlichen Treffen mit dieser eleganten Ausgabe eines Keltischen Kameraden einen Narren gescholten? Wie lange hatte er keinen Schlaf gefunden im Ringen mit sich selbst.

Was interessierte ihn Julias Schicksal? Sie war die Freundin seiner Freundin. Mehr nicht. Er mochte Sabine, aber war das ein Grund, sich um die andere zu sorgen?

Doch jedes Mal, wenn diese Erkenntnis sich anschickte, die Oberhand über Michi zu erlangen, sprangen die Worte des Kameraden mit den stahlharten Augen aus einer Ecke seines Gewissens hervor: »Wir kümmern uns um sie.«

Er konnte sich darunter nichts und alles vorstellen. Die Bilder, die seine Fantasie ihm vorgaukelte, gefielen ihm nicht. Wie weit gingen die Keltischen Kameraden, um die Schatulle in ihre Hände zu bekommen? Das war die Frage, die er nicht beantworten konnte und wollte.

Heute hatte er sich entschieden. Er würde es nicht so weit kommen lassen. Auch wenn Julia eine blöde Zicke war. Sie war aber auch ein Mädchen. Ein Michi Obermeier verging sich nicht an Kindern und Mädchen. Ein paar Schläge in die Fresse eines Flüchtlings, die sich neuerdings auch hier in der Provinz breitmachten, ja, das fand er ganz in Ordnung. Ein paar Steine auf die Bullen während einer Demo kamen auch ganz gut. Und vielleicht, ja vielleicht konnte man ja mal ein Asylantenwohnheim abfackeln. Nur, wenn niemand drinnen war natürlich, aber immerhin.

Doch Menschen töten? Nein! Nicht mit ihm, nicht mit Michi Obermeier.

Die Idee wurde heute Nachmittag geboren. Anscheinend verspürte an diesem Tag keiner Lust, sein Heim mit neuen Möbeln aufzuhübschen. Während sich seine Kollegen im Auslieferungslager über Fußball und Musik unterhalten hatten, war der Kampf zwischen den zwei Teilen seines Gewissens weitergegangen. Er hatte sich in eine stille Ecke verzogen, wo sein Plan in Ruhe reifen konnte. Noch in der gleichen Stunde hatte er mit Uli gesprochen. Sein Kollege hatte eingewilligt, und auch die Personalabteilung hatte nichts gegen einige Tage Urlaub einzuwenden gehabt. Warum auch? Michi hatte noch Resturlaub aus den letzten Jahren und man war froh, wenn er diesen endlich abzubauen begann.

Oma Bertas sorgenvolle Blicke folgten ihm, wie so oft in letzter Zeit. Er fuhr nicht gleich zum Schauplatz seines Vorhabens. Noch war es zu früh. Für seinen Plan eigneten sich die Stunden vor dem Morgengrauen am besten. Dann, ja dann würde er die Schatulle holen. Nicht für sich. Für die Kameraden. Dann wäre Julia für sie uninteressant. Es gäbe keinen Grund mehr, ihr etwas anzutun.

Und er selbst? Er hätte seinen Auftrag erledigt.

Ein Blick auf die Uhr zeigte ihm, dass er noch Zeit hatte. Dennoch zitterten seine Hände. Er spürte, wie dieses Zittern seinen ganzen Körper erfasste.

Langsam ließ er seine KTM durch die Stadt rollen. Er wollte sie oben in Roßberg hinter einer Hecke verstecken. Dort würde er warten.

Michi bemerkte das Auto nicht, das ihm in gebührendem Abstand folgte.

ZWEITES BUCH
- WAS NACH DEN MORDEN
PASSIERTE -

Samstag, 10.06.2017
Chamerau, Ortsteil Roßberg, 04.10 Uhr

»Hector! Was machst du denn?«

Julia wälzte sich auf die Seite. Noch bevor sie die Augen öffnete, hatte sie die Antwort auf ihre Frage. Ihr Kater lag schnurrend auf ihrer Brust und sah sie an. Das Licht des Mondes glühte in seinen Augen.

Julia streichelte über seinen Kopf und schob ihn zur Seite. Sie setzte sich auf und erkannte, dass sie auf der Couch eingeschlafen war. Das war ihr bisher noch nie passiert. Gut, sie schrieb oft bis tief in die Nacht, aber den Weg ins Bett hatte sie bisher noch immer geschafft. Ein Blick auf die Uhr ließ sie zweifeln, ob sich das heute noch lohnte.

Sie überlegte kurz und entschied sich, für die verbleibenden zwei Stunden die Bequemlichkeit des Bettes der

Couch vorzuziehen. Mit halb geschlossenen Augen erhob sie sich und wankte auf das Schlafzimmer zu. Hector beobachtete sie verständnislos, drehte sich um und trollte sich durch die Katzenklappe hinaus in die Dunkelheit.

Julias Blicke folgten ihm, als sie vermeinte, Geräusche zu hören, die nicht hierher gehörten. Ein schmerzverzerrtes Stöhnen ließ sie zum Standbild gefrieren.

Das war draußen! Vor ihrem Haus!

Obwohl sich jeder Muskel ihres Körpers weigerte, zwang sie sich, leise zu dem winzigen Fenster neben der Haustür zu schleichen. Mond und Sterne kämpften vergeblich gegen die Dunkelheit des Waldes. Julia sah nichts.

Die Idee kam wie von selbst. Ihre Videokamera! Über sich selbst erstaunt eilte sie zurück zu dem kleinen Schrank im Wohnzimmer. Die unterste, flüsterte sie leise. Im Dunkel tastete sie nach dem Griff der Schublade, zog daran. Vergeblich. Sie klemmte. Julia zog fester. Die Schublade glitt heraus und fiel polternd zu Boden. Ihr Herz stand still. Eine Minute verging, ehe sie es wagte, sich wieder zu bewegen. Ihre Finger durchwühlten die Lade.

Gott sei Dank, dachte sie, als sie die Kamera spürte. Bemüht, nirgends anzustoßen, eilte sie wieder zu dem kleinen Fenster. Bereits auf dem Weg drückte sie den On-Knopf. Fast wagte sie es nicht hinauszusehen. Draußen war nichts zu erkennen. Sie öffnete das Kameramenü und wählte die Nachtsichtfunktion. Als sie das Gerät vor Jahren gekauft hatte, war ihr nicht bewusst gewesen, dass es über dieses Feature verfügte. Erst später hatte ihr ein Freund die Funktionsweise dieser Sonderausstattung der Sony erklärt. Trotz der außergewöhnlichen Situation schüttelte sie den Kopf.

Dass mir das jetzt einfällt, dachte sie. Unglaublich! Zögernd hob sie die Kamera vor das Fenster. Auf dem

Bildschirm erschien ein rundes Sichtfeld. Sie ließ den Infrarotstrahler wie den Schein einer Taschenlampe durch die Dunkelheit streichen. Nur, dass dieser Schein für niemanden sichtbar war und sie nicht verraten konnte. Das winzige Fenster schränkte ihr Blickfeld zusätzlich ein. Dennoch sah sie, was sie nicht sehen wollte und doch befürchtet hatte.

Draußen waren Menschen!

Einer lag bewegungslos und seltsam verdreht auf dem Boden.

Weiter hinten, halb verdeckt durch den Stamm eines Baumes, erkannte sie eine weitere Gestalt.

Von rechts schob sich ein roter Schatten in den Kreis des Suchers und ging zu dem reglosen Körper. Eine Taschenlampe flammte auf, wanderte ziellos hin und her und erlosch wieder. Die Gestalt bückte sich und hob die andere, begleitet von einem Ächzen, über die Schulter. Dann wankte sie davon. Julia schwenkte das Objektiv nach rechts, bis die beiden aus ihrem Blickfeld verschwanden.

Da ist ja noch einer!

Kaum zwei Meter vom Weg entfernt beobachtete ein weiterer Fremder die Szene.

Was wollen die alle nur hier? Und was ist mit der regungslosen Gestalt? Ist sie bewusstlos? Warum dann der Schrei?

Die Antwort ließ sie aufstöhnen. Erschrocken presste sie eine Hand vor den Mund.

Nicht bewusstlos. Tot!

Im selben Augenblick wusste sie, was hier gespielt wurde. Die Schatulle! Und da war noch ein zweites Wort: Gefährlich!

Die Entscheidung fiel im gleichen Herzschlag. Ich muss hier weg!

Ihre nächsten Handlungen liefen ohne große Überlegungen ab. Es dauerte kaum eine Minute, bis sie das Kästchen und einige Utensilien, die sie für ihr Vorhaben benötigte, in ihren kleinen Wanderrucksack gepackt hatte.

Hastig sah sie sich um. Die Tür zur Terrasse war von innen durch einen einfachen Riegel gesichert.

Und wieder hatte Julia eine Idee. Der Verschluss fiel von selbst zu, wenn man ihn nicht ordentlich einrasten ließ. Einmal hatte sie sich auf diese Weise ausgesperrt. Otto hatte ihr damals geholfen und die Haustür in weniger als einer Minute geöffnet.

Obwohl jede Faser ihres Körpers danach schrie, das Haus so schnell wie möglich zu verlassen, konzentrierte sie sich darauf, den Riegel nur lose aufzulegen. Dann schlüpfte sie lautlos in die Nacht hinaus. Hinter sich zog sie die Tür wieder zu. Ein leises Klicken verriet, dass ihr Plan aufging. Sollte jemand das Haus durchsuchen, musste er den Eindruck bekommen, sie wäre gar nicht hier gewesen. Das war wichtig, sollte ihr zweites Vorhaben für diese Nacht gelingen.

Ich muss die Schatulle verstecken!

Ohne sich umzusehen, schlich sie die Wiese hinab. Alles in ihr drängte sie zu laufen. Lautlos zählte sie ihre Schritte. Schließlich konnte sie dem Verlangen nicht mehr widerstehen. Während sie dem Waldrand entgegenstolperte, erkannte sie, dass es nicht nur galt, dieses Kästchen zu verstecken.

Auch mich selbst, dachte sie. Ich muss mich selbst in Sicherheit bringen.

Und dann rannte sie um ihr Leben.

*

Zehn Minuten später blieb sie schwer atmend stehen. Sie stützte sich mit einer Hand an einen Baum. Die rissige Rinde zu spüren, beruhigte ihre Nerven. In der anderen hielt sie ihre Taschenlampe, immer darauf bedacht, den Lichtkegel nicht nach hinten zu richten, dorthin, wo sie die Fremden wusste. Sie hatte die Lampe erst eingeschaltet, nachdem sie sich weit im Schutz der Bäume wähnte. Die Folgen ihrer Vorsicht waren zu sehen und zu spüren. Mehrmals war sie gestolpert oder gegen Äste gelaufen. Beim dritten Mal hatte sie sich eine blutende Schramme an der Stirn zugezogen. Von der zerrissenen Hose und den aufgeschürften Knien ganz zu schweigen.

Ihre Lunge pumpte und ihr Herz raste. Ich sollte mehr Sport treiben, ermahnte sie sich. Ein Vorsatz, den sie schon oft gebrochen hatte. Dabei war ihr bewusst, dass der Weg, der vor ihr lag, lang und steil war. Sie spürte die Schatulle durch den leichten Juterucksack auf ihrem Rücken. Ihrer misslichen Lage trotzend huschte ein Lächeln über ihre Lippen.

Vorhin, als der Schreck sie fast gelähmt hatte, war das Versteck ohne weitere Überlegungen vor ihren Augen aufgetaucht. Und sie selbst? Was sollte mit ihr passieren?

Ich fahre nach Regensburg und tauche ein paar Tage bei Sabine unter, entschied sie.

Und dann? Die Antwort gefiel ihr nicht. Ich muss mich wohl an die Polizei wenden. Das aber würde bedeuten, ihren Fund preiszugeben.

Vielleicht könnte ich ja mit Moritz darüber reden. Wahrscheinlich hat er das Kästchen ohnehin schon gesehen, aber sich nichts dabei gedacht. Immerhin hat er sich die ganze Woche nicht bei mir gemeldet.

Wie sollten die nächsten Stunden ablaufen? Es war

Samstag, die Praxis geschlossen. Dort vermisst mich niemand. Mama und Papa? Ihre Hochzeitsreise führte sie vor 30 Jahren nach Las Vegas. Sie frischten gerade Erinnerungen an ihren ersten gemeinsamen Liebesurlaub auf. Und Oma Gertraud?

Für Julias Eltern war es eine Selbstverständlichkeit, die Mutter und Schwiegermutter bei sich zu Hause zu haben. Zumal das schmucke Wohnhaus in Prackenbach groß genug war, um sich auch mal aus dem Weg zu gehen.

Oma Gertraud hatte sich vorgenommen, dafür zu sorgen, dass es ihrer Enkelin an nichts fehlte, während ihre Eltern durch die neue Welt reisten. Erst gestern Abend war Julia bei ihr gewesen.

Hoffentlich hat Oma nicht mitgehört, dachte sie. Es war kein angenehmes Gespräch gewesen, das sie mit Sabine geführt hatte. Julia dachte an die Probleme ihrer Freundin mit einer jungen Frau.

Wie sagte Sabine? »Betti steht auf mich.«

Typisch Sabine, dachte Julia. Normale zwischenmenschliche Beziehungen schienen für sie außer Reichweite zu liegen.

Ihr Rat war so simpel wie einfallslos gewesen: »Mach einfach Schluss«, hatte sie Sabine geraten. »Auch wenn Betti für uns das Rätsel der Schatulle gelüftet hat.« Und damit war sie beim eigentlichen Problem angelangt.

Sabine hatte sie gewarnt. Jetzt musste sie erkennen, wie recht ihre Freundin doch gehabt hatte.

Warum nur habe ich nicht gleich auf sie gehört? Sie hatte alle Hinweise und Anzeichen missachtet. Bis jetzt. Jetzt war alles anders.

Zu spät, dachte sie.

Sie atmete noch einmal tief durch, zog die Riemen des Rucksacks enger, wischte sich die vom Blut klebrigen

Haare aus den Augen und folgte dem zitternden Strahl ihrer Taschenlampe.

Berlin, 05.35 Uhr

Der Anruf riss Volker Scharf aus der letzten Tiefschlafphase dieser Nacht. »Schlaf ruhig weiter«, murmelte er seiner Frau zu, warf sich den Morgenmantel über und ging mit dem Hörer in der Hand nach unten. Wenn es jemand wagte, ihn um diese Zeit zu stören, dann erwartete ihn ein Gespräch, dessen Inhalt vor Karin besser verborgen blieb. Er schloss die Bürotür und ließ sich in den schwarzen Ledersessel hinter seinem Schreibtisch fallen. Seine innere Spannung strafte sein Äußeres Lügen. Warum rief Robert an? Hatte er die Schatulle? Würde dieser Augenblick alles verändern?

Nein! Schon die ersten Worte Robert Meinrads verdeutlichten ihm, dass sich die Mission schwieriger gestaltete, als er es erwartet hatte.

»Julia Reindl ist verschwunden.«

»Wie verschwunden?« Der Anführer der Keltischen Kameraden trommelte ungeduldig mit den Fingern auf der Tischplatte, während sein treuester Gefolgsmann die Ereignisse dieser Nacht schilderte.

»Du weißt, was das bedeutet?« Volker war wütend. Und wenn er wütend war, ging man ihm besser aus dem Weg.

Das wussten die Kameraden besser als die Mitarbeiter seiner Firma. Dort hatte er sich unter Kontrolle. Als Führer der KK aber konnte er seinen Gefühlen freien Lauf lassen. In ihrer Gemeinschaft war es nicht nötig, sich zu verbiegen. Solange er in den Augen der Kameraden die Organisation treu und zielstrebig zum Endsieg führte, war seine Position unumstritten. Härte und Disziplin standen dem nicht im Wege. Ganz im Gegenteil. Sie wurden als ein weiteres Zeichen von Stärke gesehen. Eine Stärke, die durch Kurt Heißmeyers Erbe in unermessliche Höhen steigen könnte. Und die jetzt wieder in weiter Ferne lag.

»Es wissen noch mehr von der Sache«, hörte er Robert antworten. »Und sie sind gefährlich. Michael Obermeier wurde nicht von mir beseitigt. Ein anderer ist mir zuvorgekommen. Das heißt, sie sind zu allem bereit.«

»Genau wie wir.«

»Genau wie wir.«

Robert Meinrads Stimme enthielt kein Schwanken oder Zittern. Volker wusste, er konnte sich auf seine Loyalität verlassen. Und auf seine Rücksichtslosigkeit. Wie aber sollten sie Julia Reindl finden? Und das mussten sie. Das Mädchen hatte sich versteckt. Sie hatte den Tumult vor ihrem Haus bemerkt und war abgehauen. Mit der Schatulle.

»Wohin verzieht sich ein Kind, wenn es in Schwierigkeiten steckt?«

Roberts Antwort ließ keine fünf Sekunden auf sich warten.

»Bin schon unterwegs.«

»Und keine Gnade«, wollte Volker noch sagen, doch Robert hatte bereits aufgelegt. Kein Problem dachte er. »Gnade« war ein Wort, das im Wortschatz seines Freundes nicht vorkam, wenn es galt, die Interessen der KK zu vertreten. Volker mochte sich gar nicht vorstellen, wie es Julias Eltern ergehen würde, sollten sie das Versteck ihrer Tochter nicht preisgeben.

Chamerau, Ortsteil Roßberg, 05.35 Uhr

Hector duckte sich unter die Hecke. Seine Barthaare zitterten. Mit weit aufgerissenen Pupillen beobachtete er, wie Julia lautlos das Haus verließ und über die Wiese schlich. Sollte er ihr folgen? Hector zögerte. Er richtete sich auf und dehnte seine Muskeln. Langsam machte er sich auf den Weg um das Haus. Hier gab es immer etwas zu entdecken. Alle Sinne angespannt schlich er durch Büsche und Gras. Neben dem Schuppen sprang er auf einen Stapel Holz und verharrte.

Da war noch jemand. Er ging ins Haus. Licht griff durch ein Fenster in die Dunkelheit hier draußen. Dann nichts mehr. Er kam wieder heraus und ging den Weg hinauf.

Mit geschmeidigen Schritten schlich Hector vorwärts. Eine Bewegung im Wald zwang ihn flach auf den Boden. Regungslos beobachtete er, wie ein weiterer Fremder erschien. Er blieb kurz vor dem Haus stehen, dann verschwand er ebenfalls.

Endlich war er allein. Es war Zeit für die Jagd. Mäuse und so manch anderes Getier, das kleiner war als er selbst, gab es hier im Wald zuhauf.

So etwas aber hatte er noch nie gefangen. Eigentlich war er nur seiner Nase gefolgt. Es war der gleiche Geruch, den Mäuse und Vögel verströmten, wenn er seine Zähne in sie schlug. Zögernd schnupperte er daran.

Das Ding lag hinter einem Stapel Brennholz. Kein Licht fiel hierher. Hector wollte es aber sehen. Er grub seine Zähne in ein schlankes, abstehendes Teil des Dings und zog daran. Es war schwer. Hector gab sich nicht geschlagen. Grimmig spreizte er seine Beine und spannte seine Muskeln an. Endlich bewegte sich das Ding. Zufrieden zog er seine Beute bis zur Tür des Hauses. Dort malte der Schein des Mondes einen hellen Fleck auf die Erde. Aufmerksam betrachtete er seinen Fund, als hinter ihm ein Rascheln seinen Jagdtrieb weckte. Nichts hätte ihn davon abhalten können, diesem zu folgen. Er drehte sich um und schlich mit unnachahmlicher Eleganz in den Wald.

Michael Obermeiers abgeschlagenen Unterarm hatte er im selben Augenblick wieder vergessen.

Runding, Burgruine, 06.20 Uhr

Sie erreichte den Burghof kurz nach Sonnenaufgang. Der Feuerball über dem Haidstein zwängte sich zwischen tiefstehende Wolken, die sich vergeblich mühten, der Erde das Licht der Sonne vorzuenthalten. Trotz der frühen Stunde tupfte die schwüle Luft Schweißperlen auf Julias Stirn.

Noch nie war sie um diese Zeit hier oben gewesen. Seit dem letzten Wochenende hatte sich einiges verändert.

Seit ich die Schatulle gefunden habe, dachte sie. Die anfängliche Aufregung und Freude über ihr Geheimnis hatte sich in dieser Nacht in Angst und Schrecken verwandelt. Dennoch war sie nicht bereit, ihren Fund zu teilen. Noch nicht.

Der hintere Teil des Burghofes war durch weiß-rote Bänder abgesperrt. Ein Hinweisschild verbot den Zutritt und erklärte auch, warum. Die Regenfälle der letzten Woche hätten den Burggraben aufgeweicht, sodass Teile der Mauern nicht mehr sicher seien. Außerdem habe das letzte Gewitter einen Blitz hierhergeschickt, um die Arbeit der Burgfreunde noch schwerer zu machen, als sie ohnehin schon war. Alles in allem sei es eben nicht mehr sicher auf der Burg. Ausdrücklich warnte das Schild davor, sich der Zisterne zu nähern.

Doch gerade da musste Julia hin. Sie sah sich um. Niemand war hier. Vorsichtig schlüpfte sie unter dem Absperrband hindurch und ging zu dem zwei Meter durchmessenden Loch im Boden, das von einer kaum 30 Zentimeter hohen Mauer umgeben war. Hier wollte sie die Schatulle verstecken, genau so, wie es Laura in ihrer neuesten Geschichte tat.

Langsam trat sie näher heran. Teile der einst mühsam sanierten Mauer waren eingefallen. Der Anblick war wenig vertrauenerweckend. Sie wagte einen Blick hinunter.

Was für eine Bescherung, dachte sie. Julia kannte die Zisterne, war sogar schon unten gewesen. Otto hatte ihr die Einstiegsluke geöffnet und war mit ihr die Leiter hinabgestiegen. Das war vor einigen Wochen gewesen. Sie hatte so lange gebettelt, bis sich der alte Mann erweichen ließ. Sie bräuchte die Eindrücke dort unten für eine ihrer Geschichten, hatte sie erklärt. Es war keine Lüge gewesen. Und es hatte sich gelohnt. Julia fand, die Schilderung der bedrückenden Atmosphäre in der feuchten Finsternis zählte zu den besten Passagen ihres neuen Buches.

Jetzt hing das Schutzgitter schief. An einer Seite konnte man bis zum Boden sehen, doch war der Zugang unbenutzbar. Die Luke in der Mitte des Gitters, von der aus sie damals Otto gefolgt war, verklemmte die Leiter.

Julia erinnerte sich ihrer Taschenlampe. Sie legte sich auf den Bauch und schob sich so weit wie nur möglich über die niedrige Mauer nach vorne. Im Licht der Lampe erkannte sie Geröll und Steine. Kein Wasser. Das floss bereits seit Jahrzehnten in die Eingeweide des Berges. Otto hatte ihr erklärt, dass das Wasserreservoir vergangener Epochen undicht geworden war, nachdem niemand mehr die Burg bewohnt und sich um ihren Erhalt gekümmert hatte. Warum auch?

»Wenn hier niemand wohnt, braucht auch keiner Wasser«, meinte er. Außerdem gab es da ja noch den Brunnen. Und der war noch nie ausgetrocknet. Die Zisterne aber war, ihrer Aufgabe entledigt, zum Loch in der Erde verkommen, das allenfalls für jene gefährlich werden konnte, die sich ihm unvorsichtig näherten.

So wie Julia. Ein wenig noch, dachte sie, und schob ihren Oberkörper nach vorne, bis er frei über dem Abgrund schwebte. Ihr einziger Halt war ihre linke Hand, die sich auf die Reste der Ummauerung stützte. Auf die losen Reste, wie sie zu spät bemerkte. Julia seufzte enttäuscht auf. Die Zisterne als Versteck kann ich vergessen, dachte sie und begann, nach hinten zu kriechen. In dem Augenblick aber, da sie den Druck auf ihre linke Hand verstärkte, gaben die

Mauersteine unter ihr nach. Ihre Arme ruderten kurz in der Luft. Dabei löste sich ihr Rucksack und rutsche von ihrer Schulter.

Julia sah ihn in Zeitlupe in die Tiefe fallen.

Dann sah sie sich. Sie sah sich auf die Abdeckung fallen, abrutschen und in der Zisterne verschwinden. Sie hörte sich auf dem Boden aufschlagen. Sie sah sich mit gebrochenen Gliedern und zerschmettertem Körper im Finstern liegen.

All das zog wie in Zeitlupe an ihr vorbei, scheinbar endlos gedehnt. Ihr Mund öffnete sich zum Schrei. Dann war da nur noch Dunkelheit.

Bad Kötzting, Katholischer Friedhof, 08.30 Uhr

Das Häuflein Menschen, das an diesem Samstagmorgen in einem entlegenen Winkel des Friedhofs der Stadt steht, lässt sich an einer Hand abzählen. Hinter mir liegt eine eher ereignislose Woche, wäre da nicht dieses Mädchen gestorben.

Ihr Tod weckt zwiespältige Gefühle in mir. Jeder, der Samira Hemedi gekannt hat, muss annehmen, dass vor zwei Tagen ein grausames Martyrium zu Ende ging. Auch wenn ihre Anfälle im letzten Jahr seltener geworden waren, so war es doch ihr Wille zu leben, der zusehends erloschen war. Ich habe das gespürt und auch den

Grund dafür. Samira vermisste Nadim. Auch wenn ich versucht habe, ihr alles zu geben, zu dem ich fähig war, so konnte ich ihr den Bruder letztendlich doch nicht ersetzen.

Ja, ich bin da gewesen, wenn Monika Bauer mich gerufen hat, und ich habe die Verbindung zwischen dem kranken Mädchen und mir gefühlt. Aber ich habe auch erkannt, dass dieser Kontakt mehr und mehr verloren ging.

Ein letztes Mal hat Samiras Krankenschwester am Mittwoch meine Nummer gewählt. Ihre Worte haben mich in ein Gefühlschaos gestürzt, dem ich bis heute nicht entronnen bin.

Mein Blick streicht über die Gesichter der anderen. Melanie, Claudia, Monika und Jana, die als Einzige das syrische Mädchen nicht kannte und dennoch an der Seite von Karl hier ist. Die beiden werden noch heute nach Südtirol fahren. Meran muss jedoch ein paar Stunden länger auf sie warten. Karl hat keine Sekunde gezögert, seinen Urlaub mit der ukrainischen Schönheit zu verschieben, als die Nachricht von Samiras Tod ihn ereilt hat.

Mein Freund von der PI Bad Kötzting starrt mit trüben Augen in das offene Grab vor uns. Vielleicht begleiten ihn seine Erinnerungen an jenen Tag, als wir beide das Mädchen zum ersten Mal gesehen haben.

Melanie nahm den Weg von Regensburg hierher auf sich, und auch sie scheint in Erinnerungen zu verweilen.

Monika Bauer spürt meinen Blick. Sie dreht ihren Kopf zu mir und sieht mich an. In ihren Augen fehlt etwas. Es dauert einige Sekunden, bis ich es erkenne: Es ist Traurigkeit. An ihrer Stelle stehen Hoffnung und Dankbarkeit. Schwester Bauer weiß besser als wir alle, was das Flüchtlingskind, das vor einem Jahr nicht nur seine gesamte Familie, sondern auch jede Hoffnung auf Leben verloren hat, erleiden musste.

Auch Pfarrer Spitzenberger, der soeben die Beerdigung beendet, kannte Samira, die ihre letzte Ruhe nur dank ihres Bruders auf diesem katholischen Friedhof finden wird. Nadim ließ sie taufen, wenige Wochen, bevor er starb.

Ich bin so in Gedanken versunken, dass ich gar nicht bemerke, dass die Zeremonie vorbei ist. Pfarrer Spitzenberger gibt uns allen noch die Hand, dann verlassen wir Samiras Grab.

Vor dem Friedhof bleiben wir noch einmal stehen. Es freut mich, Mel wieder einmal zu sehen, wenngleich die Umstände nicht geeignet sind, Frohsinn zu verbreiten. Monika Bauer nickt uns allen zu und steigt in ihr Auto. Sie kehrt in die Klinik zurück. Ich weiß, andere Samiras warten dort auf ihre Hilfe. Und sie warten nicht vergeblich.

Wir anderen sehen uns kurz an. Keinem von uns ist nach Reden. So atme ich fast schon dankbar auf, als Melanies Handy läutet. Mit einem entschuldigenden Blick wendet sie sich kurz ab. Ein paar Sätze später zuckt sie die Schultern und schüttelt leicht den Kopf: »Tut mir leid. Das war Peter. Ich muss sofort zurück. Ein Mädchen wurde tot aus der Donau gezogen. Du kennst das ja.«

Ich versuche, eine verstehende Miene aufzusetzen. »Schade. Wir sollten uns jetzt wirklich mal alle wieder treffen.«

Die drei nicken. »Aber endlich unter normalen Umständen«, meint Jana.

Wie recht sie doch hat.

Regensburg, Best Western Hotel, 08.40 Uhr

Alexander Oehgren rang sich ein Lächeln ab. Die junge Frau am Empfang quittierte es professionell freundlich. Ein Tagesgast mehr, den sie nie wieder zu Gesicht bekommen würde.

»Auf Wiedersehn, Herr Steiner. Ich hoffe, Sie hatten einen angenehmen Aufenthalt.« Seinem Nicken folgte das obligatorische: »Ich wünsche Ihnen eine gute Reise.«

Mit dem ebenso üblichen »Danke« verließ er das Hotel und die Domstadt. Nicht mit der Schatulle in der Reisetasche, wie er es geplant hatte. Nein, die Ereignisse der letzten Nacht zwangen ihn, länger in Bayern zu bleiben. Einige Kilometer weiter östlich, eine andere Stadt, ein anderes Hotel.

Der Auftrag entwickelte sich zum Problemfall. Julia Reindl war verschwunden. Wie sollte er ohne sie sein Ziel erreichen? War sie die Einzige, die wusste, wo sich die Schatulle befand? Immerhin hatte sie ihrer Freundin Sabine, die jetzt tot war, von ihrem Geheimnis erzählt.

Wem noch? Vielleicht wusste ja auch Sabine mehr, als ihr zwei gebrochene Finger entlocken konnten. Weder ihr Handy noch ihr Laptop verrieten, ob sie noch jemanden über die Schatulle informiert hatte. Sie hatte am Tage ihres Todes mehrere Gespräche geführt, die jedoch in der Masse der Telefonate, die auf ihrem Smartphone gespeichert waren, nichts Ungewöhnliches waren. Obwohl er auch auf ihrem Laptop nichts Verwertbares gefunden hatte, war es dennoch unumgänglich gewesen, diesen aus ihrer Wohnung zu holen. Schließlich enthielt der Verlauf ihres Browsers die Begriffe Fenrir und Midgard. Nichts, was die Polizei wissen sollte. Zudem war es ein Leichtes gewesen, mit Sabines Schlüssel, den er ihr abgenommen hatte, das Studentenheim unauffällig zu betreten und wieder zu verlassen.

Welche Mittel standen ihm noch zur Verfügung? Die Ausrüstung, die er am Münchner Bahnhof abgeholt hatte. Alexander sah sich als weltweit operierender Geschäftsmann. Und als solcher hatte er Koffer von absolut identischem Aussehen und mit gleichem Inhalt in allen wichtigen Städten rund um den Erdball deponiert. Einige wenige an anderen Verstecken, die meisten in Schließfächern. So auch am Hauptbahnhof der bayerischen Metropole, zu dem er nach seiner Landung mit der S-Bahn fuhr. Flughäfen mied er, waren diese doch zu gut überwacht. So, wie die Flüge selbst. Das Risiko, eine Waffe ins Land zu schmuggeln, war unverantwortlich. Dafür gab es Dienstleister, die die von ihm zusammengestellten Utensilien besorgten und verwahrten. Sie lieferten die Standardausrüstung von der handlichen Schusswaffe mit Schalldämpfer und Ziellaser bis zu einer Grundausstattung an ortsüblichem Geld. Die Extras steuerte er selbst bei. Pässe für verschiedene Identitäten, falsche Haare und Bärte und – und dem galt sein ganzer Stolz – eine Sammlung an seltenen Chemikalien für die verschiedensten Zwecke. Gifte und Drogen, Psychopharmaka und Rauschmittel. Ausnahmslos von den Geheimdiensten Chinas, Russlands, Nordkoreas oder auch den USA verwendet.

Und von ihm. Im Augenblick jedoch brachte ihn der Inhalt seines Koffers nicht weiter.

Als Polizist, ja, da stünden ihm die technischen und personellen Möglichkeiten des ganzen Landes zur Verfügung. Aber er war kein Polizist. Was nicht bedeutete, dass man sich nicht der Hilfe der Staatsmacht bedienen konnte. Alexander Oehgren war nicht geworden, was er war, weil ihn unerwartete Schwierigkeiten von einem Vorhaben abhielten. Viele Jahre im Geschäft hatten zahlreiche Kontakte mit sich gebracht. Sein Netzwerk erstreckte sich über alle Kontinente. Früher waren seine Helfer ausschließlich menschlicher Natur gewesen. Spitzel und Agenten an wichtigen Schaltstellen der Sicherheitskräfte gehörten zu seinen wichtigsten Informanten. Aber sie bargen ein nicht unerhebliches Risiko in sich. Menschen wie sie verdingten sich nicht umsonst bei ihm. Sie taten es für Geld, und zahlte die Gegenseite mehr, konnte sich der eine oder andere schnell gegen ihn wenden.

Ein Risiko, das der Einzug der IT-Technologie auf ein Minimum reduziert hatte. Weniger Menschen – weniger potenzielle Verräter, lautete die schlichte Formel. Alexander hatte die Zahl seiner Helfer auf ein Minimum reduziert. Genauer gesagt auf Eins.

Und diese Eins stand für Galadriel. Wieder einmal benötigte er ihre Dienste. Es ging darum, die Polizei für sich arbeiten zu lassen. Sie würde nach Julia Reindl fahnden und ihn vielleicht zu ihr führen. Doch dazu musste er den Verlauf der Suche mitverfolgen. Und so nebenbei sollte sich Galadriel auch noch in den Computer der Regensburger Kripo hacken. Schließlich konnte es nicht schaden, über die Ermittlungen im Fall Sabine Kulzer auf dem Laufenden zu bleiben.

Alexander ging in eines der letzten Internetcafés der Stadt. Er buchte fünf Minuten. Das sollte reichen. Er rief die Facebookseite der Baltimore Ravens auf. Dort suchte er den Bericht über das Spiel gegen die New Orleans Saints. Wie viele vor ihm kommentierte er die Begegnung: »Die Defense der Saints war wie die Chinesische Mauer.«

Galadriel würde die Nachricht lesen. Sie würde mit ihm Kontakt aufnehmen. Verschlüsselt und für niemanden einsehbar. Und dann wird sie mich wieder ins Spiel bringen, dachte er.

Regensburg, Kriminalpolizeiinspektion, 10.05 Uhr

»Schon gelesen?«

Schwungvoll warf Peter die Zeitung auf den Bürotisch seiner Chefin. Die Kriminalhauptkommissarin im Fachkommissariat K1 Tötungsdelikte und Suizide der Kriminalpolizeiinspektion Regensburg warf nur einen kurzen Blick auf die grelle Schlagzeile. Nein, gelesen hatte sie die Nachricht nicht, aber das war auch nicht nötig. Schließlich hatte sie schon beim Frühstück alle bekannten Details vom Fund des Mädchens aus dem Radio erfahren. Noch sei ihre Identität ungeklärt. Jedoch habe die Leiche nicht lange in der Donau gelegen, sodass deren guter Zustand Todesursache und Herkunft der Toten nicht lange verbergen würde. Und das alles dank der Aufmerksamkeit des Matrosen eines ungarischen Schubverbandes. Er hatte bei der Einfahrt in die Stauschleuse beim Europakanal die vielleicht ein letztes Mal vom Fluss an die Oberfläche getragene Frau entdeckt.

Papier und Funk ließen es sich nicht nehmen, über die Todesursache zu spekulieren. Am Ende kamen beide zum

Ergebnis, es könne sich nur um Suizid oder einen Unfall handeln.

Für Ersteres gab es keine Erklärung, für die zweite Vermutung schon. Die junge Frau könnte sich zu nahe am Fluss aufgehalten und dessen Gefahr unterschätzt haben, die der seit Tagen andauernde Regen noch verstärkt hatte. Ein unvorsichtiger Tritt, glitschiges Ufer, jugendlicher Leichtsinn, wahrscheinlich ein wenig Alkohol. Ein Resümee, das der medialen Sensationsgier nicht gerade entgegenkam, aber, und das sah auch Melanie Güßbacher so, naheliegend war.

Zwei Mädchen, flohen ihre Gedanken noch einmal zurück zu Samira. Und doch konnte ihr Tod unterschiedlicher nicht sein.

Sie ließ ihre Augen über den Zeitungsbericht gleiten, der im Wesentlichen den Inhalt des Radioberichts wiederholte. Sie spürte Peters ungeduldigen Blick.

»Ein Unfall? Selbstmord? Beides tragisch, aber wahrscheinlich«, beantwortete sie diesen.

»Hm.« Peter Teichert ließ sich bedächtig auf den Bürostuhl ihr gegenüber sinken. Melanie ahnte, was kommen würde. Kriminaloberkommissar Teichert hatte in den elf Monaten, die sie nun zusammen versuchten, Schwerverbrecher aus dem Verkehr zu ziehen, nicht nur einmal ein untrügliches Gespür für ungewöhnliche Zusammenhänge und kriminelle Hintergründe bewiesen. Und seinen Willen, diese aufzuklären.

Die Meldung würde in den Cafés, Kneipen und Geschäften der Donaustadt in den nächsten ein oder zwei Tagen für Gesprächsstoff sorgen, um bald von anderen Themen wieder aus dem Bewusstsein der Menschen verdrängt zu werden. Bei Peter jedoch hatte sie einen Schalter umgelegt. Ihr Kollege lief jetzt im Ermittlungsmodus.

Und tatsächlich: »Ich war heute schon früh auf«, begann er, sein »Hm« zu erklären. »Sehr früh. Charivari brachte die Meldung vom Tod der jungen Frau bereits in der Morningshow. Also habe ich meinen Morgenlauf ein wenig ausgedehnt.«

»Morgenlauf! Wusste ich gar nicht.«

»Alles für den Job.« Peter setzte dieses verschmitzte Lächeln auf, dem man sich kaum entziehen konnte. Mel wusste um die Wirkung des athletischen Anfangsdreißigers auf Frauen. Und auch um dessen Bemühen, die einmal geweckten Erwartungen zu erfüllen. Fitnessstudio und Markenkleidung allein würden ihn jedoch nicht aus der Masse gleichaltriger Männer herausheben, gäbe es da nicht die stahlblauen Augen und eben dieses Lächeln, das ihm schon so manche Tür zum Schlafzimmer einer Auserkorenen geöffnet hatte.

»Nachdem es heute endlich aufgehört hat zu regnen, habe ich mir die Donauufer oberhalb des Europakanals angesehen.«

»Und?«

»Na ja, wenn die Frau nicht freiwillig ins Wasser gegangen ist, kann ich mir nicht vorstellen, dass sie ohne fremde Hilfe hineingefallen sein soll. Die Ufer fallen mehrere Kilometer flussaufwärts eher flach ab. Da muss man sich schon außerordentlich dämlich anstellen, um hier abzurutschen. Und warum sollte jemand bei dem miserablen Wetter bis zur Donau hinabgehen?«

»Wenn ich mich richtig erinnere, gibt es in Stadtamhof eine recht hohe Ufermauer. Du weißt schon, beim Busparkplatz.«

»Du meinst die hinter der alten Lokomotive, die hier ausgestellt ist. Die von der Walhallabahn. Aber da müsste die Frau hinaufgestiegen sein, um von dort ins Wasser zu fallen. Das würde dann wieder für die Selbstmordtheorie sprechen.«

»Die ja durchaus zutreffen kann«, meinte Mel.

»Ich weiß nicht recht. Ich habe noch nie gehört, dass sich von dort jemand in den Tod gestürzt hätte. Da gibt es doch prominentere Orte in Regensburg.«

»Zum Beispiel die Autobahnbrücke. Ein Selbstmörder sollte entschlossen genug sein, den Sicherungszaun dort zu übersteigen. Die Entfernung zur Schleuse würde auch passen. Sollte sie dort in die Donau gesprungen sein, hätte sie die Strömung in weniger als einem Tag bis zum Fundort gezogen.«

»Ja, das kommt hin.« Peter betrachtete seine perfekt manikürten Hände. »Falls es Selbstmord war.«

»Und das möchtest du herausfinden.«

»Bis das feststeht, werden wir uns sowieso mit dem Fall beschäftigen müssen. Da würde ich gerne mit deiner Erlaubnis schon ein wenig vorfühlen.«

»Du und Daniela, nehme ich an.«

Peter hatte recht. Die Todesursache der jungen Frau stand noch nicht fest. Und damit waren sie und ihr Team für den Fall zuständig. Außerdem stand heute außer einigen Konferenzen und Berichten nichts an. Die Mörder in Regensburg und Umgebung legten in diesen Tagen eine Pause ein. Bis auf den, der die junge Frau in der Donau ertränkt hatte. Falls Peters Gefühl sich wieder einmal als richtig erweisen sollte.

»Einverstanden. Seht zu, dass ihr die Identität des Mädchens klärt. Und ich rede mit Staatsanwalt Schmidgruber und besorge uns einen Ermittlungsauftrag.«

Mit einem zufriedenen Nicken stand er auf und verließ

ihr Büro, um zusammen mit seiner Partnerin den Namen des toten Mädchens herauszufinden.

Melanie ahnte nicht, dass die beiden bereits eine Stunde später wieder vor ihr sitzen würden. Und schon gar nicht konnte sie wissen, dass sie vor ihrem bisher schwierigsten Fall stand.

USA, Fort Meade, NSA-Hauptquartier, 05.30 Uhr (11.30 Uhr MESZ)

Alan Kingsley schlich in sein Büro. Er war froh, niemandem auf dem Weg hierher begegnet zu sein. Fast befürchtete er, Elizabeth Cooper würde ihn bereits erwarten. Sie wusste, dass Alan ein schmutziges Spiel gespielt hatte. Ein falsches Spiel, das man nur überlebte, wenn man aus ihm als Sieger hervorging.

Alan aber war ein Verlierer. Joshua war ihm wieder entwischt. Und damit sein Faustpfand gegen Thelma und Louise. Er hatte die beiden für seine Zwecke benutzt und dafür ihre abscheulichen Verbrechen gedeckt.

Es lohnte sich nicht, Gedanken an die Vergangenheit zu verschwenden. Er musste sich jetzt auf seine eigene Rettung konzentrieren. Und die hieß Barry Perkins.

Joshua war ihm durch die Lappen gegangen. Aber noch gab es den Fund dieses Mädchens in Deutschland. Er war wichtig. Das vermutete auch Perkins. Er war hinübergeflogen. Sicher nicht, um dort Urlaub zu machen, dachte Alan. Der CIA-Agent war sich der Gefahr, die in diesem Kästchen steckte, bewusst. Er wollte es finden, bevor es die anderen in die Hände bekamen.

Die anderen? Wer? An wen hatte Joshua das Vermächtnis dieses längst verstorbenen deutschen Arztes verkauft?

Ich muss Perkins unterstützen, dachte Alan. Noch habe ich Zugang zu allen Quellen, auch in Deutschland. Ich muss nur unsere Außenstelle dort auf die Sache ansetzen. Wenn wir dieses Kästchen finden und es das enthält, was wir vermuten, komme ich vielleicht noch heil aus der Sache raus. Wenn nicht, dann …

Elizabeth Coopers Gesicht tauchte vor seinen Augen auf.

Bayerischer Wald, Höllensteinsee, 12.35 Uhr

Wer hätte gedacht, dass ich eines Tages noch aufs Rad steige? Als ob es nicht reichen würde, ein echter Wanderfreund geworden zu sein, der mittlerweile nicht nur die Wege des Bayerischen Waldes bestens kennt, sondern auch so manche Tour in den Alpen bewältigt hat. Meist an der Seite Claudias, manchmal aber auch allein. Ich muss zugeben, so kann ich die Stille und Erhabenheit der Berge und Bäche, Wälder und Schachten noch besser genießen.

Marcel, mein wander- und reisesüchtiger Freund aus München, hätte seine helle Freude an mir. Kennt er mich doch eher als unverbesserlichen Stadtmenschen, der mit den Segnungen der Natur wenig am Hut hat. Die Jahre im Bayerischen Wald haben meiner Konstitution nicht geschadet. Vier Jahre sind seit meiner ersten Begegnung mit Claudia vergangen. Vier Jahre, in denen mein Haar weniger und meine Muskeln mehr geworden sind. So langsam nähere ich mich der Mitte meines vierten Lebensjahrzehnts. Und damit der zweiten Halbzeit. Die erste habe ich die meiste Zeit zusammen mit mehr als einer Million Menschen in der bayerischen Hauptstadt verbracht. War München früher das Zentrum meines Universums, so sind dies jetzt die Wälder und Berge an der Grenze zu Tschechien. Sie und Claudia haben aus dem Bewegungsmuffel von einst einen ganz passablen Sportler gemacht.

Manchmal aber reichen auch für den neuen Moritz Buchmann Zeit und Motivation nicht aus, um die Wanderschuhe zu schnüren und von Kirchbach hinauf zu Arber und Osser zu fahren. Und die Wanderwege im Umkreis meiner neuen Heimat kenne ich inzwischen zu gut, als dass mir Predigtstuhl und Haidstein noch Neues bieten könnten, so schön sie auch sind.

Also das Fahrrad! Es erweitert meinen Aktionsradius erheblich. In zwei bis drei Stunden erreiche ich St. Ulrich oder Viechtach, Furth im Wald oder Konzell, ohne Gefahr zu laufen, von einem der in diesem Sommer so häufigen Regengüsse überrascht zu werden.

Heute aber treibt mich der Tod eines Mädchens hierher. Vielleicht gelingt es erhöhtem Puls, Schweiß und keuchendem Atem, meine Gedanken von Samira zu befreien.

Die Woche glich so vielen anderen vor ihr. Zu Hause das Glück mit Claudia, das auch nach drei Jahren nicht von mir lässt. Ich will nicht leugnen, dass sich auch unsere Beziehung durch Höhen und Tiefen kämpft. Und dennoch: Die Stunden, in denen ich ohne ihre Liebe nicht mehr sein könnte, besiegen die wenigen Augenblicke des Streits haushoch. Ich glaube, behaupten zu können, ihr geht es genauso.

Und dann die Zeit, die ich mit den Übeltätern Ostbayerns verbringe. Seit letztem Wochenende hält eine Einbruchsserie im Umfeld des Straubinger Eishockeystadions die Inspektion in Atem. Spätestens seit der Schlägerei nach dem Spiel der Straubing Tigers gegen die Augsburger Panther am Mittwoch, die auch abseits des Eises für gebrochene Rippen und ausgeschlagene Zähne gesorgt hat, steht der Großparkplatz am Hagen unter verschärfter Beobachtung der Sicherheitskräfte bis hinauf zum Polizeipräsidium Straubing.

Dort ging es heute hoch her, nachdem unser geschätzter Polizeipräsident eine Pressekonferenz vergeigt hat und von den Journalisten gehörig in die Mangel genommen wurde. Doch was interessiert das mich?

Nicht heute. Nicht nach meinem Friedhofsbesuch am Morgen. Die Erinnerung an den kleinen, unscheinbaren Sarg lässt mich das Präsidium ebenso vergessen wie das Unwetter der letzten Nacht. Nicht das erste in diesem Sommer und sicher auch nicht das letzte.

Heute werde ich den Weg hinauf zum Höllensteinsee so schnell radeln, wie es meine Beine und meine Lunge zulassen.

Mal sehen, wie sich die Staumauer präsentiert, wenn sämtliche Schleusen geöffnet sind. Ich entscheide mich für den Radweg entlang der ehemaligen Bahnstrecke nach Viechtach. Nach wenigen Kilometern spüre ich mein Herz pumpen und mein Blut rauschen. Es vertreibt die Erinnerungen und lenkt meine Gedanken auf das Hier und Jetzt.

20 Minuten später ereilt mich die Enttäuschung. Alle drei Schleusen der Staumauer sind geschlossen. Der Höllensteinsee hat offensichtlich keine Mühe, die Regenmassen der Nacht zu fassen. Mehr Schwierigkeiten bereiten den Zuläufen der Turbinen zahllose Äste und Bäume, Müll und Unrat, der von den Hängen links und rechts des Sees in diesen gespült wurde.

Ich atme noch einmal tief durch und rolle gemächlich über den Weg auf der Krone der Staumauer. Für gewöhnlich trage ich mein Rad die Stufen hinab auf das tiefere Niveau des Kirchbacher Sees, um an dessen Ufer zurück nach Hause zu fahren. Die Stunde vor Sonnenuntergang schenkt hier unvergleichliche Eindrücke blinkender Blätter über spiegelndem Wasser. Heute aber werde ich die Straße über Hafenberg und Weißenregen nehmen.

Zuvor aber gönne ich mir noch eine kurze Pause. Das ansonsten klare Wasser ist schmutzig braun von Schlamm und Erde. So verwundert es auch nicht, dass weder Ruderboote noch Badegäste zu sehen sind. Und auch keine Fischer, ohne die ich die Flusslandschaft am Regen gar nicht kenne. Tatsächlich bin ich im Augenblick der einzige Mensch hier. Das ist mir bisher noch nie passiert.

Ein Rumpeln rechts von mir lässt mich herumfahren. Muss das jetzt sein, wo doch die Stille für Minuten vollkommen schien? Ich lehne mein Rad an das Geländer auf der Mauerkrone und spähe nach unten. Ja, es muss wohl sein. Das unpassende Geräusch kommt vom riesigen Rechen, der sich müht, die Turbinen der Stromgeneratoren vom Treibgut auf dem See freizuhalten. Automatisch gesteuert hat er sich in Bewegung gesetzt und schaufelt soeben eine ganze Ladung entwurzelter Sträucher und Bäume aus dem Wasser. Das Gewitter der letzten Nacht hat wahrlich ganze Arbeit geleistet.

Interessiert beobachte ich den Vorgang. Der Apparat taucht tief ins Wasser, schwenkt dann nach oben und lädt seine Beute auf einen betonierten Sammelplatz, von wo das Zeug was weiß ich, wohin abtransportiert wird. Dreimal wiederholt sich der Vorgang und beim dritten Mal passiert es: Ich vermeine, im Konglomerat der Äste und Büsche etwas zu sehen.

Etwas, was dort absolut nicht hingehört.

Etwas, was sich mein Verstand weigert zu akzeptieren. Mit lautem Knirschen landet das tropfende Bündel Treibgut auf dem schon abgelegten Berg restlichen Mülls. Ich laufe um das Turbinengebäude herum auf die andere Seite. Mein Fahrrad bleibt einsam und vergessen zurück. Es ist in diesem Augenblick nicht mehr wichtig. Der Abladeplatz ist von einem hohen Zaun umgeben, an den ich mein Gesicht presse, um besser sehen zu können.

Und da ist es! Mein Verstand versucht vergeblich, es zu leugnen. Zwischen all dem Unrat ragt das Bein eines Menschen hervor!

*

Der Mitarbeiter der Stadt Straubing als Betreiber des Kraftwerks ist als Erster vor Ort. 20 Minuten sind seit meinem Anruf bei der örtlichen Polizeiinspektion in Viechtach vergangen. Die Kollegen dort haben alle nötigen Stellen informiert, können selbst aber erst später kommen, da sich alle

Streifenwagen bei einem größeren Verkehrsunfall auf der B 20 befinden. Kein Problem, schließlich bin ja ich da!

»Mein Gott, das stammt ja von einem Menschen!«, stammelt der Mann von der Höllenstein AG, während er mit zittriger Hand das Tor aufsperrt.

Vorsichtig trete ich näher. Es ist ein Turnschuh. Einem unaufmerksamen Beobachter würde er im Gewirr der Äste und Blätter nicht weiter auffallen. Es bedarf eines neugierigen Blickes oder des geschulten Auges eines Polizeibeamten, um das Bein zu erkennen, das den Schuh trägt. Ein Fetzen einer ausgewaschenen Jeans, aus der oben die zersplitterten Reste von Schien- und Wadenbein hervorlugen. Das Bein wurde knapp unterhalb des Kniegelenks abgetrennt. Der Mitarbeiter der Höllenstein AG stellt die Frage, die auch mich beschäftigt: »Wo ist der Rest?«

Er sieht erst mich an, dann beginnt er, in dem Haufen zu wühlen.

»Nicht! Bleiben Sie hier!«, halte ich ihn zurück.

»Was soll das? Wir müssen doch herausfinden, wer das ist.«

»Wir schon, aber nicht Sie.«

Ich würge seinen aufkommenden Protest ab, indem ich mich vorstelle: »Moritz Buchmann, Kripo Straubing. Auch wenn es sich vermutlich um einen Unfall handelt, wollen wir der Spurensicherung doch keine unnötigen Steine in den Weg legen, oder?«

»Nein, nein. Natürlich nicht«, meint er missmutig. Seine Neugier treibt ihn dennoch um den Haufen herum. »Glauben Sie, dass das ein Unfall war?«, höre ich ihn von der anderen Seite rufen.

»Was sonst?«, sage ich, mehr Hoffnung als Wissen in der Stimme. Nach einem Mord ist mir zurzeit wirklich nicht.

Aber der Mann hat recht. Woher nehme ich die Zuversicht, dass jemand in den See gefallen ist, hierhergetrieben wurde und von der Mechanik des Reinigungsrechens in Stücke gerissen wurde? Denn so hat sich mein Verstand den Tod dieses Menschen in wenigen Minuten zusammengereimt. Genauso gut kann es sich um ein Verbrechen handeln.

Wie viele Leichen habe ich schon gesehen? Ich habe sie nicht gezählt. Und doch wird mir flau im Magen. Man kann sich einfach nicht daran gewöhnen. Und da spielt es keine Rolle, ob der oder die Tote Opfer eines Mordanschlags oder eines Unfalls ist.

Tot ist einfach tot! Das Unwiederbringliche dieses Satzes ist das Schreckliche daran. Und es ist doch mehr als unwahrscheinlich, dass der See nur das Bein dieses unglückseligen Menschen verbirgt.

Dessen ist sich auch der Arbeiter, der jetzt wieder neben mir steht, sicher.

»Sieht aus wie von einem Mann, oder? Bin gespannt, in wie viele Teile der Rest zerlegt wurde.«

Seine Worte entlocken mir einen Hustenanfall, der ihn völlig ungerührt lässt.

»Schließen Sie das Tor«, wende ich mich an ihn. »Da hinten kommen Leute. Ich will nicht, dass das hier zur Touristenattraktion wird.«

*

Eine Viertelstunde später hält ein Streifenwagen der Polizeiinspektion Viechtach. Obwohl der Arbeiter des Kraftwerks und ich bemüht sind, unauffällig zu wirken, lässt es sich nun nicht mehr vermeiden, die Aufmerksamkeit von Wanderern und Radlern auf den Fund zu ziehen.

»Sperrt mal das Gelände vor dem Betriebsgebäude ab«, weise ich die Kollegen an. »Und haltet ein paar Parkplätze frei. Die Spusi kommt sicher auch gleich.«

Im Gegensatz zu meiner optimistischen Einschätzung vergehen noch einmal 35 Minuten, bis Dr. Amberger aus seinem Dienstwagen springt. In seinem Schlepptau folgen drei seiner Mitarbeiter und Gerichtsmediziner Dr. Thorsten Schäfer-Gral.

Mit wichtigen Mienen machen sie sich ohne weitere Fragen an die Arbeit, nachdem ich ihre Aufmerksamkeit auf das Bein gelenkt habe. Spätestens jetzt ist den Umstehenden bewusst, dass hier etwas Außergewöhnliches vorgefallen ist.

»Is' do jemand dasufa?« Ein Junge, der ein Mädchen im Arm hält.

»Was ist da jemand?« Eine Radfahrerin, bunt gekleidet, mit Sonnenbrille.

»Ich glaube, er meint ertrunken.« Ihr Gatte, ebenfalls bunt gekleidet, ohne Sonnenbrille.

»De ham an Haxn gfundn.« Ein älterer Mann mit stattlichem Bauch zu seiner Frau.

»Und wo is' da Rest?« Die Frau, ein Eis in der einen Hand, die andere an das Absperrgitter geklammert.

Das genau ist die Frage, denke ich. Einige Schritte entfernt sind Kurt Amberger und Thorsten Schäfer-Gral ins Gespräch vertieft. Ich gehe zu ihnen.

Während sich der Gerichtsmediziner der Kripo Straubing die Gummihandschuhe abstreift, wiegt er nachdenklich den Kopf. »Das Bein eines jungen Mannes. Liegt vermutlich seit acht bis zehn Stunden im Wasser. Genaueres kann ich erst nach dem Labor sagen.«

»Und sonst?«

»Nichts sonst. Nur die Frage, wo der Rest des Körpers ist.«

Ich drehe mich um und lasse meinen Blick über den See schweifen.

»Wir brauchen Taucher«, stelle ich schließlich fest.

Kurt Amberger schlägt mir auf die Schulter. »Buchmann, Sie lesen meine Gedanken.«

Prackenbach, Julias Elternhaus, 13.10 Uhr

Es dauerte länger als erwartet. Schließlich konnte er ja nicht einfach zur Gemeinde Chamerau gehen und sich dort nach den Eltern Julias erkunden. Was hätte er antworten sollen, hätte man ihn gefragt, warum er das wissen wollte?

Weil ich Ihre Tochter finden muss.

Julia? Was wollen Sie denn von ihr?

Na, weil sie mir ihre Schatulle geben muss.

Welche Schatulle?

Natürlich die, die der nationalsozialistischen Bewegung in Deutschland zum Sieg verhelfen soll. Und außerdem werde ich Julia dann aus dem Weg räumen.

Ach so. Ja, wenn das so ist. Da geben wir Ihnen die Adresse natürlich gerne.

Also hatte er Michael Obermeiers Großmutter besucht. Sie hatte ihm zwar noch nicht das Wohnhaus, vor dem er jetzt stand, verraten, wohl aber die Arztpraxis, in der

Julia Reindl arbeitete. Ein Anruf dort, bei dem er sich als Vermieter ihres Hauses ausgegeben hatte, bestärkte seine Erkenntnis, dass das Mädchen untergetaucht war. In der Praxis war sie jedenfalls heute nicht erschienen. Aber man gab ihm die Telefonnummer ihrer Eltern, unter der sie vielleicht zu erreichen sei. Die Anschrift zu finden, war dann nur noch ein Kinderspiel gewesen.

Seit einer Stunde beobachtete er nun das Haus vom gegenüberliegenden Tennisplatz aus. Dieser war um diese Tageszeit menschenleer. Niemand dort bemerkte ihn. Auch das Grundstück der Reindls schien unbewohnt zu sein. Weder im Haus noch im Garten deutete etwas auf die Anwesenheit seiner Bewohner hin.

Der Postbote hatte vor einer halben Stunde zwei Umschläge in einen Schlitz in der Tür geworfen. Niemand hatte darauf reagiert.

Zähneknirschend hatte er sich schon damit abgefunden, dass diese Spur in eine Sackgasse führte, als sich die Haustür langsam öffnete. Eine ziemlich alte Frau trat heraus, sah sich kurz um und verschwand wieder. Das konnte unmöglich die Mutter des Mädchens sein. Zu alt, dachte er. Also die Großmutter. Auch gut. Auf jeden Fall bedeutete das, dass Julia hier Unterschlupf gesucht haben könnte.

Er hatte sich im Verlauf des Vormittags einen Plan zurechtgelegt, den es jetzt umzusetzen galt. Die nötigen Utensilien hierzu hatte er in seinem Rucksack verwahrt. Nicht die Pistole. Diese benötigte er weder für die alte Frau noch für das Mädchen. Es war ein Polizeiausweis, der ihm die Tür ins Haus öffnen sollte.

*

»Darf ich Ihnen etwas anbieten?« Die alte Frau machte Anstalten, in die Küche zu gehen.

»Nein, vielen Dank. Ein paar Antworten würden mir schon reichen.«

Er bemühte sich um sein gewinnendstes Lächeln. Wie erwartet, hatte ihn die Frau ohne großes Zögern hereingebeten. Die Lügen waren ihm leicht über die Lippen gegangen. Er hatte erst an der Tür geklingelt, als er sich sicher gewesen war, dass niemand ihn sah. Natürlich hatte sie ihn hereingebeten. Wo er doch von der Polizei war und es um ihre Enkelin ging. Jetzt stand er hier im Wohnzimmer und beobachtete die alte Frau, die sich an den Türrahmen lehnte. Sie war jetzt seine einzige Hoffnung. Julias Eltern waren in Urlaub, hatte ihm die Oma erklärt. Und damit unerreichbar weit entfernt. Aber es bedeutete auch, dass sie allein war.

»Sie sagen, es geht um Julia. Ist etwas mit ihr? Hoffentlich nicht.« Ihre Stimme zitterte.

Damit zerstob seine Hoffnung, sie hier zu finden, wie Staub im Wind. »Eigentlich geht es um Sabine. Sabine Kulzer. Eine Freundin Julias. Kennen Sie sie?«

»Sabine?« Sie atmete erleichtert auf. »Ja, ich denke, das ist das Mädchen, das Julia mal mit nach Hause gebracht hat. War etwas seltsam, aber eigentlich ganz nett. Und sie hat so lustige Sommersprossen. Das ist sie doch, oder? Warum fragen Sie nach ihr?«

»Weil sie eine sehr gute Freundin von Julia ist. Und sie ist verschwunden. Wir suchen sie und da dachten wir natürlich an Ihre Enkelin. Vielleicht könnte sie uns weiterhelfen.«

»Verschwunden? So, wie man es immer im Fernsehen sieht? Da zeigen sie immer wieder, dass so Mädchen einfach verschwinden.« Sie überlegte kurz. »Sie glauben doch nicht, dass ihr etwas passiert ist? Sie könnte ja auch einfach abgehauen sein. So was machen doch junge Leute immer wieder mal. Das hab ich auch im Fernsehen gesehen.«

»Genau das wollen wir ja herausfinden. Wir befürchten, dass Sabine entführt oder sogar getötet wurde. Und das wegen etwas, was sie von Julia erfahren oder bekommen hat.« Die Wahrheit konnte nicht schaden. Zumal die alte Frau sie niemandem mehr erzählen würde.

»Getötet? Wegen Julia? Wie schrecklich. Sie müssen sich täuschen. Was sollte unser Mädchen getan haben, dass so etwas passiert?«

»Sie kann bestimmt nichts dafür.« Seine Stimme klang sanft und beruhigend. »Julia hat etwas gefunden. Und sie hat Sabine gebeten, ihr zu helfen, herauszufinden, was es ist. Hat sie Ihnen vielleicht etwas davon erzählt oder eine Andeutung gemacht? Immerhin ist das hier ihr Elternhaus. Und Sie sind ihre Großmutter. Da ist es doch wahrscheinlich, dass sie zu Ihnen kommt, wenn ihr so etwas Aufregendes passiert.«

»Nein, tut mir leid. Unser Mädchen war gestern kurz hier. Sie ist vor einem halben Jahr von hier ausgezogen, müssen Sie wissen. Sie wohnt nicht weit weg und kommt uns regelmäßig besuchen. Ich lade sie immer zum Essen ein. Sie mag meinen Kaiserschmarrn so gern.« Sie lächelte verträumt. »Ich mache mir ja immer Sorgen wegen ihr. Wenn man als Mädchen so einsam wohnt. Das ist doch gefährlich. Sie verstehen, was ich meine?«

Sie ahnt ja gar nicht, wie gefährlich, dachte er. »Also hat sie Ihnen nichts erzählt?«

»Nein. Nur das Übliche. Was man sich eben so erzählt. Sie war die meiste Zeit in ihrem Zimmer oben. Als ich sie zum Essen gerufen habe, ist sie nicht gleich gekommen. Da bin ich hinaufgegangen. Sie saß an ihrem alten Schreibtisch und hat telefoniert. Ich hab sie geschimpft, weil das Essen kalt geworden ist. Aber nur ein bisschen, verstehen Sie? Ich kann ihr ja nicht lange böse sein.«

So langsam verlor er die Geduld. Die alte Dame war ja ganz nett, aber sie brachte ihn keinen Schritt weiter. Und damit war sie überflüssig.

»Also wissen Sie nicht, wo sich Julia gerade befindet, und sie hat Ihnen auch nichts von ihrem Fund erzählt?«

»Ich verstehe nicht ganz, was das alles mit Sabine zu tun hat. Ich dachte, sie wird vermisst?«

»Ich würde mir Julias Zimmer gerne mal ansehen«, ignorierte er ihre Frage.

Sie zögerte. »Ich weiß nicht recht. Das ist immerhin ihres. Da jemanden reinzulassen, ist mir gar nicht recht.«

»Ich kann gerne einen Durchsuchungsbeschluss besorgen«, bluffte er, »aber dadurch würden wir nur unnötig Zeit verlieren. Sie wollen doch nicht, dass das passiert, oder? Es geht um das Leben eines Menschen.« So langsam nervte ihn die Alte.

»Also gut«, gab sie schließlich nach. »Aber bringen Sie dort nichts in Unordnung, ja?«

»Ja, ja. Keine Sorge.«

Langsam schlich sie ihm voraus in den oberen Stock. Julias Zimmer war nicht verschlossen. Kein Wunder, dachte er. Auf den ersten Blick bot es nichts Interessantes. Ein Jugendzimmer, wie Tausende andere auch. Mit einem Unterschied. Die Poster an den Wänden zeigten weder Rock- noch Filmstars, sondern alte Burgen und Fantasiegestalten. »Die Rückkehr des Königs« und »Game of Thrones« sagten auch ihm etwas. Auch die Bücher im

Regal waren fast ausnahmslos diesem Genre zuzuordnen. Dazu einige dick gefüllte Ordner. Er nahm einen und blätterte darin. Geschichten, geschrieben von Julia Reindl.

»Sind die alle von ihr?«

»Oh ja. Unser Mädel verfasst Geschichten, seit sie schreiben kann. Die hier sind aus der Zeit, als sie noch ein Teenager war und bei uns wohnte. Ihre neueren bewahrt sie alle bei sich in ihrem eigenen Haus auf. Sie sagte mal zu mir, wenn ich etwas aus ihrem Leben wissen will, muss ich nur ihre Geschichten lesen. Wissen Sie, ich glaube, was sie erlebt, verarbeitet sie darin.«

Die alte Frau hatte wirklich keine Ahnung. Der Besuch von Julias Elternhaus, in den er so viel Hoffnung gesteckt hatte, erwies sich als ausgemachter Reinfall. Und er hasste Reinfälle. Wütend warf er den Ordner aufs Bett.

»Was soll denn das?« Ihre Stimme klang überrascht. Sie nahm die Geschichtensammlung ihrer Enkelin und stellte sie an ihren Platz zurück. »Ich denke, Sie sollten jetzt gehen. Sie sehen ja, dass Sie Sabine hier nicht finden.«

Verdammt! Er hatte für eine Sekunde die Beherrschung verloren.

»Nein, aber damit ist wieder eine Chance vertan, ihr zu helfen«, versuchte er eine Erklärung.

Was hatte die Alte gesagt? Julia hatte am Schreibtisch gesessen und telefoniert.

Er ging zu dem knallblauen Bürostuhl und setzte sich. »Wir werden das Mädchen finden. Ich hoffe, sie ist noch am Leben. Ich dachte, Julia würde uns zu ihr führen. Immerhin ist sie ihre beste Freundin.« Er hatte seine Fassung wiedergefunden. Vielleicht entlockte ihr ja eine Prise schlechten Gewissens doch noch eine versteckte Erinnerung. Es funktionierte nicht.

Er ließ seinen Blick umherschweifen. Stifte, ein Taschenrechner, eine Uhr, ein Schreibblock. Unter dem Tisch ein Papierkorb. Er bückte sich. Ein zerknüllter Zettel lag einsam darin. Er faltete das Stück Papier auseinander. Mit Bleistift hatte jemand – Julia – einzelne Worte darauf gekritzelt. Die Schrift war krakelig und unsauber. Er ließ seine Gedanken fließen. Julia hat hier telefoniert. Mit einer Hand hielt sie ihr Handy, mit der anderen schrieb sie Notizen auf diesen Zettel. »Sabine«, stand da und ein Pfeil zu einem anderen Namen: Betti Greiner. Über dem Pfeil stand das Wort »Probleme«. Sabine hatte also Probleme mit dieser Betti. Oder umgekehrt? Unwichtiger Mädchenkram, dachte er und wohl auch Julia. Sie hatte diese Seite des Zettels durchgestrichen. Das, was sie auf die untere Hälfte geschrieben hatte, zeichnete eine neue Spur in den Sand seiner Suche. »Hohenlychen«, hatte sie geschrieben. Und »Kurt Heißmeyer«. »Menschenversuche«, stand da und dreimal unterstrichen: »Tödliche Gefahr!« Darunter: »Betti weiß von der Schatulle. Sie kennt das Geheimnis.« Ganz unten, in kleinen Buchstaben geschrieben: »Sabine meint, ich soll verschwinden.«

Robert war zufrieden. Gut, er hatte das Mädchen nicht gefunden und wie es aussah, würde das auch schwierig werden. Aber er brauchte sie nicht mehr.

Betti kennt das Geheimnis!

»Ich denke, Sie sollten jetzt gehen.« Für einen Augenblick hatte er die alte Frau fast vergessen.

»Gut.« Er steckte den Zettel in seine Hosentasche und stand auf. Stumm, aber entschlossen ging sie voraus die Treppe hinab. Unten öffnete sie ihm die Tür.

»Ich wünsche Ihnen viel Glück«, sagte sie, während er

vor das Haus trat, »obwohl Sie mir ehrlich gesagt gar nicht wie ein Polizist vorkommen.«

Er versuchte noch einmal ein freundliches Lächeln, dann wandte er sich um. Hinter ihm schloss die Frau die Tür. Er wäre nicht die ausführende Hand der Kameraden, wäre er jetzt einfach gegangen. Ein paar Schritte nach rechts. Dort war ein Fenster, das ihm einen Blick in den Flur gewährte. Die Alte schien zu überlegen, dann griff sie zum Telefon auf dem Schuhschrank und wählte eine Nummer. Leise ging er noch einmal zur Tür. Sie war unverschlossen. Er öffnete sie vorsichtig und ging hinein. Unbemerkt schlich er sich an sie heran. Sie wählte gerade die 110.

»Das ist aber schade«, sagte er.

Regensburg, Kriminalpolizeiinspektion, 13.40 Uhr

Melanie versuchte, die erwartungsvollen Blicke ihrer beiden Kollegen zu ignorieren. Peter und Daniela beobachteten schweigend ihre Chefin beim Studium des Berichts der Gerichtsmedizin.

Mel ließ sich Zeit. Obwohl sie das Team noch kein volles Jahr leitete, hatte sie die Erfahrung gemacht, dass es fatale Folgen haben konnte, auch nur ein winziges Detail in den Berichten der Spurensicherung und der Pathologie zu übersehen. Eine Gefahr, die in diesem Fall nicht bestand. Ihre beiden Mitarbeiter hatten sich bereits umfassend informiert, bevor sie bei ihr aufkreuzten.

Die morgendlichen Radiomeldungen hatten Betti Greiner aufgerüttelt. Die Geschichtsstudentin an der Universität Regensburg war gestern Abend mit ihrer Freundin verabredet gewesen. Als diese nicht erschienen war, hatte sich Betti noch nichts dabei gedacht. Schließlich galt Sabine allgemein als zerstreut und etwas unzuverlässig. Da half es auch nichts, per WhatsApp eine Beschwerde über das wieder einmal unangekündigte Fernbleiben zu schreiben.

Sabine hatte aber auch heute nicht auf die Handynachricht ihrer Freundin reagiert. Als diese dann die Meldung des Tages im Radio gehört hatte, war die junge Frau, deren Äußeres auf regelmäßige Besuche eines Fitnessstudios schließen ließ, doch etwas unruhig geworden. Ein Anruf bei der Polizei konnte ja nicht schaden.

In ihrem Fall dann doch, denn eine Stunde später wurde sie von einer Polizistin in die Räume der Pathologie geführt. Während sie den Weg in die kalten, gefliesten Räume atemlos, aber noch allein gehen konnte, musste sie hinaus von der netten Uniformierten gestützt werden, nachdem sie das bleiche Gesicht unter der Decke als das Sabine Kulzers identifiziert hatte.

*

Auch Melanie Güßbacher betrachtete die Tote. Es waren nur Fotografien in einer Plastikmappe und dennoch machten sie die Qualen dieses Todes spürbar. Der Mund verzerrt, die Augen weit aufgerissen, die Hände verkrampft. War es die Erkenntnis des nahen Todes? War es der unfassbare Schmerz, den der letzte vergebliche Atemzug verursachte, wenn das Wasser in die Lunge schoss, sich erst diese und dann alle Muskeln verkrampften? Dieser Stich, der wie ein Messer durch den Körper fuhr?

Es waren nicht die ersten Bilder dieser Art, die Mel betrachtete, doch sie wusste, sie würde sich nie daran gewöhnen.

»Sabine Kulzer.« Der gemurmelte Name des Mädchens waren ihre ersten Worte seit zehn Minuten. »Ermordet im Alter von 21 Jahren.«

»Du gehst auch von Mord aus?«

Daniela sah erst sie, dann Peter an. Als Antwort warf Mel noch einmal einen Blick auf den medizinischen Bericht. Er enthielt den entscheidenden Hinweis. Mel hatte ihn unterstrichen. Eine Maßnahme, die nicht nötig war. Daniela und Peter hatten den Bericht ebenfalls gelesen und auch sie hatten ihre Schlüsse gezogen. Sabine Kulzer reihte sich in die Statistik der 4459 Mordopfer ein, die Bayern seit 1986 zu beklagen hatte!

Regensburg, Oberpfalz Studentenwohnheim, 14.30 Uhr

Die drei Polizisten drängten sich in das Zimmer, in dem Sabine auf nicht einmal 20 Quadratmetern die letzten Monate ihres jungen Lebens gewohnt hatte. Der Hausmeister des Oberpfalzheimes hatte sie bereitwillig hereingelassen. Ihre Dienstausweise gepaart mit den Nachrichten im Radio hatten ihn dazu bewogen, sie ohne weitere Fragen in den fünften Stock zu Sabines Wohnung zu bringen.

Hier standen sie nun, bemüht, keine Spuren zu verwischen. Ein grober Überblick musste fürs Erste reichen. Fingerabdrücke und sonstige Hinweise, die dem menschlichen Auge verborgen blieben, waren der Spurensicherung vorbehalten.

»Kein Computer«, stellte Peter fest. »Muss sie als Studentin aber haben.« Seine Hände steckten, wie die seiner beiden Kolleginnen auch, in Einweghandschuhen. Sorgfältig öffnete er Schübe und Schranktüren. Doch es blieb dabei. Sie fanden weder ein Handy noch einen Laptop.

»Ist Ihnen gestern oder heute jemand aufgefallen? Ich meine jemand, der nicht unbedingt hierher gehört?«, wandte sich Melanie an den Hausmeister, der respektvoll vor der Tür stehen blieb.

»Gestern und heute? Nein. Und davor auch nicht. Das ist aber auch kein Wunder. Hier wohnen über 500 Studenten. Von deren Besuchern ganz zu schweigen. Wenn da jemand den Schlüssel zum Eingang unten hat, passt man nicht so genau auf.«

»Keine Medikamente«, berichtete Daniela aus dem winzigen Bad.

»Dafür aber Proteinpulver«, ergänzte Peter, während er den Beweis hierfür unter dem Bett hervorzog. »Scheint sehr sportlich gewesen zu sein, unsere Tote. So eine ertrinkt doch nicht so einfach.«

»Falls sie auch schwimmen konnte«, sagte Daniela. »Das müssen wir noch überprüfen.« Sie bückte sich über Sabines Schreibtisch. Auch hier nichts Außergewöhnliches. Stifte, Papier, Aktenhefter mit Notizen und Aufsätzen über Bakterien und Viren. Ein Buch über das gleiche Thema. Alles, was die Bibliothek einer Biologiestudentin erwarten ließ. Ein Radiowecker, Haustelefon, ein Briefumschlag ohne Inhalt.

Das Handy des Hausmeisters unterbrach sie in ihren Betrachtungen. »Ich muss nach unten«, erklärte er. »Ihre Kollegen von der Spurensicherung sind da. Ich lasse sie mal herein und führe sie hier herauf.«

»Geht klar«, sagte Melanie. »Wir sind hier ohnehin fertig.«

»So ein Mist«, schimpfte Peter. »Entweder sie hat ihren Laptop woanders, oder jemand hat ihn geklaut.«

»Und dieser jemand könnte der Mörder sein«, bestätigte ihn Daniela.

München, Internationaler Flughafen, 14.50 Uhr

Die uniformierte Frau reichte Barry den Pass zurück und lächelte. »Willkommen in Deutschland.«

Er erwiderte das Lächeln, obwohl ihm nicht danach war. Leider konnte er sich nicht zu den Glücklichen zählen, für die ein Flug buchstäblich wie im Schlaf verging. Während die anderen Passagiere um ihn herum den Atlantik entspannt überquert hatten, waren seine Gedanken bei seiner Familie geblieben. Wieder einmal hatte er sie zurückgelassen und wieder einmal konnte er ihnen nicht sagen, warum er gehen musste.

Doch da gab es Joshua, die beiden alten Damen und deren junge Opfer. Und das Geheimnis, das er aufspüren wollte und musste.

Es hatte einiger Erklärungen bedurft, bevor sein Sektionschef die Genehmigung für einen Auslandseinsatz erteilt hatte. Inklusive aller Vollmachten und der Unterstützung aller Ressourcen der Firma.

Und dieser gedachte er sich gleich zu bedienen. Er stellte seinen kleinen Reisekoffer neben sich, setzte sich auf einen der zahlreichen Stühle im Ankunftsgebäude des modernen Flughafens der bayerischen Hauptstadt und zog sein Smartphone aus der Innentasche seines Sakkos. Sekunden später hatte er Zugang zu den schier unendlichen Informationen der Geheimdienste und der Bundespolizei seines Landes.

Als er fünf Minuten später das ultramoderne und abhörsichere Gerät mit der installierten Verschlüsselung wieder wegsteckte, wusste er, dass er richtiglag. Joshua hatte die Information verkauft. Und sein Kunde war gewillt, Heißmeyers Erbe um jeden Preis zu bekommen.

Um wirklich jeden Preis.

Sabine Kulzer war tot! Sie hatte die Schatulle gefunden und sie war ihr erstes Opfer geworden.

Die deutsche Polizei hatte die Art und den Ort ihres Todes soeben durchgegeben.

Barry stand auf und ließ seinen Blick durch die Halle schweifen. Wie sollte er jetzt weiter vorgehen? Er kannte die Antwort auf die Frage, bevor er sie zu Ende dachte. Er musste den Mörder Sabines finden. Sein Auftraggeber war gleichzeitig Joshuas Kunde. Aber wie sollte er hier in Deutschland gewöhnliche Ermittlungsarbeiten durchführen? Ihm blieb keine andere Wahl. Er musste mit der zuständigen Polizei kooperieren. Und die hieß in diesem Fall Melanie Güßbacher von der Kripo Regensburg. Auch das hatte ihm sein Smartphone verraten.

Bayerischer Wald, Arnbruck, 16.10 Uhr

Als Mel heute Vormittag am Grab Samiras gestanden hatte, hätte sie sich nicht träumen lassen, dass sie noch am selben Tag wieder in den Bayerischen Wald kommen würde. Daniela, die am Steuer saß, ließ Bad Kötzting links liegen und steuerte das malerische Zellertal an.

Es scheint mein Schicksal zu sein, dass mich nur tote Menschen hierher bringen, dachte Mel.

Die Besuche bei den Lebenden fanden zu ihrem Leidwesen nur selten statt. Dabei waren ihr Karl und Jana mehr als sympathisch.

Und Moritz? Moritz hatte sie richtig gern. Die Zwänge des Alltags und ihres Berufes forderten jedoch ihren Preis und dieser hieß Zeit.

»Wir sind gleich da«, unterbrach Daniela ihre Gedanken nach einem Blick auf das Navi. Ein paar Minuten später erreichten sie den Ort, der sich eines kleinen Flugplatzes und einer großen Glashütte mit noch größerem Verkaufsgelände rühmen konnte. Das technische Hilfsmittel ihres Polizeiwagens führte sie zum Elternhaus der jüngst ermordeten Sabine Kulzer.

Melanie fühlte sich nicht wohl in ihrer Rolle als Todesengel. Sie war noch nicht so lange im Geschäft und hatte sich dieser Situation erst einige Male stellen müssen. Auch alte Hasen wie Moritz Buchmann trugen ein flaues Gefühl im Magen, wenn sie die Nachricht vom Tod eines Angehörigen oder Freundes überbringen mussten.

Diesmal waren es die Eltern, die zwar schon wussten, dass sie ihre Tochter beerdigen mussten, aber keine Ahnung hatten, dass es jemanden gab, der ihnen das angetan hatte.

Das Haus strahlte bürgerliche Ordnung und Sauberkeit aus und passte damit zu den übrigen in der Straße. Ein gepflegter Garten, Blumen an den Fenstern und auf dem Balkon.

Daniela sah Mel kurz an, holte tief Luft und läutete zweimal. Das Geräusch einer Tür, dann stand eine Frau um die 50 vor ihnen. Kurzes Haar, tränengerötete Augen, zitternde Hände.

Was auch sonst?, dachte Melanie.

»Frau Kulzer? Mein Name ist Melanie Güßbacher und das ist meine Kollegin Daniela Platzer. Wir sind wegen Ihrer Tochter Sabine hier.«

Die Frau sah von einer zur anderen, dann ging sie wortlos hinein. Die beiden Polizistinnen folgten ihr in ein geräumiges Wohnzimmer. Auch hier gemütliche Familienidylle, in der die Welt bis gestern noch in Ordnung gewesen war.

In einem Fernsehsessel saß Sabines Vater. Die leeren Augen blickten kurz auf, dann wieder auf seine gefalteten Hände.

»Die beiden Damen sind von der Polizei.« Marianne Kulzer blieb hinter der Couch stehen, als suche sie Schutz vor dem, was da kommen würde.

»Frau Kulzer, Herr Kulzer. Ich möchte Ihnen mein aufrichtiges Beileid zum Tod Ihrer Tochter aussprechen. Ich weiß, Sie möchten jetzt gerne allein mit sich sein, aber wir müssen Ihnen ein paar Fragen stellen.«

Phrasenhafte Worte, deren bitterer Beigeschmack durch ihre ständige Wiederholung nicht besser wurde.

»Unsere Tochter ist tot. Was gibt es da zu fragen?«

Franz Kulzers Stimme klang gebrochen.

»Nun, wir haben Grund zu der Annahme, dass Sabines Tod kein Unfall war.«

Daniela wählte die Worte mit Bedacht. Es dauerte einige Herzschläge, bis sie bei den Eltern die richtige Stelle erreichten. Dann sahen sie sich kurz an. Die Augen der Frau wurden groß, der Mann ballte die Hände zu Fäusten, die er auf die Lehnen des Sessels stützte.

»Alles deutet darauf hin, dass Sabine nicht in die Donau gefallen ist. Wir nehmen an, sie wurde hineingestoßen.«

»Jemand hat sie hineingestoßen? Sie wollen sagen, jemand hat sie ... ermordet?« Das letzte Wort quälte sich mühsam über Franz Kulzers Lippen.

»Was verleitet Sie zu dieser Annahme?« Er bemühte sich, die Fassung zu wahren.

»Jemand hat ihr«, antwortete Daniela zögernd, »zwei Finger gebrochen.«

Marianne Kulzer schlug die Hände vors Gesicht. Ihr Mann Franz stand so abrupt auf, dass Melanie fast erschrak. Schnell fuhr sie fort, die noch mageren Ergebnisse ihrer Ermittlungen zu erläutern. »Und das bedeutet, dass Sabine etwas hatte oder wusste, was sie nicht preisgeben wollte. Nicht, ohne ...« Vorher gefoltert zu werden, hätte sie beinahe gesagt. Rechtzeitig besann sie sich eines Besseren.

»... dazu gezwungen zu werden.«

»Können Sie sich vorstellen, was das gewesen sein könnte?«

Beide überlegten kurz. »Sabine hatte kein Geld. Und was hätte sie wissen sollen? Nein, ich weiß nicht, was Sie meinen.«

Seine Frau bestätigte ihn schweigend.

»Unsere Tochter ist … war etwas anders als die meisten. Und dennoch oder gerade deswegen lieben wir sie.«

Lieben wir sie, dachte Melanie. Noch haben die beiden den Tod der Tochter nicht verinnerlicht. Noch will ihr Verstand es nicht wahrhaben und ihr Herz sowieso nicht.

»Anders als die meisten? Was meinen Sie damit?«

»Sabine passte sich nicht dem Mainstream an. Weder in der Mode noch in der Musik. Sie hatte ihre ganz eigene Lebensauffassung.«

»Hatte sie denn Freunde? Ich meine richtige Freunde, nicht nur Bekannte?«

»Ja, natürlich. Hier in Arnbruck war sie als Kind bei der Wasserwacht. Sie war eine richtig gute Schwimmerin.«

Marianne Kulzer sah ihren Mann erschrocken an.

Sie war eine richtig gute Schwimmerin.

Sie schien zu begreifen, dass die beiden Polizistinnen recht haben mussten. Sabine wäre nie ertrunken, hätte nicht jemand nachgeholfen.

»Sie meinen, sie hatte hier im Dorf Freunde«, hakte Daniela nach.

»Früher ja, aber seit sie in Regensburg studiert, war sie ja nicht mehr so oft hier. Aber an den Dorffeiern und den Vereinsveranstaltungen nahm sie regelmäßig teil. Ich glaube, sie wollte den Kontakt in ihre Heimat nicht abreißen lassen, auch wenn sie die meiste Zeit in der Großstadt verbrachte.«

»Sie hatte da wohl eine gute Freundin an der Uni. Manchmal hat sie hier mit ihr telefoniert. Aber ich kenne ihren Namen nicht«, kam Sabines Vater Danielas Frage zuvor.

»Und da ist noch Julia. Sie wohnt irgendwo in der Nähe von Bad Kötzting. Sabine hat oft gesagt, Julia sei die Einzige, die auf ihrer Wellenlänge schwimme. Das bedeutet wohl, sie ist genauso eigen, wie unser Mädchen.«

»Und wie heißt diese Julia noch?«

»Hat sie uns nie gesagt«, antwortete Franz Kulzer. »Wir haben sie aber auch nie danach gefragt. Wir waren froh, dass Sabine eine richtig gute Freundin hat. Sie war auch einige Male hier. Ein nettes Mädchen. Und sie war wirklich wie unsere Tochter. Soweit ich es mitbekommen habe, wohnt sie ziemlich abgelegen in einem einsamen Haus.«

Seine Worte traten bei seiner Frau offenbar Erinnerungen los, die sie in sich zusammensacken ließen. Er ging zu ihr, nahm sie in die Arme.

Melanie schluckte.

»Und einen Freund? Einen Jungen, meine ich.« Daniela ließ nicht locker.

Franz Kulzers Rücken versteifte sich. Seine ganze Haltung verriet Widerstand. Dann atmete er tief durch und sank in einen der Sessel.

»Unsere Tochter hatte mit Männern bisher kein Glück«, übernahm Marianne die Antwort.

»Kein Glück mit Männern? Sie war erst 21. Da kann man wohl kaum von einer übermäßigen Lebenserfahrung in Sachen Männer sprechen.«

Marianne Kulzer sah beschämt auf ihre Hände. »Sabine hatte schon … einige Freunde. Wenige länger, die meisten nur kurz. Viele von ihnen waren … nun ja …«

»Was waren sie?«

»Als Eltern möchten Sie keinen von ihnen als Schwiegersohn«, antwortete Franz Kulzer. »Verstehen Sie uns nicht falsch. Wir sind keineswegs altmodisch oder von vorgestern. Aber wenn Sie die Kerle gesehen hätten, die sie manchmal mit nach Hause gebracht hat, würden Sie verstehen, dass wir unsere Tochter nicht gerne in deren Händen sahen. Ich will gar nicht daran denken, welchen Bekanntenkreis sie in Regensburg hatte.« Seine Worte klangen zornig, seine Stimme nicht. Ehrliche Besorgnis sprach aus ihr. Elternsorge, die jetzt nicht mehr nötig war. Vielleicht aber war sie berechtigt gewesen. Vielleicht hatte Sabine ihren Tod selbst mit nach Hause gebracht. Sie wäre da nicht die Erste und nicht die Letzte.

»Der Schlimmste von allen war dieser Michael.«

Marianne Kulzer hatte sich wieder gefangen. »Michael Obermeier aus Bad Kötzting.«

Ihre Stimme klang jetzt fest und zornig.

»Nicht, weil er am ganzen Körper tätowiert ist. Und auch nicht, weil er seltsam ist. Das war Sabine in den Augen anderer vielleicht auch. Sie hat ihn nur einmal mitgebracht. Da hat er mir richtig Angst gemacht.« Sie sprach jetzt mehr zu sich selbst als zu Melanie und Daniela. »Es waren diese Augen. Sie sind so kalt.«

Mel sah Daniela an. Empfindungen einer Mutter. Nichts, was sie bei ihren Ermittlungen weiterbrachte.

»Die genaue Adresse von diesem Michael haben Sie nicht zufällig?«

»Nein, aber seine Handynummer. Die hat sie hier am Telefon aufgeschrieben.«

»Danke, ich denke, das war's fürs Erste. Es kann sein, dass wir Sie noch mal brauchen. Falls Ihnen noch etwas einfallen sollte, rufen Sie bitte diese Nummer an.«

Melanie reichte Franz Kulzer ihre Visitenkarte.

Sie standen schon wieder vor der Tür, als sie Marianne noch einmal zurückhielt. »Diese Tätowierungen. Die von dem Michael. Ich glaube, da waren einige dabei, wie sie diese Hooligans und Neonazis manchmal haben.«

Deggendorf, Kriminalpolizeistation, 16.10 Uhr

Claudia hat wie immer auf meinen Anruf reagiert. Will heißen, sie hat unseren Tisch für ein gemeinsames Abendessen in der Schnitzmühle wieder abbestellt, ohne zu murren. Nach drei Jahren an der Seite eines Kripobeamten ist es für sie keine Überraschung mehr, dass Verabredungen und Termine nur vorläufigen Charakter haben. Nie sind sie endgültig und zu oft kommt etwas dazwischen.

Wie in diesem Fall das abgetrennte Bein eines jungen Mannes. Zumindest das konnte der Gerichtsmediziner feststellen. Mehr kann ich nur in meinem Büro erfahren, in dem ich seit 20 Minuten sitze und auf den Auftritt von Kurt Amberger warte.

Weitere fünf Minuten driften meine Gedanken in alle Richtungen, bis die neueste Errungenschaft der Kripostation Deggendorf schwungvoll die Tür aufreißt und mit dem ihr eigenen Elan hereinstürmt.

»Straubing hat das hier geschickt.« Saskia Schmidbauers blendende Laune kann auch der Dienst am Samstagnachmittag nicht trüben. Die Polizeianwärterin absolviert ihr zweites Ausbildungsjahr bei uns. Im Grunde eine ruhige Dienststelle. Ideal geeignet, um den jungen Nachwuchs langsam an das Tagesgeschehen bei der Kripo heranzuführen, ohne ihren Enthusiasmus gleich im Blut schlimmster Gewaltverbrechen zu ertränken.

Mit einem bezaubernden Lächeln reicht sie mir die dünne Mappe mit den Berichten der Pathologie und der Spurensicherung.

»Danke, Kollegin Schmidbauer.« Sie ist ja wirklich ein reizendes Ding, nach dem sich die jungen Kollegen von der Streife die Köpfe verdrehen. Ich gehe da wohl eher als väterlicher Freund durch. Sie sieht mich erwartungsvoll an, worauf ich nur nicke. Eine Geste, die sie missversteht.

»Danke«, meint sie und setzt sich mir gegenüber auf den Besucherstuhl. »Hier ist ja sonst nicht viel los«, seufzt sie. »Die Kollegen meinten, wenn ich was Spannendes erleben will, soll ich mich an Sie halten.«

»Ach? Sagen sie das? Und Sie wollen was Spannendes erleben?«

»Aber natürlich! Ich habe mich doch nach der Schule nicht für die Kripo entschieden, um mich zu langweilen. Ich will Verbrechen aufklären. Genau wie Sie.«

»Genau wie ich? Hört sich an, als würden Sie mich für einen Animateur halten, der Ihnen ein paar Abenteuer serviert. Glauben Sie mir, unsere Arbeit ist alles andere als ein Abenteuer.«

Sie spitzt beleidigt ihre Lippen. »Da habe ich aber ganz anderes gehört. Wenn das alles nur zur Hälfte stimmt, dann sind Ihre Ermittlungen im Bayerischen Wald ja ganz schön heftig verlaufen.«

»Und Sie möchten auch Heftiges erleben, oder?« Ich muss zugeben, diese zukünftige Kriminalkommissarin imponiert mir. Ihre jugendliche Begeisterung wirkt ansteckend. Und außerdem hat sie recht. Die von mir aufgeklärten Morde in den letzten Jahren waren doch ziemlich spektakulär.

»Dann wollen wir mal sehen, was die Kollegen in Straubing herausgefunden haben.«

Fast fünf Minuten lese ich die beiden Berichte. Schweigend sieht mir Saskia Schmidbauer zu. Ich blicke kurz zu ihr auf und reiche ihr die Mappe. Ohne zu zögern, greift sie zu und dann ist es an mir, ihr zuzusehen, wie sie Fotos und Texte studiert. Sie tut dies, ohne Zwischenfragen zu stellen oder auch nur einmal von den Unterlagen aufzusehen. Endlich legt sie die Blätter auf den Tisch.

»Sagen Sie mir, was Sie davon halten.« Ich finde Gefallen an der Situation.

»Hm. Das Bein eines Mannes, dessen Identität wir nicht kennen. Gefunden zusammen mit anderem Unrat, der aus einem See gezogen wurde. Vermutlich von dem Reinigungsrechen der Wasserkraftanlage abgerissen. Der DNA-Abgleich hat nichts ergeben. Also niemand, der bisher als kriminell aufgefallen wäre. Außerdem gibt es im Umkreis von 200 Kilometern keine Vermisstenmeldung.«

»Ziemlich dürftig all das, meinen Sie nicht?« So langsam bereitet mir das Spiel Spaß.

»Hm. Es sieht doch alles nach einem Unfall aus.«

»Aller Wahrscheinlichkeit nach liegen Sie da richtig. Dennoch bleibt ein, wenn auch geringer Prozentsatz, dass es sich um ein Verbrechen handelt. Solange die Todesursache nicht unumstößlich feststeht, müssen wir auch das in Erwägung ziehen.«

»Und das heißt?« Ihre Stirn zieht kleine Fältchen über der Nasenwurzel.

»Sagen Sie es mir.«

Ihre Antwort kommt wie aus der Pistole geschossen: »Wir brauchen den Rest von diesem Mann. Wir brauchen die Leiche.«

»Ganz genau. Und deshalb müssen wir bis morgen warten.«

»Wir haben aber gelernt, dass jede Stunde verlorene Zeit die Wahrscheinlichkeit der Aufklärung eines Verbrechens enorm senkt. Sollten Sie nicht noch heute mit den Ermittlungen beginnen?«

»Gemach, gemach. Noch wissen wir nicht, ob überhaupt ein Verbrechen vorliegt. Außerdem haben die Ermittlungen bereits begonnen.« Ich deute auf die Untersuchungsergebnisse vor ihr. »Aber ohne die Leiche tappen wir im Dunkeln. Und genau das wollen die Taucher eben nicht.«

Sie nickt verstehend. »Ist der See dort sehr tief?« Saskia hat das Problem erfasst.

»13 Meter. Immerhin wurde das Bein vor der Staumauer aus dem Wasser gezogen. Morgen früh werden Mitglieder der Wasserwacht, der DLRG und Polizeitaucher alles nach unserem Unbekannten absuchen. Bis dahin haben Sie erst einmal Feierabend.«

»Stimmt«, bestätigt sie mit einem Blick auf ihre Uhr. »Ich komme morgen wieder bei Ihnen vorbei, wenn es Ihnen recht ist.«

Ich mime einige Sekunden den Überlegenden, obwohl ich mich schon darauf freue, Saskia in die Ermittlungen miteinzubeziehen. Ein klein wenig zumindest. Immerhin soll sie ja bei uns etwas lernen.

»Klar doch«, sage ich und zaubere damit erneut ein strahlendes Lächeln auf ihr Gesicht.

Regensburg, Ibis Hotel, 17.10 Uhr

Das Hotel, in dem Barry Perkins eincheckte, war nichts Besonderes, aber die Lage nahe am Zentrum und gleich neben dem Bahnhof machte die fehlenden Sterne wett. Er beobachtete den Verkehr unten auf der Kreuzung, als sein Smartphone den Eingang einer E-Mail vermeldete.

Nanu, dachte er. Seine Verwunderung wuchs, als er den Absender sah. Was will denn Alan Kingsley von mir?

Er öffnete die Nachricht und begann mit wachsendem Erstaunen zu lesen.

Als er das Gerät wieder zur Seite legte, verstand er, worauf der NSA-Agent hinauswollte. Kingsley bot ihm die vollständige Überwachung von Melanie Güßbacher an. Zudem Zugang zum Telefon- und Internetverkehr der ermordeten Sabine Kulzer und aller anderen Beteiligten. Ein verlockendes Angebot. Gut, auch seine Firma hatte Möglichkeiten, die weit über das legale Maß an Überwachung hinausgingen. Aber die NSA war da noch einen Schritt weiter. Wenn es um die nationale Sicherheit ging, spielte für die Regierung seines Landes Geld keine Rolle.

Und was wollte Kingsley als Gegenleistung? Ein Stück vom Kuchen. Einen Teil vom Ruhm. Die Menschheit zu retten, war nicht seine Motivation. Diesmal nicht. Diesmal ging es um seine eigene Haut. Die Mission war gescheitert und auf der Guillotine, die bereits über seinem Kopf schwebte, standen die Namen Thelma und Louise.

Also gut, entschied er. Er nahm sein Smartphone und tippte seine Nachricht an Alan auf das Display. Nur zwei Worte: »Bis wann?«

»Noch in dieser Nacht.«

Alles, was er jetzt noch tun konnte, war warten.

Und nachdenken. Sabine Kulzer war tot. Hatte Joshuas Kunde erhalten, was er wollte? Wen hatte Donald Whitmoore beauftragt, die Schatulle für ihn zu besorgen? Auch wenn die Überwachung aller Flughäfen und Bahnhöfe durch die NSA und die CIA allumfassend war, so konnten sie doch nur auf eine Person aufmerksam werden, die sie auch kannten. Whitmoore und seine Organisation standen noch immer unter Beobachtung. Die Kontaktaufnahme mit einem der bekannten Auftragsverbrecher wäre ihnen nicht entgangen.

Was aber, wenn Joshua selbst den Deal durchzog? Der Gedanke kam so unvermittelt, dass er Barry auf den Sessel zwang, der dem Zimmer Wohnlichkeit einhauchen sollte. War das möglich? Würde er sich den Risiken eines solchen Einsatzes aussetzen? Warum nicht? Niemand hatte ihn je gesehen. Niemand außer Barry.

Je weniger Außenstehende von der Sache wussten, desto besser für Donald Whitmoore.

Und Joshua? Reizte es ihn, nicht nur die Information zu liefern, sondern auch die Ware?

Noch war diese Idee nur ein kleines Weizenkorn in seinem Kopf. Vielleicht würden ja die nächsten Stunden die Informationen liefern, die das Korn wachsen ließen.

Dazu musste er mehr über den Tod von Sabine Kulzer wissen. War es am Ende Joshua selbst gewesen, der sie getötet hatte?

Bad Kötzting, 17.20 Uhr

Daniela sah konzentriert auf den Bildschirm ihres Tablets, mit dem sie online Zugriff auf die Ermittlungsakte hatte. Sie studierte die Fotos, die die Spurensicherung in Sabines Studentenbude aufgenommen hatte.

»Ah, da ist es ja. Ich wusste doch, dass ich den Namen heute schon gelesen habe.«

Mel riskierte einen kurzen Blick zu ihr, dann konzentrierte sie sich wieder auf die kurvenreiche Straße. »Michael Obermeier. Da haben wir ja auch gleich seine Adresse.«

Wieder blickte Mel zu ihr. »Ein Briefumschlag. Adressiert an Michael Obermeier. Lag in Sabines Wohnung in Regensburg. Ist mir dort aufgefallen. Wer schreibt heute noch Briefe? Die Kollegen von der Spusi haben ihn fotografiert und in ihren Bericht aufgenommen.«

»Na prima. Sabines Freund. Ich denke, den sollten wir uns mal genauer anschauen.«

»Ganz meine Meinung«, bestätigte ihre Kollegin. »Schau mal: Grub. Da sind wir ja genau richtig.«

Keine drei Minuten später lenkte Daniela den Wagen in den Hof eines kleinen landwirtschaftlichen Anwesens.

Haus und Scheune duckten sich in den Schatten eines südlich vorgelagerten, niedrigen Bergrückens. Obwohl hier schon lange kein Bauer mehr seinem Broterwerb nachging, wirkte alles gepflegt und sauber.

Daniela hatte den Motor noch nicht abgestellt, als eine alte Frau in der Haustür erschien. Mit fragendem Blick, die Hände in den Taschen einer bunten Schürze vergraben, sah sie ihnen entgegen.

Melanie setzte ihr freundlichstes Lächeln auf. »Berta Obermeier? Guten Tag. Mein Name ist Melanie Güßbacher und das ist Daniela Platzer. Wir kommen von der Kriminalpolizei Regensburg.«

Die letzten beiden Worte verdüsterten die Miene der Frau. »Kriminalpolizei? Ist etwas mit Michi?«

Daniela warf einen unauffälligen Blick zu ihrer Chefin. »Mit Michael? Befürchten Sie denn, dass etwas mit ihm sein könnte?«

Berta Obermeier zuckte mit den Schultern. »Mit den jungen Leuten kann ja immer was passieren, oder? Ich dachte nur. Ein Unfall oder so. Michi ist nämlich für ein paar Tage weggefahren.« Auch wenn sie versuchte, ruhig zu wirken, verriet ihre Stimme doch ihre Sorge.

»Ich kann Sie beruhigen«, sagte Melanie. »Deswegen sind wir nicht hier. Wissen Sie denn, wohin er wollte?«

Die alte Frau schüttelte den Kopf. »Nein. Michi sagte, er habe sich ein paar Tage freigenommen. Dann ist er mit seinem Motorrad fortgefahren. Das war gestern Abend. Seither habe ich nichts mehr von ihm gehört. Das ist aber nichts Ungewöhnliches. Der Bub meldet sich nie, wenn er unterwegs ist.«

»Ist Ihnen in letzter Zeit etwas an ihm aufgefallen?«

»Aufgefallen? Was sollte mir aufgefallen sein? Der Michi

ist ein guter Junge. Ohne ihn könnte ich den Hof nicht mehr erhalten. Mit der Landwirtschaft ist es zwar vorbei, seit mein Egon gestorben ist, aber die Gebäude bedeuten Arbeit genug. Mit meiner kleinen Rente wäre das nicht zu machen. Der Michi hilft mir, wo er nur kann.«

»Warum wohnt er eigentlich bei Ihnen? Was ist mit seinen Eltern?«

Wieder zuckte sie mit den Schultern. »Haben sich nie für den Buben interessiert. Der Michi ist am liebsten bei mir. Aber sagen Sie, warum wollen Sie das wissen? Er hat doch nichts angestellt, oder?«

»Nicht, dass wir wüssten«, zerstreute Daniela die Sorgen der alten Frau. »Es geht um seine Freundin. Sabine Kulzer.«

»Sabine? Was ist mit ihr?«

»Sie wurde heute Morgen tot aus der Donau gezogen.«

Berta Obermeiers Blick nahm die beiden Polizistinnen, die dabei waren, ihr Leben auf den Kopf zu stellen, nicht mehr wahr. »Dabei habe ich mich so gefreut, dass der Bub endlich eine Freundin hat.«

»Ist das denn so ungewöhnlich?«

Es schien, als kehre die alte Frau aus weiter Ferne zurück.

»Für Michi ist es nicht so leicht, Freundschaften zu schließen. Schon gar nicht mit einem Mädchen.«

»Das klingt ja, als sei er nicht sonderlich beliebt. Oder ist er nur kontaktscheu und schüchtern?«

»Der Bub tut sich eben etwas schwer mit anderen Menschen. Warum wollen Sie das eigentlich alles wissen? Was hat der Michi denn damit zu tun, dass die Sabine ertrunken ist. Das arme Mädl. Sie war ja nur ein paarmal hier, aber auf mich hat sie wie eine ganz Nette gewirkt.«

Es war an der Zeit, Oma Obermeier mit der Wahrheit zu konfrontieren. »Wir gehen davon aus, dass Sabines Tod kein Unfall war. Um herauszufinden, wer etwas damit zu tun haben könnte, müssen wir ihr gesamtes Umfeld überprüfen. Und Ihr Michael gehört nun mal zu ihrem engsten Bekanntenkreis.«

Wieder zögerte die alte Frau. »Und Sie denken, Michi hat etwas mit dem ... Mord zu tun? Aber er liebt Sabine doch. Und sie ihn wohl auch. Warum sonst sollte sie mit ihm beisammen sein? Der Bub schien in den letzten Wochen zum ersten Mal so richtig glücklich zu sein.«

»Er hat nicht allzu viele Freunde, nicht wahr? Und zudem Eltern, denen er gleichgültig ist. Sucht er deshalb die Nähe zu rechtsradikalen Gruppen?«

Es war eine reine Vermutung. Ein paar Tattoos machten noch keinen Nazi. Es konnte sich genauso gut um jugendliche Dummheit handeln. Doch sie mussten Berta Obermeier aus der Reserve locken. Sie hing an ihrem Michi und würde nie schlecht über ihn reden. Die rein subjektive Einschätzung einer Oma. Mehr aber auch nicht. Die These, dass Michael etwas mit dem Tod Sabines zu tun hatte, war eher unwahrscheinlich. Aber eben auch nicht ausgeschlossen und es wert, überprüft zu werden. Und dazu war es wichtig, zu wissen, in welchen Kreisen er sich bewegte und was für ein Mensch er war.

Melanie beobachtete Berta Obermeier. Deren Reaktion fiel unerwartet aus. »Sie meinen wegen der Fahnen und Abzeichen in seinem Zimmer. Und diese Tätowierungen. All diese Tätowierungen.«

Neben der Tür stand die für einen Bauernhof obligatorische Bank, auf die sie jetzt sank. »Ich hab mir gleich gedacht, dass diese Spinner meinen Buben in Schwierigkeiten bringen. Er ist ja nicht wie die. Aber außer mir hat er ja niemanden. Mich und die Sabine. Und die jetzt auch nicht mehr.« Verzweiflung sprach aus ihrer Stimme. »Vielleicht hat er dort die Freunde gefunden, die er nie hatte? Aber mit den Gewalttaten dieser Leute hat er nichts zu tun. Michi hat noch nie jemandem etwas zuleide getan.«

»Das haben wir auch nicht behauptet. Sehen Sie, Frau Obermeier. Die Wahrscheinlichkeit, dass Ihr Enkel etwas mit Sabines Tod zu tun hat, ist mehr als gering. Sie sagten etwas von Fahnen und Abzeichen. Ich nehme an, diese befinden sich in seinem Zimmer?«

Die Gefragte nickte kaum merklich.

»Können wir uns das ansehen?«

»Ich, ich weiß nicht. Ich habe Michi versprochen, nicht in sein Zimmer zu gehen.«

»Aber Sie haben es trotzdem getan?«

Wieder nickte sie. Dann stand sie unvermittelt auf und ging ohne ein Wort ins Haus. Die beiden Polizistinnen folgten der alten Frau die Treppe hinauf in den ersten Stock. Die Tür war nicht verschlossen. Michaels Vertrauen in seine Oma schien grenzenlos zu sein.

Die drei Frauen betraten das Zimmer so vorsichtig, wie eine Kirche. Und irgendwie war es das auch. Zumindest für den jungen Mann, der hier wohnte. Seine Heiligenbilder an den Wänden waren Poster und Fahnen, seine Kreuze hatten Haken, seine Gebete waren Texte diverser einschlägiger Publikationen rechter Zeitschriften und Magazine, seine Bibel war »Mein Kampf«.

Dazwischen fanden sich Landschaftsbilder, Fotos von Wildenten und immer wieder Sabine. Melanie ging von einem Regal zum nächsten und stöberte in den Büchern und Zeitschriften. Was hoffte sie zu finden? Ein Tagebuch?

Wohl kaum. Alles, was sie sah, deutete auf einen jener fehlgeleiteten jungen Menschen hin, derer es heutzutage zu viele gab. Aber daraus abzuleiten, dass Michael gefährlich war, dass er zu einem Mord fähig war? Das erschien nun doch etwas zu weit hergeholt.

»Mel! Schau dir das mal an! Was bedeutet das?« Melanie ging zu Daniela, die sich über einen Tisch gebeugt hatte. Vor ihr lag ein kleines Buch, nicht größer als ein Taschenkalender. Seinen Umschlag zierte ein deutsches Kreuz. Und zwei Worte: »Keltische Kameraden«, las Daniela langsam. »Nie gehört.«

»Peter soll sich das mal ansehen.« Daniela nickte, nahm ihr Smartphone und fotografierte das Buch. Dazu einige der Poster an den Wänden. Dann schickte sie alles an Peter.

»Michael bewegt sich in äußerst gefährlichen Kreisen, das wissen Sie doch, oder?«, wandte sich Melanie an Berta Obermeier, die in der Tür stehen geblieben war. Augenscheinlich hatte sie sich vorgenommen, ihr Versprechen Michael gegenüber nicht noch einmal zu brechen.

»Aber das heißt doch nicht, dass er Sabine …« Sie wagte es nicht, den Satz zu vollenden.

»Nein, aber wir müssen uns mit ihm unterhalten. Sie wissen wirklich nicht, wo er gerade ist?«

Sie schüttelte den Kopf.

»Dann kann ich Sie nur dringend bitten, uns sofort zu informieren, wenn er wieder da ist. Es ist wichtig. Auch für Michael. Verstehen Sie das?«

»Ja, ich verstehe. Ich ruf Sie an. Aber sie müssen mir versprechen, dass sie ihn nicht verurteilen, wenn er nichts getan hat.«

»Versprochen. Das tun wir nie. Aber wegen dem Zeug

hier«, Melanie ließ ihren Blick durch den Raum schweifen, »wird er sich noch erklären müssen.«

Regensburg, Am Vitusbach, 23.40 Uhr

Die Kälte sticht mit tausend Nadeln in ihren Körper, zwingt sie, ihre Augen zu öffnen. Es dauert eine Sekunde, bis sie ihre Situation erfasst.

Unbestreitbar befindet sie sich unter Wasser. Panisch versucht sie, den Atem anzuhalten. Dann bemerkt sie, dass dies nicht nötig ist. Nicht, dass ihr plötzlich Kiemen gewachsen wären. Ihre Lungen verspüren einfach keinen Bedarf nach Sauerstoff. Obwohl sie das Gefühl des Schwebens zu genießen beginnt, sind es doch die Dunkelheit und die Kälte, die sie ängstigen. Sie spürt, dass sie zittert. Zögernd paddelt sie mit den Händen, um sich zu drehen. Ihr Kopf ruckt in alle Richtungen. Unter ihr nur gähnendes Schwarz. Wäre da nicht dieser Lichtstrahl, der die Finsternis in zwei Hälften teilt, würde sie jede Orientierung verlieren. So aber kann sie hoffen, dass der helle Kreis im dunklen Samt über ihr der Zugang zur Welt außerhalb des Wassers ist.

Die Kälte kriecht in ihren Körper und beginnt, sie zu lähmen. Sie hebt den Kopf, sieht nach oben zum Licht, das Wärme und Leben verspricht. In dem Augenblick, da sie beginnt, ihre Arme und Beine zu zwingen, sie dorthin zu tragen, fällt ein Schatten in den hellen Kreis. Sie spürt ein Zittern und Rauschen, dann ist sie wieder von Stille umgeben.

Der Schatten schwebt im Lichtkegel zu ihr herab. Sie hält ganz still, erkennt, dass es der Körper eines Menschen ist. Er erreicht sie und beendet seinen Sinkflug unmittelbar vor ihr. Das Licht erhellt ihn, aber sein Gesicht wendet sich von ihr ab. Obwohl die Angst sie lähmt, schafft sie es, den Körper anzufassen und umzudrehen.

Die Gestalt starrt sie aus toten Augen an.

Oh Gott, nein!

Sabine!

*

Schreiend fuhr Betti hoch. Die Straßenlampe draußen erhellte das Zimmer. Zitternd setzte sie sich auf. Ihre Bettdecke lag auf dem Boden. Ihre Arme und Beine waren eiskalt. Sie rollte sich aus dem Bett und schlurfte ins Bad. Was für ein Albtraum, flüsterte sie.

Sabine! Sabine, die ihre Liebe nicht erwidert hat.

Und doch konnte Betti sie nicht vergessen. Noch immer träumte sie von der jungen Frau mit den lustigen Sommersprossen. Nur die Art der Träume hatte sich geändert.

Wer war es, der sie ins Wasser geworfen hatte? Es war diese Frage, die sie nicht losließ. Hatte es etwas mit der Schatulle zu tun?

Betti hatte die Geheimnisse der Worte und Bilder darauf entschlüsselt. Sie wusste von den Forschungen, den Menschenversuchen, den Gräueltaten im Umfeld der Heilanstalten von Hohenlychen. Was, wenn außer Sabine und dieser Julia noch andere davon wussten?

Sabines Tod ließ nur diesen Schluss zu. Es gab diese anderen. Und sie waren bereit, für die Schatulle zu töten.

Auch mich?, überlegte sie. Noch weiß niemand von mir. Doch sie werden es herausfinden. Früher oder später. Und dann? Im Augenblick ist die andere, Julia, in Gefahr.

Und Michael Obermeier.

Nein, Michi nicht.

Soll ich der Polizei alles erzählen? Kann sie mich beschützen?

Sie zitterte immer heftiger. Es fiel ihr schwer, noch einen klaren Gedanken zu fassen. Betti streifte ihren Schlafanzug ab und wankte in die Dusche. Sie stellte das Wasser an und schob den Hebel so weit in den roten Bereich, bis die prasselnde Hitze ihren Körper durchdrang. Sie presste ihre Stirn gegen die Fliesen an der Wand. Wasser und Tränen rannen über ihr Gesicht.

Sabine!

Sonntag, 11.06.2017
Deggendorf, Kriminalpolizeistation, 07.20 Uhr

Ich sitze kaum an meinem Schreibtisch, als es auch schon an der Tür klopft. Obwohl es meinem »Herein« sicher an Freundlichkeit mangelt, stürmt mit Saskia Schmidbauer die geballte Lebenslust in meinen frühen Morgen. Und das an einem Sonntag. Als Anwärterin darf sie doch ihr

Wochenende genießen. Und das sollte sie auch. Und dennoch treibt es sie in die Dienststelle.

Sie muss mir ihre Erwartungen an diesen Tag nicht erklären. Ich verstehe sie. Die junge Kollegin brennt vor Tatendrang. Ihre Zöpfe wippen neckisch, als sie sich schwungvoll in den Besucherstuhl mir gegenüber fallen lässt.

»Na, Sie sind ja schon mächtig gut drauf«, ringe ich mir trotz meiner morgendlichen Laune ein Lächeln ab. Ich kann nicht leugnen, ihr jugendlicher Elan birgt eine hohe Ansteckungsgefahr in sich.

»Ich habe mit Herrn Jarema gesprochen«, meint sie. »Er sagt, er hat nichts dagegen, wenn ich mit Ihnen in den Außendienst fahre.« Sie sieht mich erwartungsvoll an. »Wenn Sie die Verantwortung für mich übernehmen«, fügt sie etwas leiser hinzu. »Das tun Sie doch, oder?« Sie versucht einen unschuldig bittenden Blick.

Ich muss mich zusammennehmen, um nicht laut draufloszulachen. Dieses junge Ding ist mit allen Wassern gewaschen. Glaubt sie wirklich, mich auf diese Weise auf ihre Seite zu ziehen? Natürlich nehme ich sie mit. Aber doch um Himmels willen nicht, weil sie jung, hübsch und … ja raffiniert ist.

»Ich werde Ihnen auch nicht im Wege stehen und Ihre Anweisungen befolgen«, deutet sie mein Zögern falsch.

»Keine Sorge. Sie können gerne mitkommen. Schließlich sollen Sie ja bei Ihrer nächsten Ausbildungsdienststelle nicht erzählen müssen, in Deggendorf sei nichts los und Sie hätten sich nur gelangweilt.«

Strahlend sieht sie mich an. »Wo soll's denn hingehen?«

»Wir fahren zum Fundort des Beines. Ich denke, der Höllensteinsee wird Ihnen gefallen.«

Regensburg, Universität, Pathologie, 08.00 Uhr

Die beiden Frauen sahen schweigend auf die reglose Gestalt, die auf dem Tisch vor ihnen lag. Für Renate Niebauer ein gewohnter Anblick. Ein weiterer Klient im Tagesgeschäft der Rechtsmedizinerin. Und dennoch war ihr zu jeder Sekunde ihres Tuns bewusst, dass es ein Mensch war, der da vor ihr auf dem Seziertisch lag. Junge und Alte, Schöne und Hässliche, Dicke und Schlanke. Äußerlich unversehrt oder zerhackt und zerstückelt. Und dahinter: Glück und Leid, Freude und zuletzt Angst. Frau Dr. Niebauer war es auch nach Jahren der Zusammenarbeit mit der Kriminalpolizei nicht gelungen, ihre Gefühle vollständig auszuklammern.

Im Augenblick war es Mitgefühl mit der Polizistin neben ihr. Sie kannte Melanie, seit diese zusammen mit Moritz die Mordserie am Osser aufgeklärt hatte. Die junge Frau war aber nicht nur eine gute Ermittlerin. Melanie Güßbacher hatte sich seit ihrem ersten Treffen vor zwei Jahren kaum verändert. Während andere Frauen unablässig versuchten, ihren Typ dem jeweiligen Mainstream anzupassen, schien sie wie ein Fels in der Brandung der Beliebigkeit zu sein.

Warum aber auch sollte sie etwas ändern? Das kurze brünette Haar betonte das fein geschnittene Gesicht, die grünen Augen und einen Mund, der nicht nur, wenn sie lächelte, verführerisch wirkte. Zusammen mit der sportlich durchtrainierten Figur verleitete das Gesamtpaket Melanie Güßbacher so manchen Mann zu gewagten Gedankenspielen. Und machte sie damit zur Konkurrentin für jede andere Frau. Nicht aber für Renate Niebauer. Ihre Affäre mit Moritz Buchmann währte nur kurz und lag Jahre zurück.

Und Melanie? Mit ihr verbanden sie inzwischen sieben Leichen. Diese hier eingeschlossen. Genug, um zu wissen, dass Melanie den Kontakt zum Opfer brauchte.

Noch bevor das heutige Treffen mit ihren Kollegen anstand, war Mel die wenigen Meter hinüber zum Institut für Rechtsmedizin gefahren, um Sabine zu sehen.

Natürlich würde sie ihren Job mithilfe ihrer Erfahrung und ihrem Talent erledigen. Natürlich wollte sie jeden Mordfall mit einem Urteil des Gerichts zu den Akten legen. Natürlich!

Aber da war noch etwas anderes. Das Opfer! Sie hatte Sabine bereits gesehen. Die Fotos der Spurensicherung hatten den Schrecken ihres Todes hochauflösend eingefangen. Und doch reichte das nicht.

Mel stand hier und sah auf das Mädchen hinab. Sie sah ein Gesicht, das als hübsch bezeichnet werden konnte und dem die Tupfer der Sommersprossen den Hauch des Außergewöhnlichen verliehen. Nicht das Gesicht einer Schönheit, nach der sich die Männer auf dem Unicampus umdrehten. Aber sie war … nun ja, eben hübsch. So, wie Millionen andere Mädchen auch – und doch anders.

Es waren die Augen, die den entscheidenden Unterschied machten. Den Unterschied zu den anderen Mädchen, die das Glück hatten, keinem Mörder begegnet zu sein. Und den Unterschied zu den Fotografien. Aus diesen Augen schrie das ganze Entsetzen der letzten Sekunden im Leben der jungen Frau zu Mel.

»Es sind ihre Hände, nicht wahr?«, riss sie Renate Niebauers Stimme zurück in die Welt jenseits des Todes. »Deshalb sind Sie zu mir gekommen.«

»Könnte das ein Unfall gewesen sein?« Mel kannte

die Antwort. Wie wahrscheinlich konnte es schon sein, dass sich jemand beide Mittelfinger an beiden Händen gleichzeitig brach? Die Frage hatten sich bereits Peter und Daniela gestellt.

Es bedurfte keiner eingehenden medizinischen Untersuchung, um die Verwundungen der Toten zu sehen. Die Fotos der Spurensicherung hatten schließlich auch Melanie überzeugt, dass Sabine Kulzer ermordet worden war. Und nicht nur das: Sie war zuvor gefoltert worden.

Der Mörder hatte ihr zwei Finger gebrochen! Oder war da noch mehr?

Eine dunkle Befürchtung trieb sie, als sie die Frage an Frau Dr. Niebauer stellte. Erleichtert sah sie die Ärztin den Kopf schütteln.

»Nein und nein. Kein Unfall und auch kein Sexualdelikt. Die Brüche der beiden Mittelfinger wurden absichtlich herbeigeführt. Die Bruchstellen liegen beide in der Mitte des ersten Fingerglieds. Das heißt, jemand hat sie mit der Hand umschlossen und sie ruckartig gebrochen.« Sie packte Mels Hand mit ihrer linken, umfasste mit der anderen ihren Mittelfinger und deutete eine leichte Bewegung an.

»Autsch!«, schrie Mel auf, mehr vor Überraschung als vor Schmerz.

»Zweimal das gleiche Bruchmuster. Das wäre doch ein sehr unwahrscheinlicher Zufall.« Renate Niebauer ließ Mels Hand wieder los. »Außer den beiden Brüchen konnte ich bisher keine Verletzungen feststellen. Nur hier am Hals«, sie deutete auf die rechte Seite der Toten, »gibt es einige schwache Hämatome.«

»Sie wurde gewürgt?«

»Das nicht. Die Luftröhre und der Kehlkopf sind

unverletzt. Aber ich würde sagen, jemand hat sie am Hals gepackt.«

»Das heißt, sie ist ertrunken!« Melanie kannte den vorläufigen Bericht der Gerichtsmedizin. Dennoch wollte sie Renates Meinung hören.

»Ja. Die Lunge ist bis oben hin voll mit Wasser. Wir haben es mit Proben aus der Donau verglichen. Wir können mit Sicherheit sagen, dass sie nicht woanders getötet und dann in den Fluss geworfen wurde.«

»Gut! Danke erst einmal. Bis wann denken Sie, habe ich den vollständigen Bericht?«

Frau Dr. Niebauer sah auf die Uhr an der Wand. »So bis Mittag sollte ich das hinbekommen.«

Mel verabschiedete sich mit einem Nicken.

❊

Als Melanie hinaus ins Freie trat, atmete sie tief durch. Es hatte dieses unmittelbaren Kontakts mit Sabine Kulzer bedurft, um diese Emotion in ihr zu wecken, die über all das Wissen und Können hinaus bei ihr nötig war, um sich unerbittlich auf die Jagd nach dem Täter zu begeben. Die Wut und die eine Frage, die sie beim Anblick des toten Mädchens stumm gestellt hatte: »Wer hat dir das angetan?«

Deggendorf, Kripostation, 08.10 Uhr

Als wir den Parkplatz der Kriminalpolizeistation verlassen, herrscht dort noch gemütliche Ruhe. Nur die Wochenendbesetzung hält sich in der Dienststelle auf oder fährt Streife. Die Kollegen nicken mir zu und gehen ihren Aufgaben nach. Sie wissen, dass für die Kripo jeder Wochentag gleich ist, wenn es gilt, einen Mörder zu überführen. Jeder freie Tag ist ein verlorener Tag.

Saskia dagegen ist freiwillig hier. »Wie lange brauchen wir bis zum See?«

»In etwa 45 Minuten sollten wir an der Staumauer sein«, antworte ich ihr.

Es wird eine Dreiviertelstunde, in der ich kaum ein Wort sage und Saskia ununterbrochen redet. So erfahre ich von ihrem Freund – ein 26-jähriger Chemiestudent –, ihrer Lieblingsmusik – einer Band, deren Namen ich noch nie gehört habe –, ihrem Lieblingstier – einem Labrador namens Bonny – und noch manch anderem, was meinen Kopf durchdringt, ohne sich dort festzusetzen.

Erst als unser Ziel nicht mehr weit ist, lässt sie die steigende Spannung verstummen. Wir parken oben am Gasthaus über dem See und gehen die kurze, aber steile Straße hinab zur Staumauer.

»Wow. Das ist ja eine tolle Landschaft. Ich wusste gar nicht, dass es hier so einen klasse See gibt.« Saskia lehnt sich über die Mauer und blickt auf das tief unten liegende Ufer des Kirchbacher Sees hinab. Auf der anderen Seite, hinter dem stattlichen Turbinengebäude drängeln sich Einsatzfahrzeuge der DLRG, der Wasserwacht und der Polizei. Wir gehen hinüber und werden von einem uniformierten Kollegen der PI Viechtach begrüßt.

»Servus, Herr Buchmann. Hab schon gehört, dass es Sie wieder erwischt hat. Natürlich nur, falls es ein Mord war«, meint er grinsend. Mein gestriger Auftritt hat sich schon herumgesprochen. Und dass mich Mordfälle im Bayerischen Wald magisch anziehen, wohl auch.

»Na, schaun wir mal. Bis jetzt sieht's ja eher nach einem Unfall aus. Haben die schon was gefunden?« Ich deute auf das Ufer neben dem Maschinenhaus, wo sich gerade ein Taucher der Kirchbacher DLRG bereit macht, um sich in die dunkle Kälte des Sees zu stürzen.

»Nein«, antwortet er. »Sie haben vor etwa einer Stunde angefangen. Aber sie sagen, der Untergrund am Fuß der Staumauer ist total verschlammt. Finster ist es sowieso. Und sie müssen aufpassen, nicht in die Turbinenzuläufe gezogen zu werden. Da kann es schon etwas dauern. Wenn sie überhaupt etwas finden. Kann ja sein, dass da gar nichts ist.«

»Wie meinen Sie das?« Saskias Versprechen zur Zurückhaltung hält ganze fünf Minuten. Sie sieht mich erschrocken an. Als ich nicht reagiere, atmet sie erleichtert durch. Ich kann mir ein kurzes Grinsen nicht verkneifen. Ich werde die junge Dame wohl noch das eine oder andere Mal bremsen müssen. Aber das eben war schon in Ordnung. Solange sie mir keine Zeugenvernehmung durcheinanderbringt, soll sie ruhig das Gefühl haben, dazuzugehören.

Der Viechtacher Kollege sieht das anscheinend genauso. »Vielleicht hat ja jemand die Leiche zerstückelt und nur das Bein in den See geworfen. Der Rest könnte ganz woanders sein.«

Da hat er sogar recht, denke ich. Dann frieren sich die Taucher vergeblich einen ab. Aber noch besteht die Hoffnung, den fehlenden Körper des Toten zu bergen. Sicher kein schöner Anblick, denkt man an das abgerissene Bein – wer weiß, in welchem Zustand die Leiche ist. Wir folgen dem Mann zur Einstiegsstelle. Feuerwehrleute, Sanitäter des Roten Kreuzes, Mitarbeiter des Technischen Hilfswerks, Männer in Neoprenanzügen und Polizisten grüßen durch ein kurzes Nicken.

Bemüht, nicht über ihr technisches Equipment zu stolpern, trete ich bis ans Ufer heran.

»Wird schwierig, da was zu finden«, erklärt einer. »Da unten hat sich eine Menge Unrat angesammelt und das Wasser ist durch die vielen Regenfälle der letzten Tage ziemlich trüb. Da kommen wir mit den Lampen auch nicht weit. Wir tasten praktisch den Untergrund mit den Händen ab.«

Bis einer in ein Gesicht greift oder einen Arm spürt, denke ich, während ich verständnisvoll nicke. Keine angenehme Vorstellung, deren Details ich mir nicht ausmalen will.

Saskia beobachtet die Männer aufmerksam. Sie sieht kurz zu mir. Ich nicke aufmunternd. Sie nickt zurück und lässt sich dann von einem gut aussehenden jugendlichen Rettungstaucher den Einsatz erklären.

Ich nutze die Gelegenheit, um mich umzusehen. Das Areal ist weiträumig abgesperrt. Urlauber und so manch Schaulustiger diskutieren jenseits der Markierungen über das ungewöhnliche Geschehen. Hin und wieder nähern sich Ruderboote, die jedoch der Aufforderung umzudrehen widerspruchslos folgen.

Der Taucheinsatz verläuft professionell routiniert. Und dennoch entmutigend. Ich kann nur warten. Erst, wenn wir eine Leiche finden und die Rechtsmedizin feststellt, dass der junge Mann, dessen Bein schon in Straubing liegt, ermordet wurde, kann ich offiziell in die Ermittlungen einsteigen. Wenn nicht, umso besser. Ich reiße mich wahrlich nicht um ein Tötungsdelikt. Saskia wahrscheinlich schon. Das würde ihren Ausbildungsalltag doch mit einer gehörigen Portion Action würzen.

Meine Gedanken werden von meinem Handy unterbrochen. Die Einsatzzentrale. Meine Hoffnung auf ein schnelles Ende dieses Falles, der noch gar keiner ist, verpufft in Sekunden.

Ich rufe nach Saskia, winke sie zu mir.

»Was ist los?«, will sie mit einem Hauch Enttäuschung in der Stimme wissen.

»Wir müssen los. In der Nähe wurde eine tote Frau gefunden. Die Rechtsmedizin ist schon dort.«

Ich spüre förmlich, wie ihr Herz für einen Schlag aussetzt. Ich verabschiede mich von den Männern hier. Ich weiß, sollten Sie etwas finden, werde ich es als einer der Ersten erfahren. Eilig gehen wir über die Staumauer zurück auf die andere Seite.

»Na, hier ist ja ganz schön was los«, meint Saskia. »Von wegen beschaulicher Bayerischer Wald. Hier gibt's ja mehr Tote als bei uns in Ingolstadt.«

Mit einem letzten Blick zurück auf den gut aussehenden Rettungstaucher folgt sie mir zu meinem BMW.

Runding, Burgruine, 09.10 Uhr

Julia spürte einen fahlen Geschmack im Mund. Ihr war schwindelig und übel. Würgend spuckte sie eine Mischung aus Speichel und Blut. Ihr ganzer Körper schien eine einzige Quelle des Schmerzes zu sein, dessen Epizentrum in ihrer rechten Schulter lag. Sie versuchte, sich zur Seite zu drehen, doch der stechende Schmerz, als würde sich ein glühendes Messer in sie bohren, hielt sie zurück.

Was war passiert? Ihre Erinnerung führte sie zurück zu jenem Augenblick, da sie in die Zisterne gestürzt war. Dort trafen ihre Gedanken auf eine undurchdringliche Mauer. Der Sturz selbst blieb für sie dahinter verborgen.

Was wollte ich dort? Nach und nach tauchten die Bilder bleich, wie durch einen Nebel schimmernd auf. Die Schatulle! Natürlich! Ich wollte sie verstecken. Drei schmerzverzerrte Atemzüge später die Erkenntnis: Wie kann man nur so dumm sein? Ich blöde Kuh! Ich wusste doch, dass die Zisterne baufällig ist. Jetzt stecke ich hier fest. Sie biss die Zähne zusammen und richtete sich langsam auf. Endlose Sekunden später lehnte sie an der kalten, felsigen Wand. Die Schmerzen trieben ihr Tränen in die Augen. Vorsichtig tastete sie mit der linken Hand ihren rechten Arm nach oben. Als sie die Schulter erreichte, zuckte sie zurück. Das Gelenk dort fühlte sich irgendwie falsch an. Ausgekugelt! Dieser Erkenntnis folgte die nächste: Mein rechter Arm ist nutzlos.

Sie nahm all ihren Mut zusammen und begann, über den Boden zu kriechen. Ich muss meinen Rucksack finden, dachte sie. Stöhnend und von kurzen Schmerzensschreien unterbrochen kämpfte sie sich voran. Zweimal durchquerte sie den kleinen, runden Raum. Sie fand nichts, außer einigen Steinen, einem abgebrochenen Brett und losem Geröll. Dabei musste ihr Rucksack hier sein.

Ich hab doch gesehen, wie er in die Tiefe fiel. Vielleicht ist er irgendwo hängen geblieben?, dachte sie. Irgendwo über ihr, dort wo das Schutzgitter sich verkeilt hatte und somit verhinderte, dass sie unter den Steinen der eingestürzten Zisterne begraben wurde. Für den Augenblick jedenfalls.

Wenn ich nur etwas sehen könnte. Aber auch ihr Handy war für sie unerreichbar.

Langsam kroch der Schatten der Angst heran. Sie sah nach oben, stand auf, streckte sich. Ihre Finger tasteten ins Nichts. Absolute Dunkelheit.

Die Zisterne ist über mir eingestürzt. Ich bin lebendig begraben. Und niemand ist hier oben auf der Burg, um mir zu helfen. Nicht um diese Tageszeit. Wie spät ist es eigentlich? Wenigstens meine Uhr geht noch. Kurz nach neun Uhr vormittags. An einem Sonntag. Da sind doch immer die Burgführungen. Aber nicht heute. Nicht, seit hier alles abgesperrt ist. Niemand darf hier herauf. Und Otto? Er sagt doch, er ist jeden Tag auf der Burg.

Die Schmerzen ignorierend holte sie tief Luft. Und dann begann sie zu rufen: »Hilfe! Ich bin hier unten! Hilfe!«

Die Fahrt nach Prackenbach dauert kaum zehn Minuten. Saskia mustert ungewohnt still die Landschaft draußen. Sie hat wohl kaum damit gerechnet, an einem Tag gleich mit zwei Todesfällen konfrontiert zu werden. Wir finden die angegebene Adresse auf Anhieb. Das Haus blickt von einer Anhöhe ganz in der Nähe des Sportplatzes auf das Dorf an der B 85 hinab. Die letzten Meter nehme ich im Schritttempo, um keinen der Nachbarn zu überrollen.

Auf der Straße vor dem Anwesen hat sich eine ansehnliche Menge Schaulustiger eingefunden. Wieder ist es ein Kollege von der PI Viechtach, der uns willkommen heißt. Dieser Sonntag wird im Kalender der Polizei des kleinen Städtchens sicher einen Ehrenplatz bekommen.

»Servus. Die Spurensicherung ist schon drinnen«, erklärt er mit einem erstaunten Blick auf meine junge Begleiterin. Einige Fahrzeuge vor der Garage bestätigen ihn durch ihre Straubinger Autokennzeichen.

»Danke. Dann lass uns mal reingehen.«

Saskia folgt mir stumm. Mir entgeht nicht, dass ihr nichts entgeht. Ihre Blicke huschen nach allen Seiten. Sehr gut, denke ich anerkennend. Im Haus kommen wir nicht weit. Links neben dem Eingang führt eine Treppe nach oben und eine nach unten. Dort drängen sich Frauen und Männer in Weiß neben Polizisten in Zivil. Ich werfe einen Blick hinab. Eine Hand legt sich auf meine Schulter. Es ist Thomas Jobst von der Spurensicherung.

»Servus, Moritz. Schätze, du kannst dich wieder auf die Suche nach der Leiche vom Höllensteinsee machen. Das hier sieht doch ganz nach einem Unfall aus.«

»Hätte ich nichts dagegen. Ach übrigens: Saskia Schmid-bauer, Polizeianwärterin. Thomas Jobst von der Spusi.«

»Hallo. Na, da wertet die Personalabteilung unseren Alltag ja mal richtig auf.« Thomas reicht ihr die Hand. Saskia überlegt eine Sekunde, dann erkennt sie das Kompliment.

Ihr verlegenes Lächeln wird einen Wimpernschlag später von ihrer kriminalistischen Neugier verbannt. »Wo ist denn die Tote?«, lenkt sie das Gespräch auf das Wesentliche.

»Da kann es wohl jemand nicht erwarten, seine erste Leiche zu sehen.« Thomas grinst kurz, bemerkt aber schnell, dass sein Witz ins Leere geht.

»Wer hat sie gefunden?«

»Eine Nachbarin. Frau Silberbauer. Wartet da hinten auf dich.«

»Gut. Dann lass uns erst mal mit ihr reden.«

Saskia folgt mir in das Wohnzimmer des Hauses.

Die Frau ist Mitte 40 und wirkt den Umständen entsprechend verwirrt. »Guten Tag, Frau Silberbauer. Mein Name ist Moritz Buchmann. Und das ist Frau Schmid-bauer«, bringe ich die Formalitäten hinter mich. »Können Sie mir erklären, was Sie hier im Haus gesucht haben?«

»Buchmann? Der Buchmann, der letztes Jahr den Hoch-zeitskiller gefasst hat?« Sie scheint meine Frage überhört zu haben. Saskia wirft einen verstohlenen Blick zu mir herüber.

»Tja, das war letztes Jahr. Heute aber geht es um Frau … Wie heißt die Tote eigentlich?«

Eine Sekunde peinlichen Schweigens ob meiner Unwissenheit wird von Frau Silberbauer beendet. »Traudl. Gertraud Brandl. Ich wohne gleich gegenüber. Gertraud lebt hier bei ihrer Tochter und deren Mann. Schon seit mindestens zehn Jahren. Damals ist ihr Ludwig gestorben und da ist sie hier eingezogen.«

»Das beantwortet aber noch nicht meine Frage«, versuche ich, sie in die Spur zu bringen. Mit einem »Seien Sie nicht so ungeduldig«-Blick fährt sie fort: »Die Reindls sind auf Amerika-Urlaub. Sie wiederholen ihre Hochzeitsreise. Ist das nicht romantisch? Na, jedenfalls haben Sie mich gebeten, öfter mal nach der Traudl zu sehen. Sie ist ja schließlich schon fast 80 Jahre alt, oder? Da kann man die alte Dame nicht wochenlang allein lassen. Also habe ich jeden Tag vorbeigeschaut. Als ich heute herkam, habe ich wie immer geläutet. Normalerweise kommt die Traudl gleich heraus. Sie hat mich jedes Mal auf einen Kaffee hineingebeten. Sie hat doch so gerne von früher erzählt.«

»Und heute ist sie nicht gekommen?« Saskia vergisst ihr Versprechen, sich zurückzuhalten. Da sie mir die Frage aus dem Mund nimmt, sehe ich es ihr gerne nach.

Die hilfsbereite Nachbarin schüttelt heftig den Kopf. »Nein. Aber ich hab ja einen Schlüssel. Die Karin hat ihn mir gegeben, falls etwas nicht in Ordnung ist. Ich hab geläutet und nach der Traudl gerufen, aber als sie sich nicht gemeldet hat, bin ich einfach hereingegangen. Ich hab gleich gesehen, dass da was nicht in Ordnung war.«

»Was haben Sie denn gesehen?«

»Na, die Kellertür. Die stand offen und das Licht brannte. Ich bin vorsichtig nach unten gegangen und da lag sie dann. Sie können sich nicht vorstellen, wie ich erschrocken bin. Die arme Traudl. Und die arme Karin. Sie hat doch ihre Mama so gern gehabt.«

»Wann haben Sie sie zum letzten Mal lebend gesehen?«

»Das war gestern Mittag, als ich sie besucht habe.«

»Und in der Zwischenzeit? Ist Ihnen da etwas aufgefallen? Haben Sie jemanden kommen sehen oder etwas gehört?« Wo Sie doch so genau aufpassen, möchte ich hinzufügen. Meine Hoffnung wird enttäuscht.

»Nein. Ich geh doch schon immer um neun ins Bett. Mein Mann sagt, dass das unnormal ist, aber ich bin einfach so früh müde. Und im Fernsehen kommt doch auch nichts Vernünftiges mehr, seit Hubert und Staller abgesetzt wurden.«

Saskia und Thomas grinsen. Ich bemühe mich, angesichts der Situation ernst zu bleiben. »Danke, Frau Silberbauer. Noch eine Frage: Haben Sie die Nummer des Ehepaares Reindl? Wir müssen sie ja hierüber informieren.«

»Ja. Ja, natürlich. Sie haben mir ihre Handynummer dagelassen. Falls etwas passiert, haben sie gesagt. Als ob sie es gewusst hätten.«

»Würden Sie die Nummer einem der Kollegen draußen geben? Wir übernehmen das dann.«

Sie nickt und verlässt das Haus, dankbar, Karin und Thorsten Reindl nicht selbst die Nachricht vom Tod ihrer Mutter überbringen zu müssen.

»Und wir schaun mal nach unten«, wende ich mich an Saskia. Der Keller hat sich inzwischen geleert. Die meisten Leute der Spusi sind schon abgezogen. Nur Thorsten Schäfer-Gral wartet neben der toten Frau auf die Leute mit dem Zinksarg.

»Herr Doktor«, begrüße ich den Rechtsmediziner. »Sieht aus, als wäre sie die Treppe runtergefallen. Oder was meinen Sie?«

»Ja, sieht ganz danach aus.« Schäfer-Gral hat sich während seiner bisher zehnjährigen Tätigkeit für die Polizei einen veritablen Ruf als Gutachter und Rechtsmediziner erworben.

»Auf den ersten Blick lassen sich zahlreiche Knochenbrüche feststellen. Hier an den Beinen und an einem Arm. Außerdem einige Rippenbrüche. Dazu schwere Prellungen am Schädel. Der Tod wurde jedoch durch ein gebrochenes Genick herbeigeführt.«

»Sieht aus, als hätte sie dem Sturz wenig entgegengesetzt. Und als wäre sie von ganz oben gefallen.«

»Die Tote ist 79 Jahre alt. Menschen in diesem Alter tun sich schwer, in einer solchen Situation richtig zu reagieren. Um einen solchen Sturz abzumildern, ist einiges an Körperkraft erforderlich. Sie ist wohl nahezu ohne Widerstand die Treppe heruntergefallen.«

»Also ein Unfall. Sie will etwas im Keller holen, stolpert und bricht sich das Genick. Soll ja nicht zum ersten Mal vorgekommen sein.«

Sieht ganz so aus, als könnte ich mich doch wieder dem Eigentümer des gefundenen Beines zuwenden. Erst jetzt bemerke ich, dass Saskia neben der Toten in die Hocke gegangen ist. Aufmerksam betrachtet sie das Gesicht der alten Frau. Ich weiß, was sie dort findet: Schmerz, Entsetzen, Angst, Tod. Endlich steht sie auf, sieht mich kurz an und geht schweigend nach oben. Die jugendliche Farbe ihres Gesichtes ist fahlem Grau gewichen. Nichts, was mich in irgendeiner Weise belustigen würde. Ich kenne das. Jeder reagiert auf die erste Begegnung mit dem Tod anders. Aber für keinen ist es ein Erlebnis, das man so einfach vergisst.

»Das dachte ich auch«, lenkt der Arzt meine Aufmerksamkeit wieder der Toten zu.

»Aber?«

Meine Hoffnung auf ein schnelles Ende dieser Geschichte beginnt, sich in Rauch aufzulösen.

»Ich kann hier natürlich keine vollständige Autopsie durchführen, aber sehen Sie hier.« Er zieht den Pullover, der Gertraud Brandls Totenhemd wurde, nach oben. Die Haut eines alten Menschen erscheint. Und blaue Hämatome. Ungewöhnlich deutlich.

»Kann das vom Sturz kommen?«

»Könnte, ja. Aber ich habe so was schon einmal gesehen. Es war ein Tötungsdelikt in Plattling. Vor sechs Jahren. Auch damals war das Opfer eine Frau um die 80. Bei alten Menschen platzen die Blutgefäße sehr leicht. Ein kräftiger Griff an den Arm und schon haben sie einen Bluterguss.«

Ich nicke verstehend. »Damals hat der Ehemann seine Frau von hinten umschlungen und sie auf den Balkon getragen, um sie auf die Straße hinabzuwerfen. Aus dem fünften Stock, wohlgemerkt. Sie hatte Krebs und er konnte ihr Leid nicht mehr ertragen, sagte er. Wenn ich mich recht erinnere, lief es dann auch auf Totschlag hinaus. Jedenfalls wies die Leiche die gleichen heftigen Hämatome auf wie diese hier. Und fast genau an den gleichen Stellen.«

»Sie wollen damit sagen, jemand hat Gertraud Brandl zur Kellertreppe getragen und sie dann hinabgeschubst.«

»Wohl eher geworfen. Ja, das könnte durchaus sein. Genaueres kann ich Ihnen aber erst nach der Autopsie sagen.«

»Dann müsste es doch irgendwo Zeichen eines Kampfes geben.« Ich mache Anstalten hinaufzugehen. »Ach ja, wann ist es passiert?«

»Vor 20 Stunden, würde ich sagen. Plus minus zwei Stunden.«

Von oben dringen Stimmen zu uns herab. Ein Kollege weist den Männern mit dem Zinksarg den Weg. Bevor sie die enge Treppe versperren, eile ich hinauf. Thomas Jobst ist nirgends zu sehen. Dann schau ich mich eben selber ein wenig um, beschließe ich. Ein Blick in die Küche, einer ins Bad. Das Wohnzimmer wirkt aufgeräumt. Es gleicht Tausenden anderer in diesem Land. Ohne etwas zu berühren, gehe ich zum Schrank. Ein paar Romane, ein Atlas, Familienbilder.

Ich bin fast schon vorbei, als ein Foto ein Rad im Getriebe meines Kopfes zum Laufen bringt. Ich nehme das gerahmte Bild in die Hand. Das Ehepaar Reindl und ihre Tochter.

Natürlich: Reindl!

Das Mädchen auf dem Bild ist Julia.

*

Schlagartig setzt das eine Zahnrad mehrere andere in Bewegung. Ich habe Julia die ganze Woche aus dem Sinn verloren. Samiras Tod und das abgerissene Bein eines Mannes haben sie verdrängt. Und auch mein Unbehagen, als sie mir das seltsame Kästchen, das neben ihr im Auto lag, verschwiegen hat. Gut möglich, dass es sich nur um die Geheimniskrämerei eines jungen Mädchens handelte und ich ihm deshalb keine weitere Aufmerksamkeit geschenkt habe.

Jetzt aber ist ihre Großmutter tot. Ein Zufall? Ich muss auf jeden Fall mit ihr reden. Auch wenn ich es dann sein muss, der ihr die Nachricht vom Tod der Oma überbringt.

Ich zücke mein Smartphone und suche die Nummer der Arztpraxis, in der sie arbeitet. Eine Minute später entschließe ich mich, zu ihr zu fahren. Julia ist heute nicht bei der Arbeit erschienen. Ohne sich krank zu melden oder Urlaub zu nehmen. Etwas, was sie noch nie getan hat.

Draußen unterhält sich Saskia mit Thomas Jobst.

»Habt ihr keine Spuren eines Kampfes oder einer Auseinandersetzung gefunden?« So viel Zeit muss sein.

»Nicht im Haus. Falls jemand hier gewesen ist, war es kein Amateur.«

»Nun gut. Du schickst mir deinen Bericht noch heute?« Er blickt kurz auf seine Uhr. »Könnte klappen. Falls du nicht pünktlich um 17 Uhr Feierabend machst.«

»Sieht nicht danach aus. Kommen Sie, Saskia? Wir haben noch etwas vor.«

»Auf Wiedersehen, Herr Jobst«, verabschiedet sie sich deutlich kleinlauter als noch vor einer halben Stunde.

»Alles in Ordnung?« Ich mache mir doch ein wenig Sorgen um sie.

»Klar doch. Wohin geht's?«

»Zu einer Freundin. Und Sie dürfen es ruhig zugeben, wenn Sie sich nicht wohlfühlen. Die erste Leiche ist immer eine Herausforderung. War es für uns alle.«

Dankbar lächelt sie mich an. Ich muss zugeben, auch ich habe Magenschmerzen. Irgendetwas sagt mir, dass Julia in Gefahr ist.

*

»Ihre Freundin wohnt aber sehr abgelegen.«

Langsam fahren wir den Feldweg zu Julias Haus hinab. »Ja, sie ist da etwas eigen«, bestätige ich.

Ich lasse das Auto am Waldrand stehen. Die letzten paar Meter können wir auch zu Fuß gehen. Der Wald und die Wiesen um uns sind seltsam still. Nichts bewegt sich.

Am Haus angekommen, meine ich, eine Katze im Gebüsch verschwinden zu sehen. Saskia geht einige

Schritte hinter mir. Deshalb sieht sie das, was da auf der Türschwelle liegt, etwas später. Aber sie erkennt es sofort.

»Oh nein! Herr Buchmann!«

Ohne ein weiteres Wort dreht sie sich um und stürzt zu einem Busch. Die folgenden würgenden Geräusche erübrigen jede Erklärung.

Regensburg, Kriminalpolizeiinspektion, 09.40 Uhr

»Also, was haben wir alles?«

Melanie projizierte den Bericht der Spurensicherung von ihrem Laptop an die Wand.

»Außer den Fußspuren hat die Spusi nichts gefunden«, meinte Peter. »Aber die sind interessant.«

»Ja«, bestätigte ihn Daniela. »Einige stammen von Sabines Turnschuhen. Der Regen hat zwar die Profile verwischt, aber nach der Tiefe und Größe der Abdrücke stammen die anderen von einem etwa mittelgroßen, 75 Kilo schweren Mann.«

»An sich nichts Besonderes, wäre da nicht noch jemand gewesen.«

Mel scrollte zu der betreffenden Seite des Berichts. Demnach fanden sich im Schlamm am Ufer der Donau neben den Spuren Sabines und ihres vermeintlichen Mörders noch weitere Schuhabdrücke. Und diesmal war das Profil eindeutig zuzuordnen. Turnschuhe der Marke Puma.

»Der Größe nach ein zweiter Mann«, stellte Peter fest. »42. Und keine Spezialschuhe. Weder Running noch Halle noch Tennis oder Ähnliches. Einfach Turnschuhe.«

»Könnten aber zu jemandem gehören, der nichts mit der Sache zu tun hat.«

»Bei dem Wetter? Wer sollte sich da drunten am Fluss aufhalten? Und ältere Abdrücke hätte der Regen beseitigt.«

»Stimmt«, bestätigte Melanie ihre Kollegin. »Hat übrigens auch die Spusi so festgestellt.«

»Dann suchen wir jetzt nach zwei Tätern? Hm. Das macht die Sache noch undurchsichtiger.«

Melanie stimmte ihm insgeheim zu. Ein Täter, das hätte noch ein missglücktes Sexualdelikt sein können. Sabines Leiche zeigte keine Anzeichen einer Vergewaltigung. Was nicht bedeutete, dass es nicht versucht worden war. Ein Versuch, der in den Fluten der Donau geendet hatte.

Ertrunken auf der Flucht. Eine, wenngleich vage These, die sie sich zurechtgelegt hatte. Und die sie gleich wieder verwerfen konnte. Zwei Männern wäre sie sicher nicht entkommen.

Warum aber wurde Sabine dann getötet?

»Was uns fehlt, ist jegliches Motiv für die Tat«, kam ihr Peter zuvor.

»Und deshalb müssen wir mehr über Sabine herausfinden. Ihr nehmt euch mal die Leute in ihrem Umfeld vor. Vermieter, Mitstudenten, Professoren, Freunde. Das ganze Spektrum.«

»Und was ist mit den Keltischen Kameraden?« Daniela sah erst Peter, dann Melanie an. »Na was? Bei dem bisschen, das wir haben, könnte Michael Obermeier unsere einzige Spur sein.«

»Nur weil er offensichtlich rechter Gesinnung ist und zufällig Sabines derzeitiger Freund war?«

»Tja, wenn er ein Keltischer Kamerad ist, dann bedeutet das schon ein wenig mehr als nur rechte Gesinnung.« Peters Finger glitten auf seinem Tablet hin und her, dann spitzte er kurz die Lippen. »Die Keltischen Kameraden stellen eine an sich unbedeutende Vereinigung ultrarechter Spinner dar. Ihr Gründer, Paul Hübner, wurde mehrfach wegen Volksverhetzung verhaftet und hat die Kameraden vor vier Jahren verlassen. Aktuell zählt die KK etwa 240 Mitglieder. In Deutschland ist die Vereinigung seit einem Jahr verboten, agiert aber noch immer aus dem Untergrund. Die bekannten Kameraden werden vom Verfassungsschutz beobachtet. Einige fallen immer wieder bei Demonstrationen und ausländerfeindlichen Aktionen durch ihre Gewaltbereitschaft auf. Wer sie zurzeit anführt, weiß ich nicht. Darüber geben unsere Quellen nichts her.«

Die beiden Frauen schwiegen einige Sekunden.

»Na gut. Michael Obermeier ist ein gewaltbereiter Nazi. Warum aber sollte er Sabine etwas antun? Laut Frau Obermeier musste er froh sein, überhaupt eine Freundin gefunden zu haben.«

»Eifersucht? Vielleicht wollte sie Schluss mit ihm machen? Irgendetwas in der Art eben.«

»Du meinst, die Liebe ist mal wieder schuld?« Daniela sah Peter skeptisch an. »Das ist doch etwas sehr dünn, meinst du nicht?«

»Solange wir nichts Besseres haben. Immerhin ist er ja auch untergetaucht, sagt seine Oma.«

»Nur weggefahren.«

Melanie blickte zur Decke, wie sie es immer tat, wenn es galt, eine Entscheidung zu treffen.

»Was hast du vor?« Daniela sah sie mit zur Seite geneig-tem Kopf an.

»Michael Obermeier. Ich denke, wir sollten die Eifer-suchtstheorie im Auge behalten. Außerdem müssen wir etwas mehr über diese Kameraden herausfinden.«

»Keine Chance«, dämpfte Peter ihre Erwartungen. »Hab ich schon versucht. Wenn jemand etwas über die weiß, dann der Verfassungsschutz. Und die verstecken alles unter dem Deckmantel der nationalen Sicherheit. Geheim-haltung gehört für die zum Programm.«

»Na, mal sehen. Ich kenne da jemanden, der …«

Mit dieser nebulösen Ankündigung beendete sie die Besprechung.

*

»Melanie? Na so was. Wie ich gehört habe, leitest du jetzt eine Mordkommission. Respekt kann ich da nur sagen. Wie geht's dir denn?«

Melanie atmete erleichtert auf. Stefans Handynummer war noch dieselbe wie vor drei Jahren.

»Hallo, Stefan. Bei mir ist alles okay. Und selber Respekt. Aber mir war schon immer klar, dass du mal ganz oben lan-den wirst. Erst BKA und jetzt Verfassungsschutz! Mein lieber Schwan. An dich kommt man ja kaum mehr heran. Ein Glück, dass ich noch deine Nummer von früher habe.«

»Und Moritz?«

Stefan Kellermann setzte seine Worte so sparsam ein wie zu der Zeit, als er zusammen mit ihr und Moritz Buch-mann auf Verbrecherjagd gewesen war. Damals noch als Assistent des alten Haudegens, inzwischen als Agent des Verfassungsschutzes. Eine vorhersehbare Karriere.

In wenigen Worten schilderte sie ihm die Wendungen, die Buchmanns Leben in den letzten Jahren genommen hatte. Und damit waren der Höflichkeiten genug ausgetauscht. Melanie kam zur Sache.

Es nahm 20 Minuten und ihre ganze Überzeugungskraft in Anspruch, Stefan zu bewegen, sie mit Informationen über die Keltischen Kameraden zu versorgen. Letztendlich rang sie ihm dann doch das Versprechen ab, sie zurückzurufen. Sie wusste, sie würde keine Stunde warten müssen. Wenn Stefan Kellermann sich einmal einer Sache annahm, dann wurde sie auch erledigt.

Und das zu einhundert Prozent.

Chamerau, Ortsteil Roßberg, 10.20 Uhr

»Herr Buchmann?«

»Ja?«

»Sie sagen doch niemandem etwas davon, oder?«

»Wovon?«

»Na, dass ich gekotzt habe. Ich wollte ja nicht, aber erst diese alte Frau und dann noch …«

»Keine Sorge. Das kann jedem mal passieren und dann geht es auch niemanden etwas an.«

»Vielen Dank.« Sie holt tief Luft. »Und jetzt?«

Anstelle einer Antwort gehe ich zur Tür und läute Sturm. Erfolglos. Entweder ist Julia nicht zu Hause, oder …

Ich wage es nicht, den Gedanken zu Ende zu führen. »Wir müssen da hinein.«

»Können Sie die Tür nicht öffnen?«

»Kann ich nicht«, will ich sagen, komme aber nicht dazu. Ein Auto knirscht den Weg herab und erspart mir die Antwort.

Nanu, was macht der denn hier?, denke ich, als ich Ottos VW Golf der vierten Baureihe erkenne. Der schweigsame Burgfreund scheint genauso erstaunt zu sein, wie ich es bin. Vermutlich hat er nicht damit gerechnet, hier jemanden anzutreffen. Nahezu eine Minute vergeht, bis er sich entschließt auszusteigen.

»Servus, Otto. Das ist aber eine Überraschung. Besuchst du die Julia?«

»Hm. Muss ihren Kühlschrank reparieren. Ist wieder einmal kaputt.«

Zur Bestätigung hebt er einen Werkzeugkasten aus dem Kofferraum. Saskia scheint für ihn Luft zu sein. Ohne sie eines Blickes zu würdigen, geht er zur Tür.

»Julia ist nicht da. Oder sie ist da und etwas ist passiert.«

»Dann sollten wir rein, oder?« Otto setzt seinen Werkzeugkasten direkt neben dem blutigen Armstumpf auf den Boden. Er erstarrt in der Bewegung, sieht mich an und schüttelt den Kopf. Ohne ein weiteres Wort macht er sich daran, die Tür zu öffnen. Ein Vorgang, der bei ihm kaum zwei Minuten dauert.

Ich befürchte schon, Otto würde vor mir in das Haus gehen, doch er sieht mich erwartungsvoll an und lässt mir den Vortritt.

»Nichts anfassen!«, ermahne ich ihn und Saskia.

Die Zimmer in Julias Domizil sind winzig. Wie ein Puppenhaus beherbergen sie nur das Nötigste an Möbeln und Geschirr. Nur der Wohnraum erstreckt sich über die gesamte Gebäudebreite und vermittelt so etwas wie den Hauch von Geräumigkeit.

Vorsichtig gehe ich von Raum zu Raum. Schlafzimmer, Bad, Abstellraum und der Wohnraum. Alle ordentlich aufgeräumt, ja, fast unbewohnt wirkend.

Julia ist nicht zu Hause. Hat sie mit dem Tod ihrer Oma zu tun?

Nein, nicht Julia. Ihr Fund!

Das Kästchen, das sie oben auf der Burgruine gefunden hat und das sie vor mir verbergen wollte. Ich kann nicht sagen, warum. Es ist eine Ahnung. Mehr nicht.

Und doch: Aus Julias Elternhaus wurde nichts gestohlen. Die Spurensicherung konnte keine Anzeichen von Gewalt feststellen. Ich bin mir sicher, wenn ihre Eltern morgen aus den USA zurückkommen, werden sie bestätigen, dass keine Wertgegenstände entwendet wurden. Denn darum ging es nicht. Es geht um Julia! Jemand will ihren Fund und dazu braucht er sie.

Aber warum? Was verbirgt dieses Kästchen, das es wert ist, dafür eine alte Frau zu töten?

Dann das Bein! Und jetzt ein Arm! Vor dem Haus von Julia! Die nicht da ist. Eigentlich ein Grund zur Sorge. Im Augenblick aber einer, um aufzuatmen. Im Geheimen sah ich sie schon verletzt oder tot auf dem Boden oder in ihrem Bett liegen.

Alles nur Ausgeburten meiner Fantasie. Es wird Zeit, sie zu zügeln. Und das können nur Fakten und Beweise. Die ich nicht habe.

Ich lasse meinen Blick durch den Wohnraum schweifen. Auch hier keine Hinweise auf eine Auseinandersetzung. Ich lausche der Stille des Hauses.

»Was fällt dir auf?«, wende ich mich an Saskia.

»Ziemlich aufgeräumt.«

»Das Bett ist nicht benutzt und das Geschirr ist gewaschen. Sieht aus, als wäre sie geflohen.«

»Geflohen? Vor was oder wem?« Otto. Den habe ich ganz vergessen.

»Vor was junge Frauen eben so abhauen«, versuche ich meinen Ausrutscher zu korrigieren. »Liebeskummer, Freund, Eltern. Keine Ahnung.«

»Hm«, meint Otto wenig überzeugt.

»Was ist denn das?«, rettet mich Saskia aus der Peinlichkeit dieser Situation. Sie steht vor dem Bücherschrank und deutet auf einen Ordner mit der Aufschrift: Laura – 2017.

»Geschichten. Abenteuergeschichten, um genau zu sein.«

Sie versteht sofort: »Von Julia? Sie schreibt?«

»Und das nicht wenig.«

Ich ziehe den Ordner aus dem Schrank und schlage die letzten Seiten auf. »Das hier hat sie wohl zuletzt geschrieben.«

Neugierig schielt Saskia auf die Seiten. »›Im Schatten der Burg‹. Klingt ja spannend.«

»Mag sein, aber das hilft uns nicht weiter.«

»Hm«, meint Otto aus dem Hintergrund.

Ich mache mich daran, alle Schubladen des Hauses zu durchsuchen. Vergeblich. Kein Hinweis auf eine anstehende Reise, keine Flugbuchung. Ich breche sogar das Bankgeheimnis, indem ich ihre letzten Kontoauszüge lese. Auch hier keine Auffälligkeiten. Sie hat keinen größeren Betrag abgehoben. Nichts deutet darauf hin, dass Julia verreist ist. Eine Erkenntnis, die weitere Räder im Getriebe meines Kopfes in Bewegung setzt.

»Entführung«, steht auf einem.

»Mord«, auf dem anderen.

Beide machen mir Angst.

*

»Glauben Sie, dass dieser Arm zur gleichen Person gehört wie das Bein?«

Wir stehen auf der Terrasse und schauen ins Regental hinab. Anders als die Schaulustigen, die mir sonst an Tatorten begegnen, scheint Otto sich nicht für die Umstände zu interessieren. Als es nichts mehr für ihn zu tun gab, packte er sein Werkzeug und fuhr zurück nach Runding. Ich habe ihn nicht aufgehalten. Sollte ich noch eine Aussage von ihm benötigen, so weiß ich, wo ich ihn finde.

»Das wird die Rechtsmedizin ruckzuck herausfinden«, komme ich auf Saskias Frage zurück.

»Und dann bleibt es auch Ihr Fall, ja? Ich meine, weil Roßberg ja zur Direktion Regensburg gehört?«

»Sollten Arm und Bein vom gleichen Mann stammen, bleibt es unser Fall. Dann müssen wir wohl den Täter finden.«

Das *wir* in meinem Satz zaubert ein Strahlen in ihre Augen. Ich denke an Melanie. Gut möglich, dass wir wieder einmal zusammenarbeiten dürfen. Noch aber ist es nicht so weit. Ich habe die Regensburger Spurensicherung und die Rechtsmedizin informiert. Sie werden Julias Zuhause durchsuchen. Vielleicht aber war der Tatort nicht hier. Ein Bein im Höllensteinsee, ein Arm hier oben. Gut möglich, dass jemand ermordet und seine Einzelteile in alle Winde verstreut wurden. So abartig sich das auch anhören mag. Im Augenblick bin ich auf die Spurensicherung angewiesen. Und auf die Rechtsmedizin. Hoffentlich sind die Regensburger Kollegen bald da.

Deggendorf, Kriminalpolizeistation, 16.10 Uhr

Es ist der knappe, aber aufschlussreiche Bericht der Regensburger Rechtsmedizin, der an diesem Sonntagnachmittag vier Männer und ein Mädchen in meinem Büro versammelt. Die Hand, die vor Julias Tür lag und an der noch ein halber Unterarm steckt und das Bein aus dem Höllensteinsee waren einmal Teile ein und desselben Menschen. Eines jungen Mannes mit der Blutgruppe A, Rhesus-positiv. Er teilte sich diese mit fast 40 Prozent der Deutschen, sodass erst ein Genvergleich die letzten Zweifel beseitigt hat. Respekt für die schnelle Arbeit der Regensburger.

»Und damit haben wir einen Mordfall«, begrüße ich Martin Schneider, Erwin Glashuber und Fabian Altmann.

»Logisch. Keiner bringt sich um und verteilt seine Gliedmaßen vorher in der halben Welt.«

Erwin Glashuber rührt gelangweilt in seiner Kaffeetasse. Ich frage mich, ob es nicht ein Fehler war, noch während der Fahrt nach Deggendorf meinen Chef über den aktuellen Stand der Ermittlungen zu informieren. Polizeirat Paul Höpfl jedenfalls hat mein Anruf in hektischen Aktionismus versetzt, der damit endete, die drei von zu Hause in die Dienststelle zu beordern.

Verständlich, dass keiner der altgedienten Kollegen vor Begeisterung sprüht, während sie sich die Ermittlungsakte zu Gemüte führen.

Die Betonung liegt auf *alt*. Martin Schneiders und Fabian Altmanns 50. Geburtstag liegt bereits einige Jahre zurück. Und Erwin Glashubers Kantinengespräche kreisen immer häufiger um die bevorstehende Pension. Alle drei vereinen eine gehörige Portion an Erfahrung. Und eine ebensolche an Weltfremdheit, wenn es um jugendliche Modetrends geht.

Für die ist Saskia zuständig. Sie gehört zwar nicht zum Team, hat jedoch die Erlaubnis, unserer Lagebesprechung beizuwohnen. Ehrfürchtig sitzt sie auf einem der Besucherstühle in der Ecke und verfolgt das Gespräch dieses Seniorenquartetts, zu dem in ihren Augen auch ich zählen muss.

»Und keine Vermisstenmeldung weit und breit«, grummelt Fabian Altmann beiläufig.

»Nein. Nichts, was uns die Arbeit erleichtern würde.«

»Solange wir nicht wissen, wer der Tote ist, wird es aber schwierig werden, herauszufinden, wer ihn getötet hat.« Martin Schneider ist bekannt dafür, auszusprechen, was ohnehin alle wissen.

»Wir haben doch eine Hand. Sind seine Fingerabdrücke nirgends gespeichert?«

»Ganz offensichtlich war unser Toter bisher nicht auffällig. Keine Straftaten.«

»Oder nie erwischt worden.« Kollege Glashuber beteiligt sich doch tatsächlich an den Ermittlungen, auch wenn seine Stimme weiterhin vor Desinteresse trieft.

»Na, ganz so unauffällig war er wohl nicht.« Fabian Altmann betrachtet aufmerksam die Fotos der gefundenen Hand. »Sieht so aus, als wäre er tätowiert.«

Ich blicke zu Saskia. Sie rollt mit den Augen. »Das ist doch heute fast jeder«, sagen sie stumm.

Aber ganz so unrecht hat der Kollege auch wieder nicht. Über den Unterarm bis zum Ansatz der Finger schlängelt sich eine Schlange. Das deutet doch sehr auf ein großflächiges Verschönerungswerk hin.

Aus dem Augenwinkel sehe ich, wie Saskia vorsichtig mit der Hand winkt. »Darf ich das mal sehen?«

Warum nicht?, denkt sich wohl auch Martin Schneider und reicht ihr seine Akte.

Saskia blättert Fotos und Berichte durch. Diesmal hat sie ihre Magennerven unter Kontrolle, als sie die Hand betrachtet. Fotos sind eben doch nicht die Realität, auch wenn sie sie noch so hochauflösend abbilden.

»Das ist doch schon mal was«, sagt sie leise, mehr zu sich selbst als zu uns.

»Das ist was? Saskia?«

Sie reißt sich von den Bildern los. »Tattoos sind Kunstwerke. Keine Schmierereien. Und das hier scheint richtig gut zu sein. Der Tote hat keinen Pfuscher an seine Haut gelassen.«

Und schon hat sie unsere Aufmerksamkeit. Sogar Kollege Glashuber erwacht aus seiner Lethargie. »Nur weiter, Mädel. Sag uns, was du darüber weißt.«

Ernst und mit selbstbewusster Stimme folgt sie seiner Einladung: »Sie müssen sich das so vorstellen wie mit den Bildern der großen Maler. Jeder hat seinen eigenen Stil. Wir erkennen das vielleicht nicht, aber ein Kunstexperte kann Ihnen sofort sagen, wer ein Bild gemalt hat, auch wenn er nur einen kleinen Ausschnitt davon sieht. Sie haben doch sicher schon davon gehört: Farbauswahl, Pinselstrich und was weiß ich noch. Individuell bei jedem Maler anders.

Genauso ist es bei einem Tätowierer. Zumindest bei den guten. Und das hier war ein guter.«

»Und jetzt denken Sie, wir könnten über dieses Fitzelchen eines Tattoos, das wir auf der Hand und dem Unterarm haben, den Tätowierer herausfinden.« Fabian Altmann nickt anerkennend.

»Und über den dann die Identität des Toten«, ergänzt sie seinen Satz. »Tätowierer kennen für gewöhnlich ihre Kunden. Sie wissen, wem sie was unter die Haut gestochen haben.«

»Respekt. Das klingt ja ganz vernünftig. Das heißt dann wohl, dass wir die Tattoostudios in der Umgebung des Fundortes abklappern müssen.« Erwins Blick geht zu mir.

»Das macht ihr zwei.« Ich nicke ihm und Fabian Altmann zu.

»Na, das kann ja dauern. Von denen gibt's ja inzwischen in jedem Dorf eins«, jammert der.

»Ganz so schlimm ist es nicht«, meint Saskia beruhigend, »aber ein paar sind es schon. Da haben Sie ganz recht.«

»Na, dann wissen wir ja, was wir morgen zu tun haben. Heute sind die alle zu. Ich denke, wir können wieder nach Hause. Obwohl das nichts mehr bringt. Die Grillparty ist vorbei, das Bierfass ist leer und die Kumpels sind zu Hause.« Martin Schneider verdreht mit gespielter Verzweiflung die Augen.

»Geht klar. Für heute ist Schluss. Wir geben nur noch die Vermisstenfahndung nach Julia Reindl raus.«

»Ist das nicht ein bisschen früh? Sie kann bei einer Freundin oder, noch wahrscheinlicher, bei einem Freund sein«, zweifelt Fabian Altmann meine Marschroute an.

»Einen Freund hat sie nach meinem letzten Wissensstand nicht. Außerdem wurde vor ihrer Tür eine Hand gefunden und ihre Großmutter ermordet. Schon vergessen? Ich denke, das sind Gründe genug für eine Fahndung. Erledige das bitte.«

»Schon gut. Geht klar. Und du?«

»Ich, nein, wir«, mein Blick geht zu Saskia, »versuchen herauszufinden, was Julia oben auf der Burg in Runding gefunden hat.«

Kein Wunder, dass mich alle vier verwundert ansehen.

Montag, 12.06.2017
Regensburg, Donauufer, 08.30 Uhr

Barry Perkins verspürte keine Lust, den Vormittag in seinem Hotelzimmer zu verbringen. Die Wolken der letzten Tage hatten sich nach Osten verzogen und gewährten der Sonne ein kurzes Gastspiel. Was lag da näher, als sich einen Platz in der Stadt zu suchen und die Informationen, die ihm Kingsley geschickt hatte, mit Blick auf die Donau auszuwerten?

Er setzte sich auf eine der Bänke am Ufer des Flusses und fuhr seinen Laptop hoch. In seinem Rücken begann die Stadt, sich mit Leben zu füllen. Einheimische und Touristen aller Nationen strömten über die Steinerne Brücke und in die Altstadt. Die historische Wurstküche verteilte die ersten Bratwürste des Tages. All das verbreitete ein Flair, das die Städte drüben in seiner Heimat nicht bieten konnten. Er versuchte, die Stimmung in den wenigen Augenblicken, die ihm blieben, aufzusaugen.

Warum nicht einmal privat hierherkommen?, dachte er. Mit Clara und Nancy. Während dieser Gedanken tippte er das Passwort seines geschützten E-Mail-Kontos in die Tastatur. Die mittelalterliche Stadt um ihn war vergessen. Jetzt galt seine ganze Aufmerksamkeit wieder seiner Mission. Alan Kingsley hatte geliefert.

Als Erstes las er Melanie Güßbachers Abhörprotokolle. Die ermittelnde Polizistin im Mordfall Sabine Kulzer schien noch ziemlich im Dunkeln zu tappen. Immerhin verfolgte sie eine Spur in die rechte Szene. Sie hat mit dem Verfassungsschutz telefoniert, dachte er. Von ihrem Handy aus. Nicht über die Amtsleitung. Das bedeutet, das Gespräch war nicht offiziell. Er überlegte kurz, dann las er Melanies und Stefans Gespräch Wort für Wort.

Als Nächstes öffnete er den Ordner mit der Bezeichnung »Sabine Kulzer«. Auch sie hatte telefoniert. Gespräche vor ihrem Tod, die nur deshalb aufgezeichnet worden waren, weil sie zu diesem Zeitpunkt bereits unter Beobachtung gestanden hatte. Edward Dallmann hat das veranlasst, dachte Barry. Nachdem er auch Sabines Gespräche gelesen hatte, lehnte er sich zurück und ließ seinen Blick auf dem breiten Strom vor ihm ruhen. Seit Äonen schickte dieser sein Wasser durch halb Europa hinab zum Schwarzen Meer.

Auch Barrys Gedanken begannen zu fließen. Sie formten ein völlig neues Bild der Lage. Er erkannte, dass er falschgelegen hatte. Nicht Sabine Kulzer, sondern eine Julia Reindl hatte die Schatulle gefunden. Das tote Mädchen war nur eine Freundin gewesen, die ihre Recherchen im Internet durchgeführt hatte und damit ins Visier der NSA geraten war. Und in das manch anderer Organisation.

Melanie Güßbacher konzentrierte sich auf die Keltischen Kameraden.

Wenn wir uns getäuscht haben und für uns Sabine die Zielperson war, warum nicht auch für andere? Sabine Kulzer hatte zwar gewusst, was es mit der Schatulle auf sich hat, aber sie war nie in ihrem Besitz gewesen. Das Telefonat zwischen ihr und dieser Julia bewies das eindeutig. Ihr Tod war ein Missverständnis. Wie so viele andere Tode auch.

Und Melanie Güßbacher? Ihr Gespräch mit Stefan Kellermann warf ein völlig neues Licht auf die Angelegenheit. Joshua hat die Informationen nie und nimmer an die Keltischen Kameraden verkauft, dachte er. Nicht an diese unbedeutende deutsche Gruppierung. Und dennoch wussten sie von der Schatulle.

Hat auch Melanie Güßbacher davon erfahren?

Wie dem auch sei. Der Kreis der Mitwisser hatte sich erweitert. Und damit der potenzieller Feinde seines Landes. Und möglicher Mörder.

Sein Blick ging zurück zu seinem Laptop. Im Ordner »Sabine Kulzer« war noch ein weiteres Telefonat abgespeichert. Er öffnete es und las.

Fünf Minuten später schloss er alle Programme. Das letzte Gespräch war für ihn nicht ausschlaggebend.

Seine Aufmerksamkeit galt jetzt Julia Reindl.

Cham, Hotel Randsberger Hof, 09.15 Uhr

Die E-Mail erreichte Alexander Oehgren, während er im Internet einen Artikel über die Ruine der ehemals größten Burg der Gegend und deren Erforschung und Restaurierung las. Es schien, als hätten sich einige Enthusiasten diese zur Lebensaufgabe gemacht. Ein Umstand, der allemal einen Bericht wert war. Und sein Interesse geweckt hatte. Schließlich hatten die arbeitsamen Hände der Burgfreunde, wie sie sich nannten, schon so manches Relikt zutage gefördert, wie der Artikel verlauten ließ.

Er fragte sich, wie Heißmeyers Schatulle auf diese Burg gelangt war, um dort von einem Mädchen gefunden zu werden. Ein weiteres seltsames Schicksal, dachte er, während er die Seite und sein E-Mail-Konto öffnete.

Alexander Oehgren war kein Experte in Sachen digitale Medien. Aber er nutzte, was man eben so brauchte, wenn man einer der meistgesuchten Menschen auf diesem Globus war. Er wusste, die Nachrichten, die Galadriel schickte, hatten zuvor eben diesen Globus mehrfach umrundet und waren durch zahllose Computer und Verschlüsselungsprogramme gegangen, bevor sie ihn erreichten. Galadriel war eben vorsichtig. Und sie – oder er – wusste, worauf es ankam.

Wie er vermutet hatte. Die Polizei suchte Julia. Und nahm ihm damit die Arbeit ab. Die nächsten Zeilen bargen einige überraschende Neuigkeiten. Jemand hatte ihre Großmutter ermordet.

Der andere, dachte er. Aber warum?

Dann die Hand. Der nächtliche Kampf vor Julias Haus. Der Täter hat also die abgeschlagene Hand nicht mitgenommen. Wie leichtsinnig. Einem Profi wäre das nicht passiert.

238

Und das Bein? Gehört zur Hand. Der Mörder hat die Leiche in diesem See entsorgt. Und wieder nicht sorgfältig genug. Kaum einen Tag später wird ein Teil davon gefunden.

Alexander schüttelte den Kopf ob dieser stümperhaften Fehler.

Im folgenden Absatz nahm sich Galadriel den Ermittler in diesem Fall vor: Moritz Buchmann. 42 Jahre alt. Früher Landeskriminalamt, jetzt Kriminalpolizei Straubing. Früher Alkoholprobleme, jetzt clean. Einige spektakuläre Mordfälle im Bayerischen Wald aufgeklärt, wohnt bei seiner Lebensgefährtin in Kirchbach, auch Mitglied der Burgfreunde, kein Sport, wenig Freunde. Ein guter, aber kein Spitzenpolizist. Einer, der durchaus in der Lage sein sollte, Julia Reindl zu finden. Und einer, der noch nichts von der Schatulle wusste. Beides konnte sich zum Vorteil entwickeln. Er entschied, Moritz Buchmann im Auge zu behalten.

In diesem Augenblick flatterte eine weitere E-Mail herein. Nur ein Satz: »Buchmann ist nach Chamerau unterwegs.«

Wie macht sie das bloß?, dachte er, nicht ahnend, dass die digitale Dienstfahrtendatei der Kriminalpolizeistation Deggendorf ein offenes Buch für Galadriel war.

Regensburg, Kriminalpolizeiinspektion, 09.50 Uhr

Das Display ihres Smartphones zeigte Melanie, dass Stefan Kellermann sein Versprechen hielt. Sie hatte nichts anderes erwartet. Sie verzog sich in eine abgelegene Ecke des weitläufigen Gebäudes. Niemand sollte ihr Gespräch mit ihrem ehemaligen Teamkollegen belauschen.

»Und, Stefan. Wie sieht's aus? Sind die Kameraden so schlimme Finger, wie ich denke?«

»Kann man durchaus sagen.« Unaufgeregt und sachlich wie immer. »Die KK haben ihre goldenen Tage schon hinter sich. 1998 von einem gewissen Paul Hübner gegründet, hatten sie anfangs regen Zulauf. Nach einigen spektakulären Aktionen war ihr Stern aber bald am Sinken, bis die Flüchtlingskrise sie noch einmal nach oben gespült hat. Ihre Anhänger radikalisierten sich schnell. Dennoch schienen sie nur eine weitere rechtsgesinnte Gruppierung zu sein. Demonstrationen, Schmierereien und Internetpropaganda gaben uns keinen Grund zu übermäßiger Sorge. Dann aber wurden einige Asylbewerberheime angezündet. Auch gab es Anschläge auf Lokale und sogar auf eine Moschee, zu denen sich die Kameraden bekannten. Sie waren nicht die Einzigen, die den Ruhm einheimsen wollten. Für uns aber war es der Fingerzeig, sie unter Beobachtung zu stellen. Nicht zu früh, denn bald erkannten wir, dass die KK durchaus mehr sind als eine Ansammlung unzufriedener Nationalisten. Ganz im Gegenteil. Die Kameraden sind äußerst straff organisiert. Sehr diszipliniert und extrem gewaltbereit. Wir haben sie bald in Zusammenhang mit schwerer Körperverletzung und Sachbeschädigung gebracht. Die Beweise reichten für ein Verbot der Keltischen Kameraden als Organisation.«

»Dann dürfte es sie doch gar nicht mehr geben.«

»Offiziell gibt es sie auch nicht mehr. Keine Kasse, keine Konten, keine Adresse. Aber wir wissen, dass sie weiterhin Mitglieder rekrutieren, die dann auf Demonstrationen und Kundgebungen auftauchen. Mehr machen sie aber nicht mehr. Keine Gewaltaktionen, meine ich. Die führenden Köpfe sind untergetaucht.«

»Und wer ist das?«

Stefan zögerte, dann räusperte er sich verlegen: »Wissen wir nicht. Wir haben ihre Struktur bis zu einer gewissen Ebene durchleuchtet. Offenbar kennen nur zwei oder drei der Kameraden ihren Anführer. Dieser verbreitet seine Botschaften und Anweisungen durch seine Gefolgsleute der zweiten Führungsebene. Die wiederum nur wenigen bekannt sind.«

»Hört sich ja richtig geheimnisvoll an. Wie bei einem der alten Geheimbünde.«

»Auf jeden Fall zeugt die Vorgehensweise von hoher Intelligenz. Der Anführer der Kameraden ist kein Dummkopf.«

»Umso schlimmer, dass er diese Gesinnung vertritt.«

»Die Motivation ist nicht immer politischer Natur. Oft geht es um die Ausübung von Macht. Und sei es nur innerhalb der Organisation. Wenn dieser Machtanspruch dann darüber hinausgeht, wird das Ganze zu unserem Problem.«

»Das heißt, du kannst mir zu meinem Fall nicht viel liefern«, meinte Melanie enttäuscht. »War ohnehin nur eine vage Hoffnung.«

»Nun, ganz so ist es nicht.«

»Ja?«

»Es gab einen Fall, nun ja, einen Mord an einem Gebrauchtwagenhändler.«

»Ein ausländischer Händler?«, fragte Melanie.

»Nein. Eben nicht. Ein Deutscher. Hatte sein Geschäft in Magdeburg. Aber: Nach unseren Informationen war er ein Keltischer Kamerad. Und nicht nur das. Er gehörte der zweiten Führungsebene an. Mit Ansprüchen nach ganz oben.«

Melanie verstand. »Ein interner Machtkampf. Den der Autohändler verloren hat.«

»Den und seinen Kopf. Im wahrsten Sinne des Wortes.«

»Und was hat das mit Michael Obermeier und meinem toten Mädchen zu tun?«

»Nun, das musst du selbst herausfinden. Aber bei den Keltischen Kameraden gibt es einen Robert Meinrad. Ehemaliger Fremdenlegionär. Er ist so etwas wie der bewaffnete Arm der Organisation, wenn es um härtere Einsätze geht, als die Wand eines Wohnheimes zu beschmieren. Außerdem ist er loyal dem Anführer gegenüber.«

»Du denkst, er hat den Konkurrenten beseitigt?«

»Wir sind uns da ziemlich sicher.«

»Aber nicht sicher genug, um ihn anzuklagen?«

»Nein, uns fehlen stichhaltige Beweise. Und deshalb überwachen wir ihn.«

»Und?« Melanie hielt den Atem an.

»Seit letzten Donnerstag ist Robert Meinrad in Regensburg.«

Runding, Dorfplatz, 10.30 Uhr

Nur drei Stammgäste teilen sich die Gaststube der Schlossbrauerei mit uns. Ihre verschämten Blicke und die zusammengesteckten Köpfe verraten, dass sie mich erkannt haben. Sicher fragen sie sich, was mich in ihr beschauliches Dorf führt. Noch dazu ein junges und ausgesprochen hübsches Mädchen an meiner Seite. Eigentlich die perfekte Tarnung. Saskia verleiht meiner Anwesenheit hier den Anschein eines privaten Treffens. Eine Wanderung mit einer Nichte oder ein Besuch der Burgruine. Genau dort will ich ja auch hin. Aber erst, nachdem ich die Portion Kaffee, die meinen Verstand aus dem Ruhemodus erwecken soll, getrunken habe.

»Dieser Otto«, meint Saskia, »der uns gestern die Tür aufgemacht hat. Der ist schon etwas seltsam.«

»Findest du?«

Sie rollt mit den Augen und sieht mich herausfordernd an.

»Na gut, ein wenig schon. Wie ältere Menschen eben so sind. Er redet halt nicht gerne.«

»Er wirkt noch ganz fit. Aber das meine ich nicht. Als wir Julias Geschichten entdeckt haben. Ich kann mich ja täuschen, aber mir schien, dass ihm das gar nicht passte.«

»Tatsächlich? Warum? Otto ist ein guter Freund von ihr. Ich glaube, er mag sie wirklich. Und sie ihn auch. Wie man eine Enkelin oder einen Opa mag. Aber warum sollte er dagegen sein, wenn wir ihre Geschichten lesen? Hm. Kann ich mir nicht vorstellen.«

»War ja nur so eine Feststellung. Er hat halt so ausgesehen.« Ganz schön selbstbewusst, die Kleine. Und das nach nur zwei Tagen an der Front. Respekt, kann ich da nur sagen.

Nachdenklich nippt sie an ihrer heißen Schokolade.

Ein paar Minuten später verlassen wir die Schlossbrauerei, verfolgt von den Blicken und den unbeantworteten Fragen der drei Männer. »Sepp, bring noch eine Halbe«, höre ich noch, dann sitzen wir wieder in meinem Auto.

Es lohnt sich kaum, den Motor zu starten. Der Weg hinauf zur Burg ist kurz, aber steil und eng. Vorbei an einer riesigen Wandbemalung, hinter der sich ein Tattoostudio verbirgt, fahre ich langsam zur Vorburg. Ich parke dort, wo ich immer parke. Fünf Minuten später stehen wir etwas ratlos im ehemaligen Burghof.

»Wow. Ist ja eine tolle Aussicht von hier oben. Wäre ein dufte Platz für ein Konzert.« Saskia sieht sich begeistert um. »Kann ich mal da rauf?« Sie deutet zum Aussichtspunkt, dorthin, wo einst die Kapelle der Burg stand.

»Klar doch.«

»Nein!«

Wir haben beide Friedrichs Kommen nicht bemerkt. »Servus, Moritz. Guten Tag, Frau …?«

»Saskia Schmidbauer, Polizeianwärterin. Friedrich Greisinger, Chef der Burgfreunde«, mache ich die beiden miteinander bekannt. »Warum kann sie nicht hinauf? Ist etwas passiert?«

»Etwas ist etwas harmlos ausgedrückt. Das letzte Unwetter hat Wochen der Arbeit vernichtet.«

Ich lasse meinen Blick über den Burghof schweifen. Rot-weiße Trassierbänder versperren den Zugang zum östlichen Teil der Anlage. Schilder warnen vor dem Betreten des gesicherten Bereichs.

»So schlimm?«

»Der Burggraben ist teilweise abgerutscht. Die Mauer dort hinten«, er deutet flüchtig dorthin, wo der Backofen steht, »ist abgesackt. Die Treppe auf den Kappellenfelsen hinauf hat sich gelockert. Tut mir leid«, erklärt er schulterzuckend zu Saskia gewandt. Na toll, denke ich. Dann war meine Arbeit vor kaum zehn Tagen umsonst.

»Am schlimmsten hat es die Zisterne erwischt. Ist doch glatt eingestürzt. Die Mauern waren zwar ziemlich marode, aber dass sie gleich in sich zusammenfällt, hätte ich nicht gedacht.«

»Kann ich das mal sehen?«

Anstelle einer Antwort hebt er das Absperrband und geht voraus. »Nicht zu nahe«, hält er Saskia zurück, die sich über den Rand beugt.

»Da liegen ja jede Menge Steine drauf.«

»Wie tief ist das denn?«

»Sieben Meter«, erklärt Friedrich. »Ich vermute, das Gitter, das wir darübergelegt haben, damit niemand hinunterfällt, hat sich verkeilt. Und darauf liegen jetzt die Steine. Gut möglich, dass sich darunter ein Hohlraum befindet.«

»Wird eine Weile dauern, das wieder freizulegen.«

»Tja«, meint er frustriert. »Und alles von Hand. Der Denkmalschutz lässt uns da nie mit Maschinen rangehen. Otto wollte natürlich gleich damit anfangen. Er meinte, er braucht uns gar nicht. Er schafft das allein.«

Friedrichs Worte sind als Einladung zu verstehen. Ich sehe mich schon auf einer Leiter stehend schwere Steine weiterreichen.

»Und dort hinten?«

»Ist es zu gefährlich.«

»Es ist dienstlich.«

Friedrich sieht mich verwundert an, verkneift sich aber eine Frage. Wieder geht er voraus. Den Burggraben hat's wirklich schwer erwischt. Bei dem Gedanken, dass ich vor wenigen Tagen dort unten stand und mit bloßen Händen Steine und Geröll bearbeitet habe, wird mir doch ein wenig mulmig. Als ich die vom Wasser ausgespülten Böschungen und die abgerutschten Erdmassen sehe, begreife ich, dass mein Besuch hier oben sinnlos ist. Die ohnehin geringe Hoffnung, herauszufinden, wo Julia dieses Kästchen gefunden haben könnte, wurde vom Regen fortgespült. Hier werde ich keine Antworten finden.

»Gehen wir zurück. Danke, Friedrich.«

Saskias enttäuschter Gesichtsausdruck verwandelt sich in Sekundenschnelle in neugieriges Interesse. Sie hat den Brunnen der Burg entdeckt.

»Oh Mann. Der ist aber tief. Wenn ich daran denke, wie hoch oben wir hier sind. Bis da das Grundwasser kommt.« Friedrich hört ihre Fragen zwischen den Zeilen.

»Dieser Brunnen ist etwas ganz Besonderes«, beginnt er seine Erklärung. »Tatsächlich ist es so, dass wir nicht wissen, wie tief er eigentlich ist.«

»Wie ist das denn möglich?« Sie weicht ein Stück vom Rand des unergründlichen Loches im Mantel von Mutter Erde zurück.

»Der Brunnen wurde erst angelegt, nachdem die Zisterne eines Tages undicht wurde. Damals mussten die Leute das Wasser vom Dorf herauftragen. Aber da eine Burg ohne Wasser nicht überlebensfähig war, begann man, hier zu graben. Bereits nach wenigen Metern stieß man auf einen Spalt im Felsen. Nur wenige Meter breit im Durchmesser, aber anscheinend ohne Boden. Nach etwa sieben Metern wird das Loch immer kleiner. Sie müssen sich das wie einen Trichter vorstellen, dessen Ablauf nur noch 80 Zentimeter im Durchmesser misst.«

»Und darunter?«

»Wird er wieder breiter.«

»Und er verzweigt sich in Dutzende Kanäle, die in die Tiefe führen«, füge ich hinzu. Ich kenne die Geschichte des sagenumwobenen Brunnens. Wenngleich nicht so gut wie Friedrich. Saskias Neugier ist ansteckend. Der Organisator der Burgfreunde ist sichtlich erfreut über ihr Interesse.

»Die Menschen in früheren Jahren haben so manches Schauermärchen über diesen Brunnen erzählt. Sie wussten ja nicht, was nach der Engstelle kommt. Nur so viel, dass Eimer, die man hinabließ, nach fünf Metern auf Wasser stießen. Das reichte für sie. Alles andere fügten Fantasie und Angst hinzu. Fest steht jedenfalls, dass bisher nichts, was da reingefallen ist, je wieder zum Vorschein kam. Der Brunnen ist deshalb seit Jahrhunderten abgedeckt. Früher durch einen Holzdeckel, heute durch dieses Gitter. Damit man zwar hinunterschauen, aber nicht hinabfallen kann.«

»Das gibt's doch nicht.« Saskia lächelt ungläubig. »In unserer modernen Welt soll es nicht möglich sein, dieses Loch zu erforschen?«

»Wurde schon versucht. Studenten der geodätischen Fakultät der Uni Regensburg haben Magnetfeldmessungen und so Zeug durchgeführt. Das ist jetzt drei Jahre her. Der Fels ist hier nahezu undurchlässig. Wenn man den Brunnen aufbohren wollte, müsste man den halben Berg sprengen. Die Studenten und ihr Professor haben damals einen kleinen Tauchroboter hinabgeschickt. So einen mit einer Kamera. Der ist von einem unterirdischen Kanal in den nächsten getaucht, bis sich die Sicherungsleine verfangen hat. Sie haben ihn gerade noch rausbekommen. Der Professor hatte schon Angst, sein teures Spielzeug zu verlieren. Hätte ihm sicher Probleme bereitet, das der Univerwaltung zu erklären.« Friedrich lächelte schadenfroh angesichts dieser Erinnerung. »Aber die Kamera hat tolle Bilder geliefert. Im Scheinwerferlicht sah man ein ganzes unterirdisches Höhlenlabyrinth. Keine riesigen Gänge und Stollen. Gerade breit genug, damit der Roboter hindurchkam. Der Hauptstollen führt schräg in die Tiefe und verzweigt sich immer wieder. Auch der Roboter hat den Grund des Brunnens nicht erreicht. Somit wissen wir auch nicht genau, woher das Wasser kommt. Manche vermuten, es gibt eine Verbindung zum Haidstein drüben und dass das Wasser von dort hier heraufgedrückt wird. Wie dem auch sei. Alles, was in diesen Brunnen fällt, verschwindet in dem Labyrinth darunter.«

»Krass.«

Saskia sieht erst Friedrich, dann mich an. »Voll krass.«

*

Vorbei am Dohlenturm verlassen wir den Burghof. Kaum am Auto angekommen, hält mich ein Anruf zurück. »Servus, Moritz. Wo bist du gerade?« Fabian Altmanns zufriedene Stimme entzündet einen kleinen Funken Hoffnung.

»Runding, Burgruine.«

»Na, da schau her«, meldet sich Erwins unverkennbar gelangweilte Stimme aus dem Hintergrund. »Dann kann er ja gleich vorbeikommen. Da braucht er nicht einmal das Auto.«

»Wohin kommen? Wo seid ihr?«

»Runding, ›Needles and Pins‹.«

Der Tattooladen. Sie müssen gleich nach uns dort angekommen sein. »Und?«

»Bis gleich.« Nicht die Antwort, die ich erwartet habe.

Wenigstens mache ich nicht das, was Erwin erwartet. Wir nehmen das Auto.

✻

Zwei Minuten später stehen wir zwischen knallroten Ledersesseln, dunklen Holzregalen, einem Tresen und Stühlen, die mich gleichzeitig an meinen Friseur und meinen Zahnarzt erinnern.

In einem malträtiert eine junge Frau den Oberarm einer Gleichaltrigen, im anderen ein junger Mann die Wade eines noch jüngeren. Wenngleich das für mich nie infrage käme, muss ich doch zugeben, dass die beiden ihr Handwerk verstehen. Was sie da auf oder besser gesagt unter die Haut ihrer Kunden stechen, verlangt nach talentierten Händen.

Mir entgeht nicht, dass sich Saskia interessiert umsieht. Ein zweiter Mann mit Vollbart und natürlich tätowierten Oberarmen unterhält sich mit meinen beiden Kollegen. »Also, was gibt's?«

»Das ist Kollege Buchmann«, stellt mich Fabian vor.

»Servus«, meint der Bärtige. »Der Chef von dem Verein, oder? Ich bin der Toni.« Er reicht mir die Hand. Gar nicht mal so unsympathisch, der Kerl.

»Anton Hilmer«, erklärt Erwin.

»Genau«, meint dieser. »Also das, was mir ihre Kollegen da gezeigt haben, das haben wir hier nicht gemacht.«

»Aber?«

»Aber ich denke, ich weiß, wer es war.« Toni sieht mich herausfordernd an. Er genießt sichtlich den Augenblick. Die Bullen sind auf ihn angewiesen. Was für ein Gefühl.

Ich gönne ihm einige Sekunden. »Nun mach schon, Toni. Spuck's aus.«

»Das ist eine Kornnatter. Die rot-weiße Maserung macht sie zu einer der beliebtesten Schlangen für Tattoos. Die Art, wie sie sich um den Arm schlängelt, ist ganz typisch. Sehen Sie? Das Ende der Schlange wickelt sich um den Mittelfinger. Das ist Pavels Spezialität.«

»Pavel wer?«

»Pavel Roubicek«, antwortet Fabian an seiner Stelle. »Betreibt ein Tattoostudio in Domažlice.«

»Na, dann fahrt ihr beiden da am besten gleich hin.«

Was für ein Glück, denke ich. Auf die Idee, im benachbarten Tschechien zu suchen, wären wir vermutlich so schnell nicht gekommen. »Und Ihnen vielen Dank, Toni.«

»Gerne. Um was geht's denn? Ihre beiden Kollegen da wollten nicht mit der Sache rausrücken.«

»Ich auch nicht. Laufende Ermittlungen.«

»Ja, ja.« Er verdreht die Augen. »Und du? Kein Tattoo gefällig? So ein kleiner Drache auf dem Oberschenkel?«

Saskia sieht ihn überrascht an.

»Oder was auf diese entzückende Schulter?«

Jetzt wird sie doch tatsächlich noch rot im Gesicht.

»Nein, heute nicht. Die junge Dame ist im Dienst«, unterbreche ich das Geschäftsgespräch und ziehe sie mit mir aus dem Laden.

»Na, vielleicht ein andermal. Der Dienst hat ja auch mal ein Ende, oder?«

»Vielleicht«, meint sie lächelnd.

Irgendwo, 11.10 Uhr

Julia erwachte. Wie lange war sie ohnmächtig gewesen? Sie blickte auf ihre Uhr. Wenigstens die hatte sie noch. Draußen musste die Sonne im Zenit stehen. Hier unten war sie umgeben von absoluter Dunkelheit und Stille. War das möglich? War die Gesteinsschicht über ihr so dick, dass niemand ihre Schreie hörte? Die Schmerzen in ihrer Schulter quälten sie mit unverminderter Wucht. Ihr rechter Arm baumelte nutzlos an ihrem Körper.

Sie stand auf und stellte sich auf ihre Zehenspitzen. Nichts zu machen. Sie erreichte die Decke ihres dunklen Gefängnisses nicht. Sollte sie wieder schreien? Bisher hatte ihr das außer einer heiseren Stimme nichts eingebracht. War denn heute niemand auf der Burg? Otto kam doch jeden Tag hierher.

Entmutigt ließ sie sich wieder auf den Boden sinken. Ihr Mund war trocken, ihre Lippen rissig. Sie hatte Durst. Die Wasserflasche steckte in ihrem Rucksack. Na prima.

Ein Kratzen unterbrach ihre düsteren Gedanken. Es kam von dort drüben, da, wo sie vorhin das Loch in der Wand gespürt hatte. Es war kaum zehn Zentimeter im Durchmesser und befand sich ganz unten, dort, wo die Wand den Boden berührte. Sie hatte es nicht gewagt, ihre Hand hineinzustecken. Da ihr das Loch unheimlich erschien, hatte sie das Stück eines Brettes, das mit ihr und den Steinen in die Zisterne gefallen war, davor gelegt. Bestimmt ein Teil des Deckels, der sich gelöst hat, dachte sie. Das Brett hatte sie mit den Steinen verkeilt.

Da! Da war es wieder.

Vorsichtig kroch sie zu der Stelle. Sie nahm einen kleinen Stein und schlug gegen das Holz. Ihr Klopfen wurde von einem durchdringenden, hohen Pfeifen beantwortet.

Entsetzt prallte sie zurück. Sie hatte dieses Pfeifen schon einmal gehört. Es war ein Film gewesen. Sie wusste den Titel nicht mehr, aber an eines konnte sie sich genau erinnern: Es war dieses wütende, enttäuschte und gierige Pfeifen. Auch in dem Film war ein Mädchen eingesperrt gewesen. Und auch sie hatte es gehört. Es waren Ratten gewesen. Dutzende, Hunderte hungriger Ratten.

In diesem Film hatten sie sich in das Gefängnis des Mädchens gefressen.

In diesem Film wurde das Mädchen im letzten Augenblick gerettet.

Wer sollte sie retten? Julia presste die Steine fester gegen das Brett. Dann begann sie, wieder um Hilfe zu rufen.

Runding, 11.15 Uhr

»Sie wollen sich doch nicht wirklich tätowieren lassen? Oder haben Sie schon eins?«

Saskia legt ihren Kopf schräg und sieht mich an. »Vielleicht. Haben Sie etwas gegen Tattoos?«

»Hm. Nicht, wenn sie nicht die Oberhand über jemanden gewinnen.«

»Was?«

»Na, so ein schönes, kleines. An der richtigen Stelle. Das lasse ich mir schon gefallen. Aber diese großflächigen Ganzkörpergeschichten. Nicht mein Ding.«

»An der richtigen Stelle? Was ist denn Ihrer Meinung nach die richtige Stelle?«

Erschrocken, dann verlegen setze ich zu einer Schimpftirade auf den Traktor vor uns an. Nicht, dass ich es eilig hätte, aber ich brauche jetzt dringend eine Denkpause. Was muss ich mich auch auf eine generationenübergreifende Diskussion mit diesem jungen Ding da einlassen? Das kann ja nicht gut gehen.

Mein Handy rettet mich aus der Peinlichkeit der Situation. Gut gemacht, denke ich.

Es ist Martin Schneider. »Servus, Moritz. Ich bin hier am Höllensteinsee. Wollte dir nur sagen, dass die Taucher noch immer nichts gefunden haben. Sie sagen, sie müssen bald für heute abbrechen, wollen aber morgen weitermachen.«

Keine Neuigkeit und doch zum richtigen Zeitpunkt, denke ich. »Ist gut. Halte mich auf dem Laufenden, falls sich etwas ergibt. Klär doch noch mal, ob inzwischen jemand als vermisst gemeldet ist. Und ruf bei der Spusi an, ob sie noch was im Haus von Julias Eltern gefunden haben. Hast du schon alle Nachbarn dort durch?«

»Ich habe alle befragt. Überall das Gleiche. Niemand hat gesehen, ob jemand an diesem Vormittag ins Haus gegangen ist.«

»Dachte ich mir schon. Halt mich auf dem Laufenden, ja? Bis dann.«

Ein kurzer Blick zu Saskia. »Weiterhin keine Spur von einer Leiche.«

»Und was machen wir jetzt?« Gott sei Dank hat sie die Sache mit dem Tattoo schon wieder vergessen.

»Eigentlich wollte ich kurz zu Hause vorbeischauen. Aber es wird langsam Zeit, Sie zur Dienststelle zurückzubringen. Ihr Arbeitstag ist bald vorbei.«

»Och, das macht gar nichts. Ich habe heute nichts vor. Und interessanter als mit Ihnen, ist es sowieso nirgends.«

Sie sagt das todernst und so ist wohl auch gemeint. Also gut. Fahren wir eben kurz in Kirchbach vorbei. Claudia müsste zu Hause sein. Sie hat sich die nächsten Tage freigenommen. In erster Linie, um ihre Überstunden abzubauen. Ich rede mir ein, um bei mir zu sein.

Vielleicht zählt zu ihrer Fürsorge auch ein Happen Essen. Für mich und Saskia.

Regensburg, Ibis Hotel, 11.20 Uhr

Diesmal war Barry Perkins nicht auf Alan Kingsley und die NSA angewiesen. Sein Name, der Zugangscode und sein Passwort öffneten ihm die Türen zur Deutschlandzentrale der CIA. Im Zweifelsfall galt sein Vertrauen eben doch der eigenen Firma.

Seit wenigen Minuten wusste er, dass der Fall immer größere Kreise zog. Julia Reindl wurde vermisst und von der deutschen Polizei gesucht. Sie werden sie nicht finden, dachte er. Und wenn, dann nur noch ihre Leiche. Der Mann, der Sabine Kulzer getötet hatte, würde kaum zögern, auch das zweite Mädchen, das von der Schatulle wusste, zu beseitigen. In dem Augenblick, da alle Spuren verwischt waren, würde der Mörder mit seiner Beute verschwinden. Wenn er erst einmal das Land verlassen hatte, konnte er überall auf der Welt untertauchen.

Wenn sie das nächste Mal von Heißmeyers Erbe hörten, würde es im Zusammenhang mit einer Katastrophe sein. Eine großangelegte Erpressungsaktion war dabei noch das geringste vorstellbare Übel.

Er musste den Unbekannten vorher ausschalten und die Schatulle in seine Gewalt bringen. Er wusste auch schon, wie. Es gab noch jemanden, der vom Fund Julia Reindls wusste. Und von der Bedeutung der Schatulle. Besser als die beiden anderen Mädchen. Barry öffnete noch mal seinen Laptop und die Datei des Telefongesprächs zwischen Sabine Kulzer und Betti Greiner.

Kirchbach, Haus Schedlbauer, 11.30 Uhr

Frauen sind manchmal unergründlich. Diese beiden auf jeden Fall. Obwohl fast 20 Jahre an Lebenserfahrung zwischen meiner heutigen Begleiterin und meiner Lebensgefährtin liegen, verstehen sich die beiden prächtig.

Hat Claudia enttäuscht reagiert, als ich ihr offenbart habe, dass ich in dieser Nacht vermutlich nicht nach Hause kommen werde? Kein bisschen. Vielleicht wird das Leben an der Seite eines Kriminalbeamten langsam zur Routine, versuche ich eine Erklärung. Oder sie ist mehr darauf konzentriert, etwas über Saskia Schmidbauer zu erfahren.

Auf jeden Fall sitzen die beiden an unserem Esstisch und unterhalten sich bei Gulasch mit Nudeln, als seien sie seit Jahren befreundet. Ich löffle die letzten Fleischstücke aus meinem Teller und ziehe mich ins Schlafzimmer zurück. Dort packe ich ein paar Kleidungsstücke für die Nacht in meine kleine Reisetasche. Ein langer Pullover als Ersatz für mein Hemd, eine Regenjacke, ein zweites Paar Schuhe. Das Wetter dieses Jahres fordert eine umfassende Vorbereitung.

Als ich zurückkomme, wird mir sofort klar, dass ich überflüssig bin. Die beiden sind noch immer ins Gespräch vertieft. Immerhin zwingt die Neugier Claudia, Notiz von mir zu nehmen: »Habt ihr schon etwas von Julia gehört?«

»Nein, noch immer verschwunden«, gestehe ich den Misserfolg der bisherigen Suche.

»Vielleicht ist sie ja zu Sabine gefahren? Oder zu einer anderen Freundin oder einem Freund? Hat sie zurzeit überhaupt einen?«

Claudia denkt an das Selbstverständliche, während sich meine Gedanken mit dem Unerwünschten beschäftigen. Liegt es am Beruf, dass ich ungewöhnliche Ereignisse automatisch mit Verbrechen assoziiere? Nein, da gibt es ja noch den abgeschlagenen Arm, der vor Julias Tür lag. Claudia weiß nichts davon. Warum sollte sie also vom Schlimmsten ausgehen?

»Nun sag schon!« Sie ist aufgestanden und legt ihre Arme um meinen Hals. »Du kannst das nicht vor mir verbergen. Dazu kenne ich dich jetzt schon zu gut. Ich sehe doch, dass du dir Sorgen machst.«

Saskia ist hier und Claudia, die mit meinen Ermittlungen nichts zu tun hat. Und dennoch lasse ich mich wieder einmal dazu hinreißen, meine Gedanken mit anderen zu teilen.

Als ich damit fertig bin, von Julia zu erzählen, die ein Kästchen gefunden hat, das sie offensichtlich niemandem zeigen will, vor deren Tür der Arm eines Mannes lag und deren Großmutter gestern ermordet wurde, setzt sich Claudia stumm auf einen Stuhl.

»Du musst Julia finden! Unbedingt!« Auch sie spürt, dass die junge Frau in Gefahr ist.

»Ich weiß. Ich glaube, sie hat sich versteckt. Nur wo?«

Ich drehe mich um und fange an, den Geschirrspüler einzuräumen. Hinter mir geht die Unterhaltung deutlich gedämpft weiter.

»Kennen Sie Julia?«

»Sie ist keine enge Freundin, aber eine gute Bekannte schon, würde ich sagen. Wir sind zusammen bei den Burgfreunden.«

»Haben Sie schon ihre Geschichten gelesen?«

»Hab ich. Und nicht nur Kurzgeschichten. Sie hat auch zwei Romane geschrieben. Das macht sie richtig gut. Sie sagte einmal zu mir, sie verarbeitet darin alles, was ihr im eigenen Leben passiert. Sie wandelt es bloß in eine andere Zeit und andere Personen um. Ritter und edle Gestalten und so. Natürlich kommen auch die Bösewichte nicht zu kurz.«

»Was hast du eben gesagt?« Ich drehe mich ruckartig um und starre Claudia an. Teller und Besteck sind vergessen.

»Was?«

»Was du gesagt hast? Wiederhol das noch mal.«

»Was? Dass Julia in ihren Geschichten ihre eigenen Erlebnisse beschreibt?«

»Genau das. Ich muss sofort los.«

Robert Meinrad hatte Regensburg mit unbekanntem Ziel verlassen. Na prima. So viel zur lückenlosen Überwachung durch den Verfassungsschutz, dachte Melanie.

»Gibt's etwas Neues von der Spusi?«

Peter zuckte mit den Schultern: »Der Schuhabdruck der Größe 42 stammt von einem Sportschuh, den Puma für Männer herstellt. Außerdem hat die Rechtsmedizin unter zwei Fingernägeln Hautfetzen gefunden. Sabine hat ihren Mörder wohl noch gekratzt. Ein ultimativer Beweis, um ihn zu überführen. Aber dazu müssen wir erst einmal einen Verdächtigen finden.«

»Und davon sind wir meilenweit entfernt«, stellte Melanie nüchtern fest.

»Ich habe mich an der Uni und bei Sabines Bekannten umgehört«, meldete sich Daniela zu Wort. »Sie war wohl etwas seltsam in ihren Ansichten. Sie hatte keine wirklichen Freunde. Von den üblichen Studentenpartys hielt sie nicht viel. Aber bei denen, die sie kannten, war sie recht beliebt. Auch der Hausmeister des Wohnheimes hat sie als unproblematische Mieterin beschrieben.«

»Unproblematisch?« Peter rollte mit den Augen.

»Das war das Wort, das er gebrauchte, ja. Alles in allem war Sabine eine ganz normale Studentin, die kurz vor ihrem Abschluss stand. Auffällig ist vielleicht nur, dass sie einen ganz beachtlichen Verschleiß an Männern hatte.«

»Auch nichts Ungewöhnliches in ihrem Alter«, wiegelte Peter ab.

»Könnte einer ihrer Bekanntschaften auch ihr Mörder sein?«

»Möglich wäre es. Aber ohne ein Motiv kommen wir keinen Schritt weiter.«

Beide beantworteten Mels Feststellung mit einem Nicken.

»Also doch eine Beziehungstat? Michael Obermeier, ihr derzeitiger Freund, hat sich von zu Hause für einige Tage verabschiedet. So, wie seine Großmutter das sagte, hatte ich den Eindruck, dass das nicht so häufig vorkommt.«

»Ein anderer Mann. Michael erfährt davon. Ein Mord aus Eifersucht.« Peter sah Daniela von der Seite an.

»Warum nicht?«, antwortete Melanie an ihrer Stelle. »Seine Mitgliedschaft bei den Keltischen Kameraden spricht für eine gewisse Gewaltbereitschaft.«

»Und für seine Haltung Frauen gegenüber. Gut möglich, dass er Sabine als sein Eigentum betrachtet hat«, meinte Daniela. »Seiner Großmutter nach hatte er vor Sabine noch keine Freundin. Dann endlich glaubt er, in ihr eine gefunden zu haben. Er liebt sie wirklich. Sollte sie ihn hintergehen, dann …«

»Seine erste Freundin«, überlegte Melanie. »Das würde schon passen. Wir müssen herausfinden, mit wem Sabine in letzter Zeit zusammen war. Ihr müsst noch mal eine Runde durch ihren Bekanntenkreis ziehen. Lasst auch die Eltern nicht aus.«

»Geht klar. Und Michael?«

Peters Stimme hatte etwas Forderndes.

»Gebt die Fahndung nach ihm raus«, entschied seine Chefin.

Daniela stand schon an der Tür. »Wir brechen gleich auf. Und was ist mit diesem Meinrad?«

»Es scheint, dass er nur zufällig in Regensburg war«, sagte Melanie. Obwohl sie nicht an Zufälle glaubte.

Chamerau, Ortsteil Roßberg, 11.50 Uhr

Zehn Minuten später stehen wir ratlos vor dem verlassenen Haus. Die Regensburger Kollegen haben die Tür inzwischen versiegelt. Ich sehe die beiden Frauen schulterzuckend an. Saskia läuft um das Haus herum. Eine Minute später verrät das Klirren einer brechenden Scheibe, dass sie kurzen Prozess gemacht hat.

»Mann oh Mann. Die geht ja ganz schön ran«, meint Claudia und läuft los. Mir bleibt keine andere Wahl, als ihr zu folgen. Die Tür zur Terrasse steht offen. Auf dem Boden zeugen Glasscherben von Saskias Einbruch. »Mit einer Axt«, erklärt sie. »Lag da draußen rum.«

»Wonach suchen wir?« Claudia sieht sich ahnungslos um.

»Einem Laptop, einem PC. Irgendwas, worauf Julia ihre Geschichten schreibt.«

»Den hat die Spurensicherung mitgenommen. Julia erzählte mir mal, dass sie alles auch auf Papier druckt. Sie ist da ein wenig altmodisch.«

Ich gehe zum Bücherschrank. Neben einigen Abenteuerromanen enthält er eine Reihe Ordner, in denen Julia ihre Geschichten aufbewahrt. Ich greife zu dem mit der Aufschrift »2017« und ziehe ihn heraus. Nach kurzem Blättern habe ich ihr letztes Werk gefunden. Fein säuberlich aufgeschrieben und datiert. »Das hat sie letzte Woche geschrieben«, meint Claudia. Die beiden Frauen stehen hinter mir und blicken über meine Schultern. »Im Schatten der Burg«, liest Saskia atemlos.

*

Das Schweigen in Julias Wohnzimmer dauert 15 Minuten. Saskia unterbricht es, als ich die letzte Seite schließe. »Ich weiß, wo sie ist.« Sie sieht mich herausfordernd an.

»Ja, ich auch.«

Runding, Burgruine, 12.20 Uhr

Die Fahrt nach Runding dauert keine zehn Minuten. Ich nutze sie, um Friedrich anzurufen. Wertvolle Zeit vergeht, als seine Frau an den Apparat geht. Endlich höre ich seine Stimme. Ich erkläre ihm in wenigen Sätzen die Situation. Ohne mich zu unterbrechen, hört er mir zu. »Und du glaubst, Julia liegt dort unten?«, fasst er meinen Kurzbericht zusammen.

»Ich kann es nicht mit Sicherheit behaupten, aber ich vermute es. Wir sind schon unterwegs.«

»Ich veranlasse alles Nötige.«

Damit legt er auf. Deutlich schneller als üblich jage ich meinen BMW zur Vorburg hinauf. Der Wagen steht kaum, als wir herausspringen und die letzten Meter laufen.

Keuchend erreichen wir die Zisterne. Besser gesagt das, was von ihr übrig ist. Eine dicke Schicht Steine und Geröll versperrt etwa zwei Meter unter mir die Sicht. Ein Hoffnungsschimmer. Wären die Steine bis zum Boden gefallen, müssten sie viel tiefer liegen. Vielleicht hat ja das Gitter auf der Zisterne sie davon abgehalten.

Vom Fuß des Berges dringt das Geräusch eines Motors herauf. Es ist Friedrich, der mit seinem Quad die letzten Meter in den Burghof hochdonnert.

»Servus«, sagt er nur. »Mein lieber Mann. Da müssen wir aber vorsichtig vorgehen. Nicht, dass uns das Gitter bis nach unten durchrutscht. Das sieht nach Handarbeit aus.«

*

Die Burgfreunde treffen im Minutentakt ein. Ihnen folgen Feuerwehr und Rotes Kreuz. Wieder einmal wird Friedrich seinem Ruf als Organisationstalent gerecht. Wir treten respektvoll zur Seite. Er ist der Mann der Stunde. Ich weiß, er hat alles im Griff.

Die Männer legen Balken über die Zisterne, dann befestigen sie unterschiedlich lange Seile und Bretter daran. Auf diesen Schaukeln lassen sich zwei nach unten abseilen. Sitzend heben sie die Mauersteine hoch, reichen sie zum nächsten und der wieder zum nächsten. Immer mehr Männer kommen. Die Arbeit geht erstaunlich schnell voran. Und dennoch scheint eine Ewigkeit zu vergehen, bis ich den Ruf von unten höre: »Wir sind durch.«

Irgendwo, 16.15 Uhr

Was Hector wohl gerade macht? Hoffentlich geht es ihm gut.

Julia saß zusammengekauert auf dem Boden. Ihr Kopf lag auf ihren angezogenen Knien, ihre Schulter pochte vor Schmerz.

Das Nagen und Kratzen hatte aufgehört. Die plötzliche Stille zerrte an ihren Nerven.

Haben es die Ratten schon geschafft? Sind sie jetzt hier drinnen? Werden sie über mich herfallen, wenn ich einschlafe?

Sie wagte es kaum, sich zu bewegen, und dennoch musste sie Gewissheit haben. Unendlich langsam kroch sie dorthin, wo sie das Loch in der Wand wusste. Zögernd tastete sie nach dem Brett. Es war noch da und es war noch ganz. Auch die Steine hatten sich nicht bewegt. Sie atmete erleichtert auf.

Was wollen die Ratten nur hier? Habe ich sie vielleicht dort eingesperrt? Ist das Loch nicht der Eingang zu einem Tunnel, durch den sie entkommen können, sondern nur eine kleine Höhle? Wenn dem so war, dann würden sie nicht aufgeben. Sie würden das Brett durchnagen, um in Freiheit zu gelangen. Julia hatte schon vom Überlebenswillen dieser Tiere gehört.

Warum aber hatten sie jetzt aufgehört?

Von oben drang ein anderes Geräusch in ihr Gefängnis. Auch die Ratten hatten es gehört. Sie hielt den Atem an. War da draußen etwas? Jemand?

Ein Knarzen über ihr ließ sie zusammenzucken. Es schien, als würde das Eisengitter die Last der Steine nicht mehr tragen können. Sollte es nachgeben, dann …

Vielleicht aber war da doch jemand?

Julia wollte wieder um Hilfe rufen. Sie wollte der Welt da draußen zeigen, dass sie hier war, dass sie am Leben war. Doch aus ihrem Mund kam nur ein heiseres Krächzen.

Runding, Burgruine, 12.30 Uhr

»Julia!«

Es ist Friedrich, der ihren Namen als Erster ruft. Vergeblich.

»Wir müssen da runter!«

»Haben wir gleich.« Von hinten rückt ein Trupp Feuerwehrmänner heran. Einige tragen ein Gestell, das sich als Dreibein mit Flaschenzug entpuppt. Dann geht alles ganz schnell. Routiniert stellen sie die Konstruktion über die Zisterne. Einer von ihnen schlüpft in ein Gurtzeug, wie ich es aus Bergsteigerfilmen kenne. Und schon schwebt er über dem Loch in der Erde. Langsam lassen ihn seine Kameraden in die Tiefe, bis er den Deckel erreicht, der die Einstiegsluke im Schutzgitter sichert.

»Hat sich verklemmt«, ruft er nach oben. Ohne langes Federlesen zieht er eine Axt aus dem Gürtel und drischt auf den Verschluss ein. Nach dem dritten Schlag gibt dieser nach.

Die Luke ist eng und liegt zudem schief. Er tauscht die Axt gegen eine starke Lampe.

»Julia! Bist du dort unten?«

Wieder keine Antwort. Ohne zu zögern, quetscht er sich durch die schmale Öffnung und verschwindet im Dunkel darunter. Nur der Schein der Lampe verrät noch, dass am Grund der Zisterne ein Mann nach einem Mädchen sucht. Bange Sekunden vergehen. Dann das Signal: »Raufziehen« bedeutet es und das tun die Männer auch. Sein Kopf erscheint, dann der ganze Mann. An seinem Fuß pendelt etwas hin und her. Endlich steht er wieder im hellen Tageslicht oben bei uns. Er bückt sich und bindet das Bündel, das er an seinem Fuß befestigt hat, los.

»Da unten ist niemand.«

Das kann doch nicht sein. Habe ich mich so getäuscht? Ich spüre die Blicke der Männer auf mir. Der Feuerwehrmann steht auf und hält mir das Bündel unter die Nase. »Nur das hier.«

Ich nehme ihm den Rucksack aus der Hand.

※

Mindestens zwei Dutzend Augenpaare beobachten, wie ich den Stoffsack leere. Zum Vorschein kommen eine Getränkeflasche, eine Taschenlampe, ein Handy und eine Geldbörse. Es ist die Börse, der meine Aufmerksamkeit gilt. Ich klappe sie auf. Alles, was ich erhoffe, ist da. Ein Personalausweis und ein Führerschein. Beide ausgestellt auf Julia Reindl.

Ich stecke die Papiere in meine Jackentasche und fasse noch einmal in den Rucksack.

Da ist noch etwas. Ganz unten am Boden. Es ist eckig und fühlt sich nach Metall an. Noch bevor ich es herausziehe, weiß ich, um was es sich handelt. Es ist das Kästchen, das Julia mir bei unserem letzten Besuch auf der Burg nicht zeigen wollte.

Mein Blick geht zu Claudia, dann zu Saskia und in die Runde der Männer. So verschieden die Menschen auch sind, die sich in diesem Augenblick auf der Burg eingefunden haben, so eint sie doch eines. Es ist die Ratlosigkeit, die in unseren Gesichtern geschrieben steht.

Wien, Josefstadt, 14.20 Uhr

Auch für Galadriel gab es Grenzen. Es waren die Geheimdienste, die diese zogen. Besonders die amerikanischen NSA und CIA verfügten im Kampf um Informationen über gigantische Armeen. Das Schlachtfeld dieses Krieges war das weltumspannende Netz, die Waffen Viren und Trojaner, Würmer und Rootkits, Exploits und Keylogger; die Krieger Hacker und Programmierer. Sie waren die Gegner, mit denen sie sich messen wollte. Hier an ihrem Computer fühlte sie sich wohl. Nicht da draußen in der Weltstadt an der Donau.

Der Job barg Gefahren, aber er brachte Geld und vor allem Spaß. Was für ein Gefühl, eine Firewall niederzureißen und in ein Programm einzudringen.

Nicht, um unsinnigen Schaden anzurichten. Nein, das war etwas für Amateure. Galadriel hielt sich nicht für eine

Amateurin. Wie auch sonst hätte sie jemals von Alexander Oehgrens Existenz erfahren?

Auch er war ein Profi. Ein anderes Genre, aber ein Profi. Sie hatte genug über ihn herausgefunden, um seine Qualitäten zu kennen. Er vertraute ihr. Sie wusste das zu schätzen. Gerne hätte sie ihn mit ihrem Können verblüfft. Wieder einmal. Wie würde er sie doch über das schon vorhandene Maß hinaus bewundern, könnte sie ihm die Gespräche der Protagonisten dieser Geschichte liefern. Sie zu fragen, ob es möglich sei, festzustellen, wer mit wem und wann telefonierte, hätte sie als grobe Beleidigung aufgefasst. Der Inhalt der Gespräche aber blieb auch ihr verborgen. Sie abzuhören, war den besagten Geheimdiensten vorbehalten. Also musste sie auf genauso altertümliche wie wirksame Methoden zurückgreifen.

Galadriel sah sich nicht als Kämpferin an der Front. Ihre Stärken lagen in Algorithmen und abstrakten Gedankenspielen. Aber wozu hatte man seine Kontakte? Schon lange hatte sie erkannt, dass ein guter Ruf auch darin bestand, unerwartete Schwierigkeiten aus dem Weg räumen zu können. Und sie hatte einen guten Ruf. Und Alexander Oehgren war ein guter Kunde. Einer der besten. Für ihn bot sie ihr gesamtes Arsenal auf.

Zu diesem gehörte auch Kevin Stieglitz. Seine Talente lagen auf anderen Gebieten. Elektrotechnik und eine gewisse Affinität zu den großen Einbrechern der Kriminalgeschichte machten ihn zum perfekten Partner.

Als Alexander Oehgren sie gebeten hatte, den Radius ihrer Überwachung auf Moritz Buchmann auszudehnen, stand für sie fest, dass es nicht schaden konnte, das Wissen dieses Kriminalbeamten ihrem erlesenen Kunden offen zu legen.

Sie war die sich bietenden Optionen durchgegangen. Eine Wanze im Handy erwies sich in der Kürze der Zeit als schwierig, zumal dieser Kerl sein Samsung immer in der Tasche trug. Das Telefon im Büro ebenso. In eine Polizeistation einzubrechen, dürfte auch für Kevin eine längere Vorbereitungsphase in Anspruch nehmen. Die Wohnung? Uninteressant. Dieser Buchmann war mehr unterwegs als zu Hause.

Also das Auto. Es zu knacken, um eine Wanze darin zu installieren, sollte für ihren Spezialisten kein Problem darstellen. Und das hatte er dann auch in der letzten Nacht getan. Und wo er schon mal da war, hatte er sich Melanie Güßbachers Wagen ebenfalls vorgenommen.

Regensburg, Am Vitusbach, 16.45 Uhr

»Noch immer keine Spur im Mordfall Sabine Kulzer. Die Polizei geht inzwischen davon aus, dass die in der Donau gefundene junge Frau keinen Unfall hatte und sich auch nicht selbst das Leben nahm. Über ein Motiv für die Tat oder gar einen Verdächtigen können die Ermittler bislang keine Angaben machen.«

Betti Greiner schaltete das Radio aus. Es lief so, wie sie es vermutet hatte. Die Polizei würde den Täter nicht finden. Betti wusste nicht, in welche Richtung die Kripo ermittelte, aber sie war sich sicher, dass die Spuren, die sie verfolgte, ins Nichts führten.

Seit sie Sabine als vermisst gemeldet hatte, war sie für die Ermittler uninteressant geworden. Niemand war gekommen, um sie zu ihrem Verhältnis zueinander zu befragen, niemand wollte wissen, wie sie zu ihrer Freundin gestanden hatte.

Die junge Beamtin hatte sie nur flüchtig befragt, das war's dann auch. Daniela Platzer hieß sie, wenn sie sich richtig erinnerte. Eine nette und höfliche, aber auch energische Frau, die genau wusste, worauf sie hinauswollte. Und die dennoch genauso scheitern würde, wie die anderen auch.

Außer, ja außer Betti verriet ihnen, was sie wusste.

Wie auch soll die Polizei von der Schatulle erfahren, wenn ich es ihnen nicht sage? Und die Schatulle ist der Schlüssel zu allem. Wegen ihr wurde Sabine in die Donau geworfen. Dessen war sich Betti absolut sicher.

Sie kannte das Geheimnis von Julias Fund und die Gefahr, die damit verbunden war.

Noch jemand wusste davon.

Und dieser jemand wollte Kurt Heißmeyers Forschungsergebnisse. Um jeden Preis. Auch um den eines Menschenlebens. Es war dieses Wissen, das Betti Angst machte und sie bisher davon abgehalten hatte, die Polizei anzurufen.

Sie fand, dass es jetzt an der Zeit war. Betti stand auf und ging zum Telefon. Sie hatte sich entschieden. Sie tippte die Nummer auf dem Kärtchen, das ihr die junge Polizistin gegeben hatte, in die Tasten. »Verbinden Sie mich bitte mit Daniela Platzer.«

Die Szene erinnert an einen Piratenfilm für Kinder. Da ist der Tisch in unserer Küche. In seiner Mitte steht Julias Kästchen. Darum herum sitzen Saskia, Claudia und ich und starren schweigend auf das schwarze Metall, wie die Goonies auf ihre Schatzkiste. Und genau wie die Kinder in diesem Film wissen wir nicht, was wir damit anfangen sollen.

Das Hakenkreuz, ja. Es verrät die Herkunft des Kästchens.

Die Figuren dagegen, Wolf und Schlange, kann ich nicht einordnen. Und auch der Ort auf der Unterseite ist mir nicht bekannt: Hohenlychen.

»Was ist mit Julia?« Claudia klingt besorgt wie selten. Sie trifft damit meine Stimmung.

»Ich war mir sicher, dass sie diese Schatulle in der Zisterne versteckt.«

»Hat sie doch auch.« Saskia zieht sie zu sich heran und dreht sie in alle Richtungen.

»Aber nicht so, wie sie es wollte. Die Zisterne ist eingestürzt. Ich dachte, das wäre passiert, als sie hinabgestiegen ist. Ich dachte, sie hätte den Einsturz verursacht und würde dort unten liegen.«

»So kann es auch passiert sein. Ich meine, dass sie die lockeren Steine losgelöst hat und die Mauer in sich zusammengefallen ist. Aber sie ist noch rechtzeitig entkommen. Nur ihren Rucksack hat sie nicht mehr mitnehmen können.«

»Gut möglich«, stimme ich Claudia zu, »aber wo ist sie jetzt? Wenn sie sich an ihre Geschichte hält, dann versteckt sie sich bei einer Freundin oder einem Freund.«

»Das heißt, wir brauchen jemanden, der ihren Freundeskreis kennt. Ihre Eltern?«

»Sind noch nicht aus Amerika zurück. Ihr Flugzeug landet heute Nacht in München. Ich habe den Kollegen Schneider damit beauftragt, sie dort abzufangen. Auch wenn sie sicher nicht alle Freunde ihrer Tochter kennen, dann doch zumindest ihre besten.«

»Das, was sie gefunden hat. Das Ding da. Glauben Sie, es hat etwas mit dem Mord an ihrer Oma zu tun?«

Saskia macht sich. Sie beginnt, nach Zusammenhängen zu suchen und Querverbindungen zwischen den Ereignissen herzustellen.

»Davon gehe ich aus. Warum sonst sollte jemand die alte Frau töten? Ein Raubüberfall? Genau zu der Zeit, da ihre Enkelin spurlos verschwindet? Das passt nicht. Und vergessen wir nicht unseren unbekannten Toten. Ein Bein, ein Arm.«

»Vor Julias Haus.« Claudia sieht mich nachdenklich an. »Was hast du jetzt vor?«

»Als Erstes werde ich mal unsere neue Kollegin hier nach Hause bringen.«

»Was? Mich?«

»Keine Widerrede. Der Tag war lang. Länger, als es für eine Anwärterin erlaubt ist. Wir fahren nach Deggendorf. Mal sehen, ob ich dort was über dieses Kästchen herausfinden kann.«

Ohne ihre Reaktion abzuwarten, nehme ich es ihr aus den Händen und mache Anstalten, zur Tür zu gehen.

»Und wie soll das jetzt ohne mich weitergehen?«

Claudia sieht Saskia erstaunt an, dann mich. Obwohl mir nicht danach ist, kann ich ein Lachen nicht unterdrücken.

»Kaum einen Tag im Einsatz und schon mittendrin in

den Ermittlungen. Respekt. Sie werden mal eine gute Kripobeamtin, Saskia.«

Sie strahlt mich an. »Aber für heute ist's genug, ja?«

Sie nickt widerwillig und folgt mir zur Tür. »Danke für das Essen und das nette Gespräch. Herr Buchmann hat mit Ihnen einen tollen Fang gemacht«, wendet sie sich noch mal an Claudia.

»Siehst du!«, meint die zu mir. »Genau meine Rede.«

»Weiß ich doch.« Ich schenke ihr noch ein Lächeln, dann brechen Saskia und ich nach Deggendorf auf.

*

Mir ist klar, dass ich keine Zeit verlieren darf. »Saskia? Nehmen Sie doch mein Handy aus der Ablage und wählen Sie eine Nummer für mich, ja?«

»Kein Kennwort?«

Ich schüttle den Kopf. »Das Ding ist schon so Herausforderung genug für mich. Jetzt schießen Sie ein paar Bilder von diesem Kästchen. So, dass man die Namen und Zeichnungen gut erkennen kann.«

Sie befolgt meine Anweisungen, ohne zu fragen, während ich am Patersdorfer Kreisverkehr nach Deggendorf abbiege. »Gut, und jetzt suchen Sie in den Kontakten nach Sven Straubmann.«

Sie sieht mich an und ich weiß, sie erwartet eine Erklärung. »Sven ist ein Freund. Wir haben früher zusammengearbeitet. Er ist beim LKA und außerdem ein Computerfreak. Sie würden ihn mögen.«

Zwei Minuten später habe ich ihn an der Strippe. »Hallo, Moritz. Wenn du dich mal bei mir meldest, kann das nur bedeuten, du willst etwas wissen.«

Sven klingt weder verärgert noch genervt. Ganz im Gegenteil. Was immer er gerade macht, einige Recherchen im Netz für mich zu erledigen, wird seinen Abend verschönern. Zumal die Informationen, die ich mir von ihm erhoffe, den Rahmen üblicher Recherchen sprengen dürften. Und das ist genau sein Ding.

»Ich wünsche dir auch einen schönen Tag.« Wir wechseln einige Sätze über Claudia, Karl und Jana. Meine Stimme muss meine Eile übertragen, denn er erkennt schnell, dass ich keine Zeit für eine längere Unterhaltung habe. »Also, um was geht's?«

»Um das Übliche und auch wieder nicht. Eine bekannte Tote und ein unbekannter Toter. Und als Zugabe ein vermisstes Mädchen.« In den folgenden fünf Minuten liefere ich ihm die Kurzfassung der bisherigen Ereignisse. »Ich schick dir gleich die Fotos durch.«

»Und ich soll herausfinden, was es damit auf sich hat.«

»Und das möglichst schnell.«

»Wie schnell?«

»Am besten gestern.«

*

Der Parkplatz der Polizeistation Deggendorf ist noch zur Hälfte gefüllt. Hier arbeiten eben Menschen ohne feste Arbeitszeiten. Ich gehe in mein Büro, die Schatulle und Saskia bei mir.

»Saskia. Ich wünsche Ihnen einen schönen Abend. Ich muss Ihnen sagen, Sie haben das heute ganz hervorragend gemacht.«

»Sie aber auch«, lächelt sie mich an. »Das war der bisher interessanteste Tag meiner Ausbildung.«

Kein Wunder, denke ich. Ein Arm, eine Tote, eine Vermisste. Das erleben manche Kollegen nicht in einem Monat.
Ich muss gestehen, auch ich könnte darauf verzichten.

»Wirklich schade, dass ich nicht wieder mit Ihnen hin-
ausfahren kann. Aber morgen ist ein Schultag. Mit einer
Klausur obendrein.« Sie wirkt wirklich enttäuscht. »Aber
Sie erzählen mir dann alles, was passiert, ja?«

»Versprochen. Und nun ab mit Ihnen nach Hause.«
Schwungvoll verlässt sie mein Büro. Auch dieser lange
und wahrlich ereignisreiche Tag kann ihren jugendlichen
Elan nicht bremsen.

Alles, was passiert, wiederhole ich ihre Worte. Ich kann
nur hoffen, dass es nichts Schlimmes ist. Ich kann nur hoffen, dass ich ihr nicht von weiteren Toten erzählen muss.

Wien, Josefstadt, 17.50 Uhr

Kevins Wanzen funktionierten perfekt. Noch während
Moritz Buchmann mit Sven Straubmann telefonierte,
tippte Galadriel die Nachricht in ihren Computer. Ihr
Kunde würde sich freuen. Dessen war sie sich absolut
gewiss.

Kirchbach, 17.50 Uhr

Die hektische Aktivität, die Moritz Buchmann in den letzten Stunden entwickelt hatte, konnte zweierlei bedeuten. Entweder, er hatte eine vielversprechende Spur und würde ihn zu Julia Reindl oder gar zu der Schatulle führen. Oder aber er tappte völlig im Dunkeln und seine Fahrten von Kirchbach zum Haus des Mädchens und dann nach Runding waren die letzten Aktionen eines verzweifelten Kriminalbeamten, der sich noch nicht eingestehen wollte, gescheitert zu sein.

Alexander hatte die beiden beobachtet, als sie durch die Überreste der einstigen Burg in diesem kleinen Dorf gegangen waren. Aus der Ferne, um nicht entdeckt zu werden. Anonymität war sein oberstes Gebot. Sie hatten etwas gesucht, dort oben. Julia, wen sonst? Als die beiden vorhin ins Haus gegangen waren, hatte jede ihrer Bewegungen ihre Enttäuschung verraten.

Auch er war enttäuscht. Es sah so aus, als wäre Buchmann nur ein kleiner Polizist, dessen Fähigkeiten diesem Fall nicht gewachsen waren.

Was sollte er jetzt tun? Sabine Kulzer war tot. Sie fiel als Informationsquelle aus. Sie hätte sicher gewusst, wo sich Julia verstecken könnte.

Ihr Tod war zu früh gekommen. Ein Fehler, der unerwartete Folgen nach sich zog. Er hasste Fehler. Was, wenn seine Mission scheiterte? Ein Gedanke, dem er keinen Platz in seinen Überlegungen ließ. Er hatte einen Ruf und diesen wollte er auf keinen Fall ankratzen.

Sein Smartphone meldete den Eingang einer E-Mail. Galadriel!

Alexander las sie dreimal: Buchmann hat die Schatulle!

Er schaltete das Gerät wieder aus. Also hatte er doch aufs richtige Pferd gesetzt. Beinahe hätte er Buchmann unterschätzt. Dieser unscheinbare Polizist hatte doch den richtigen Riecher gehabt. Jetzt galt es nur noch, ihm die Schatulle abzunehmen. Er wusste auch schon, wie er das machen würde.

Er startete den Motor und fuhr den Wagen in die nächste Seitenstraße. Dort stieg er aus und öffnete den Kofferraum. Neben der Tasche mit seiner Kleidung zählte ein schmaler Koffer zu seinem Gepäck. Nur er kannte die Zahlenkombination. Er öffnete ihn und überlegte. Welches der Wundermittel sollte er verwenden?

Seine Wahl fiel auf eine kleine Spritze, die in einer der ledernen Schlaufen steckte. Die Aufschrift darauf war auf Koreanisch. Keine Sprache, die zu seinem Repertoire zählte. Das war auch nicht nötig. Er wusste, was sie enthielt. Er schloss die Deckel des Koffers und des Autos und ging zielstrebig zurück zu Moritz Buchmanns Heim. Der Polizist und das Mädchen hatten es vor einer Stunde verlassen. Doch das machte nichts. Für sein Vorhaben reichte seine Lebensgefährtin vollkommen.

Und die war ja noch da.

Deggendorf, Kriminalpolizeistation, 18.00 Uhr

Und wieder steht das Kästchen vor mir auf dem Tisch, ohne dass ich etwas damit anfangen kann. Ich warte auf Svens Rückruf und doch schrecke ich hoch, als das Telefon läutet. Es reißt mich aus meinem Sorgental, in das ich zusammen mit Samira und Julia versunken bin. Werde ich in diesen Tagen auch das zweite Mädchen verlieren? Ohne hinzusehen, greife ich zum Hörer, doch es ist nicht Sven.

»Wir haben ihn«, vermeldet Martin Schneiders Stimme am anderen Ende.

»Etwas genauer bitte.«

»Michael Obermeier, 22 Jahre alt, Wohnort Bad Kötzting, lebte bei seiner Großmutter.«

»Und noch genauer?«

Er stutzt kurz, dann holt er aus: »Dieser Pavel mit seinem Tattoostudio in Domažlice hat auf dem Foto sofort erkannt, für wen er diese Schlange gemacht hat. Eigentlich unglaublich, aber er behauptet, er könne sich an jedes einzelne Tattoo erinnern, das er je gemacht hat. Er meinte, dieser Michael Obermeier hätte schon eine ganze Menge Bilder auf seinem Körper, aber die Schlange sei das erste von Pavel. Und jetzt rate mal, was für Bilder der mit sich rumträgt.«

»Die Mona Lisa?«

»Schön wär's. Aber für ihn zu harmlos. Laut Pavel ziemlich wildes Zeug. Haben ja viele, aber der Michael liebte wohl Dämonen und Schlangen. Einige seien zudem schlecht gemacht, sagte Pavel. Nicht von einem Meister, wie er einer ist.«

»Sagt Pavel. Und was sagt er noch?«

»Dass der Michael Obermeier auch noch ein Hakenkreuz wollte. Und so SS-Runen. Und versteckt am Knöchel zwei große K.«

»KK? Was bedeutet das denn?«

»Das wusste Pavel auch nicht. Jedenfalls hat er diesen Auftrag nicht angenommen. So etwas macht er nicht, hat er gesagt. Nicht, nachdem sein Opa von den Nazis hingerichtet worden war. Pavel ist da sehr eigen, musst du wissen.«

»Also ist dieser Obermeier ein Rechtsradikaler?«

»Soweit würde ich nicht gehen. Die jungen Leute lassen sich ja oft etwas stechen, weil sie meinen, das wäre cool. Und dabei wissen sie gar nicht, was diese Zeichen bedeuten. Aber dass unser Michael in der Szene zu Hause war, sollten wir doch in Betracht ziehen.«

»Denke ich auch. Ihr wisst, was das bedeutet?«

Er atmet tief durch: »Befragung aller Personen aus seinem Umfeld.«

»Überstunden«, mault die sonore Stimme Erwin Glashubers aus dem Hintergrund.

»Dann macht mal«, ermuntere ich ihn. »Und wenn wir endlich diese Leiche finden würden, wäre das auch nicht schlecht.«

Kirchbach, 18.20 Uhr

Wenn eine Erfahrung Alexander Oehgren noch nie enttäuscht hatte, dann war es die, dass Normalität die beste Tarnung von allen war. Schleich dich in ein Haus und werde dabei beobachtet, dann ist die Polizei nicht mehr weit. Verstecke ein Handy in deiner Tasche und der Kaufhausdetektiv hat dich am Kragen.

Gehe durch die Vordertür ins Haus und niemand schöpft Verdacht. Halte das Handy an dein Ohr, als ob du telefonieren würdest, und es gehört dir.

Schwungvoll und ohne zu zögern, öffnete er die Gartentür und ging vorbei an Rosen und Ziersträuchern zum Haus. Eine Klingel unten, eine oben. Gisela und Ludwig Schedlbauer, Claudia Schedlbauer und Moritz Buchmann. Er drückte den oberen Knopf. Überraschend öffnete sich ein Fenster im Erdgeschoss.

»Ja, bitte?«

»Guten Tag. Mein Name ist Schneider. Ich bin ein Kollege von Moritz. Moritz Buchmann. Ich wollte zu Claudia. Ich soll etwas für Moritz abholen.«

Die Frau überlegte kurz. »Claudia ist oben. Läuten Sie doch noch mal. Und gehen Sie dann hinauf. Die Tür ist offen.«

»Vielen Dank. Dann mach ich das mal.« Er lächelte sie an, bis sie wieder hinter dem Fenster verschwand. Unglaublich, wie vertrauensselig die Leute hier sind, dachte er. Äußerlich locker, doch innerlich voll konzentriert stieg er die Treppe hinauf. Oben öffnete sich eine Tür. Eine Frau blickte herab.

»Ja? Wer ist da?«

»Martin Schneider. Moritz schickt mich.« Ein Name

schaffte immer ein gewisses Maß an Vertrautheit. Zumal dann, wenn es der von Buchmanns Kollegen war.

Galadriel sei Dank.

Die letzten Stufen nahm er im Laufschritt. Er spürte ihr Misstrauen. Ich muss bei ihr sein, bevor sie die Tür schließt, dachte er.

»Martin Schneider?« Sie schien ihr Gedächtnis nach dem Namen zu durchsuchen. Alexander nutzte den Augenblick der Unsicherheit.

Lächelnd packte er sie beim Arm. Mit einer einzigen fließenden Bewegung drückte er die Spritze in ihren Hals. Bevor die Frau reagieren konnte, erreichte das vom nordkoreanischen Geheimdienst verwendete Gift die entscheidenden Nervenzellen in ihrem Körper. Wie vom Blitz getroffen brach sie zusammen. Alexander fing sie auf und trug sie zur Wohnzimmercouch. Dann schloss er leise die Tür.

Irgendwo, 19.20 Uhr

Über ihr Gesicht hatte sich eine dünne Staubschicht gelegt. Unter ihren Augen hatten Tränen zwei ausgetrocknete Rinnsale hinab zu ihrem Kinn gezogen.

Sie versuchte, das Knirschen der Rattenzähne, die unablässig kleine Holzspäne aus dem Brett nagten, zu ignorieren. Vergeblich.

Als die Hoffnung auf Rettung mit den Geräuschen über ihr gegangen war, hatte sie alle Steine, die sie in der Dunkelheit finden konnte, gesammelt und vor dem Brett aufgeschichtet.

Hätte ich doch dieses Kästchen nicht gefunden! Nein, so kann man das nicht sagen. Hätte ich meinen Fund für mich behalten! Aber ich musste ihn ja Sabine zeigen. Die hat bestimmt noch jemand anderem davon erzählt. Oder war es Michi gewesen?

Ein Knarzen über ihr unterbrach ihre Selbstvorwürfe. War da doch jemand? Noch ehe sie reagieren konnte, tauchte in der Decke ein helles Quadrat auf und verschwand wieder. Neben ihr platschte etwas zu Boden. Erschrocken rutschte sie zur Seite.

Zum ersten Mal kam ihr der Gedanke, nicht in die Zisterne gefallen zu sein. Eine Unendlichkeit verging, bis sie es wagte, ihre Hand auszustrecken. Sie fühlte einen Stoffsack. Erleichtert griff sie zu.

Ja! Eine Taschenlampe! Es gelang ihr nicht, sie ruhig zu halten. In zittrigen Schleifen enthüllte ihr Schein Julias Gefängnis. Irgendwie sah es dann doch aus wie die Zisterne. Und auch wieder nicht. Über ihr verhinderte eine Holzdecke den Blick hinaus. Kein Eisengitter mit einer Schicht Steine und Geröll darüber. In der Mitte der Decke erkannte sie Scharniere und einen quadratischen Deckel.

Sie verstand und doch auch nicht. Irgendjemand hat mich vor dem Sturz bewahrt. Doch nur, um mich hier einzusperren. Warum das Ganze? Ging es wieder um die Schatulle? Aber natürlich. Dieser Jemand will meinen Fund. Weiß er nicht, dass mein Rucksack in die Zisterne gefallen ist? Nein, sicher nicht.

Denn dann bräuchte er mich nicht mehr.

Die Erkenntnis fuhr ihr in die Eingeweide. Wenn der oder die Unbekannte die Schatulle hat, werde ich sterben. Aber nicht gleich. Dafür hatte ihr Entführer gesorgt.

Sie schüttete den Sack aus. Zu ihrer Überraschung fiel eine Flasche Wasser heraus. Gierig trank sie die Hälfte leer, dann suchte sie weiter. Eine Packung Schokoriegel und ein Apfel. Sie schaffte es, ihren Hunger noch eine Minute zu zügeln. Denn da war noch etwas. Ein Kuvert. Sie riss es auf. Ein kurzer Brief.

Nur ein paar Worte: *Keine Angst. Dir wird nichts geschehen.*

Verwirrt lehnte sie sich an die Wand. Die Taschenlampe legte sie neben sich und riss die Verpackung von einem der Schokoriegel auf. Normalerweise mied sie Süßigkeiten, doch jetzt schmeckte die Schokolade einfach wunderbar. Sie zwang ihre Gedanken zur Ruhe. Soll mich dieser Brief nur beruhigen? Damit ich keine Schwierigkeiten mache? Aber kann ich hier drinnen eigentlich zum Problem werden? Es sieht doch ganz danach aus, als würde es mein Entführer ernst meinen. Er lässt mich wieder frei. Wenn er die Schatulle hat. Sie nahm den zweiten Riegel und steckte ihn in ihren Mund.

Ein neuer Gedanke hinderte sie daran zuzubeißen. Was aber, wenn er sie nicht findet? Oder wenn ihm etwas zustößt?

Eine bleiche Erinnerung an den Schrei und den Kampf vor ihrem Haus schwebte heran. Es gibt nicht nur einen, der die Schatulle will. Und sie bekämpfen sich untereinander. Falls mein Entführer bei diesem Kampf auf der Strecke bleibt, bin ich geliefert. Sie biss ein Stück des Schokoriegels ab und ließ es im Gaumen zergehen. Dann richtete sie den Strahl der Lampe zu dem Brett an der Wand. Sie kroch langsam darauf zu und betrachtete es aufmerksam. Ihre Hand begann zu zittern. Das Brett hatte ganz unten, dort, wo es auf dem steinigen Boden aufsetzte, ein kleines Loch. Sie hielt den Strahl der Lampe darauf. Für einen Atemzug verklang das Knabbern dahinter. Doch nur, um gleich darauf noch intensiver wieder einzusetzen.

Bitte, dachte sie, bitte! Lasst mich in Ruhe! Ich will doch nur wieder nach Hause.

Regensburg, Kriminalpolizeiinspektion, 19.30 Uhr

»Warum, denkst du, will Betti Greiner mit uns reden?« Melanie lümmelte bequem in ihrem Bürostuhl. Nachdenklich kaute sie auf einem Bleistift herum. Daniela Platzer saß auf der Schreibtischkante und schlürfte an einer Tasse heißem Kaffee.

»Ich war selbst überrascht, als sie mich angerufen hat. Ich kenne sie auch kaum. Mehr, als die Fragen im Zusammenhang mit ihrer Vermisstenanzeige habe ich noch nicht mit ihr besprochen. Und jetzt behauptet sie zu wissen, warum ihre Freundin ermordet wurde. Schon seltsam. Wenn sie etwas weiß, warum kommt sie erst jetzt damit rüber?«

»Das wird sie uns erklären müssen. Bis wann will sie hier sein?«

Daniela sah auf die Uhr. »In einer halben Stunde. Glaubst du, sie kann uns wirklich weiterhelfen? Schön wär's ja. Bisher haben wir ja nicht wirklich etwas vorzuweisen.«

»Nein, das haben wir nicht. Solange wir Michael Obermeier nicht finden, stecken wir fest.«

»Bei ihm kann ich mir wenigstens ein Motiv vorstellen. Nach allem, was wir wissen, nahm es Sabine mit ihren Beziehungen nicht so genau. Sollte sie ihren Michi tatsächlich betrogen haben …«

Melanie wusste, was Daniela damit sagen wollte.

»Und was ist mit unseren Keltischen Kameraden? Robert Meinrad, die ausführende Hand dieser Organisation, war zum Zeitpunkt der Tat in Regensburg. Kaum ist Sabine tot, verschwindet er wieder.«

»Aber bei den Kameraden fehlt uns jegliches Motiv.«

»Dieser Meinrad war bei der Fremdenlegion. Dort lernt man mehr, als Autos und Häuser anzuzünden.«

»Du hältst ihn für einen Killer?« Daniela überlegte schweigend. »Aber warum Sabine Kulzer? Was hat sie mit den Kameraden zu tun? Gehörte sie vielleicht auch dazu?«

»Ein Mord unter Kameraden? Soll ja schon mal vorgekommen sein.«

»Ich fürchte, hinter der Sache steckt weitaus mehr, als wir uns im Augenblick vorstellen können.«

Regensburg, Am Vitusbach, 19.45 Uhr

Betti hatte das Glück, nicht in einer der Wohnburgen der Stadt zu leben. Gut, auch die Studentenwohnheime oben an der Uni hatten ihre Vorteile. Und eine Wohnung umgeben vom mittelalterlichen Charme der Altstadt sowieso. Aber die drei Zimmer im Dachgeschoss des Hauses ihrer Tante Manuela hätte sie für beides nicht getauscht. Zumal ihr das Haus die meiste Zeit allein gehörte. Manuela Grimmel erfreute sich eines Spitzenjobs bei einer kleinen Softwarefirma, die sie nahezu das ganze Jahr um die Welt schickte. Nicht schlecht für eine wissbegierige und reisefreudige 40-Jährige. Und so genoss Betti das Privileg von fast 60 Quadratmetern Freiheit mit Blick vom Balkon auf eine Schrebergartensiedlung. Da ließ sich auch der Lärm der nahen Autobahn verschmerzen.

All das hatte heute keinen Platz in ihren Gedanken und Gefühlen. Ihre große Liebe war tot. Vor zwei Tagen noch hätte sie das in ein emotionales Chaos gestürzt. Und jetzt? Trauer und Schmerz waren da. Aber der Untergang der Welt?

Nein! Dazu hatte sie Sabine zu schlecht behandelt. Betti hatte gehofft. Bis zum Schluss. Doch die letzten Worte, die sie gewechselt hatten, waren eine Offenbarung für sie gewesen. Sabine war an ihr nicht interessiert gewesen. Sie hatte mit ihr gespielt. Und sie ausgenutzt. Ja, auch das. Ohne ihr Wissen hätten Sabine und Julia nie erfahren, was es mit dieser Schatulle auf sich hatte. Letztendlich hatte Kurt Heißmeyers Vermächtnis die gemeinsame Freundin getötet.

Und diese Julia? War auch sie in Gefahr? War sie überhaupt noch am Leben?

Betti schlüpfte in ihre Schuhe und nahm eine ihrer sportlichen Jacken vom Haken. Es war an der Zeit zu gehen. Daniela Platzer wartete. Sie musste der Polizei helfen, den Täter zu finden. Den richtigen Täter.

Sie drückte die Türklinke nach unten, um ins Treppenhaus zu gehen. Im gleichen Augenblick vernahm sie draußen ein Geräusch. Instinktiv wollte sie die Tür wieder schließen. Doch es war zu spät.

*

Er tat das, was man in seiner Position am häufigsten tut. Er wartete. Geduld war eine häufig unterschätzte Tugend, die oft zum Erfolg führte. So, wie bei der Suche nach Bettis Wohnort. Das Regensburger Telefonbuch enthielt vier Betti Greiners. Und wieder war es jene Geduld gewesen, die ihn hierhergeführt hatte. Und ihre Facebookseite. Zwar war sie klug genug, wenigstens ihre Adresse zu verschweigen, aber zahllose Einträge über ihren Studienplatz und ihre Sportleidenschaft hatten gereicht. Letztendlich hatte sich ihr bevorzugtes Fitnessstudio als die ausschlaggebende Informationsquelle erwiesen. Er hatte dort ein Probetraining vereinbart und angegeben, Betti Greiner hätte ihm das Studio empfohlen. Alles Weitere hatte sich von selbst ergeben. Einige geschickt formulierte Fragen später wusste er, welche der vier Frauen Sabine Kulzers Freundin war.

Er beobachtete ihr Haus seit Stunden. Die Zeit zerrann zwischen seinen Fingern. Sollte er die Schatulle heute nicht finden, würden sie die anderen bekommen. Oder die Polizei. Er würde versagen und das kam auf keinen Fall infrage.

Das Haus lag geradezu ideal. Die gegenüberliegende Seite der Straße wurde von einer Lärmschutzwand zur vorbeiführenden Autobahn begrenzt. Büsche im kleinen Garten davor schirmten es vor den Blicken der Nachbarn ab.

Außerdem schien außer Betti niemand zu Hause zu sein. Sie war vor vier Stunden gekommen. Sie hatte ihr Fahrrad hinter das Haus gestellt und war hineingegangen. Nur einmal hatte er sie seither noch gesehen. Da war sie oben auf dem Balkon erschienen und hatte einige Handtücher zum Trocknen aufgehängt. Und wieder hatte er gewartet.

Obwohl der Tag warm und trocken war, konnte sich keiner der Anwohner der Straße durchringen, den Abend im Garten zu verbringen. Hinter den Fenstern flackerten die ersten Fernsehgeräte auf. Alles war still.

Es war an der Zeit. Er schraubte den Schalldämpfer auf seine Glock und stieg aus. Zielstrebig überquerte er die Straße und betrat das Grundstück. Hätte ihn jemand beobachtet, musste er den Eindruck gewinnen, der große Mann mit den blonden Haaren gehöre hierher. Die Haustür war nur durch ein normales Schloss gesichert. Sie zu öffnen, nahm keine Minute in Anspruch. Die Treppe war aus Stein gemauert. Ohne verräterisches Knarzen brachte sie ihn nach oben. Er wollte sich gerade daran machen, auch die Tür zu Bettis Wohnung zu knacken, als diese sich von selbst öffnete.

Robert reagierte so, wie man es ihm jahrelang beigebracht hatte.

Das Mädchen hatte ihn bemerkt. Noch ehe sie die Tür wieder schließen konnte, warf er sein ganzes Körpergewicht dagegen.

Deggendorf, Kriminalpolizeistation, 19.45 Uhr

Der weitere Verlauf der Ermittlungen ist mir aus der Hand genommen. Ich weiß, im Hintergrund durchkämmt Sven Straubmann das Internet nach Informationen über das Kästchen. Und meine Kollegen befragen Michael Obermeiers Umfeld. Auch seine Familie. Sie nehmen mir damit die Aufgabe ab, die Todesnachricht zu überbringen, wofür ich ihnen in diesem Augenblick aufrichtig dankbar bin. Hoffentlich macht das Schneider. Der Gedanke an Erwins offen zur Schau getragene Teilnahmslosigkeit bereitet mir Sorgen.

Erschöpft stehe ich auf und hole meine Jacke aus dem Schrank. Ich fahre jetzt nach Hause. Der Tag war lang und ebenso ereignisreich wie erfolglos. Ich bin müde und sehne mich nach Claudia.

Regensburg, Am Vitusbach, 19.50 Uhr

Der Kampf war kurz, aber unerwartet heftig gewesen. Robert Meinrad war ein Bär von einem Mann. Ein Bär mit der Nahkampfausbildung der Legion. Und er konnte auf die Erfahrung zahlreicher Auseinandersetzungen zurückblicken. Auch kräftige Männer hatten seine Überlegenheit anerkennen und büßen müssen.

Sein heutiger Gegner war nur ein Mädchen. Und genau darin bestand das Problem. Er hatte Betti Greiner unterschätzt. So einfach war das. Als er mit aller Kraft in die Wohnung gestürmt war, hatte sie der Schwung der Tür nach hinten geworfen. Doch anstatt ihr sofort nachzusetzen, wie er es bei einem Mann zweifellos getan hätte, zögerte er einen Augenblick.

Einen Augenblick, den sie genutzt hatte, um ihre Überraschung zu überwinden. Sie hatte sich ihm tatsächlich entgegengestellt. Und nicht nur das. Sein zweiter Blick auf die junge Frau offenbarte ihm einen kräftigen und muskulösen Körper. Und sie wusste, diesen einzusetzen. Zweifellos belegte sie Kurse in irgendeiner dieser asiatischen Kampfsportarten. Den Beweis dafür hatte sie mit einem schmerzhaften Fußtritt gegen sein rechtes Knie und einem Handkantenschlag an seine Schläfe erbracht. Zum ersten Mal seit Jahren hatte sich Robert in der Defensive gesehen. Beinahe wäre ihm seine Arroganz zum Verhängnis geworden.

Ganz anders die junge Frau. Als sie erkannt hatte, dass sie für einen kurzen Augenblick die Oberhand gewonnen hatte, versuchte sie, ihre Chance zu nutzen. Sie hatte all ihre Verzweiflung und Angst in die Waagschale geworfen und war auf ihn losgestürmt. Zu seiner eigenen Verwunderung sah er sich einem Hagel von Schlägen ihrer Hände, Fäuste und Füße ausgesetzt.

Und doch stand außer Frage, wer diesen Kampf als Sieger beenden würde. Rasch hatte er seine erste Verblüffung überwunden und letztendlich hatte die junge Frau seiner Kraft und seiner gefühllosen Brutalität nichts entgegensetzen können.

Sie hatte ihn buchstäblich an die Wand gedrängt und sich schon als Siegerin gesehen. Sicher ließ sie das Blut, das aus mehreren Platzwunden über sein Gesicht rann, innerlich jubilieren. Doch dann hatte sie diesen hochgestellten Fußkantenschlag an seine Kehle versucht. Ein offensichtliches Manöver. Der finale Schlag sozusagen. Er hatte ruhig abgewartet und dann ihr Bein gepackt. Mit einer einzigen Drehung hatte er sie zu Boden geschleudert. Und diesmal hatte er nicht gezögert. Sie war mit dem Kopf aufgeschlagen. Noch ehe sie sich benommen aufrappeln konnte, hatte er sie am Arm gepackt, herumgewirbelt und ihr die geballte Faust ins Gesicht gerammt. Begleitet vom hässlichen Knacken brechender Knochen war Betti Greiner zusammengesackt, wie eine Marionette, der die Fäden abgeschnitten wurden.

Jetzt saß sie auf einem ihrer Küchenstühle. Die Kabelbinder, mit denen ihre Hände und Füße gefesselt waren, schnitten sich in ihr Fleisch. Eine Lappalie verglichen mit den Schmerzen, die er ihrem Kopf zugefügt hatte. Blut floss aus ihrer Nase über ihr Kinn. Auch ihr Mund musste voll sein von Blut und den Resten gebrochener Zähne. Hustend versuchte sie, die Augen zu öffnen.

Na endlich, dachte er. Endlich wird sie wach. Mal sehen, was sie mir zu erzählen hat. Und wenn sie nichts sagen will? Na, dann wird sie die Schmerzen, die sie jetzt hat, noch herbeisehnen.

Zwischen Deggendorf und Kirchbach, 20.05 Uhr

Das Getriebe in meinem Kopf steht vollkommen still. Sollte es versucht haben, sich zu drehen, so habe ich es bewusst abgeschaltet. Das bisschen Konzentration, das ich noch aufbringe, gilt der Straße, die mich nach Kirchbach bringen soll. Ich stehe an der Ampel in Ruhmannsfelden, als ein Anruf mein Gedächtnis zwingt, seine Arbeit wieder aufzunehmen. Es ist Sven. Schon an seiner Stimme erkenne ich, dass das, was er gefunden hat, alles andere als gewöhnlich ist.

»Servus, Moritz. Ich hoffe, ich störe nicht?«

»Unsinn. Wie solltest du stören, wo ich doch sehnsüchtig auf dich warte?«

»Auf mich? Oder auf meine Recherchen?«

»Zugegeben, auf Zweiteres. Aber du könntest dich auch mal wieder sehen lassen.«

»Schön zu hören. Wir sollten uns wirklich bald alle treffen. Claudia natürlich auch.«

»Ja, Claudia auch. Ich bin gerade auf dem Weg zu ihr. Also, was hast du?«

»Nun, ich hab da so einiges über dein Kästchen herausgefunden. Den Rest hab ich mir selbst zusammengereimt. Ohne Anspruch auf Richtigkeit, muss ich dazu sagen. Ich bin auf deine Meinung gespannt.«

✳

Ich bin bereits kurz vor Viechtach, als er seinen Bericht beendet: »Nordische Mythologie also.«

»Die Führungsriege der Nazis stand auf so was.«

»Ich weiß. Himmler im Besonderen. Passte gut zum Rassenwahn. Dazu das Hakenkreuz. Also auf jeden Fall ein Fund aus dem Dritten Reich. Nicht nur das. Aus einem der Nobelsanatorien des Reiches. Hohenlychen war lange der Elite vorbehalten.«

»Der Elite und Verbrechern im Arztkittel.«

»Kann man so sagen. Und sollte Kurt Heißmeyer eine neue Form von TBC entdeckt und seine Aufzeichnungen in diesem Kästchen vergraben haben, dann steht deiner Freundin eine Menge Ärger ins Haus.«

»Ich fürchte, der Ärger ist schon da. Aber das mit den Aufzeichnungen und dem TBC und all das ist nur deine Vermutung?«

»Richtig. Zugegeben, eine von mehreren möglichen Schlussfolgerungen. Aber überleg mal. Wenn es so ist und der Fund würde bekannt. Da gäbe es schon einige Gruppierungen, die daran Interesse haben könnten, meinst du nicht?«

»Terroristen?«

»Auch. Rechtsradikale sowieso. Vergiss aber nicht die Staaten. Geheimdienste sind auch nicht zimperlich, wenn es um mögliche Waffen oder so geht.«

»Du machst mir aber eine große Freude. Mit dir wird aus meinem Mordfall eine internationale Verschwörung. Na, danke auch.«

»Wie gesagt. Nur eine Überlegung. Aber du solltest sie im Auge behalten.«

»Mach ich. Und Sven. Vielen Dank wieder einmal.«

»Ist mir immer ein Vergnügen.« Damit legt er auf und lässt mich mit dem Gedanken an Julia zurück.

Regensburg, Am Vitusbach, 20.15 Uhr

Barry Perkins sah seine Pläne durchkreuzt. Er hatte in Betti Greiner die Chance gesehen, den Aufenthaltsort der Schatulle zu erfahren. Doch er war zu spät gekommen. Und nicht nur das. Auch seine letzte, wenn auch winzige Hoffnung löste sich in Rauch auf. Der Mann, der das Haus betrat, war nicht Joshua. Eine Erkenntnis, die die Ausgangssituation für Barry neu definierte.

Pech auch für Alan Kingsley. Er würde Joshua wieder nicht zu fassen bekommen. Damit war er geliefert.

Und er selbst? Er konnte nun seine ungeteilte Aufmerksamkeit der Schatulle widmen. Sollte sie das beinhalten, was er befürchtete, war sie ungleich wichtiger, als Joshua es je gewesen war. Der Mann dort oben in Betti Greiners Wohnung wollte dasselbe wie er. Und er war bereit, mehr dafür zu opfern als Barry. Auch das Leben des Mädchens.

Er wusste, dass er nicht mehr warten konnte.

Regensburg, Kriminalpolizeiinspektion, 20.15 Uhr

»Dabei habe ich sie gebeten, pünktlich zu sein.« Daniela sah zum wiederholten Male auf die Uhr.

»Wir sollten mal nachsehen gehen.« Peter war vor wenigen Minuten zu ihnen gestoßen. Einige erklärende Worte später wusste er Bescheid.

»Ruf sie mal an!«

Daniela nickte. Sie sah kurz in die Akte, die Bettis Nummer enthielt, und tippte diese in den Amtsapparat auf ihrem Bürotisch. Eine Minute Schweigen wurde von ihrer Feststellung beendet, dass Betti nicht mehr zu Hause war.

Oder doch?

»Wir fahren zu ihr!« Melanies Entscheidung fiel so spontan wie überraschend. Sie ließ die fragenden Blicke ihrer beiden Kollegen unbeantwortet. Wie auch sollte sie ihnen erklären, dass es nur eine Ahnung war, die sie handeln ließ.

Kirchbach, 20.30 Uhr

Ich habe kaum damit begonnen, Svens Überlegungen in meine Gedanken einfließen zu lassen, als mein Handy ein zweites Mal läutet. Es ist Martin Schneider. »Guten Abend, Moritz.«

»Servus. Was gibt's? Seid ihr schon fertig?«

»Würde ich so nicht sagen. Aber wir waren bei der Oma unseres Toten. Berta Obermeier. Wohnhaft in Bad Kötzting. Sie war offensichtlich seine einzige verwandte Bezugsperson. Seine Eltern wollten früh nichts mehr von ihm wissen. Seine Oma hat dafür gesorgt, dass er nicht auf die schiefe Bahn geraten ist und sogar eine Berufsausbildung absolviert hat. Die Nachricht vom Tod ihres Enkels hat sie ganz schön mitgenommen. Die beiden standen sich offensichtlich wirklich nahe.«

»Wo ist sie jetzt?« Die Erfahrung hat mich gelehrt, dass nach dem gewaltsamen Tod eines Angehörigen die ersten Augenblicke des Verstehens die schwierigsten sind. Als Polizist steht man in diesen Momenten auf verlorenem Posten.

»Ich habe den seelischen Notdienst gerufen. Der Stadtpfarrer und jemand vom Roten Kreuz sind bei ihr.«

Roland Spitzenberger. Der Bad Kötztinger Geistliche ist um seinen Job auch nicht immer zu beneiden.

»Und sonst? Freunde, Arbeitskollegen? Was sagen sie zu Michael Obermeier?«

»Fehlanzeige, was die Freunde betrifft. Eine Freundin, die in Regensburg studiert. Bei der Arbeit ruhig und zurückhaltend, aber zuverlässig. Seine Oma hat ihn am Freitag zum letzten Mal gesehen. Er sagte ihr, er wolle ein paar Tage fortfahren. Mehr nicht. Sie weiß nicht, wohin er gefahren ist.«

»Und sie hat auch keine Vermutung?«

»Doch, hat sie. Und jetzt kommt's: Unser unauffälliger Michael war Mitglied bei den Keltischen Kameraden.«

»Ein Trachtenverein?«

»Ha! Erwin, hast du das gehört? Moritz denkt, die Kameraden sind ein Trachtenverein.«

»Warum nicht gleich ein Ableger vom Frauenbund?« Das gackernde Gelächter Martin Schneiders mischt sich in das dumpfe Gebell Erwin Glashubers. Ich warte, bis sich die beiden wieder beruhigt haben.

»Also was jetzt?«

Martin zögert die Antwort genussvoll hinaus. Ich sehe ihre grinsenden Gesichter vor meinen Augen.

»Rechtsradikale. Die Keltischen Kameraden sind eine verbotene rechtsradikale Vereinigung.«

*

Die Zeit des Stillstands in meinem Kopf ist vorbei. Schlagartig laufen mehrere Räder des Getriebes dort an und malen ein Bild auf die Leinwand meiner Vorstellungskraft. Noch ist es unvollständig, zeigt nur Fragmente des großen Ganzen.

Da ist Julia, die ein Geheimnis aus der Zeit des Dritten Reiches findet. Was sagte Sven doch, wer daran interessiert sein könnte? Rechtsradikale Vereinigungen. Die Keltischen Kameraden. Der Arm eines von ihnen vor Julias Haus, er selbst tot im Höllensteinsee. Aber wo liegt die Verbindung zwischen Julia und Michael? Ich wühle in meinen Erinnerungen.

Julia: Was weiß ich von ihr? Unser letztes Aufeinandertreffen; der Arbeitseinsatz auf der Burg; die Schatulle.

Michael: ein Außenseiter, Keltischer Kamerad, hat sich aus dem Staub gemacht und ist jetzt tot, keine Freunde, aber …

Ich greife zu meinem Handy: »Servus, Martin. Noch eine Frage. Wie heißt doch Michaels Freundin noch mal?«

»Habe ich dir vorhin gar nicht gesagt. Sabine. Sie heißt Sabine Kulzer. Oder soll ich besser sagen ›hieß‹?«

»Was?«

»Du solltest die Polizeimeldungen besser lesen. Oder wenigstens die Zeitung. Und hörst du eigentlich kein Radio? Sabine Kulzer wurde am Samstag tot aus der Donau gezogen.«

Ich habe Kirchbach erreicht. Gleich bin ich bei Claudia.

»Danke.« Mehr kann ich nicht sagen. In meinem Kopf rattert die Maschine. Sabine. Da war doch was?

Genau: Sabine, die so gut zeichnen kann, Sabine, die so klug ist, Sabine, die in Regensburg studiert.

Sabine, Julias Freundin.

Sabine, die tot ist. Weitere Pinselstriche auf dem Gemälde.

Sie werden weggewischt von den blinkenden Blaulichtern eines Krankenwagens und des Notarztes. Beide stehen vor unserem Haus.

Regensburg, Am Vitusbach, 20.30 Uhr

Betti versuchte, den Kopf zu heben und die Augen zu öffnen. Es gelang ihr nicht. Nur das rechte bot durch einen schmalen Schlitz einen verschwommenen Blick auf den Mann, der ihr das angetan hatte. Er saß ebenfalls auf einem Stuhl und sah sie mit interessierter Miene an. Ihr Kopf fiel wieder vornüber. Blut rann in ihre Kehle. Hustend spuckte sie es aus. Sie versuchte zu sprechen.

Nur ein Wort: Warum?

Es gelang ihr nicht. Dafür begann er zu reden. Seine Worte beantworteten ihre stumme Frage.

»Mädchen, Mädchen. Da hast du es dir aber schwerer gemacht, als es sein muss. Was hast du dir nur dabei gedacht? Bist ja ganz schön mutig. Und kämpfen kannst du auch, alle Achtung. Aber hast du wirklich gedacht, du kannst mir entkommen? Jetzt schau dich nur mal an. Glaube nicht, ich wollte das, aber du hast mir ja keine Wahl gelassen.« Seine Stimme wurde leiser: »Hast mir ganz schön zugesetzt. Siehst du das?« Er packte sie grob bei den Haaren und riss ihren Kopf nach hinten. Der Schmerz ließ sie aufstöhnen. Wieder ein Blick durch den schmalen Schlitz, den ihr geschwollenes Auge noch freigab. Das Gesicht des Fremden sah auch nicht gerade salonreif aus. Mehrere Platzwunden über den Augenbrauen und ein Bluterguss unter dem rechten Auge zeugten davon, dass sie ebenfalls gut ausgeteilt hatte. Aber es war vergeblich gewesen. Sie saß hier und er dort. Sie gefesselt und er frei. »Und jetzt hör mir genau zu! Ich sage das nur einmal. Ich habe einen langen Tag hinter mir. Einen Tag, der mir nicht das gebracht hat, was ich mir vorgestellt habe. Das ist nicht gut für meine Laune, verstehst du? Und dein Auftritt eben hat sie auch nicht gerade verbessert. Also, was weißt du über die Schatulle, die Julia Reindl gefunden hat?«

Die Schatulle. Sie hatte es befürchtet. Seit sie von Heiß-meyers Aufzeichnungen erfahren hatte, war sie sich der Gefahr bewusst gewesen. Wenn auch nur unterschwellig und verdrängt, so war die Angst doch ständig da gewesen. Jetzt wurde sie von ihr eingeholt.

Sie schüttelte den Kopf.

»Nein?«

Seine Stimme nahm einen gefährlichen Ton an. Wut und Enttäuschung sprachen aus ihr. Dieser Mann glich einem Vulkan. Einem Vulkan, der kurz vor dem Ausbruch stand. »Das ist aber schade«, hörte sie durch einen Schleier aus Schmerzen, der sich langsam über sie legte. »Dann weißt du wohl auch nicht, wo ich Julia finden kann?«

Wieder schüttelte sie den Kopf. Ganz sachte nur und dennoch reichte es, die Lava, die in ihm schlummerte, zur Explosion zu bringen.

»Red keinen Scheiß!«, brüllte er so unerwartet los, dass sie erschrocken zurückzuckte. »Ihr wart doch Freundinnen, ihr drei. Sabine, Julia und du. Ihr Mädchen erzählt euch doch auch sonst alles. Jeden Mist, der keinen interessiert. Und da willst du mir weismachen, dass du nichts von Julia weißt?«

Sie kämpfte gegen die aufkommende Ohnmacht an. Noch einmal gelang es ihr, einen Blick auf ihn zu werfen. Er hatte eine Pistole in der Hand.

»Pass gut auf!«, hörte sie ihn sagen. Er hatte seine Stimme wieder unter Kontrolle. »Ich werde dir jetzt das linke Knie in Trümmer schießen. Du kannst dir die Schmerzen nicht vorstellen. Aber du wirst gleich ihre Bekanntschaft machen. Solltest du ohnmächtig werden, wecke ich dich wieder auf und dann nehme ich mir dein rechtes vor. So kann das die ganze Nacht weitergehen, bis von dir nur noch ein Stück zuckendes Fleisch übrig ist. Also, wo ist Julia Reindl?«

Ich weiß es nicht, dachte sie. Ich weiß es nicht. Sie wollte es sagen, schreien, aber kein Laut kam aus ihrem Mund. Sie spürte, wie er die Mündung der Pistole auf ihre Kniescheibe drückte.

Oh Gott, nein!

Kirchbach, Haus Schedlbauer, 20.31 Uhr

Ich will ins Haus laufen, ich will rennen, doch meine Beine sind wie Gummi. Wie auf einem schwankenden Steg kämpfe ich mich zur Tür. Sie sind oben. Also ist nichts mit Gisela und Ludwig.

Es geht um Claudia!

Meine Hand umklammert das Treppengeländer. Ich höre Stimmen durch die Tür und wage es kaum, sie zu öffnen. Ich atme zweimal tief durch. Endlich überwinde ich diesen Augenblick der Hilflosigkeit. Entschlossen drücke ich die Klinke herab und gehe hinein. Da sind die beiden. Ihre erschrockenen Augen sagen mehr als Worte.

Da ist der Arzt, über Claudia gebeugt.

Da sind die Sanitäter, die Trage auf dem Boden aufgebaut.

Da ist Claudia, bleich und regungslos, nicht atmend.

»Moritz!« Gisela dreht sich zu mir um. Ihre Augen sind tränengerötet. »Moritz. Es ist schrecklich. Es ist …«

Regensburg, Am Vitusbach, zur gleichen Zeit

Barry Perkins wunderte sich über die offene Tür. Rasch und leise eilte er die Treppe hoch. Er bemerkte den grauen Audi nicht, der vor dem Haus hielt. Die Tür zur Wohnung war nur angelehnt. Drinnen sprach der Mann. Seine

Stimme triefte vor ungezügelter Wut. Der CIA-Agent entsicherte seine Pistole. Plötzlich war nichts mehr zu hören. Er wusste, es war die Ruhe vor dem Sturm. Sie wurde beendet durch ein leises Klicken. Barry atmete noch einmal tief ein. Dann stieß er die Tür auf und sprang nach vorn.

*

Bettis Muskeln verkrampften sich. Ihr Atem stockte und ihr Magen wurde flau. Nein, dröhnte es noch einmal in ihrem Kopf. Dann fiel sie in Ohnmacht.

*

Betti hörte Barry Perkins nicht mehr schreien: »Lass das! Und keine Bewegung! Ich schieße, wenn du schießt!«

Sie sah nicht mehr, wie ihr Peiniger im gleichen Augenblick herumwirbelte und den Abzug durchzog. Zweimal, dreimal.

Die erste Kugel verwandelte die Balkontür in einen Haufen Glassplitter, die zweite ihren Fernseher in Material für den Elektroschrottbehälter auf dem Recyclinghof.

Die dritte aber schoss so knapp an Barrys rechter Wange vorbei, dass dieser vermeinte, die Hitze des glühenden Projektils zu spüren.

Der Mann erwies sich als Profi. Er verlor keine Sekunde. Seine Reaktion war schnell und tödlich.

Doch Barry hatte einen entscheidenden Vorteil. Er hatte damit gerechnet. Es war eine der ersten Lektionen bei der CIA, den Gegner nie zu unterschätzen.

Nie! Er hatte diesen Ratschlag immer beherzigt und war stets gut damit gefahren. So auch jetzt. Als er in die Wohnung stürmte, war der Hahn seiner Browning gespannt.

Er erfasste die Situation mit einem Blick. Die junge Frau saß auf einen Stuhl gefesselt. Der Mann hatte sie übel zugerichtet. Er saß ebenfalls und auch er zeigte Spuren eines Kampfes. Barry ließ sich dadurch nicht täuschen. Die Mündung seiner Pistole zeigte nicht auf den Kopf des Mannes. Sollte dieser sich nicht ergeben, würde er versuchen, sich vom Stuhl fallen zu lassen. Seitlich und schnell, um seinen Gegner zu verwirren. Gleichzeitig würde er schießen.

Auch Barry schoss. Als der Mann fiel, rutschte er genau ins Visier seiner Waffe. Die Kugel traf ihn in die rechte Lunge. Er wurde nach hinten geschleudert und landete mit einem Ächzen auf dem Boden.

Obwohl alles genauso eintraf, wie er es vorhergesehen hatte, hätte die letzte Kugel Barrys Plan beinahe durchkreuzt. Ein paar Zentimeter weiter rechts! Er hatte keine Zeit, darüber nachzudenken.

Rasch ging er zu dem Mann und kickte dessen Waffe zur Seite. Der Unbekannte bewegte sich nicht. Barry beugte sich über ihn und begann, seine Taschen zu durchsuchen. Eine weibliche Stimme hinter ihm ließ ihn zusammenzucken. Verdammt, fluchte er. Ich habe die deutsche Polizei vergessen.

*

»Du über den Balkon, wir durch die Tür.«

Melanie deutete in Richtung der schmalen Wendeltreppe, die auf den Balkon im ersten Stock führte. Peter nickte und schlich sich leise zum Garten. Daniela hatte ihre Waffe bereits in der Hand. Mel drückte gegen die Tür. Erstaunt stellte sie fest, dass diese nicht verschlossen war. Sie zog ebenfalls ihre Pistole aus dem Halfter und entsicherte sie. Die offizielle Vorgehensweise sah vor, lautlos in das Obergeschoss zu schleichen. Ein Plan, den ein Schuss zu den Akten legte. Zwei Stufen auf einmal nehmend, stürmten sie hinauf in die Wohnung.

Das Bild, das sich ihnen dort bot, brachte Melanie aus der Fassung. Da war die junge Frau, Betti Greiner, bewegungslos und grausam entstellt auf einen Stuhl gefesselt.

Ein Mann, stark blutend und mit zahlreichen Wunden im Gesicht, lag am Boden. Ein anderer Mann stand über ihn gebeugt und durchwühlte die Taschen des vermutlich Toten. Melanie schloss die Augen, riss sie wieder auf. Das Bild war noch da.

Und so war es Daniela, deren Stimme durch die Wohnung hallte: »Polizei! Legen Sie die Waffe weg und Hände hoch! Eine falsche Bewegung und ich schieße!«

Der Unbekannte schien davon wenig beeindruckt zu sein. Er drehte sich langsam zu ihnen um, die Waffe noch immer in der Hand.

»Stopp! Denk nicht mal dran.«

Peters Stimme klang hart und bestimmt. Er stand breitbeinig hinter dem Mann, die Pistole in beiden Händen. Langsam legte der andere seine Waffe auf den Boden und stand auf. Melanie atmete tief durch. Der Fremde sah sie der Reihe nach an. Mit amerikanischem Akzent meinte er in bestimmtem Ton: »Sie sind gerade dabei, sich eine Menge Ärger einzuhandeln.«

Mein Herz setzt aus. Einen Schlag, zwei Schläge. »Was? Was ist mit Claudia?«

Der Arzt blickt zu mir auf. »Sie liegt im Koma.«

Mein Herz beginnt, wieder zu schlagen. Ich stütze mich an einem der Stühle ab. Mein Blick sucht Gisela.

»Da war ein Mann. Er sagte, er gehöre zu deinem Team. Ich hab mir nichts dabei gedacht. Ich hab ihn heraufgeschickt. Es tut mir so leid.« Sie kann ihre Tränen nicht mehr zurückhalten. Ludwig nimmt sie unbeholfen in die Arme.

»Ein Mann? Wie sah er denn aus?«

»Ich, ich weiß nicht. Nicht allzu groß. Und auch nicht dick. Dunkle Haare.« Claudias Mutter steht unter Schock. Sie wird mir jetzt keine Hilfe sein. Vielmehr benötigt sie selbst die Hilfe eines Arztes. Doch der muss sich um Claudia kümmern.

»Können Sie schon etwas sagen?« Ich knie mich neben ihn und nehme ihre Hand. Ich habe Kälte erwartet, doch sie brennt wie Feuer. Ich lege meine andere Hand auf ihre Stirn.

»Fühlt sich an wie Fieber.«

»Ist es aber nicht. Entschuldigen Sie, würden Sie bitte zur Seite gehen.«

»Na… natürlich. Tut mir leid.« Ich mache ihm Platz, ohne ihre Hand loszulassen.

»Ihr Herz schlägt zu langsam und ihr Blutdruck ist zu tief. Gleichzeitig ist ihre Körpertemperatur zu hoch. Sie glüht wie ein Backofen.«

Er scheint mit sich selbst zu reden. Der Arzt ist jung und wirkt auf mich unerfahren. Seine nächsten Worte bestätigen mein Urteil. »Ich habe so etwas noch nie erlebt. Diese

Symptome, meine ich.« Sein Blick geht von ihr zu mir. »Die Frau sagte etwas von einem Mann. Kann es sein, dass er das verursacht hat?«

Ich sehe erst ihn, dann Gisela und Ludwig durchdringend an. »Ja«, sage ich dann. »Ja, das kann sein.«

✳

Die Sanitäter heben Claudia auf die Trage. Ich weigere mich, den Ernst der Situation zu erfassen, bis zu dem Zeitpunkt, da der Arzt den Rettungshubschrauber anfordert. Ich kann nicht mehr tun, als bei Claudia zu sein.

Die ersten Nachbarn treten auf die Straße. Ich kann nicht sagen, ob aus Neugier oder Mitgefühl. Vermutlich beides. Als wir zum Sportplatz hinabfahren, folgen uns besorgte Blicke. Der Hubschrauber benötigt die Fläche dort zum Landen.

Als er endlich von Miltach kommend heranschwebt, atme ich erleichtert auf. Auch der junge Notarzt scheint froh zu sein, die Verantwortung abgeben zu können.

»Kann ich mitfliegen?«, frage ich, während er sich mit dem Begleitarzt des Helikopters unterhält. Der Pilot schüttelt den Kopf. »Kein Platz.«

Während sie Claudia in den Hubschrauber schieben, wird mir bewusst, dass es nicht nur um Claudias Gesundheit geht. Es geht um ihr Leben.

Ich weiß, sie ist wegen mir in Gefahr. Claudias Zustand ist kein Zufall. Es hat mit meinem Fall zu tun. Ich habe sie da hineingezogen. Würde sie mich nicht kennen, würde sie jetzt in ihrem Wohnzimmer sitzen und ein Buch lesen oder sich einen Film ansehen. Oder mit einem anderen Mann zusammen sein. Mit einem, der ihr Leben nicht in Gefahr bringt.

Regensburg, Am Vitusbach, 20.40 Uhr

Ratlos sah Melanie zu, wie Peter das geschundene Mädchen vom Stuhl losschnitt. Sie sackte nach vorne in seine Arme. In den Augen ihres Kollegen spiegelte sich eine Mischung aus Wut und Mitleid. Dann nahm er sein Handy und informierte die Einsatzzentrale. In wenigen Minuten würden ein Notarzt und ein Krankenwagen hier sein.

Daniela hatte dem einen Mann Handschellen angelegt. Der andere lag leblos am Boden. Die Kugel war in seine Brust eingedrungen. Niemand konnte sagen, welchen Schaden sie dort angerichtet hatte.

Melanie beugte sich über ihn. Sie kannte dieses Gesicht. Stefan Kellermann hatte ihr ein Bild davon geschickt. Fotografiert durch ein Teleobjektiv mit einer Kamera der oberen Preiskategorie. Der Verfassungsschutz geizte eben nicht bei der Ausrüstung seiner Agenten.

»Das ist Robert Meinrad. Er ist also noch mal nach Regensburg zurückgekommen.«

»Jetzt wissen wir auch, warum.« Peter beugte sich ebenfalls zu dem Mann herab. »Scheint noch am Leben zu sein«, stellte er sachlich fest.

Melanie drehte sich zu Daniela und ihrem Gefangenen um. »Und wer sind Sie?«

»Barry Perkins«, antwortete ihre Kollegin für ihn. Sie reichte Melanie einen ausländischen Ausweis.

»Amerikanischer Staatsbürger. Mr. Perkins. Was tun Sie in Deutschland und vor allem, was tun Sie hier?«

»Wenn Sie das Mädchen meinen, das war er. Und wenn er ist, was sie soeben gesagt haben, war es ihr Glück, dass ich vorbeikam.«

»Ach was? Sie waren eben mal zufällig in der Gegend und dachten, in diesem Haus könnte etwas passieren? Da sind Sie hier hereinspaziert und haben die Angelegenheit geregelt, oder was?« Peter klang gereizt. Der Zustand Bettis ging ihm offenbar an die Nieren.

»Deshalb tragen Sie auch immer eine Waffe bei sich?«

»Ich kann mich nur wiederholen. Ich kenne diesen Mann dort nicht. Er wollte das Mädchen töten und ich habe es verhindert.«

»Ja, Sie sind ein wahrer Held. Zumindest in Ihrer Version.« Peter sah ihn aus kalten Augen an.

»Warten wir erst einmal die Spurensicherung ab«, entschied Melanie.

Der Mann mit dem US-Ausweis sah sie mit dem Anflug eines Lächelns an. »Sie haben ja keine Ahnung, auf was Sie sich da einlassen. Glauben Sie mir, das hier ist ein paar Nummern zu groß für Sie.«

Regensburg, Uniklinik, 21.40 Uhr

Die Fahrt nach Regensburg dauert für gewöhnlich eine Stunde. Der Verkehr und die Missachtung der Geschwindigkeitsbegrenzungen auf der Strecke lassen es zu, dass ich 45 Minuten nach dem Start des Helikopters auf den Parkplatz der Uniklinik fahre. Hier, so sagte man mir, will man versuchen, Claudias Leben zu retten.

Ich frage mich am Empfang zur richtigen Station durch. Dort ist eine Tugend gefragt, derer ich mich nicht rühmen kann.

»Sie müssen jetzt Geduld haben«, weist mich eine Krankenschwester zurecht, als ich versuche, den Behandlungsraum zu betreten. Mürrisch setze ich mich auf einen der Wartestühle im Flur. Ich hänge hier fest und kann nichts tun. Oder doch? Wenn Julias Verschwinden und Michael Obermeiers Tod mit Claudias Zustand zusammenhängen, und davon bin ich überzeugt, muss ich mich wieder an die Arbeit machen. Bin ich dazu im Augenblick überhaupt in der Lage? Eine kurze Reflexion meines Gemütszustands kommt zu dem Ergebnis, dass ich es nicht bin. Nicht, bevor ich nicht weiß, was mit Claudia los ist.

Regensburg, Kriminalpolizeiinspektion, 21.40 Uhr

»Die Spurensicherung bestätigt also die Version von Mr. Perkins.«

»Die Spusi und die Gerichtsmedizin. Ich komme gerade von dort.« Daniela ließ sich in ihren Stuhl fallen. »Die Hämatome und Platzwunden bei Robert Meinrad stammen zweifelsfrei von einem Zweikampf.«

»Mit Betti Greiner?« Peter sah sie ungläubig an.

»Hast du nicht bemerkt, wie gut trainiert sie ist? Du

hast sie doch losgebunden. Da musstest du doch ihre Muskeln spüren.«

»Tut mir leid. Ich war etwas abgelenkt von ihrem Gesicht«, verteidigte sich Peter verbittert.

»Der Mistkerl hat sie ganz schön übel zugerichtet. Ich fürchte, das ist etwas mehr als eine gebrochene Nase und ausgeschlagene Zähne.« Auch Melanie spürte den Zorn in sich. Keine gute Voraussetzung für einen kühlen Kopf. Und den benötigte sie jetzt am allermeisten.

»Meinrad hat dreimal geschossen. Der Streuung der Kugeln nach schwenkte er von links nach rechts. Auch das bestätigt Barry Perkins Aussage. Wenn er durch die Tür kam und den anderen überrascht hat, als dieser auf Betti zielte, ergibt sich genau diese Schussfolge.«

»Mann oh Mann. Schießt noch, obwohl eine Waffe auf ihn gerichtet ist.«

»Meinrad war Fremdenlegionär. Kapitulation steht bei denen nicht im Mitgliedsausweis.«

Peter atmete tief durch. »Also gut. Aber warum war Perkins dort? Warum hat er eine Schusswaffe? Und warum will er uns nichts Genaueres dazu sagen?«

Melanie stand auf. »Das werde ich ihn heute noch fragen. Aber zuerst fahre ich ins Krankenhaus. Wenn Betti aufwacht, will ich dabei sein.«

»Meinst du, das geht so schnell? So wie sie aussah?« Peter schüttelte den Kopf.

»Falls sich ihre Verletzungen als schlimmer herausstellen sollten, bleibt uns noch immer Mr. Perkins. Ihr kümmert euch um ihn, bis ich zurückkomme. Und Daniela, organisiere doch noch zwei Kollegen. Ich möchte eine Wache vor Bettis Zimmer und dem von Meinrad.«

Regensburg, Uniklinik, 22.20 Uhr

Das Gesicht des Arztes spricht Bände. Noch bevor er mit bedauernder Stimme beginnt zu erklären, was er nicht erklären kann, weiß ich Bescheid. »Herr Buchmann, sind Sie ein Angehöriger?«

»Ihr Lebensgefährte. Aber wenn Sie dem nichts über Claudias Zustand sagen dürfen, dann sagen Sie es einfach dem ermittelnden Kripobeamten.« Ich halte ihm meinen Dienstausweis unter die Nase. »Keine Angst. Es geht wirklich um einen aktuellen Fall. Sie haben mein Wort darauf.«

»Also gut. Viel ist es ohnehin nicht. Frau Schedlbauers Zustand gibt uns Rätsel auf. Ihr Herz schlägt nicht schnell genug. Wir wissen nicht, warum. Sie zeigt keine Anzeichen einer Krankheit und ihre Eltern sagen, dass sie noch nie derartige Symptome gehabt hat. Auch keine Vorerkrankungen oder Auffälligkeiten.«

Ich sehe ihn fragend an.

»Außerdem ist ihre Körpertemperatur zu hoch.«

»Fieber?«

»Nein. Ich bin mir sicher, dass es nicht natürlichen Ursprungs ist.«

»Das bedeutet, jemand hat ihr etwas gegeben.«

»Es gibt eine kleine Einstichstelle am Hals.«

»Eine Spritze? Und damit rücken Sie erst jetzt heraus?«

Entrüstet schlage ich die Hände über dem Kopf zusammen. Er sieht mich verblüfft an. Beruhige dich, Moritz! Das bringt dich nicht weiter. Wie soll dieser Arzt auch wissen, dass du einen Anschlag auf Claudia vermutest?

Eigentlich ist es ein Anschlag auf mich. »Kann ich zu ihr?«

»Wir möchten jedes Risiko vermeiden. Auch das einer Ansteckung, Sie verstehen?«

Nein, ich verstehe nicht. Aber ich werde nichts tun, was Claudia gefährden könnte.

Dann tu endlich etwas, was ihr hilft!

»Danke. Hier haben Sie meine Nummer. Sie rufen mich an, wenn sich ihr Zustand verändert?«

»Versprochen.«

Ich nicke ihm noch einmal zu, dann greife ich zum Handy. Claudias Eltern warten sicher schon verzweifelt auf meinen Anruf. Einige Erklärungen und beruhigende Worte meinerseits sowie Schluchzen und Tränen bei ihnen später mache ich mich auf den Weg. Ich spüre, dass ich keine Zeit mehr zu verlieren habe. Im Laufschritt eile ich den Flur entlang, biege um eine Ecke und renne eine junge, ausgesprochen attraktive Frau über den Haufen. Erschrocken setze ich zu einer Entschuldigung an. Ein zweiter Blick auf mein ebenso verdutztes Opfer.

»Na so was! Hallo …«

*

Die Kriminalpolizeiinspektion und das Uniklinikum trennte ein Steinwurf. Länger als die Fahrt dorthin dauerte der Marsch durch die endlosen Flure und Gänge des riesigen Krankenhauses. Melanie hatte Mühe, sich zu orientieren und den am Empfang beschriebenen Weg zu finden, zumal sie gerade einen Anruf erhielt. »Mel, soeben ist eine Meldung der Inspektion Straubing reingekommen.« Daniela klang um Sachlichkeit bemüht, konnte ihre Aufregung jedoch nicht ganz verbergen. »Es geht um Michael Obermeier.«

»Und, was ist mit ihm?«

»Er ist tot.« Daniela ließ die drei Worte wirken, dann fuhr sie fort.

»Seine Leiche wurde in einem See im Bayerischen Wald gefunden. Taucher haben dort nach ihm gesucht, da zuvor das Bein eines Mannes aus dem Wasser gezogen wurde. Und seinen Arm hat man nahe einem Haus im Wald gefunden.«

Melanie presste das Handy an ihr Ohr. Da vorne biegt der Flur nach rechts ab, sagte ihr ein Teil ihres Gedächtnisses. Der andere Teil versuchte, das soeben Gehörte einzuordnen. Michael und Robert: beide Keltische Kameraden.

Sabine: Michaels Freundin. Von Robert ermordet? Oder von Michael? Noch immer fehlte die Antwort auf die zentrale Frage: Warum?

Ein Hinweisschild wies sie zur Station, auf der Betti Greiner lag. Zielstrebig ging sie mit energischen Schritten weiter.

»Und jetzt rate mal, wer im Fall Michael Obermeier ermittelt? Es ist dein alter Freund …«

*

»Moritz?«

Wer rennt mich denn hier über den Haufen und kennt noch dazu meinen Namen? Gut, ich gebe zu, auch ich habe die Ecke rasch und schnell genommen. Unvorsichtig eben und den Zusammenprall in Kauf nehmend. Aber meine Gedanken waren weit weg von hier. Ich unterdrücke den Fluch auf meinen Lippen.

Meine Unfallpartnerin wirkt genauso überrascht, wie ich es bin. Sie steckt ihr Handy mit einem »Ich melde mich wieder« in die Hosentasche einer unverschämt eng sitzenden Jeans. Meine Aufmerksamkeit gehört jedoch dem von kurzen Haaren umrahmten Gesicht der Frau, die ich seit vier Jahren kenne.

»Mel! Na so was.«

Es ist die Begegnung zweier Freunde, die nach mehr verlangt als einem Händedruck. Wir umarmen uns kurz und heftig.

»Was machst du hier?« Eine Frage, die mir auch auf den Lippen lag.

Ich atme tief durch. »Claudia.«

»Claudia? Was ist mit ihr? Hoffentlich nichts Ernstes?« Ihre Besorgnis ist echt. Meine Lieblingskollegin und meine Lieblingsfrau verstehen sich ausgezeichnet, wenngleich die Distanz zwischen Regensburg und Kirchbach einer echten Freundschaft bisher im Wege stand.

»Das wissen die hier nicht. Aber ich fürchte, es hängt mit meinem aktuellen Fall zusammen.«

»Mit dem Mord an Michael Obermeier?«

»Du weißt davon?«

»Der Anruf kam soeben. Er wurde in einem See gefunden.«

»Dann haben die Taucher bis in die Nacht hinein gesucht.« Das bestätigt meine Achtung vor diesen Männern und Frauen. »Der Täter hat sich also tatsächlich die Mühe gemacht, Michaels Leiche dort zu beseitigen.«

»Aber was hat der Mord an einem Keltischen Kameraden mit Claudia zu tun?«

Was weiß Mel von den Keltischen Kameraden? Und wieso weiß sie, dass Michael ein Mitglied war? Und warum interessiert sie sich überhaupt für ihn?

Fragen, die nach Antworten verlangen.

»Er war der Freund meines Mordopfers«, beantwortet Mel sie mit einem Satz.

»Sabine Kulzer. Du ermittelst in ihrem Fall?«

Jetzt liegt es an ihr, verblüfft die Luft anzuhalten.

»Du ermittelst in einem Mordfall und ich ermittle in einem Mordfall«, stellt sie schließlich fest. Und ich suche ein vermisstes Mädchen und will meine Freundin retten, fügen mein Kopf und mein Herz hinzu.

»Und es scheint, als suchen wir den gleichen Täter.«

»Tja, meine Liebe. Dann machen wir doch am besten zusammen weiter.«

*

Eine erfolgreiche Partnerschaft verlangt absolutes Vertrauen. Zwischen die beiden Beteiligten darf sich kein Geheimnis oder Misstrauen drängen. Das ist in der Liebe nicht anders als in einem Ermittlungsteam der Kripo.

Obwohl Zeit das ist, was ich am wenigsten habe, sind die nächsten Minuten gut angelegt. Wir setzen uns in die Cafeteria des Klinikums und bestellen jeder eine Tasse Kaffee. Kann nicht schaden, denke ich. Die Nacht verspricht, noch lang zu werden.

Ich sehe keinen Grund, meinen Bericht hintanzustellen. Also erzähle ich ihr von Julia, der Schatulle und Michael Obermeier. Erst die Fakten, dann meine Vermutungen.

Dann ist Mel an der Reihe. Ohne sie zu unterbrechen, höre ich ihr zu. Zehn Minuten später ist uns beiden klar, dass die Straße, die wir gehen, die gleiche ist.

»Stefan Kellermann. Wer hätte gedacht, dass er noch mal mit uns in einem Boot sitzt.«

»Es kann eben nie schaden, jemanden beim Verfassungsschutz zu haben.« Der Gedanke ringt Mel ein Lächeln ab.

»Dann ist Julias Fund tatsächlich das, was Sven vermutet. Ein Relikt aus der Nazizeit. Für einige interessant genug, um dafür bis zum Äußersten zu gehen.«

»Die Keltischen Kameraden«, bestätigt sie meine Überlegung.

»Und nicht nur die. Dieser Mann, dieser Perkins. Du sagtest, er ist Amerikaner?«

»Seinem Ausweis nach ja. Glaubst du, da steckt mehr dahinter?«

»Hm. Ich denke da an einen Geheimdienst. NSA oder CIA vielleicht. Oder auch der israelische Mossad. Wer weiß schon, was die in diesem Kästchen vermuten. Ich frage mich nur, woher die alle davon wissen.«

»Willkommen im Zeitalter der sozialen Netzwerke.« Mel nimmt einen Schluck aus ihrer Tasse. »Hast du schon Julias Internetkontakte überprüft? Facebook, Twitter und so? Sollte sie dort ihren Fund gepostet haben, weiß die ganze Welt davon.«

»Ich glaube kaum, dass sie das getan hat«, starte ich den Versuch einer Entschuldigung. »Sie ist nicht so internetaffin wie ihre Altersgenossen. Aber sie könnte sich an einen Freund oder eine Freundin gewandt haben.«

»Sabine Kulzer!«

»Die damit, ohne zu wissen, warum, zur Zielscheibe aller wurde, die hinter der Schatulle her sind.«

Melanie trinkt ihre Tasse in einem Zug leer. Erst jetzt bemerke ich, dass ich meine noch nicht angefasst habe. Zu spät, denke ich. Der Kaffee ist jetzt bestimmt schon kalt.

»Da stochere ich vergeblich auf der Suche nach einem Motiv im Nebel und kaum treffe ich dich, lichten sich die

Schleier.« Sie sieht mich mit einer Mischung aus Bewunderung und Dankbarkeit an.

»Der Satz könnte von mir stammen«, gebe ich das Kompliment zurück.

»Das erklärt zwar einiges, aber nicht, was Betti Greiner und Michael Obermeier mit der Sache zu tun haben.«

»Und wer hat Julias Großmutter ermordet?«

Und das Wichtigste von allem: Wer hat Claudia die Spritze gegeben? Und wie kann ich ihr helfen?

»Ich fürchte, dieser Amerikaner wird uns noch Schwierigkeiten bereiten«, holt mich Mel zurück.

»Weißt du was? Ich würde mich gerne mal mit Mr. Perkins unterhalten.«

Regensburg, Kriminalpolizeiinspektion, 22.50 Uhr

Barry Perkins nagte verärgert an seiner Unterlippe. Seine Wut galt weniger den beiden jungen Polizeibeamten, die ihn nicht aus den Augen ließen, sondern vielmehr sich selbst. Wie sollte er das seinen Vorgesetzten zu Hause erklären? Verhaftet von der deutschen Polizei!

Natürlich würde ein Anruf in der Zentrale reichen und das Räderwerk versteckter Diplomatie würde sich in Bewegung setzen. Seine Drohung dieser zugegeben ungewöhnlich hübschen Kripobeamtin gegenüber war nicht aus der Luft gegriffen. Einige Telefonate auf höchster Ebene und schon würde sie die Anweisung erhalten, ihn freizulassen.

Aber er war nicht in seinem Land. Hier in Deutschland würde es Fragen geben. Unangenehme Fragen. Die er beantworten musste. Ein geradezu amateurhafter Fehler. Außerdem würde das ganze Prozedere einige Stunden in Anspruch nehmen. Barry spürte, dass ihm diese Zeit nicht mehr blieb. Die Entscheidung fiel in dieser Nacht.

Ich muss versuchen, ohne Unterstützung der Firma hier rauszukommen, dachte er. Doch dazu muss ich die Chefin dieser beiden hier davon überzeugen, mich gehen zu lassen. Und das wird sie nur im Austausch gegen Informationen tun. Wie weit kann ich gehen? Wie viel darf ich verraten? Noch kann ich mir die Sache überlegen. Aber wenn sie zurückkommt, ist es Zeit für eine Entscheidung.

Irgendwo, 22.55 Uhr

Vorsichtig hob er den Deckel. Nur einen schmalen Spalt. Breit genug, um sie zu sehen. Sie saß schweigend an der Wand. Als sie das dünne Lichtband erreichte, sah sie auf. Wie verängstigt und allein sie doch war.

Er fühlte ihre Unschuld.

Aber nein, was für ein Gedanke. Schwächling! Du Schwächling! Sie hat die Schatulle gefunden. Sie hat das geschafft, was du jahrzehntelang vergeblich versucht hast.

Du hast dein ganzes Leben dafür geopfert und sie musste sich nicht einmal anstrengen. Sie hat es nicht verdient!

Dabei hätte ihn ihr Weinen und Schluchzen fast übermannt. Das war vorhin gewesen, als die Hoffnung gedroht hatte, sie zu verlassen.

Jetzt war sie still und einsam. Sie zeigte keine Reaktion auf das Licht. Ich tu dir nichts, hätte er am liebsten zu ihr hinuntergerufen. Dir wird nichts geschehen. Wenn ich habe, was ich will, dann lasse ich dich frei. Wenn ich die Schatulle habe, ist alles vorbei.

Er ließ den Deckel wieder zufallen. Dann ging er hinauf in sein Zimmer. Er zog einen Stuhl heran und stieg darauf. Seine Hand erreichte die kleine Schachtel oben auf dem Schrank. Er legte sie auf den Tisch und öffnete sie.

Die Pistole war alt. Er hatte sich über die Waffe informiert. Eine Walther PP. Er hatte sie stets gereinigt und geölt. Die Patronen waren trocken und das Magazin gefüllt. Er steckte sie in seinen Gürtel und zog seine Jacke darüber. Dann ging er in die Scheune. Dort stand die langstielige Axt. Auch sie war alt und auch sie hatte er all die Jahre über gepflegt. Der Stiel war neu und die Schneide geschliffen.

Es war an der Zeit, Moritz die Nachricht zu schicken. Er ging zum Telefon und wählte die Nummer aus dem Telefonbuch. Natürlich würden sie herausfinden, von welchem Apparat aus angerufen wurde. Doch das spielte jetzt keine Rolle mehr. Nicht mehr, seit die Schatulle in die Zisterne gefallen war und Moritz Buchmann sie dort herausgeholt hatte. Die Geschichte neigte sich ihrem Ende zu.

Niemand durfte die Schatulle öffnen. Niemand das Grauen darin entfesseln. Er war bereit, sein Leben dafür zu geben.

Regensburg, Kriminalpolizeiinspektion, 23.00 Uhr

Ich folge Mel durch den nächtlichen Stadtverkehr. Wir erreichen den Parkplatz der Inspektion, als mein Handy läutet. Ich hätte nicht gedacht, dass Fabian Altmann heute noch Dienst schiebt. Seine Stimme verrät nichts Gutes.

»Servus, Moritz. Soeben ist ein Anruf hier eingegangen. Da hat wohl jemand deine Handynummer nicht und deshalb hier angerufen.«

»Und?«

»Es war ein Mann. Er sagte, wir müssen dir das sofort weitermelden.«

Ich stelle den Motor ab. Meine Hände umklammern das Lenkrad. In der Windschutzscheibe spiegelt sich das Bild Claudias, die totenähnlich im Bett liegt.

»Und was?«

»Er sagte, wenn du Julia wiederhaben willst, sollst du die Schatulle dorthin bringen, wo sie gefunden wurde. Heute um 12 Uhr Mitternacht. Der liebt es wohl schaurig.«

Ich kann seinen Anflug von Humor nicht teilen. Bin ich erleichtert? Es geht nicht um Claudia. Also fehlt mir weiterhin jeder Hinweis, wie ich sie retten kann. Und Julia? Was kann ich für sie tun? Meine einzige Hoffnung liegt nun bei Mr. Perkins. Ich ahne, er weiß mehr über die Sache als wir alle zusammen.

Köln, Neustadt Süd, 23.06 Uhr

Kevin ist sein Geld wert. Und sein Equipment auch. Die Güßbacher hat also einen Ami am Haken. CIA oder NSA sagte sie. Das sollte doch auch meinen Kunden interessieren, dachte Galadriel. Mal sehen, wer das schneller herausfindet. Leider ist das, was Buchmanns Wanze liefert, kaum verwertbar. Dafür bekommt Alexander diesen Perkins umsonst. Sie machte sich sofort ans Werk.

Regensburg, Kriminalpolizeistation, 23.10 Uhr

Mein Treffen mit Barry Perkins findet nicht in einem dieser sterilen Verhörräume mit Mikrofonen auf spiegelnden Tischen und spärlichem Mobiliar statt, wie sie aufmerksamen Krimisehern bekannt sind. Auch sein Äußeres erinnert kaum an die Agenten aus Kino und Film im schwarzen Anzug, die selbst bei schlechtem Wetter nicht ohne Sonnenbrille auskommen. Groß, schlank und sportlich durchtrainiert steht er vor mir, da passen Jeans und Lederjacke ohnehin besser zu ihm. Auf der Straße würde ich ihn für einen Touristen halten. Hier im Büro der Mordkommission Regensburg wirkt er anders. Ich weiß, dass er ein Mitarbeiter irgendeines Geheimdienstes ist, der mir helfen muss, Claudias Leben zu retten.

Peter Teichert und Daniela Platzer begrüßen uns mit

einem Nicken. Sie sitzt an ihrem Bürotisch, er steht neben Perkins, der aus dem Fenster blickt. Der dreht sich um, mustert uns kurz und geht zu einem der Stühle. Er schlägt ein Bein über das andere, legt seine gefalteten Hände auf ein Knie und meint: »Frau Güßbacher! Und Herr Buchmann, oder?« Trotz des unverkennbaren Akzents ist sein Deutsch erstaunlich gut.

Mel zieht sich einen weiteren Stuhl heran und setzt sich ihm gegenüber. Ich bleibe im Hintergrund stehen.

»Herr Perkins. Ich denke, wir sollten uns jetzt mal in Ruhe unterhalten. In Betti Greiners Wohnung hatte ich leider etwas wenig Zeit für Sie. Ich hoffe, Sie entschuldigen das.«

Er hebt verständnisvoll die Hände. »Aber natürlich, Frau Kommissarin. Solange Sie nicht vergessen, was ich Ihnen dort gesagt habe.«

»Habe ich nicht. Aber im Augenblick würde mich viel mehr interessieren, was Sie dort gemacht haben. Sie werden verstehen, dass ich Ihre Anwesenheit just in dem Moment, da Betti Greiner überfallen wird, nicht für einen Zufall halte.«

»Ich kann Ihnen nur noch mal empfehlen, mich gehen zu lassen. Noch besser, Sie vergessen mich einfach wieder.«

»Wenn Sie Ihre Drohung mit Ihren Beziehungen zu höheren Kreisen meinen, so kann ich Ihnen nur raten, diese spielen zu lassen.« Peters Stimme lässt die Temperatur im Raum um mindestens drei Grad sinken. »Aber wir haben Sie mit einer Waffe in der Hand neben einem Mann angetroffen, in dessen Brust eine Kugel aus eben dieser Waffe steckte. Das allein reicht, um ihr Zimmer im Ibis Hotel durchsuchen zu lassen, was die Spurensicherung in diesem Augenblick auch tut.«

Ich lasse meine Augen nicht von ihm. Bringen ihn Peters Worte aus der Fassung? Nicht eine Sekunde! Entweder Perkins ist ein eiskalter Hund oder er ist sich absolut sicher, dass wir ihm nichts anhaben können.

Warum aber, so frage ich mich, hat er nicht längst seinen Anruf getätigt? Warum sitzt er hier, wo er doch nach eigener Aussage längst wieder auf freiem Fuß sein könnte? Ich versuche, mich in seine Lage zu versetzen. Ein Agent, der über den großen Teich fliegt, um dort einen Auftrag zu erledigen und der von der deutschen Polizei geschnappt wird. Wie peinlich. Ein Grund, wenngleich nur ein schwacher. Den starken liefert er mir selbst.

»Sie vergeuden Ihre und meine Zeit. Während Sie hier versuchen, Ihre kleinen Verbrechen aufzuklären, ist es meine Aufgabe, die großen zu verhindern. Sollte sich herausstellen, dass ich durch Ihre Schuld zu spät komme, wird das nicht wiedergutzumachende Konsequenzen für Sie haben.«

Zeit, denke ich. Er kann nicht warten.

Mel quittiert seine Drohung, indem sie in ihre Hosentasche greift und ihr Handy herauszieht. Sie wirft einen kurzen Blick darauf, steht auf und kommt zu mir. Schweigend zeigt sie mir das Display. Stefans Nachricht beschränkt sich auf drei Buchstaben: CIA.

Ich sehe sie kurz an, dann geht mein Blick zu Perkins. Seine Selbstsicherheit ist ungebrochen. In meinem Kopf laufen einige Räder heiß. »Julia«, steht darauf geschrieben und »Claudia«. Etwas in mir erwacht. Ängste, die mich vor einem Jahr an den Rand des Abgrunds geführt haben.

Es war Claudia, die mich davor bewahrt hat hinabzustürzen. Der Abgrund hieß Sucht und der Weg dorthin Alkohol. Seit jenem Gespräch mit der Frau an meiner Seite, bei dem sie mir ihr uneingeschränktes Vertrauen versprochen hat, wähnte ich die Erinnerungen an die schlimmsten Tage meines Lebens tief in einem Winkel meines Bewusstseins vergraben. Jetzt sind sie dabei, wieder hervorzukriechen, um mich mit sich zu reißen.

Ich weiß, ich darf das nicht zulassen. Du bist nicht mehr der, der du noch vor einem Jahr warst, versuche ich, mir einzureden. Und wenn doch?

Erneut liegt das Leben anderer in meiner Hand. Noch schlimmer. Ich kenne die beiden Frauen und eine davon liebe ich. Ich muss meine Gefühle in eine Schublade stecken, die ich erst wieder öffnen darf, wenn beide in Sicherheit sind. Kann ich das? Bin ich der eiskalte Superbulle, den nichts aus der Ruhe bringt?

Nein, bin ich nicht. Ich möchte die Schublade öffnen und meine Wut, meine Angst und meinen Zorn herausholen und Barry Perkins damit überschütten.

Mel sieht mir in die Augen. Sie ahnt wohl, was kommen wird. Die Zeit der Spiele ist vorbei. Ich habe mich entschlossen. Ich werde alles auf eine Karte setzen. Langsam gehe ich zu ihm und setze mich in Mels Stuhl. Sie hält mich nicht zurück. Ich werde ihr das nie vergessen.

»Barry aus …? Woher kommen Sie, Mr. Perkins?«

»Virginia«, antwortet er überrascht. Die anderen schauen mich erwartungsvoll an.

»Warum wurden Sie geschickt? Warum hat die CIA keinen ihrer Agenten vor Ort beauftragt, Kurt Heißmeyers Forschungsergebnisse zu besorgen? Es muss ihnen doch klar sein, dass dies hier ein Rennen gegen die Zeit ist.«

Überraschen ihn mein Wissen um die Schatulle und deren Inhalt? Perkins Mundwinkel zucken, mehr aber auch nicht. Also muss ich nachsetzen. »Sind Sie ein Experte für Relikte aus der Zeit des Dritten Reiches? Oder gehören Sie einer Gruppe innerhalb Ihrer Organisation an, die auf eigene Faust handelt? Das allein ist es nicht, habe ich recht? Es geht nicht nur um Heißmeyers wissenschaftliches Vermächtnis. Sie sind wegen etwas anderem hier. Oder wegen jemand anderem.« Eine reine Vermutung, doch es scheint, ich habe eine Schwachstelle in seinem Panzer gefunden. Handelt er tatsächlich ohne Wissen der Agency? Es wäre nicht das erste Mal, dass sich innerhalb eines derart großen Organismus, wie es die Geheimdienste inzwischen sind, eigenständige Zellen bilden. Tumore, die ohne den Gesamtkörper agieren.

Endlich kommt Leben in das steinharte Gesicht des Agenten. »Wenn Sie von Heißmeyer wissen, dann dürfte Ihnen doch bewusst sein, dass sein Erbe nicht in die falschen Hände geraten darf.«

»Das sehe ich genauso. Deshalb werden Sie es auch nicht bekommen.«

Meine Worte müssen für ihn, den Vertreter der selbst ernannten Schutzmacht der freien Welt, eine unverzeihliche Provokation darstellen. Für einen Augenblick zerbröselt die Schutzhülle um ihn zu Staub.

»Wer außer uns, denken Sie, sollte in der Lage sein, Heißmeyers Forschungsergebnisse richtig einzuschätzen? Wer außer uns sollte dafür sorgen können, dass diese nicht zur Gefahr für die Welt werden? Was, wenn er sie bekommt? Dann könnte jeder sie kaufen. Glauben Sie wirklich, Ihr Land wäre in der Lage, die Menschheit davor zu beschützen? Am Ende sind es immer wir, die dafür sorgen, dass auch Sie und Ihr Volk ruhig schlafen können.«

Er lässt seinen Blick durch den Raum wandern. Ich sehe Angst darin. Er hat zu viel verraten und er weiß es. Hat es jemand bemerkt? Er beendet seine Suche mit dem Ergebnis, dass dem nicht so ist. Könnte er in mein Innerstes blicken, er würde mich dort lächeln sehen.

Was, wenn *er* sie bekommt?

Er ist tatsächlich nicht nur wegen Julias Fund hier, sondern wegen *ihm*. Wer ist *er*? Ich lasse Perkins in dem Glauben, nichts bemerkt zu haben. Noch!

»Und deshalb sind Sie in Frau Greiners Wohnung eingedrungen. Was haben Sie dort zu finden gehofft? Die Schatulle? Natürlich, was auch sonst? Aber Sie waren nicht der Einzige. Es muss Ihnen doch klar sein, dass die anderen, wer auch immer sie sein mögen, da draußen sind. Sie können ihre Suche fortsetzen, während Sie hier drinnen zur Untätigkeit verdammt sind.«

»Sie können mich nicht festhalten. Man wird Ihnen bald die Grenzen Ihrer Kompetenzen vor Augen führen. Machen Sie sich auf Ärger gefasst.«

»Tja, Mr. Perkins. Ich bin mir absolut sicher, Sie haben recht. Die CIA wird Ihre Botschaft anrufen, die das Innenministerium, dieses den Polizeipräsidenten und von dort wird der Befehl kommen, Sie laufen zu lassen. Wissen Sie, ich frage mich nur, warum Sie das nicht schon lange getan haben? Bis vor Kurzem wusste ich keine Antwort auf diese Frage.«

»Ach? Und jetzt? Jetzt glauben Sie, sie zu kennen?«

»Ganz genau. Die Antwort lautet: Zeit. Vielleicht kennen Sie den langen Weg, den Ihr Anruf gehen muss, bis er durch alle Instanzen in diesem Büro angelangen wird. Ich kann nur vermuten, dass es bei Ihnen zu Hause ähnlich ist, aber seien Sie versichert, hier in Deutschland betreten Sie einen Dschungel«, übertreibe ich bewusst. Natürlich würde sein Hilferuf die von mir geschilderten bürokratischen Hürden elegant überspringen, aber das muss er ja nicht wissen.

»Sie werden freikommen«, lasse ich ihm keine Zeit zu überlegen, »doch die Frage ist, wann.«

So weit, so gut, denke ich. Ich habe fast alle meine Pfeile verschossen. Mein Köcher ist beinahe leer. Ich lege den letzten auf die Sehne meines Bogens. Es ist nur eine Vermutung, geboren aus einem Versprecher des Agenten. Er ist nicht nur hinter der Schatulle her. Er jagt einen Mann. Einen Spion, einen Terroristen, einen Waffenhändler, einen Verräter, einen feindlichen Agenten? Ich weiß es nicht. Ich setzte alles auf diese letzte Karte.

»Bettis Wohnung war ein kapitaler Fehlschlag, nicht wahr? Keine Schatulle und der Mann, den Sie niedergeschossen haben, war nicht der, den Sie suchen. Er ist noch immer hinter Julias Fund her. Und dann werden Sie auch noch von der deutschen Polizei festgenommen. Wissen Sie, wie ich das sehe, Mr. Perkins? Sie wurden an einem Tatort angetroffen. Ein Mann liegt mit einer Kugel in der Brust vermutlich gerade auf dem Operationstisch. Gleich daneben kämpfen die Ärzte um das Leben einer jungen Frau, die so schwer misshandelt wurde, dass sie im Koma liegt. Das reicht, um Sie so lange hier zu behalten, bis *er* sich aus dem Staub gemacht hat.«

Alle im Raum halten den Atem an. Sie spüren, dass dieses Gespräch an einem entscheidenden Punkt angekommen ist. Perkins richtet sich in seinem Stuhl auf. Er hat begriffen, dass ich begriffen habe. Und noch etwas: Ich habe ihm soeben verraten, dass Robert Meinrad nicht der Einzige war, der die Schatulle suchte. Ich habe ihm verraten, dass da noch jemand ist.

Ich sehe seine Gedanken, die sich überschlagen.

Ist *er* tatsächlich hier? Ist *er* noch da draußen? Kann ich *ihn* doch noch fassen?

Ich weiß nur eins. Irgendjemand hat Claudia vergiftet. Irgendjemand benutzt sie, um über mich an die Schatulle heranzukommen. Und dieser jemand ist der Gleiche, den auch Mr. Barry Perkins aus Virginia sucht. Deshalb will ich jetzt Antworten von ihm. Ich habe das Versteckspiel satt.

»Mr. Perkins! Ich habe keine Ahnung, was Sie von ihm wollen und ehrlich gesagt, interessiert es mich auch nicht. Mein Fokus liegt auf dem Leben von zwei Frauen. Einer von ihnen wurde mit ziemlicher Sicherheit von Ihrem Mann ein Gift verabreicht, das wir nicht kennen. Sie sehen, auch ich habe keine Zeit zu verlieren. Und glauben Sie mir, meine Geduld ist am Ende. Sollten Sie jetzt nicht den Mund aufmachen und uns erzählen, um was es hier eigentlich geht, werden wir Sie hierbehalten, bis *er* am anderen Ende der Welt ist.«

Es bereitet mir keine Mühe, meine Stimme entschlossen klingen zu lassen. Nie war mir eine Sache ernster.

»Wenn er wegen Ihnen entkommt, Herr Buchmann, dann geht es nicht mehr nur um ihre beiden Frauen.«

Er steht so abrupt auf, dass ich erschrocken zurückzucke. »Dann trifft Sie die Schuld am Tod von Tausenden.«

Cham, Floßhafen, 23.25 Uhr

Jetzt könnten sie so weit sein, dachte er. Buchmann und Güßbacher sollten von diesem CIA-Agenten genug erfahren haben. Genug, um zu wissen, dass sie es mit einem Gegner zu tun hatten, der nicht beliebte zu scherzen. Einem Gegner, dem sie nicht gewachsen waren. Schließlich hatten sie es mit ihm, mit Alexander Oehgren zu tun.

Mit einem erwartungsvollen Lächeln wählte er die Nummer von Buchmanns Handy. Diese gehörte zu Galadriels Gesamtpaket. Ohne Aufpreis sozusagen.

Regensburg, Kriminalpolizeiinspektion, 23.25 Uhr

Ich werde wohl nie erfahren, ob Barry Perkins je gewillt war, sein Wissen mit mir zu teilen. Es ist beileibe nicht mein Stil, meinen Gesprächspartner dadurch zu brüskieren, dass ich mein Handy ihm vorziehe. Heute aber ist das kleine Gerät in meiner Tasche der Faden, an dem das Leben Claudias hängt.

Das Display verrät nicht, wer der Anrufer ist. Seine ersten Worte schon: »Herr Buchmann. Oder darf ich Moritz sagen, wo wir doch beide die gleiche Frau in unseren Armen gehalten haben?«

Es ist so weit. Ich weiß, die nächsten Minuten entscheiden über Claudias Leben.

Ich stehe auf. Ein kurzer Blick zu Mel und sie weiß Bescheid. Ich gehe in das leere Büro nebenan und schließe die Tür. Niemand folgt mir.

»Ich frage Sie nicht, wer Sie sind. Erstens werden Sie es mir nicht sagen und zweitens spielt es keine Rolle. Ich frage Sie auch nicht, was Sie wollen. Ich weiß es.«

»Ah, Moritz. Sie gefallen mir, das muss ich schon sagen. Keine lange Vorrede, kein überflüssiges Gequatsche. Also gut. Kommen wir gleich zur Sache. Nur eines noch: Was hat Ihnen der Typ von der CIA über mich erzählt?«

Spätestens jetzt erkenne ich, wie gefährlich er ist. Hat er uns alle im Blick? Ist er über alles informiert? Er weiß, dass ich die Schatulle habe und er weiß von Barry Perkins. Als ich nicht antworte, fährt er fort: »Hat er Ihnen gesagt, dass er mich seit Jahren verfolgt? Ja, wo ich bin, sind auch sie. Und doch immer zu spät. Wie traurig für diese Agenten und ihre Firmen, finden Sie nicht auch? Nun, ich bin mir sicher, er hat Ihnen nicht gesagt, dass ich ein Mann von Ehre bin. Sie müssen wissen, ich stehe zu meinem Wort. Glaubwürdigkeit ist in meinem Geschäft unverzichtbar.«

Warum erzählt er mir das?

»Reden wir über Claudia«, versuche ich, das Gespräch auf den Punkt zu bringen.

»Wir reden über Claudia. Ich dachte, Sie verstehen das. Claudia und mein Wort.«

»Was meinen Sie damit?«

»Nun, lassen Sie es mich erklären. Der Anfang dieser kurzen Geschichte liegt doch einige Jahre zurück. Damals entwickelten findige Chemiker und Mediziner in Nordkorea für den Geheimdienst des großen Führers verschiedene Substanzen. Halluzinogene, Mittel, die unglaubliche

Schmerzen verursachen, Injektionen, die den menschlichen Körper von innen auflösen und noch einiges Innovatives mehr. Alles hervorragend geeignet, um bei Verhören oder als Bestrafung eingesetzt zu werden. Können Sie mir folgen?«

Ich kann es, obwohl ich es nicht will.

»Einige dieser Wundermittel landeten auf unergründlichen Wegen auf dem Weltmarkt. Nur für einen erlesenen Kreis von Kunden, versteht sich. Sehen Sie, Moritz. Es gibt eine chemische Mischung, die den Menschen in eine schockähnliche Starre versetzt. Eigentlich nicht so schlimm, mögen Sie denken, aber das ist noch nicht alles. Die bedauernswerte Person ist wach und bekommt alles mit, was mit ihr passiert. Und es passiert einiges. Das Gift greift nämlich auch die Magenwand an und, nun, wie soll ich sagen? Es löst diese auf. Ja, das trifft es wohl am besten. Anschließend wird der Liquident von seiner eigenen Magensäure zersetzt. Sie werden sich jetzt fragen, was das mit Ihnen zu tun hat. Nun, einmal in die Blutbahn gespritzt verspricht dieses Mittel bei Verhören einen durchschlagenden Erfolg. Denn natürlich gibt es ein Gegengift. Was würde das Ganze sonst für einen Sinn ergeben, meinen Sie nicht auch? Man stellt den Betroffenen vor die Wahl eines, verzeihen Sie das Wortspiel, ätzenden Todes im Gegensatz zu seiner doch recht schmerzfreien Rettung.«

Ich kann sein selbstgefälliges Gerede nicht mehr hören. Aber kann ich es wagen, ihn zu provozieren? Ich muss es. Er soll wissen, dass er es mit keinem Anfänger zu tun hat.

»Ich weiß nicht, wer Sie sind. Aber ich denke, wir sollten endlich zur Sache kommen. Sie haben Claudia dieses Zeug gespritzt. Und Sie haben ein Gegenmittel. Und, lassen Sie mich raten, Sie wollen die Schatulle mit Kurt Heißmeyers Aufzeichnungen dafür.«

»Moritz, Sie gefallen mir immer besser. Sie sind wahrlich ein Mann der Tat. Aber so einfach kann ich es Ihnen nicht machen, das werden Sie doch verstehen? Schatulle gegen Heilmittel! Und dann? Dann verfolgen Sie mich und lassen mich verhaften! Ich muss Sie enttäuschen. Meine Pläne sehen etwas anderes vor.«

Dann sag sie mir endlich. Ich muss ohnehin auf alles eingehen, was du willst. Du hast mich in der Hand, also mach schon.

»Wissen Sie was? Ich habe die Schatulle und sie ist mir gleichgültig. Sollen sich andere mit ihr und mit Ihnen beschäftigen. Ich will das Leben dieser Frau retten. Also sagen Sie schon, wie wir beide das jetzt machen.«

»Sie geben das Stichwort.«

Seine Stimme, eben noch überheblich und provokant hat einen sachlichen Ton angenommen.

»Wir beide. Ich schulde Ihnen noch eine Erklärung. Das Gegenmittel besteht aus zwei Einheiten. Ihr Schätzchen hat jetzt das Gift seit knapp drei Stunden im Körper. Das heißt, sie hat noch drei Stunden. In dieser Zeit muss ihr Einheit A des Gegenmittels gespritzt werden. Es hemmt die Wirkung des Giftes weitere drei Tage. Vor Ablauf der Frist Einheit B, und sie wird sich wieder putzmunter zu Ihnen ins Bett schmeißen. Wenn nicht, gewöhnen Sie sich schon mal an ihre Schreie.«

»Wenn ich richtig verstanden habe, geben Sie mir Einheit A im Austausch gegen die Schatulle. Und Einheit B?«

»Lasse ich Ihnen zukommen, wenn ich in Sicherheit bin.«

»Halten Sie mich wirklich für so dumm?«

Ein Fehler, das erkenne ich sofort. Seine Stimme klingt kalt, als hätte er Eiswürfel gegessen.

»Sie zweifeln an meinem Wort? Das sollten Sie nicht! Haben Sie mir nicht zugehört?«

»Auf welche Weise erhalte ich das Gegenmittel von Ihnen?« Ich muss versuchen, ihn wieder zu beruhigen.

Stille. Ich sehe ihn förmlich mit sich ringen.

»Sie werden einen Anruf bekommen, sobald ich in einem sicheren Land bin. Sie müssen sich keine Sorgen machen.«

Seine Sätze lassen jetzt jede Form der Ausschmückung vermissen. Vorbei die Zeit der Spiele.

»Aber seien Sie sich bewusst. Das Mittel ist in einer Ampulle aus Glas und flüssig. Es verflüchtigt sich beim Kontakt mit Sauerstoff. Wenn ich auch nur den Schatten eines Agenten oder Polizisten sehe, zerbreche ich die Ampulle. Wenn sich mir auch nur der Verdacht aufdrängt, ich werde verfolgt, zerbreche ich die Ampulle. Wenn Sie eine Waffe bei sich tragen, zerbreche ich die Ampulle.«

»Ich garantiere Ihnen, dass ich allein komme. Und dass niemand Sie verfolgen wird, bis Sie das Land verlassen haben. Sie bekommen, was Sie wollen. Dann sagen Sie mir, wo Sie das Gegenmittel versteckt haben. Und dann verschwinden Sie aus meinem Leben.«

»Genau das habe ich vor.«

»Gut. Ich denke, wir haben genug geredet. Die Zeit drängt. Ich bin in einer Stunde auf der Burgruine in Runding.«

»Auf der Burgruine?«

Zum ersten Mal klingt er überrascht. Geht er auf meinen Vorschlag ein? Ich kann selbst nicht sagen, warum ich auf diesen Ort für den Austausch komme. Oder doch?

Es sind zwei Frauen, deren Leben an der Schatulle hängt. Und an mir. Bei dem Gedanken an die kommende Stunde krampft sich mein Magen zusammen. Mein Kopf dreht sich und ich taumle gegen die Wand.

»Wieso dort?«, stellt er die Frage, die kommen muss.

»Das Kästchen wurde dort gefunden. Außerdem ist die Burg gut zu überblicken und gleichzeitig abgelegen. Sollte jemand auf die Idee kommen, unser Treffen zu stören, bemerken wir das gleich. Und falls wir gesehen werden, fallen wir nicht auf. Wir können uns als Touristen ausgeben, die die Ruine bei Nacht besichtigen wollen.«

»In einer Stunde. Und vergessen Sie nicht, was ich Ihnen gesagt habe.«

»Werde ich nicht«, verspreche ich. »Auch ich stehe zu meinem Wort.«

✳

Alle Augen sind auf mich gerichtet. Verrät mich mein Gesicht? Es muss wohl so sein. Melanie kommt auf mich zu. Wir unterhalten uns flüsternd. »Ich muss weg. Du musst ein paar Dinge für mich erledigen.«

Jeder andere hätte nach Erklärungen verlangt. Nicht so Melanie Güßbacher. Die Mordfälle der letzten Jahre im Bayerischen Wald haben eine Brücke des Vertrauens zwischen uns errichtet, die sich nicht so leicht einreißen lässt. Meine leisen Worte gipfeln in einer Bitte: »Keine Polizei!«

Sie nickt mir unauffällig zu. Ich weiß, ich kann mich auf sie verlassen. Ich gehe zur Tür. Ich komme nicht dazu, sie zu öffnen.

»Das war *er*, nicht wahr? Das war Joshua! Sie haben mit ihm gesprochen.«

Ich drehe mich noch einmal um. Perkins sieht mich aus kalten Augen an.

»Wenn er hat, was er will, wird er Sie töten.«

Runding, Burgruine, 23.30 Uhr

Ein kurzer Blick auf die Uhr. Bis Mitternacht war noch genügend Zeit. Dennoch entschloss er sich, sofort hinauf zur Burg zu gehen. Es gab dort noch einiges zu erledigen. Er tastete noch einmal nach der Pistole, nahm ein Stück Seil in die eine und die Axt in die andere Hand und machte sich auf den Weg, den er in seinem langen Leben schon so oft gegangen war. Unbemerkt erreichte er den Saum des Waldes und schließlich die Vorburg. Zufrieden registrierte er, dass der Weg hinab ins Dorf durch eine provisorische Schranke versperrt war. Friedrich wollte offensichtlich kein Risiko eingehen. Niemand sollte die Ruine betreten, bevor nicht die Schäden, die das Unwetter verursacht hatte, so weit behoben waren, dass keine Gefahr mehr für unvorsichtige Besucher bestand.

Der gute Friedrich, dachte er. Hält mir unnötige Störenfriede vom Leib, ohne es zu wissen.

Nun galt es nur noch, den Brunnen vorzubereiten. Schwer atmend lehnte er die Axt an die Ummauerung der historischen Wasserversorgung.

Das Alter, dachte er. In früheren Jahren hatte ihm der Weg herauf keine Mühe bereitet.

Der Blick nach unten endete im absoluten Dunkel. Es spielte keine Rolle. Er wusste, unter dem massiven Schutzgitter bildete die Oberfläche des Wassers die Trennlinie zwischen Erde und unergründlicher Tiefe, zwischen hier und dort.

Was im Brunnen verschwindet, kommt nie wieder ans Tageslicht!

Die Worte trieben ihn zu seinen nächsten Handlungen. Im Bereich der ehemaligen Burgschmiede stand der praktische kleine Bagger. Die Burgfreunde benutzten ihn für ihre Ausgrabungen. Eigentlich sollte er schon längst wieder unten im Lager der Baufirma stehen, die ihnen das Gerät zur Verfügung gestellt hatte.

Die Verwüstungen der letzten Tage jedoch erforderten die längere Anwesenheit der Maschine. Er war beileibe kein Experte, aber er wusste mit ihr so weit umzugehen, wie es sein Vorhaben verlangte. Den Schlüssel hatte er auf seinem Weg herauf aus dem Bauwagen mitgenommen. Ebenso wie die Kette, die er durch das Schutzgitter fädelte. Fast wagte er es nicht, den Motor des Minibaggers zu starten.

Was, wenn mich jemand hört?, dachte er. Doch der Yanmar war nicht nur modern, sondern auch leise. Vorsichtig ließ der das Fahrzeug zum Brunnen rollen. Dort befestigte er die Kette an der Baggerschaufel. Das schwere Schutzgitter stellte für die Hydraulik der Maschine kein Problem dar. Er hob es an, fuhr rückwärts zurück in den Schatten unter dem Felsen und stellte den Motor wieder ab. Die ganze Aktion hatte weniger als fünf Minuten in Anspruch genommen. Dann ging er zurück und setzte sich auf eine Steinmauer. Seine Hand streichelte den Stiel der Axt.

Seine Gedanken wanderten Jahrzehnte zurück. In ein anderes Jahrhundert, eine andere Zeit. Ich werde die Pistole nicht brauchen, entschied er. Dennoch war es beruhigend, sie bei sich zu wissen.

Cham, Am Floßhafen, 23.30 Uhr

Alexander Oehgren dachte nach. Lockte ihn Moritz Buchmann in eine Falle? Warum die Burgruine als Ort der Übergabe? Er fuhr seinen Laptop hoch und öffnete Google Earth. Ein Blick auf Burg und Umgebung zeigte ihm, dass auch er diesen Treffpunkt hätte auswählen können. Die Lage oben am Berg, abseits des Ortes und doch nicht zu weit entfernt. Nur von einer Seite anfahrbar, sodass mögliche Verfolger auf ihre Füße angewiesen waren, wollten sie nicht von ihm bemerkt werden. Zudem lag die Grenze zu Tschechien keine 20 Fahrminuten entfernt.

Und doch waren das alles überflüssige Überlegungen. Buchmann würde Wort halten. Alexander war sich dessen absolut sicher. Wäre dem nicht so, er würde das Wagnis nicht eingehen.

Er hatte dieses Geschäft nicht so lange überlebt, weil er Risiken leichtsinnig einschätzte. Das Treffen mit Moritz Buchmann barg wie jede andere Unternehmung jenen Rest an Gefahr, der sich nie gänzlich ausschließen ließ. Aber dieser Rest war im Falle des deutschen Kommissars überschaubar. Die wenigen Worte, die sie miteinander gewechselt hatten, reichten, um sich dessen bewusst zu sein.

Moritz, was für ein lächerlicher Name, würde das Leben seiner Gefährtin niemals aufs Spiel setzen. Er würde ihm die Schatulle bringen. Allein! Er würde ihm die Flucht ermöglichen.

Und dann? Ja, dann würde er ihn anrufen und ihm verraten, wo das Gegenmittel versteckt war. Denn auch er würde Wort halten.

Auch gegenüber Donald Whitmoore. Nachdem er seinem Auftraggeber die Schatulle übergeben hatte, würde er ein paar Tage freinehmen. In Rom, entschied er. Schließlich hatte von Anfang an festgestanden, dass er seinen Aufenthalt in der ewigen Stadt für diesen Auftrag nur kurz unterbrechen würde.

Er schaltete den Laptop aus und holte seine Beretta aus dem Handschuhfach. Er liebte nun mal das Land südlich der Alpen. Was lag da näher, als auch seine Waffen von dort zu beziehen?

Jede Bewegung pure Konzentration schraubte er den Schalldämpfer auf den Lauf. Moritz war noch in Regensburg. Er würde nicht kommen, bevor der Zeiger seiner Uhr einen Stundenumlauf geschafft hatte. Zeit genug, um den Ort des Treffens auszukundschaften. Es gehörte zu den Grundregeln seines Geschäfts. Verschaffe dir Vorteile, wo immer du kannst. Vor dem Gegner am Ort der Auseinandersetzung zu sein, war ein unschätzbarer Vorteil. Und Moritz war ein Gegner, was auch immer die Ausgangssituation versprach.

Bevor er losfuhr, zog er noch einmal das Metallröhrchen aus seiner Jackeninnentasche. Es enthielt zwei Ampullen und diese Claudias Leben. Zufrieden steckte er das Röhrchen wieder weg. Ohne Eile ließ er seinen Mietwagen aus der Parkbucht inmitten der Kreisstadt rollen.

*

Zehn Minuten später erreichte er Runding. Er parkte den Wagen unten an der Auffahrt zur Burgruine. Der Weg führte bergan durch einen Tunnel aus Blättern.

In der Rechten hielt er die Pistole, in der Linken eine starke Stablampe. Noch vermied er es, sie einzuschalten. Dies war auch nicht nötig. Der Mond hing wie ein Scheinwerfer am Himmel und tauchte die Vorburg in milchiges Licht. Quer über den Weg zog sich eine hölzerne Schranke. Seine Bewunderung für Moritz stieg um einige Punkte. Der Treffpunkt war wirklich klug gewählt. Niemand würde sie hier stören. Er ging links um das Hindernis herum, bis er vor einer niedrigen Mauer stand. Diese umrahmte einen tiefen Keller. Gegenüber erhoben sich die Wände eines großen Gebäudes. Reste längst vergangener Baukunst. Ein Schild informierte über die Burg. Er riskierte einen Strahl der Lampe, um sich einen besseren Überblick über die weitläufige Anlage zu verschaffen. Eine Luftbildaufnahme davon zeigte ihm den Weg, der nach rechts führte.

Noch einmal ging es den Berg hinauf. Zur Rechten ragten die Reste eines Turmes gleich einem mahnenden Zeigefinger in den nächtlichen Himmel. Er lauschte in die Dunkelheit. Alles war still. Nur sein Herzschlag klang in seinen Ohren. Auch nach all den Jahren genoss er die Erregung dieses Augenblicks. Seine rechte Hand umklammerte den Griff der Pistole. Vorsichtig ging er in den Burghof hinein.

Barry Perkins' Warnung missachtend eile ich den Flur hinab. Mein Entschluss steht fest. Ich werde dem Mann, der das Leben Claudias in Händen hält, aushändigen, was er begehrt. Und ich werde dafür sorgen, dass er das Land unbehelligt verlassen kann. Was auch immer der Agent da drinnen behauptet. Es mag seine Aufgabe sein, einen Terroristen zu fassen. Meine ist es, Claudias Leben zu retten. Und das von Julia. Zu mehr bin ich nicht in der Lage. Also will ich wenigstens daran nicht scheitern.

Ich habe die Treppe hinab noch nicht erreicht, als mich Mels Stimme zurückhält: »Moritz! Warte!«

Sie läuft mir hinterher. In der Hand schwenkt sie ihr Handy. »Warte!«, sagt sie noch einmal. Dann spricht sie in das Gerät. Ich höre die Stimme am anderen Ende nicht, doch es scheint wichtig zu sein. Mel beendet das Gespräch mit einem: »Einverstanden.«

»Der Polizeipräsident«, wendet sie sich mir zu. »Dieser Perkins hat wirklich beste Kontakte.«

»Das ist mir gleichgültig. Ich werde nicht zulassen, dass er Claudias Leben aufs Spiel setzt, um diesen Joshua zu fassen.«

»Nein, das werden wir nicht zulassen.«

Ich würde sie am liebsten umarmen. Melanie ist Kollegin, Kamerad, Freundin, Helfer. Einfach alles. Ich hoffe, das Leben bietet mir die Chance, ihr das alles zu vergelten. Sie sieht mich mit zusammengekniffenen Lippen an. Da ist noch etwas.

»Aber?«

»Die Zeit wird knapp. Du weißt nicht, wie lange diese Übergabe dauern wird. Dazu die Fahrstrecke nach Runding und zurück nach Regensburg. Wenn wir kooperieren, bekommen wir die Lösung.«

Zeit! Mein Feind in dieser Nacht. Ich bin zu spät. Für Claudia und erst recht für Julia. Mitternacht. In einer halben Stunde. Und ich bin noch in Regensburg.

Mels nächste Worte bedeuten pure Hoffnung. »Ein Helikopter. Der Polizeipräsident hat die Hubschrauberstaffel bereits informiert. In zwei Minuten wartet ein Heli unten auf dem Landeplatz.«

»Und was müssen wir dafür tun?«

»Wir müssen Perkins mitnehmen.«

Runding, Burgruine, 23.40 Uhr

Er wusste nicht, wie lange er bereits am Brunnen saß. Auch nicht, wie lange seine Reise in die Vergangenheit gedauert hatte.

Er hatte einen Jungen besucht. Einen Jungen, der sich im Bewusstsein, das Richtige getan zu haben, versprochen hatte, das Rätsel jener Nacht zu lösen. Und wenn es sein ganzes Leben in Anspruch nehmen würde. Der Junge hatte an dem Versprechen bis zum heutigen Tag festgehalten. Jetzt war er am Ziel angekommen. Selten hatte ein Mensch die Ausdauer und den Willen dieses Jungen besessen. Am Anfang war es noch Neugier gewesen. Die Sehnsucht nach Wissen und der Lösung des Rätsels.

Jahre später war die Neugier der Erkenntnis gewichen. Lag es am Alter oder an der Erfahrung und Reife eines langen Lebens? Der Junge, der längst ein Mann geworden war, hatte die Gefahr des Geheimnisses erkannt. Eine Gefahr, die größer war, als alles Streben nach Wissen. Er hatte sich entschieden. Er wusste, was er zu tun hatte.

Heute! In dieser Nacht!

Er ging hinab zum Eingang des Turmes. Die Tür war verschlossen, doch er besaß den Schlüssel. Das Holztor öffnete sich lautlos. Er trat hinein und verschloss es wieder. Der Weg von der Vorburg herauf zum inneren Burghof führte genau an ihm vorbei. Von seinem Platz aus konnte er ihn bestens überblicken. Dem Vollmond sei Dank.

Runding, Burgruine, 23.45 Uhr

Alexander bemühte sich, lautlos zu gehen. Ein vergebliches Unterfangen. Die Steine des Weges knirschten leise unter seinen Schuhen.

Wieder blieb er stehen. Noch benötigte er die Lampe nicht. Kein Baum stellte sich hier oben den Strahlen des Mondes in den Weg. Ein Schatten riss seinen Arm mit der Pistole nach oben. Er zuckte zusammen, nur um sich eine

Sekunde später einen Narren zu schimpfen. Eine Eule oder eine Fledermaus, erkannte er.

Seine Muskeln entspannten sich wieder. Aber war da nicht doch etwas? Sein Kopf ruckte herum. Seine Augen weiteten sich.

»Was?«

Es war Alexander Oehgrens letztes Wort.

*

Der Mann, der langsam und leise den Weg heraufschlich, war nicht Moritz Buchmann. Auch war es kein Einheimischer oder ein Tourist, der die unvergleichliche Atmosphäre einer sternenklaren Nacht auf der Burg genießen wollte. Das verriet allein schon die Pistole, die er in der erhobenen rechten Hand hielt.

Ein Polizist? Nein, entschied er. Moritz hatte ihm versprochen, allein zu kommen. Was aber wollte der Fremde?

Dasselbe wie ich!

Er dachte an die Ereignisse der letzten Tage. Radio und Zeitungen hatten davon berichtet.

Julias Oma: tot!

Julias Freundin Sabine: tot!

Sabines Freund Michael: tot!

Die Erkenntnis kam spät, aber nicht zu spät. Es gab noch andere, die von Heißmeyers Aufzeichnungen wussten. Sie aber verfolgten andere Absichten als er selbst. Seine Hand tastete zur Pistole in seinem Gürtel und ohne die Waffe wieder zurück. Zu laut, entschied er. Man würde den Schuss bis hinunter ins Dorf hören.

Die Axt! Wieder die Axt!

Er war alt an Jahren, aber als seine Finger den glatten

Stiel umschlossen, floss die Kraft der Jugend noch einmal in seinen Arm. Der Fremde ging soeben an der Tür vorbei.

Leise und lautlos zog er sie auf. Er stand auf der Treppe, die hinab in das Innere des Turmes führte. Vor dem Hintergrund des Burghofes erhob sich über ihm die dunkle Gestalt des Mannes. Die Waffe mit dem langen Lauf glänzte im Mondlicht. Ein Schalldämpfer. Ein seltsamer Gedanke in dieser schicksalhaften Sekunde. Er hob die Axt und holte weit aus.

Der Fremde ruckte herum. Sein Arm mit der Waffe schwang in weitem Bogen in seine Richtung.

Mit seinem Alter spottender Schnelligkeit sprang er nach vorn.

Chamerau, Sportplatz, 23.50 Uhr

Barry Perkins' Finger krallten sich in das Fleisch seiner Hände. Er versuchte erst gar nicht, seine Wut zu unterdrücken. Diese beiden deutschen Polizisten riskierten tatsächlich ihre Karriere, um ihn schachmatt zu setzen.

Dabei hatte alles so gut angefangen.

Joshua war hier!

Er hatte mit diesem einfachen Polizisten, der im anderen Wagen saß, Kontakt aufgenommen. Das, was er nicht mehr zu hoffen gewagt hatte, war eingetreten. Joshua beabsichtigte, den Auftrag selbst zu erledigen. Bis zuletzt hatte er daran gezweifelt, dass der Mann, den er seit Jahren vergeblich verfolgte, dieses Risiko eingehen würde. Und doch war er hier. Die Art und Weise, wie er an Buchmann herankommen wollte, hatte die letzte Ungewissheit beseitigt. Auch wenn Barrys Jagd bisher vergeblich gewesen war, so lieferten ihm die zahllosen Verbrechen des Gesuchten und die ebenso zahllosen Stunden, in denen er sich mit Joshua beschäftigt hatte, ein ziemlich genaues Handlungs- und Persönlichkeitsprofil des Mannes ohne Namen. Den nahen Angehörigen einer Zielperson zu vergiften, um an Informationen oder mehr heranzukommen, passte nahezu perfekt.

Barry musste erkennen, dass Buchmann und dessen Kollegin ab jetzt der Schlüssel zu Joshua waren. Wie vorausschauend, dass er die Agency bereits vor dem entscheidenden Gespräch mit den beiden informiert hatte. Der scheinbar grenzenlose Einfluss seines Landes hatte den beiden keine Wahl gelassen. Sie mussten ihn mitnehmen.

Und jetzt? Jetzt saß er hier auf der Rückbank eines Polizeiwagens auf einem Sportplatz in einem Dorf, das er nicht kannte. Obwohl er nicht gefesselt war, fühlte er sich als Gefangener. Draußen stand eine Handvoll Polizisten in Uniform, die den strikten Auftrag hatten, ihn nicht aussteigen zu lassen. Im Hintergrund unterhielt sich diese Güßbacher mit dem Piloten des Helikopters, mit dem sie hierhergeflogen waren. Zumindest hatte er mitbekommen, dass sie diese Burgruine, auf der Joshua auf ihn, ja, auf ihn, wartete, in einer weiten Schleife umflogen hatten, um dann hier in Chamerau zu landen.

Hilflos musste er zusehen, wie Buchmann mit einem

der Autos, die hier auf sie gewartet hatten, losfuhr. Der Kerl ist absolut verrückt, dachte er. Und diese Kommissarin auch. Verstehen sie denn nicht, um was es hier geht? Um wie viele Menschleben es geht? Vergeblich hatte er während des Fluges versucht, die beiden zu überzeugen.

Joshua befand sich förmlich in Reichweite seiner Arme, also konnte er jetzt nur noch warten. Warten auf den Anruf dieses Kommissars. Mühsam zwang er seine Hände, sich zu entspannen. Seine Fingernägel hinterließen tiefe Abdrücke in seiner Haut.

Runding, Burgruine, 23.50 Uhr

Alexander Oehgren starb nicht während der Operation Artemis, als er im Jahr 2003 mit den Särskilda-Operationsgruppen des schwedischen Heeres im Kongo stationiert gewesen war.

Er starb nicht zehn Jahre später, als ein kolumbianischer Drogenkurier bei der Übergabe einer halben Tonne Heroin durchgedreht war und ihm eine Kugel in die Schulter geschossen hatte.

Er starb nicht durch eine Kugel des FBI, der NSA oder der CIA, des Mossad oder des MI-6.

Alexander Oehgren starb durch den Schlag einer langstieligen Axt, die mit sauberem Schnitt seine Wirbelsäule zwischen dem vierten und fünften Halswirbel durchtrennte. Er hörte den Schlag kommen, konnte jedoch nicht mehr reagieren. Als er auf dem Boden aufschlug, war Alexander Oehgren bereits tot. Und mit ihm das Geheimnis um seine wahre Identität.

*

Er blickte mit teilnahmslosem Gesicht auf den Toten hinab. Wieder begaben sich seine Gedanken auf die Reise in die Vergangenheit.

Dann holte er sie zurück und bückte sich. Er drehte den Mann auf den Rücken und erkannte, dass er zu fest zugeschlagen hatte. Der Kopf hing nur noch an einem Fetzen Haut am Körper.

Er nahm die Pistole und warf sie ins Gebüsch jenseits des Burggrabens. Anschließend durchwühlte er die Taschen des Fremden. Er fand weder Ausweis noch Geldbörse. Nur einen Autoschlüssel und ein Metallröhrchen mit einem Schraubverschluss. Er steckte beides in seine Jackentasche.

Dann machte er sich an die Arbeit.

Regensburg, Uniklinikum, 23.55 Uhr

Betti Greiner erwachte aus langer Dunkelheit. Sie öffnete die Augen, schloss sie wieder und machte sie wieder auf. Der Versuch, sich aufzurichten, endete in stechenden Schmerzen. Vorsichtig hob sie die Hände. In ihrem linken Arm steckte eine Infusionsnadel. Der zugehörige Beutel schwebte über ihr. Ihre Handgelenke zierten blutige Armreifen, ihr Kopf dröhnte wie eine dumpfe Glocke.

Was war passiert? Noch bevor die Erinnerung kam, öffnete sich die Tür und eine weiß gekleidete junge Frau kam in das Zimmer.

»Ich dachte schon, dass Sie wach sind«, sagte sie. »Richtig pünktlich sind Sie.«

Warum das denn?, wollte Betti fragen.

Statt Worten verließen nur Schmerzen ihren Mund. Zögernd tastete sie nach ihrem Gesicht. Ihre Hand fuhr erschrocken zurück. Bandagen und Pflaster bedeckten ihren Kopf. Und dort, wo die Haut zu spüren war, fühlte sie sich an wie ein aufgeblasener Ballon. Das Zentrum der Verwüstung schien in ihrem Mund zu liegen.

Und dann war alles wieder da. Wieder saß sie gefesselt auf diesem Stuhl. Wieder traf sie seine Faust im Gesicht.

Er hat meine Zähne zertrümmert, erkannte sie.

Und Sabine? Und Michi? Auch die Erinnerung an sie kam zurück. Sie waren tot!

»Nicht sprechen!«, warnte die Krankenschwester. »Der Kerl hat Sie ganz schön zugerichtet. Die Ärzte mussten Sie ins künstliche Koma versetzen, aus dem Sie wie geplant soeben erwacht sind.«

Sie trat ans Bett heran und nahm Bettis Hand. »Ich gebe Ihnen noch etwas gegen die Schmerzen.«

Sie nahm eine Spritze und steckte sie in den Infusionsbeutel. Dabei erzählte sie weiter: »Den Typ, der Ihnen das angetan hat, hat's auch erwischt. Er liegt nur einen Stock tiefer. Aber keine Sorge, vor Ihrer Tür und auch vor seiner sitzt ein Polizist. Die lassen ihn nicht aus den Augen. Vermutlich ein großer Fisch. Ich habe gehört, wie sie gesagt haben, er hätte einige Menschen auf dem Gewissen.«

Das Schmerzmittel begann zu wirken. Betti fühlte die Müdigkeit zurückkehren. Was hatte die Schwester gesagt? Der Mann, den sie nicht kannte und der sie fast getötet hätte, war auch der Mann, der Sabine und deren Freund ermordet hat? Zumindest nahm das die Polizei an. Warum sollte es dann nicht auch so sein?

Betti schloss die Augen. Sie lebte. Sabines Mörder war gefasst. Ihre Wunden würden wieder heilen. Alles würde wieder gut werden.

Dienstag, 13.06.2017
Runding, Burgruine, 00.00 Uhr

Was für ein Glück, dass ich Julias Fund nicht zu Hause gelassen, sondern mit nach Regensburg genommen habe. Eine Entscheidung, die mir den Weg nach Kirchbach und damit wertvolle Minuten erspart. Der Rundinger Dorfplatz ist menschenleer. Durch die Fenster der Schlossbrauerei fällt Licht. Lachen klingt auf die Straße. Die Schatulle, um die sich mein Universum dreht, liegt auf dem Beifahrersitz. Nicht verpackt, unscheinbar und doch hängen Menschenleben an ihr.

Ich parke an der Zufahrt zum Schlossberg und steige aus. Meine Pistole bleibt im Wagen. Die einzige Waffe, die mir jetzt weiterhilft, ist das kleine Kästchen, das ich in der Hand halte. All meine Sinne arbeiten auf Hochtouren. Der Versuch, meine Nerven im Zaum zu halten, gelingt nur ansatzweise.

Unter meinen Füßen knirschen Steine und Schotter. Warum auch sollte ich leise gehen? Schließlich werde ich erwartet. Außerdem habe ich nichts zu verbergen.

Unten im Dorf schlägt die Kirchturmuhr zwölfmal. Dieser endlos scheinende Tag ist vorbei und weicht dem nächsten. Das Licht des Mondes erhellt die Szenerie.

Niemand ist hier.

Ich erreiche die Engstelle des ehemaligen Burgtores, als mein Fuß gegen etwas stößt. Der Gegenstand von der Form eines Balles rollt zur Seite und dann den Berg hinunter. Nach einigen Metern kullert er in das Grün am Wegesrand und bleibt dort liegen. Ich gehe noch mal zurück, in die Knie und erstarre.

Ich habe das Gesicht noch nie gesehen. Ein Ausdruck von Erstaunen liegt in ihm. Kein Schmerz, keine Angst. Nur dieser ungläubige Blick, der erahnen lässt, dass der Mann mit allem gerechnet hat, nur nicht mit einer Begegnung mit dem Tod.

Der Kopf wurde mit einem glatten Schnitt vom Rumpf getrennt. Nur an einer Stelle franst die Haut zu einem blutigen Streifen aus.

Wer ist das?

Joshua?

Wer hat ihn getötet?

Wo ist der Rest des Körpers?

Wo ist das Gegenmittel?

Ich bekämpfe den aufkommenden Brechreiz und das Schwindelgefühl. Der Gedanke an Claudia hilft mir dabei. Ich kann mir jetzt keine Schwäche erlauben. Komm, Moritz! Du musst da hinauf.

Schwankend erhebe ich mich und gehe die letzten Meter zum Burghof. Mein Blick wird sofort nach links gezogen. Dort, am Brunnen, kämpfen zwei Schatten miteinander.

Ich erliege der Täuschung des ersten Blickes. Es ist kein Kampf. Der eine Schatten schiebt den anderen über den Rand des Brunnens. In dieser einen Sekunde wird mir bewusst, dass ich zu spät komme.

✳

Keuchend zog er den Mann hinter sich her. Schon erstaunlich, dass ich das noch schaffe, dachte er. Es gab Tage, da verwunderte ihn die Kraft, die noch in seinem Körper steckte.

Am Brunnen angekommen, ließ er die Beine des Toten fallen. Er drehte sich um und ging zu dem kleinen Schuppen an der Nordseite des Felsens, der den Burghof in zwei Hälften teilte. Die Kapelle dort oben hatte den Menschen früherer Jahre die Herrschaft des Glaubens über das Irdische vor Augen geführt. Neben dem kleinen Holzgebäude lagerten die Reste einer Betonwand, die sie hilfsweise zur Absicherung des Burggrabens errichtet hatten. Nachdem diese durch Originalsteine ersetzt worden waren, warteten die letzten Brocken auf den Abtransport. Er bückte sich, hob einen davon mühsam auf und wankte unter der Last zum Brunnen zurück. Dort angekommen, schlang er das eine Ende des Seiles um den Stein, das andere um einen

Fuß des Toten. Er musste sich beeilen. Moritz konnte jeden Augenblick kommen.

»Na so was«, entfuhr es ihm, als er den Körper näher heranzog. »Na, das ist ja vielleicht ein Schlamassel.«

Der schmale Streifen Haut, der den Kopf des Mannes mit dem Rumpf verbunden hatte, hatte die Tortur über den steinigen Weg nicht überstanden. So ein Mist aber auch.

Wo er jetzt wohl liegt?, dachte er. Egal. Erst einmal galt es, den toten Körper zu beseitigen. Den Kopf konnte er später irgendwo vergraben. Er lehnte den Mann an die Brunnenumfassung, dann schob er ihn über die Mauer.

Mit dem Kopf voran, entschied er, nur um gleich zu erkennen, wie absurd dieser Gedanke doch war. Ein Lächeln drängte sich auf seine Lippen. Der Körper hing nun vollends über der niedrigen Umfassungsmauer des Brunnens. Er hob den Betonbrocken von der Erde, um ihn in die Tiefe zu werfen. Er würde den Unbekannten mit sich ziehen in die unerforschten Welten unter dem Berg. Die Last in seinen Händen schwebte über dem Brunnen, als ein Schrei die Nacht zerriss.

»Nein! Tu das nicht!«

Er ließ den Brocken fallen. Mit einem lauten Platscher schlug er auf die dunkle Oberfläche des Wassers auf. Das Seil spannte sich und zog den Körper des Mannes mit sich in die Tiefe. Langsam drehte er sich um.

*

Aus!

Vorbei!

Ich kenne den Mann, dem ich gegenüberstehe. Das

bedeutet nichts anderes, als dass der andere, derjenige, dessen Kopf dort unten liegt, Joshua ist. Sein Körper sinkt in diesem Augenblick hinab in das Labyrinth aus Fels und Wasser, aus dem es keine Rückkehr gibt.

Und mit ihm versinkt dort Claudias Leben. Meine Knie werden zu Gummi, mein Gleichgewichtssinn fährt Achterbahn. Ich wanke zu der Bank, die seit vielen Jahren neben dem Baum am Fuße des Kapellenfelsens steht.

Er blickt auf seine Uhr, dann zu mir. Seine nächsten Worte klingen so absurd, dass ich ihren Sinn nicht gleich verstehe.

»Moritz! Du bist ja richtig pünktlich.«

Chamerau, Sportplatz, 00.00 Uhr

Peter und Daniela standen mit Mel in der Nähe des Hubschraubers. Die beiden Piloten lehnten lässig an ihrem Fluggerät und warteten auf ihren Einsatz.

»Ich weiß nicht, wie lange wir Perkins noch ruhig stellen können. Der kocht schon über«, meinte Peter.

»Hoffentlich geht das gut.« Daniela sah zu dem Dienstwagen hinüber, in dem der Agent zur Tatenlosigkeit verdammt war. Seine Wut konnten sie bis hierher spüren. »Falls dieser Joshua das ist, was Perkins behauptet, und er ihm entkommt, sitzen wir gehörig in der Tinte. Aber so richtig tief.«

»Ihr beide braucht euch keine Gedanken zu machen. Die Entscheidungen hier treffe ich. Ich werde euch da nicht mit hineinziehen. Diese Suppe löffeln Moritz und ich allein aus. Auch wenn sie noch so heiß ist.«

Die beiden wechselten einen Blick. »Tja, man wird uns sicher fragen, warum wir dein Verhalten nicht nach oben gemeldet haben.«

»Genau«, bestätigte Peter seine Kollegin. »Und warum wir Perkins nicht unterstützt haben.«

»Und? Was werdet ihr sagen?« Mel ließ ihren Blick von einem zur anderen wandern.

»Weil wir überzeugt waren, dass du richtig gehandelt hast.«

Daniela bestätigte seine Worte nur durch ein Nicken. Mel schluckte. »Danke.« Mehr brachte sie nicht hervor.

»Was da oben wohl gerade passiert?«

Sie zuckte die Schultern. »Moritz versucht, Claudias Leben zu retten.«

Das war Erklärung genug.

»Und was machen wir?«, wollte Daniela wissen.

»Wir warten.«

»Otto! Du weißt nicht, was du getan hast.«

Ich stehe auf und gehe zu ihm. Er weicht zurück und zieht eine Pistole hervor. Mit ruhiger Hand richtet er sie auf mich. Eine überflüssige Maßnahme. Ich ignoriere ihn und beuge mich über den Brunnen. Die Kugel des Mondes tanzt im Dunkel unter mir. Die letzten Wellen laufen aus, dann liegt die Oberfläche des Wassers wieder glatt wie ein Spiegel.

»Fort! Es ist fort!«

Ich drehe mich zu ihm um.

»Was ist fort? Du hast das, was ich will. Das Kästchen da. Du musst es mir geben.«

Seine Stimme klingt emotionslos. Weder Erregung noch Gier, weder Erleichterung noch Freude. Es ist die Stimme eines Mannes, der vor dem Ziel einer langen Reise steht und über dieses Ereignis alle Gefühle verbannt hat.

»Heißmeyers Aufzeichnungen. Das spielt jetzt keine Rolle mehr.«

Noch immer tötet das Wissen, versagt und damit Claudia verloren zu haben, alles andere in mir ab.

»Keine Rolle? Sie sind das einzig Wichtige in dieser Nacht.«

Noch immer tonlos, rationell und von kühler Logik geprägt.

»Für dich vielleicht. Und für so manch anderen auch. Aber du hast Claudia auf dem Gewissen. Das allein zählt für mich.«

»Claudia?« Er klingt überrascht. »Was hat Claudia damit zu tun?«

Warum es ihm nicht sagen? »Es gibt noch mehr Menschen, die an Julias Fund interessiert sind. Und noch mehr, die wissen, was sich da drinnen verbirgt.« Ich klopfe mit der Hand auf den Deckel des Kästchens, das unscheinbar neben mir auf der Bank steht. »Er«, ich deute auf den Brunnen, »war einer von ihnen. Er hat gehofft, über Claudia an mich heranzukommen. Er hat sie vergiftet. Und du hast das Gegenmittel mit ihm versenkt.«

Ich blicke ihm in die Augen. Otto legt den Kopf schief und überlegt. Seine Hand mit der Pistole sinkt nach unten. Dann umspielt das Lächeln des Verstehens seine Lippen. Seine linke Hand greift in eine Innentasche seiner Jacke.

»Du meinst das hier?«

Er hält ein Röhrchen in der Hand.

Ich will aufstehen, doch es geht nicht. Meine Beine versagen mir den Dienst.

Ich muss etwas sagen, doch es geht nicht. Meine Stimme ist ein leises Krächzen.

Ich muss! Langsam richte ich mich auf.

»Du hast es ihm abgenommen? Bevor du ihn …?«

Der alte Mann nickt.

»Otto! Gib es mir! Bitte!«

Er sieht das Röhrchen in seiner Hand an, als würde er es jetzt erst bemerken. Er dreht sich um, blickt auf den Brunnen. Fast schon glaube ich, er wirft es ebenfalls in die Tiefe. Dann wendet er sich wieder mir zu. Seine nächsten Worte spricht er zu sich selbst. Ich bin nicht mehr Teil seiner Welt.

»Warum nicht? Ich habe die Schatulle. Gleich ist meine Aufgabe erledigt. Und Claudia? Und Julia? Sie haben nichts damit zu tun. Auch Moritz nicht und alle anderen. Ich muss sie beschützen. Ich muss alle beschützen. Die ganze Welt.«

Er hat seinen Entschluss offenbar gefasst. Otto Schnitzbauer bewegt sich mit der Schnelligkeit eines jungen Mannes. Ehe ich reagieren kann, hat er die Bank und die Schatulle erreicht. Ich sehe ihm erstarrt zu. Kann ich verhindern, was jetzt kommen wird? Will ich es überhaupt verhindern?

Der alte Mann hält das Kästchen in seinen Händen, wie ein katholischer Priester die Monstranz hält, wie ein Imam die Misbaha und ein Rabbi die Thora. Ehrfurcht und Angst spiegeln sich in seinem Gesicht.

Dann geht alles schnell. So schnell, dass ich kaum registriere, was da passiert. Otto läuft die wenigen Schritte zum Brunnen. Für einen Atemzug hält er die Schatulle mit ausgestreckten Armen über das dunkle Loch im Boden. In einer einzigen Bewegung öffnen sich seine Hände und Kurt Heißmeyers Aufzeichnungen verschwinden vom Angesicht der Erde. Und mit ihnen das unfreiwillige Opfer all jener, die der gewissenlose Verbrecher im Arztkittel für seine Zwecke getötet hat.

Otto stützt sich schwer auf die Brunnenumfassung. Es ist, als sei eine jahrelange Last von den Schultern des alten Mannes genommen worden. Dann dreht er sich um und streckt mir seine Hand entgegen. Sie hält das Metallröhrchen mit Claudias Leben.

✳

»Otto! Ich muss jetzt meine Kollegin anrufen. Sie muss das hier«, ich halte ihm das Röhrchen vor die Augen, »in die Klinik bringen. Verstehst du? Es werden gleich Leute von der Polizei hierherkommen.«

Er hält noch immer die Pistole. Er soll nicht im letzten Augenblick das Gefühl bekommen, sie benutzen zu müssen. Otto sieht mich mit leeren Augen an.

»Lass sie ruhig kommen. Es spielt keine Rolle mehr. Es ist vorbei.«

Ich drücke die Taste auf meinem Handy. Ein weiterer Name taucht auf.

»Otto! Was ist mit Julia? Wo ist sie?«

Er deutet in eine unbestimmte Richtung. »Bei mir. Unter meinem Stall.«

Unter? Oh Gott!

»Hast du ...?«

»Julia? Wie kommst du darauf? Es geht ihr gut. Ich würde dem Mädchen nie etwas antun.«

Ich atme tief durch. Einmal, zweimal. Dann ist Mel am Apparat.

»Ihr könnt kommen. Peter und Daniela sollen Julia befreien. Sie ist auf dem Hof von Otto Schnitzbauer.«

»Gut.«

Mehr nicht. Ich kann nur noch warten.

✳

»Er war ein Soldat.«

Überrascht sehe ich ihn an. Wir sitzen auf der Bank. Nebeneinander. Wie zwei Bekannte nach einem langen Arbeitstag. Der eine ist bereit, sein Leben dem anderen zu öffnen. Fehlen nur noch Zigarren und zwei Bier. Die Hand mit der Pistole hängt schlaff herab. Er sieht sie nachdenklich an.

»Die gehörte ihm. Er konnte sie nicht mehr benutzen.«

»War er es, der die Schatulle hierhergebracht hat?«

»Ich war noch ein Junge. Opa sagte, ich muss den Hof verteidigen. Und das hab ich dann auch getan.«

Ich wage es nicht zu fragen. Sein Blick geht zum Brunnen und ich weiß Bescheid. Joshua ist nicht der Erste, der dort unten sein Grab gefunden hat.

»Er hatte diesen Brief bei sich. Ich habe ihn erst später gelesen. Er sagte mir, ich müsse die Schatulle finden.«

»Der Soldat hat das gesagt?«

»Seine Worte in diesem Brief taten es. Sie sprachen von der Apokalypse und vom Untergang der Menschheit. Da wusste ich, ich muss dieses Geheimnis lüften.«

»Was wolltest du damit anfangen?«

»Zu Beginn war es Neugier. Dann Besessenheit. Warum glaubst du, habe ich diese Burg jahrzehntelang durchwühlt? Ich habe jeden Quadratmeter hier umgegraben. Ich war mir sicher, er hatte sie hier oben versteckt. Die Leute hielten mich zuerst für verrückt, dann dachte man, ich sei ein Hobbyarchäologe. Dabei ging es immer nur um das Vermächtnis des Soldaten.«

»Und später?«

»Später? Ich wurde älter.«

Ein Lächeln erobert das zerfurchte Gesicht.

»Mit dem Alter kommt die Weisheit. So sagt man doch. Bei mir stimmte das wohl. Zumindest zum Teil. Ich wusste, ich durfte die Suche nicht aufgeben. Aber jetzt wollte ich dieses Kästchen nicht mehr öffnen. Ich wollte es vernichten. Sein Inhalt ist gefährlich. Zu gefährlich.«

Er hat recht. Was immer Otto in der Vergangenheit getan haben mochte. Heute hat er der Menschheit einen Dienst erwiesen.

»Dann hast du jetzt deine Lebensaufgabe erfüllt. Und Julia? Warum sie?«

»Julia ist ein nettes Mädchen. Aber sie hat das geschafft, was mir jahrzehntelang verwehrt geblieben ist. Sie musste sich nicht einmal dafür anstrengen. Als ich sie mit der Schatulle zu ihrem Auto laufen sah, wusste ich sofort Bescheid. In diesem Augenblick habe ich sie gehasst. Dann wollte ich ihr das Kästchen wegnehmen. Ich bin zu ihr gefahren. Aber sie war weg. Stattdessen hab ich dort nur dich und diese Saskia angetroffen. Und dann, ja dann musstest ausgerechnet du die Schatulle finden. Als ich Julia bei der Zisterne gesehen habe, wusste ich, sie wollte sie dort verstecken. Sie war so leichtsinnig und dumm.«

»Dann ist die Zisterne in dem Augenblick eingestürzt, als sie hinabsteigen und die Schatulle dort verstecken wollte?«

»Ich konnte sie gerade noch halten. Hab sie am Arm erwischt. Hat irgendwie geknackt. Hoffentlich ist da nichts kaputt gegangen. Sie war ohnmächtig. Da hab ich sie zu mir nach Hause gebracht. Ihr Rucksack war hinabgefallen. Ich habe Julia eingesperrt. Ich schäme mich dafür, aber es ging nicht anders. Ich hatte vor, sie freizulassen, wenn alles vorüber ist. Doch ich kam nicht an die Schatulle heran. Ich wollte die Zisterne wieder freilegen, aber Friedrich ließ mich nicht. Es ohne seine Erlaubnis zu tun, hätte ihn Verdacht schöpfen lassen. Ich konnte nur noch zusehen, wie der Rucksack gefunden wurde und du ihn mitgenommen hast.«

»Und dann hast du Julia benutzt, um mich zu erpressen!«

»Hat ja auch geklappt«, meint er schulterzuckend. »Wenn nicht dieser Kerl dazwischengekommen wäre. Es blieb mir nichts anderes übrig, als ihn zu beseitigen.«

Die Kälte in seiner Stimme lässt mich frösteln. Was wohl Barry Perkins sagen wird, wenn er erfährt, dass der Mann, den sämtliche US-Geheimdienste seit Jahren vergeblich jagen, von einem alten Mann aus dem Bayerischen Wald getötet wurde?

»Man wird dich vor Gericht stellen, das ist dir doch klar?«

»Das nehme ich in Kauf. Die Aufgabe war dieses Opfer wert, denkst du nicht auch?«

Ich bin kurz davor, Otto zu bewundern. Ein alter Mann, der sein Leben der Suche nach dem todbringenden Vermächtnis eines Wissenschaftlers widmete, um dieses zu vernichten. Falls der Inhalt der Schatulle so gefährlich ist, wie es alle vermuten. Das jedoch werden wir nie erfahren.

Vom Parkplatz unten dringen Motorgeräusche zu uns herauf. Sich schnell nähernde Schritte mehrerer Personen. Ich springe auf und eile Melanie entgegen. Sie sieht mich, dann Otto. Tausend Fragen stehen ihr ins Gesicht geschrieben. Sie weiß, sie muss auf die Antworten warten. Ich drücke ihr das Röhrchen in die Hand. Mit einem Nicken dreht sie sich um und läuft den Weg zu ihrem Auto hinab. Zurück bleiben zwei Polizisten in Uniform und Barry Perkins.

*

Der CIA-Agent sieht mich fragend an. Seine Verwirrung steigt, als er den alten Mann auf der Bank sitzen sieht. Perkins Miene drückt Verzweiflung aus. Seine Stimme auch: »Und Joshua?«

Ich bedeute ihm, mir zu folgen.

»Haben Sie eine Lampe?«

Er schüttelt den Kopf, aber einer der beiden Polizisten reicht mir eine starke Stablampe. Ich führe Mr. Perkins den Weg hinab durch das ehemalige Burgtor, während die beiden anderen bei Otto bleiben. Sie haben ihm die Pistole abgenommen, belassen es aber dabei. Handschellen sind in diesem Fall kaum nötig.

Der Strahl der Lampe irrt einige Sekunden über den Boden, dann verharrt er auf dem körperlosen Kopf. Perkins sieht mich an. Die Frage steht in Großbuchstaben in sein Gesicht geschrieben: »Wer?«

»Der alte Mann dort oben«, erlöse ich ihn. Er geht in die Knie und dreht den Kopf ohne Scheu herum. Reglos und schweigend betrachtet er das tote Gesicht.

Erst jetzt wird mir bewusst, was dieser Augenblick für ihn bedeuten muss. Ich weiß nicht, wie lange er Joshua verfolgt hat und auch nicht, welcher Verbrechen sich dieser schuldig gemacht hat. Aber ich weiß, hier und heute geht eine lange Jagd zu Ende.

Es ist wie bei Otto, denke ich. Barry Perkins aus Virginia und Otto Schnitzbauer aus Bayern verbindet in diesem Augenblick mehr, als nur eine gemeinsame Sommernacht auf der Burgruine in Runding.

Nachdenklich lasse ich meinen Blick zum Mond schweifen. Das Geräusch eines Helikopters dröhnt durch die Nacht.

Irgendwo, 00.25 Uhr

Wie lange würde die Batterie der Lampe noch halten? Julia konnte die Ungewissheit der Dunkelheit nicht ertragen. Sie wusste nicht, wie dick die Barriere zwischen ihr und den Ratten noch war. Das Loch, das sie in das Brett gefressen hatten, war inzwischen groß genug, um einer von ihnen zu erlauben, die Schnauze hindurchzustecken. Nicht mehr lange und ihr Körper würde folgen. Und der anderer.

Wie viele? Sie wusste es nicht. Auch nicht, ob ihr die Tiere Übles wollten.

Sie würde die Antwort auf diese Frage nicht dem Zufall überlassen. Vor ihr lag der Stein, den sie für geeignet hielt, um mit ihm die erste Ratte zu zerschmettern. Sie fürchtete diesen Augenblick, sie wollte kein Tier töten. Mit einer Hand. Die andere hing leblos an der mittlerweile tauben Schulter.

Sie nahm den Stein in die gesunde Hand und wog ihn noch mal ab. Wenn der Kopf der Ratte durch das Loch passte, musste sie zuschlagen. Mir bleibt keine Wahl, dachte sie. In diesem Augenblick begann das Licht der Lampe zu flackern.

Runding, Burgruine, 00.30 Uhr

Die Polizei hat den Burghof in Beschlag genommen. Ihre Scheinwerfer entreißen die Ruine der Dunkelheit der Nacht. Otto ist den Polizisten ohne Widerstand gefolgt. Ich habe mich auf den Aussichtspunkt ganz oben auf dem Felsen zurückgezogen. Hier stehe ich wenigstens nicht im Weg. Barry Perkins sitzt nachdenklich auf einem der Mauerreste der Burg. Er scheint das geschäftige Treiben um sich kaum wahrzunehmen. Ist es die Erleichterung darüber, dass seine lange Reise mit Joshua ein Ende gefunden hat? Oder ist es die Erkenntnis, dass die Schatulle sich nun an einem unerreichbaren Ort befindet?

Als ich ihm die geologische Beschaffenheit des Brunnens erklärte, sah er mich nur kurz an und nickte verstehend.

Sein Auftrag ist erledigt.

Meiner noch nicht. Ich kann nicht hier herumsitzen, während Claudia um ihr Leben kämpft. Ich muss zu ihr. Aber zuerst muss ich ihre Eltern verständigen. Es ist Ludwig, der das Gespräch entgegennimmt. Seine Stimme zittert. Ein Anruf um diese Zeit und unter diesen Vorgaben kann alles bedeuten. Ich darf ihn nicht zu lange im Ungewissen lassen. Einige erklärende Sätze später spüre ich förmlich sein Aufatmen. Im Hintergrund höre ich Gisela leise weinen.

Irgendwo, 00.35 Uhr

Ein letztes Flackern, dann Dunkelheit und Stille. Nur das nervenzerfetzende Knirschen von Zähnen auf Holz. Doch da war noch etwas.

Oben!

Stimmen!

»Hilfe!« Nur ein leises Krächzen.

»Hilfe! Ich bin hier unten!« Diesmal lauter.

Wieder Stimmen. Näher.

Sie stand auf. Über ihr erschien ein schmaler Lichtspalt, der schnell zum Quadrat wuchs. Ein Gesicht. Eine Frau. Eine Stimme: »Julia! Julia Reindl!«

»Hilfe! Ich bin hier unten!«

Ihr letztes »Hilfe« versank in Tränen und Schluchzen.

Regensburg, Kriminalpolizeiinspektion, 09.40 Uhr

Am schlimmsten ist das Gefühl, nichts tun zu können. Ich weiß, die kommenden Tage wird es mich verfolgen. Das Leben der Frau, die ich liebe und die ich in diese Situation gebracht habe, liegt jetzt in den Händen der Ärzte. Und der Substanz in Joshuas Ampullen. Sie haben die Klinik dank des Helikopters noch rechtzeitig erreicht.

Für mich beginnt die Zeit des Wartens. Ich kenne mich. Ich kann nicht neben ihr sitzen, ohne wahnsinnig zu werden. Also versuche ich, meine Gedanken in andere Bahnen zu lenken. Melanie Güßbacher und ihr Kriminalfall sollen mir dabei helfen.

Ich parke im Hinterhof der Inspektion und mache mich auf den Weg zum Kommissariat K1.

Ich komme nur bis zum Haupteingang. Barry Perkins verlässt das Gebäude in dem Augenblick, da ich es betreten will.

»Mr. Perkins. Sie sind noch im Lande?« Ich bin alles andere als erfreut, ihn zu sehen.

»Herr Buchmann. Ihnen auch einen guten Tag. Nicht mehr lange. Mein Flugzeug geht in drei Stunden. Dann sind Sie mich wieder los. Sie werden mir kaum nachtrauern, denke ich.«

Nein, das werde ich nicht. Natürlich behalte ich meine Gedanken für mich. »Sie kehren in die Staaten zurück? Wie wird man Sie dort empfangen? Haben Sie Ihren Auftrag erfüllt?«

»Was wissen Sie von meinem Auftrag? Sie suchen Mörder, ich versuche, Morde zu verhindern. Und noch mehr als das.«

»Dann retten Sie mal wieder die Welt? Sie und ihre Agency? Oder geht es wie immer nur um Ihr Land?«

»Worin unterscheidet sich da meines von Ihrem?«

»Auf jeden Fall bin ich froh, dass Heißmeyers Aufzeichnungen nicht in Ihre Hände geraten sind. Auch in keine anderen. Sie sind dort, wo sie jetzt sind, am besten aufgehoben.«

»Glauben Sie wirklich, wir hätten sie missbraucht?«

Ich belasse meine Antwort bei einem Schulterzucken.

»Und Joshua? Er wird Ihnen keine Schwierigkeiten mehr bereiten. Wie lange waren Sie vergeblich auf seiner Spur? Ein alter Mann hat Ihre Arbeit erledigt.«

»Joshua? Ich kenne diesen Namen nicht. Es hat ihn nie gegeben.«

»Dann gibt es auch seine vielen Opfer nicht, von denen Sie uns noch gestern erzählt haben?«

»Herr Buchmann. Das alles geht weit über Ihren Horizont hinaus. Glauben Sie mir. Sie sollten froh sein, nichts damit zu tun zu haben.«

Bin ich auch, gestehe ich mir ein.

»Na, jedenfalls wünsche ich Ihnen einen guten Flug. Wie auch immer man das Ergebnis Ihrer Mission bewerten wird. Die Welt ist um zwei Gefahren ärmer.«

»Und dennoch bleiben zu viele andere übrig.«

Er reicht mir tatsächlich noch die Hand.

»Was werden Sie als Nächstes tun?«

Eine Frage der Höflichkeit, nicht der Neugier.

»Zu Hause warten meine Frau und meine Tochter auf mich. Sie sehen mich viel zu selten. Und ich sie auch.« In diesem Augenblick erkenne ich, dass er ein Mensch ist, wie Millionen andere. Auch wenn er, ohne mit der Wimper zu zucken, Claudias Leben aufs Spiel gesetzt hat, um Joshua zu fassen. Letzten Endes ist er Ehemann und Familienvater. Aus seiner Perspektive betrachtet, hat er alles richtig gemacht.

»Und Sie? Was tun Sie, außer dass Sie darauf warten, dass Ihre Lebensgefährtin wieder erwacht?«

»Ich? Ich verstehe nicht.«

»Nun, haben Sie Ihren Auftrag erfüllt?«

Was meint er damit? Ja, wir haben unseren Auftrag erfüllt. Die Morde sind aufgeklärt. Ob es nun Joshua war oder Robert Meinrad, der Sabine, Michael und Gertraud getötet hat, wird sich noch herausstellen.

»Ich denke doch«, lautet deshalb meine Antwort. »Der Fall ist abgeschlossen.«

»Tatsächlich?« Er neigt den Kopf zur Seite und lächelt skeptisch. »Herr Buchmann. Sie und Ihre Kollegin Güßbacher waren zwei eitrige Zähne. Man ist froh, wenn man sie los ist. Aber ich muss zugeben, Sie haben mir geholfen, meine Mission zu erfüllen. Sicher nicht gewollt, aber es hat sich nun mal so ergeben. Ich denke, ich sollte Ihnen deshalb das hier geben.«

Er hält mir seine offene Hand entgegen. Darauf liegt ein USB-Stick. »Vielleicht eröffnet Ihnen das einen neuen Blickwinkel auf Ihren Fall.«

*

Die Stimmung im Großraumbüro der K1 als euphorisch zu bezeichnen, wäre verfehlt. Gelöst trifft es wohl besser. Peter steht an der Kaffeemaschine und begrüßt mich, indem er mir fragend eine Tasse entgegenhält. Ich nicke dankbar. Erst jetzt erkenne ich, wie müde ich bin. Man sieht mir meinen Zustand wohl an.

»Lange Nacht?«, meint Daniela nur. »Wie geht es Claudia?«, schiebt sie die alles entscheidende Frage hinterher.

»Die erste Infusion wirkt. Morgen erhält sie die zweite. Dann entscheidet sich alles. Wir können nur abwarten.«

»Setz dich«, lädt mich Melanie ein. »Du siehst schrecklich aus.« Peter reicht mir den Kaffee.

»Was gibt's Neues?«, lenke ich das Gespräch von mir ab.

»Meinrad ist wieder bei Bewusstsein. Er leugnet die Morde.«

»Wird schwierig werden, ihm nachzuweisen, dass er Sabine und Michael getötet hat. Sein Glück, dass Joshua, oder wie auch immer der Kerl hieß, tot ist. Nach den Indizien kommen beide als Täter infrage. Und nicht zu vergessen, auch das Motiv ist dasselbe. Beide wollten die Schatulle.«

»Aber im Fall Gertraud Brandl haben wir ihn.« Peter setzt sich auf seinen Bürotisch. »Meinrad hat eine Seite aus Julias Notizblock gerissen. Wir haben sie in seiner Hosentasche gefunden. Sie ist der ultimative Beweis, dass er am Tatort war. Und dass er dort gefunden hat, was er suchte.«

»Die Notiz hat ihn direkt zu Betti Greiner geführt«, fährt Daniela fort. »Die Tatsache, dass er sie überfallen hat, ist die logische Fortführung der Indizienkette.«

»Auch, dass er Betti gefoltert hat. Er wollte von ihr den Verbleib der Schatulle erfahren, nachdem er Julia in ihrem Elternhaus nicht angetroffen hat.«

»Dann musste Gertraud Brandl sterben, weil sie ihn gesehen hat?« Ich sehe Julias Gesicht vor mir.

»Das, oder weil sie ihm nichts sagen wollte. Wenn Meinrad weiterhin schweigt, werden wir das nie erfahren.«

»Was ist mit Betti Greiner? Ihre Aussage könnte diese Theorie gehörig untermauern.«

»Noch nicht vernehmungsfähig. Sie wacht immer wieder auf, aber ihr Zustand ist weiterhin kritisch. Sie hat eine starke Gehirnerschütterung. Außerdem einen Kieferbruch und ausgeschlagene Zähne. Das alles wird sich für Meinrad nicht gerade positiv auswirken. Wenn wir ihm den Mord nachweisen können, wird wohl jedes Gericht die Gewaltbereitschaft in diesem Mann erkennen.«

Alle im Raum teilen Mels Hoffnung.

Vielleicht eröffnet Ihnen das einen neuen Blickwinkel!

»Ich habe draußen Perkins noch mal getroffen.«

»Hör mir mit dem auf.« Peters Ärger ist echt. »Der Typ hat alle Beweismittel, die wir in Joshuas Hotelzim-

368

mer gefunden haben, mitgenommen. Einschließlich seines Kopfes.«

»Das ist nicht euer Ernst! Das sind doch alles Beweismittel in einem laufenden Verfahren. So etwas lassen wir uns doch nicht nehmen.«

»Offensichtlich doch. Wir wurden nicht einmal gefragt. Da muss jemand ganz weit oben mitgemischt haben«, erklärt Daniela empört.

»Vielleicht hält Perkins das Ganze ja für einen Tausch«, überlege ich laut. Noch bevor die Frage kommt, greife ich in meine Tasche. »Lasst uns mal sehen, was er damit meint.«

Peter nimmt den Stick und füttert seinen Computer damit. »Eine Audiodatei«, stellt er fest. Er drückt die Taste mit dem Lautsprechersymbol. Dann hören wir gebannt zu.

*

Zehn Minuten später überschlagen sich meine Gedanken. Die der anderen auch. »Oh Mann«, sage ich, um das Schweigen zu beenden.

»Wie kommt der an dieses Gespräch?« Daniela kann es nicht fassen.

»Also hat Betti Greiner Sabine Kulzer geliebt.« Mel macht sich an die Analyse des soeben Gehörten. »Und wurde von ihr zurückgewiesen.«

»Nicht nur das«, erklärt Daniela. »Was hat Sabine da gesagt? Betti würde nie eine Chance bei ihr haben. Schließlich habe sie ja Michi, dem ihre wahre Liebe gehöre.«

»Ganz schön schnulzig«, meint Peter.

»Erklärt aber auch den Mord an Michael Obermeier.«

»Eifersucht?«

»Und Wut. Darüber, dass sie von Sabine verspottet wurde. Habt ihr nicht gehört. ›Michi hat das, was du nie haben wirst.‹«

»Offensichtlich hat sie ihre Freundin vor diesem Gespräch ganz anders behandelt.«

»Wenn es stimmt, was Betti hier sagt, hat sie ihr sogar Hoffnungen gemacht.«

»Sie hat mit ihren Gefühlen gespielt«, bestätigt Mel Danielas Worte. »Warum auch immer, Sabine wollte die Sache an diesem Abend beenden und sie hat es auf die für Betti schlimmste Art und Weise getan.«

»Konnte sie es ihr nicht rücksichtsvoll beibringen? Warum hat sie ihr nicht einfach erklärt, dass ihr Interesse nur Männern gilt?«

»Das können wir sie leider nicht mehr fragen. Uns bleibt nur Betti. Sie kann uns als Einzige sagen, was in dieser Nacht geschehen ist.«

Zustimmend sehen mich die drei an.

»Wenn sie dazu bereit ist. Mit diesem Telefonat werden wir gar nichts erreichen«, meint Peter. »Es ist illegal aufgenommen und damit als Beweis völlig ungeeignet.«

»Wir haben die DNA des Täters. Sollte sie mit der von Betti übereinstimmen, wird es für sie schwierig werden zu erklären, wie Teile ihrer Haut unter Sabines Fingernägel geraten konnten.«

»Das schon«, überlege ich laut. »Aber das reicht nicht, um ihr auch den Mord an Michael nachzuweisen.«

Regensburg, Am Vitusbach, 10.45 Uhr

Wir betreten Bettis Wohnung noch vor der Spurensicherung. Ich muss gestehen, dass ich keine Ahnung habe, was ich hier zu finden hoffe. Die anderen drei kennen die Zimmer zur Genüge. Auch das Martyrium, das die junge Frau, die seit weniger als einer Stunde unsere neue Hauptverdächtige ist, hier durchlitten hat.

Zaghaft gehe ich von einem Raum in den anderen. Ich vermeide es, etwas anzufassen und damit der Spusi die Arbeit zu erschweren. Peter legt weniger Rücksicht an den Tag. Er öffnet Schübe und Schränke, nur um sie ergebnislos wieder zu schließen. Ich widme mich den Fotos in der Küche.

Betti hat sie wild durcheinander an die Wand gepinnt. Urlaub mit Freunden, Uni mit Freunden, Party mit Freunden. Dazu posierende Männer und Frauen in einem Fitnessstudio. Ich vermisse Sabine. Seltsam.

Ich rufe Daniela zu mir. Sie trägt sämtliche vorliegenden Berichte in ihrem Tablet mit sich.

»Hat die Spurensicherung irgendwo hier Fotos von Sabine gefunden? Vielleicht im Mülleimer?« Während sie die Ermittlungsakte aufruft, sehe ich selbst dort nach. Es könnte ja sein, dass Betti die Bilder abgenommen hat, als sie erkannte, dass die Liaison mit Sabine nur in ihren Träumen existierte. Der Eimer gibt nichts her und tat es wohl auch nicht, als die Spurensicherung ihn durchwühlt hat. Zumindest bedeutet mir das Daniela mit einem Kopfschütteln. Ich gehe ins nächste Zimmer. Auf einer Ablage liegen fein säuberlich Geldbörse, Studentenausweis, Mitgliedskarte eines Fitnessclubs und eine Busfahrkarte nebeneinander. Ich nehme die Fahrkarte. Sie gilt für ein ganzes

Semester. »Studententarif«, erklärt Peter. »Haben sie alle. Auch Sabine. Haben wir in ihrer Bude gefunden.«

»Ich geh mal nach unten«, höre ich Mel rufen. »Die Spusi ist da. Ich erklär denen mal die neue Situation und auf was sie sich konzentrieren sollen.«

»Auf was sollen sie sich konzentrieren?«, will ich wissen.

»Schuhe«, sagt sie und verschwindet.

*

Auf dem Rückweg in die Inspektion hängt jeder seinen eigenen Gedanken nach. Es wird Zeit, etwas Schwung in die Sache zu bringen.

»Ich hätte da eine Aufgabe für euch junge Leute.« Drei Augenpaare wenden sich mir zu.

»Ach ja? Warum nur mag ich es nicht, wenn du so was sagst?«, meint Peter. Seine Partnerin unterstützt seine Meinung: »Das hört sich nach Nachtarbeit an.«

Und Melanie? Sie sieht mich nur erwartungsvoll an.

»Die beiden, Betti und Sabine. Wie fast alle Studenten benutzen sie die Stadtbusse. Sabine wohnte zwar gleich neben der Uni, aber um in die Stadt hinabzukommen, ist das die günstigste Methode. Also gehe ich davon aus, dass sie auch an diesem Abend den Bus genommen hat. Zumindest bis zum zentralen Terminal beim Bahnhof.«

»Denkst du, Betti hat dort auf sie gewartet?«

»Schon möglich. Sie könnte aber auch bereits im Bus gesessen sein. Wie auch immer. Betti wollte sich nicht über das Telefon abspeisen lassen. Dafür stand für sie zu viel auf dem Spiel. Sie wollte ein klärendes Gespräch unter vier Augen. Ihre letzte Chance. Ihr habt es ja gehört. Sabine brach ihr Telefonat mit dem Hinweis ab, dass sie hinunter in die Stadt gehen will. Ich denke, Betti wollte Sabine irgendwo in der Altstadt zur Rede stellen. Dann hat sie bemerkt, dass ihr noch jemand anders folgte. Sie beobachtete das Geschehen, ohne selbst gesehen zu werden.«

»Bis hinüber zum Dultplatz? Das ist ein ganz schönes Stück.« Peter schüttelt ungläubig den Kopf. Mel denkt schon weiter: »Wenn ich dich richtig verstehe, gehst du davon aus, dass Meinrad oder Joshua Sabine verfolgt hat. Und Betti hat die zwei verfolgt. Und du denkst, dass es nicht Betti war, die Sabine in die Donau geworfen hat, sondern einer der beiden Männer.«

»Betti hätte die Kraft dazu«, steigt Daniela in unsere Überlegungen ein.

»Warum sollte sie Sabine durch die halbe Stadt verfolgen? Wenn es ihr nur um ein Gespräch ging, hätte sie dieses auch früher haben können. Ich kann mir einfach nicht vorstellen, dass sie dieses Treffen mit der Absicht suchte, einen Mord zu begehen.«

»Eine Affekthandlung? Die beiden haben sicher gestritten. Eine Fortsetzung des Gesprächs am Telefon.«

»Auch möglich«, bestätige ich Peter. »Aber musste Betti ihr dazu bis über die Donau folgen? Was hat sie davon abgehalten, Sabine schon in der Altstadt zur Rede zu stellen?«

»Der andere Verfolger. Als Betti ihn bemerkte, beschloss sie, den weiteren Verlauf der Dinge abzuwarten.«

Melanie findet eine Parklücke im Hof der Inspektion und stellt den Motor ab. »Du denkst also, es war Meinrad oder Joshua, der Sabine ertränken wollte, nachdem er von ihr Julias Namen und Adresse erfahren hatte.«

»Womit wir wieder bei unseren altbekannten Tätern wären.« Peter steigt aus.

»Ja. Aber warum hat Betti nicht eingegriffen? Sie ist stark und beherrscht vermutlich eine Kampfsportart. Wie sonst hätte sie Meinrad derart zurichten können? Und selbst wenn sie es nicht gewagt hat, sich mit einem Mann anzulegen, der vermutlich bewaffnet war. Warum hat sie keine Hilfe geholt? Warum hat sie Sabine ihrem Schicksal überlassen? Sie hätte zumindest den Notruf alarmieren können.«

»Sabines Tod erschien in diesem Augenblick als gerechte Strafe für ihr Verhalten ihr gegenüber?«

»So kann man es auch ausdrücken. Es wäre nicht das erste Mal, dass Liebe unter bestimmten Umständen in Hass umschlägt.«

»Das wäre aber maximal unterlassene Hilfeleistung«, meint Peter.

»Vielleicht noch mehr. Vielleicht hat Betti ja nachgeholfen.«

»Wir brauchen die DNA-Analyse.«

»Bis wir die haben, könnt ihr euch um den Bus kümmern.«

»Ja?«

»Wenn wir Glück haben, hat ihn Sabine am zentralen Busbahnhof verlassen. Soweit ich weiß, ist der kameraüberwacht.«

»Ich ahne, worauf du hinauswillst.«

»Genau. Ihr könntet heute mal ein anderes Fernsehprogramm genießen.«

»Und du? Was machst du?«

»Ich fahre noch mal zu Claudia. Ruft mich an, wenn es Neuigkeiten gibt, ja?«

Regensburg, Oberpfalz Studentenwohnheim, 12.25 Uhr

Ich habe meinen Kollegen nicht alles gesagt. Natürlich sitze ich die nächsten Stunden an Claudias Bett. Natürlich halte ich ihre Hand. Natürlich hängt mein Blick an den Geräten, deren leises Piepsen Leben verspricht, wo menschliches Empfinden keines mehr erwartet.

Nimmt sie mich wahr? Falls Joshua nicht gelogen hat, spürt sie alles, was um sie herum geschieht. Ein Grund mehr, bei ihr zu sein.

Aber ich war auch in Sabines Wohnung. Der Hausmeister hat mir bereitwillig die Tür geöffnet. Er weiß, was geschehen ist. Ein Besuch der Kripo ist da selbstverständlich.

Das Zimmer mit Dusche steht leer. Es wird noch eine Weile dauern, bis der nächste Student hier einzieht. Sicher werden ihn die anderen Bewohner darüber informieren, dass seine Vormieterin ermordet wurde. Eine schöne Schauergeschichte zwischen Vorlesung und Essen in der Gemeinschaftsküche.

Ich aber suche nach Beweisen. Ohne genau zu wissen, wie diese aussehen sollen. Die Spurensicherung hat bereits das meiste in Verwahr genommen. Nur Sabines Laptop und ihr Handy bleiben bis heute verschollen. Ich setze mich auf den Stuhl, stelle mir vor, wie die junge Studentin an ihrem Arbeitsplatz lernte und schrieb. Der Schreibtisch wirkt aufgeräumt. Markierungsstifte und Kugelschreiber, Bleistift und Spitzer. Auch in Zeiten der Digitalisierung unverzichtbare Lernhilfen. In einer Ecke liegt ein Briefumschlag. Er ist leer. Ich lese die Adresse. Dann stehe ich auf und fahre ins Klinikum.

Ich habe gefunden, wonach ich gesucht habe.

Regensburg, Uniklinikum, Parkplatz, 15.10 Uhr

Schwerelos schwebe ich durch die Dunkelheit. Sie umhüllt mich.

Ist es Wasser, das mich umgibt?

Warum aber kann ich atmen?

Orientierungslos drehe ich mich um mich selbst. Da, ein Licht. Ist es unten oder oben? Egal. Ich schlage mit den Füssen. Das Licht kommt näher. Plötzlich komme ich nicht mehr weiter. Meine Hände tasten das Schwarz vor mir ab. Ein Durchlass. Ich schlüpfe hindurch und schwebe weiter, bis ich wieder vor einer Wand lande. Erneut finde ich ein Loch, erneut gleite ich dem Licht entgegen. Bald ist es hell genug, um mehr zu erkennen.

Es ist ein kleines Kästchen.

Von ihm gehen die hellen Strahlen aus, die ein unwirkliches Geschehen beleuchten.

Es ist ein Kampf.

Zwei Männer ringen miteinander. Der eine, er trägt eine alte Wehrmachtsuniform, hält in einem Arm das Kästchen, mit der anderen versucht er, sich seinen Gegner vom Leib zu halten. Der andere, er hat keinen Kopf, umschlingt den Uniformierten und entreißt ihm schließlich das Kästchen. Der markerschütternde Schrei, den der Uniformierte daraufhin ausstößt, lässt den Deckel aufspringen.

Wehrlos und erstarrt beobachte ich die beiden. Plötzlich werden sie meiner gewahr. Sie lassen voneinander ab und wenden sich mir zu. Der Kopflose hält mir das offene Kästchen entgegen. Trotz aller Angst gleite ich näher. Ich will sehen, was sich darin befindet. Ich will einen Blick hineinwerfen. Ich …

... wache schweißgebadet auf. Was für ein Albtraum. Überrascht starre ich auf meine Hände. Sie umklammern das Lenkrad meines BMW. Ich sehe mich um. Draußen gehen Menschen Richtung Klinik. Sie besuchen Angehörige und Freunde. In ihren Gesichtern spiegeln sich Ängste und Hoffnungen. Auch meine Gefühle in dieser Stunde.

Heute werde ich Betti Greiner gegenüberstehen. Sollten meine Vermutungen zutreffen, wird die junge Frau, die den Tag als Opfer begonnen hat, diesen als Angeklagte beenden.

Wäre ich glücklich darüber? Hat sie nicht selbst genug erlitten?

Nicht, wenn sie Sabine und Michi getötet hat.

Ich reibe den Schlaf aus meinen Augen und mache mich auf den Weg.

Regensburg, Kriminalpolizeiinspektion, 15.40 Uhr

Das Kommissariat K1 ist voll besetzt, als ich das Büro betrete. Daniela und Peter halten Kaffeetassen in den Händen, Mel starrt auf ihren Laptop.

Die Kollegen bemerken mich und werfen mir einen mitfühlenden Blick zu.

»Wie sieht's in unserem Fall aus?«, beende ich die für alle unangenehme Situation. »Haben die Schuhe was gebracht?«

»Haben sie. Ich hätte das ehrlich gesagt nicht erwartet. Vergessen wir nicht, es hat in dieser Nacht geregnet. Allein das reichte, um alles von den Sohlen zu waschen, was sich dort vielleicht festgekrallt hatte. Außerdem hat Betti die Schuhe zu Hause penibel geputzt.«

»Um Spuren zu beseitigen?«

»Möglich. Vielleicht aber auch nur so. Jedenfalls passt die Schuhgröße zu den Spuren am Hochwasserdeich unten an der Donau.«

»Ein bisschen dünn als Beweis, findest du nicht?«

»Das schon, aber nicht das hier.« Sie dreht ihren Laptop so, dass ich den Bildschirm sehen kann. Meine Bewunderung für die Spurensicherung steigt mit jeder Zeile, die ich lese. »Ein Teil eines Blattes einer Pflanze hat sich unter einem Schnürsenkel versteckt?«

»Zwischen zwei Schnürsenkeln. Und das Teil, von dem du sprichst, ist so klein, dass du es mit bloßem Auge kaum erkennen kannst.«

»Aha.« Ich lese weiter. »Es stammt von einer Pflanze, die vorwiegend an Gewässern wächst.«

»Nicht überall. Eigentlich ist sie sogar relativ selten. Aber ein paar Stauden davon findet man oberhalb der Staustufe.«

Ich überlege. Ein Anhaltspunkt. Ein Indiz. Aber ein Beweis? Betti könnte behaupten, öfter dort gewesen zu sein. Sie ist Sportlerin. Warum nicht eine Laufrunde entlang der Donau?

Ich trage den drei meine Bedenken vor.

»Sie war in jener Nacht dort«, entgegnet Peter. Er beugt sich über seinen Laptop, drückt ein paar Tasten und schon schaltet sich ein übergroßer Flachbildschirm an der Wand ein. Ich trete dennoch näher heran. Das typische Bild einer

Überwachungskamera erscheint. Der Busbahnhof. Menschen, die warten; Menschen, die aus- und einsteigen; zwei Männer mit Kapuzenshirts rangeln miteinander; ein Mädchen geht dazwischen. Dann verschwinden die drei aus dem Bild. Eine Gruppe Fußballfans in den Trikots ihrer Mannschaft; ein Bus fährt ein; ein Dutzend Fahrgäste steigt aus. Darunter eine junge Frau in einem auffälligen roten Anorak.

Sabine! In der letzten Stunde ihres Lebens. Ein beklemmendes Gefühl.

Einige Männer. Ist er darunter? Joshua? Robert Meinrad? Alle haben ihre Jacken hochgezogen, tragen Mützen oder Hüte, manche Regenschirme. Ich kann niemanden erkennen. Auch Betti Greiner nicht. Dann verschwindet Sabine vom Bildschirm.

Ich drehe mich zu den anderen um. War's das? Wieder kein Hinweis?

»Mir ist eingefallen, dass auch auf dem Ernst-Reuter-Platz Kameras installiert sind. Und da Sabine in Richtung Donau unterwegs war, musste sie diesen überqueren.« Peters Finger flitzen wieder über die Tastatur. Ein neues Bild an der Wand. Ein neuer Film. Eine Kreuzung. Menschen warten an der Ampel. Unter ihnen der rote Anorak. Sie gehen über die Straße. Kurz bevor das rote Männchen an der Ampel erscheint, folgt ein ungewöhnlich kräftig aussehender Mann den anderen. Robert Meinrad? Sein Gesicht ist nicht zu sehen. Und kräftige Männer gibt es viele.

Die Ampel zeigt bereits einige Sekunden rot, als eine junge Frau in Jeans und Regenjacke über die Straße läuft. Deutlich sind die bunten Turnschuhe an ihren Füßen zu erkennen.

Aus irgendeinem unerfindlichen Grund schwenkt die Überwachungskamera in diesem Augenblick herum. Die junge Frau blickt nach oben. Das Bild friert ein. Betti Greiner sieht uns aus verweinten Augen an.

Regensburg, Uniklinik, 16.30 Uhr

»Wie konnten wir so danebenliegen? Ich habe sie die ganze Zeit nur als Zeugin gesehen.« Mel schüttelt ungläubig den Kopf, während sie eine Parklücke sucht.

»Ich hatte sie auch nicht auf dem Radar«, gestehe ich. »Und sind wir mal ehrlich. Ohne das abgehörte Telefongespräch wäre der Fall für uns abgeschlossen. Wir wären nie auf die Idee gekommen, ihre DNA mit der unter Sabines Fingernägeln zu vergleichen.«

Vor wenigen Minuten erbrachte der Bericht der Gerichtsmedizin den Beweis. Eine DNA-Gegenprobe zu den Hautpartikeln unter Sabines Fingernägeln zu bekommen, war kein Problem gewesen. Die Ärzte des Klinikums hätten Renate Niebauer mit Bettis Proben zuschütten können. Dabei reichten der Gerichtsmedizin wenige Tropfen ihres Blutes, um zweifelsfrei feststellen zu können, dass sich Sabine an ihr festgekrallt hatte.

Was aber ist mit Michi Obermeier? Wir brauchen ein Geständnis. Und dazu müssen wir mit Betti reden.

»Sie hat also Sabine und vermutlich auch Michael getötet. Aber warum? Nur aus verschmähter Liebe? Eine Tat im Affekt? Eifersucht?«

»Alles zusammen vermutlich. Aber am meisten wohl die Kränkung, benutzt worden zu sein. Ich fürchte, Sabines Verhalten Betti gegenüber war nicht von der feinsten Art. Ob die kaltblütig genug ist, gleich zwei Menschen auf diese Weise zu töten, kann ich nicht sagen. Dazu kenne ich sie nicht gut genug. Eigentlich kenne ich sie ja gar nicht.«

Endlich bietet der überfüllte Parkplatz der Uniklinik einen Platz für uns. Mit gemischten Gefühlen steigen wir aus. Die junge Frau, die wir gleich eines Doppelmordes bezichtigen wollen, hat ein traumatisches Erlebnis hinter sich wie selten ein Mensch.

Und dennoch. Wenn meine Überlegungen zutreffen, hat sie zwei Menschen ermordet. Wieder einmal stehe ich vor einer Begegnung, der ich lieber aus dem Weg gehen würde. Mel nimmt ihr Tablet vom Rücksitz, dann gehen wir.

Einige Erklärungen an der Auskunft und etliche Treppen und Flure später stehen wir vor ihrem Zimmer. Die Wache davor wurde abgezogen, seit der Fall als gelöst gilt. Wir klopfen und treten ein, ohne auf Antwort zu warten.

Betti Greiner leidet allein in diesem Raum. Gleich auf den ersten Blick erkenne ich, wie kräftig die junge Frau ist. Ein kurzer Eindruck. Es ist ihr Gesicht, das meine Aufmerksamkeit auf sich lenkt. Mein Unbehagen nimmt verstörende Ausmaße an. Die Verwüstungen, die Robert Meinrad angerichtet hat, sind kaum zu beschreiben. Ich versuche, den Gedanken an Bettis Schicksal zu verdrängen.

Melanie begegnet der Situation wesentlich gelassener. Sie zieht sich einen Stuhl heran, fährt ihr Tablet hoch und setzt sich neben das Bett. Ich mache es ihr zögernd nach. Betti beobachtet uns schweigend.

»Frau Greiner. Ich bin Melanie Güßbacher von der Kripo Regensburg. Das ist mein Kollege Moritz Buchmann, Kripo Straubing. Wie geht es Ihnen?«

Sie legt den Kopf langsam schief und zuckt kaum merklich mit den Schultern. Ihre Hand deutet auf ihren Mund. Kann nicht sprechen, bedeutet das wohl.

»Ich weiß. Ich habe mit Ihrem Arzt gesprochen. Dennoch müssen wir Ihnen einige Fragen stellen. Sollten Sie mit Ja oder Nein antworten können, nicken Sie bitte oder schütteln Sie den Kopf. Alles andere können Sie hier aufschreiben. Einverstanden?«

Sie deutet ein Nicken an. Mel reicht ihr das Tablet.

»Frau Greiner. Wie standen Sie zu Sabine Kulzer? Ich meine, waren Sie nur Studienkolleginnen, oder war da noch mehr?«

Freunde, tippt sie in die Tastatur des Touchscreens.

»Waren Sie Freunde, so wie ich und Herr Buchmann es sind, oder war da mehr?«

?

Mel lässt sich nicht aus der Ruhe bringen. »Ich meine Liebe. Haben Sie Sabine geliebt?«

Betti sieht erst Mel, dann mich erstaunt an.

Wie kommen Sie darauf?

»Sie haben mit ihr telefoniert. An diesem Abend, kurz bevor sie ermordet wurde. Nicht nur einmal. Was hat Sabine Ihnen gesagt? Wollten Sie sich mit ihr treffen? Ich denke, dass es so war. Aber Sabine wollte nicht, nicht wahr? Sie wussten, wohin sie an diesem Abend ging. Sie haben am zentralen Busbahnhof auf sie gewartet. Sie wissen doch von den Kameras dort. Wir haben Aufnahmen, die zeigen, dass sie Sabine gefolgt sind. Ein ungewöhnliches Verhalten, wenn man verabredet ist, denken Sie nicht?

Sie haben sie nicht angesprochen. Und Sabine hat Sie nicht bemerkt. Sie folgten ihr heimlich. Warum?«

Betti dreht ihr Gesicht zum Fenster. Mel und ich sehen uns an. Wir warten schweigend, bis sie das Tablet wieder zu sich heranzieht.

Wir hatten Streit. Ich wollte mit ihr reden.

»Es war mehr als Streit, nicht wahr? Sabine wollte ihre Beziehung beenden, noch bevor diese richtig begonnen hatte. Sie hat Ihre Gefühle nicht erwidert. War es das? War es *nur* das?«

Sie hat mich auch geliebt.

Wir wissen, dass es nicht so war. Dass diese Liebe nur in der Hoffnung und im Sehnen Betti Greiners existierte. Sie muss es doch auch erkannt haben.

»Hat Sabine Sie je geküsst?«

Mel sieht mich überrascht an.

Betti schließt die Augen. Was sieht sie? Umarmungen? Schüchterne Berührungen? Ein Streicheln der Hände? Küsse auf die Wangen? Verheißungsvolle Versprechungen?

Sie hat mich geliebt. Sie war nur noch nicht so weit.

»Es tut mir leid, Ihnen das sagen zu müssen, aber Sabine hat Sie nie geliebt. Oh ja, sie hat Sie in diesem Glauben gelassen, weil Sie nützlich für sie waren. So wie bei dieser Schatulle. Sie studieren Geschichte. Hat Sabine Sie gebeten, etwas darüber herauszufinden? Ich bin mir sicher, dass sie das getan hat. Und Sie haben Ihre ganze Energie darauf verwendet, ihren Wunsch zu erfüllen. Sie wissen, was es mit dem Fund von Julia Reindl auf sich hat. Sie haben Sabine alles darüber erzählt. Haben Sie Dankbarkeit dafür erhalten? Oder wurden Sie von ihr abgespeist, wie schon so oft zuvor. Mit nichtssagenden Worten und der Hoffnung auf mehr. Ich bin mir sicher, sie hat Sie an diesem Abend wieder einmal verletzt. Und Sie haben endlich erkannt, dass Sie von ihr nur benutzt wurden. Doch das allein war es nicht. Sie hat sich über Sie lustig gemacht. Sie hat Ihnen Michael Obermeier vorgezogen. Hat Ihnen gesagt, dass er besser ist als Sie. Dass sie ihn liebt. Dass sie von Ihnen nichts mehr wissen will. Hat sie Sie beschimpft? Sie eine lesbische Schlampe genannt?«

Es sind nicht meine Worte, mit denen ich sie konfrontiere. Ich kenne sie dank Barry Perkins. Sabine sagte sie in jenem Telefonat vor vier Tagen. Die Erinnerung daran sticht in Bettis Seele.

Ich gönne ihr keine Zeit zu überlegen. »Sie haben bemerkt, dass da noch jemand war, der Sabine beobachtet hat. Sie sind den beiden bis zum Dultplatz gefolgt. Ich glaube nicht, dass Sie die Absicht hatten, sie zu töten. Aber dann hat der andere Sabine überfallen. Er hat sie in die Donau geworfen und ist verschwunden. Sabine war eine ausgezeichnete Schwimmerin. Sie hätte es geschafft. Hat sie Sie gebeten, ihr zu helfen? In diesem Augenblick brach all das, was sie Ihnen angetan hat, hervor. Sie haben Sabine unter Wasser gedrückt. Sie hat sich an Ihrer Hand festgekrallt. Wir haben Ihre Haut unter ihren Fingernägeln gefunden. Sie wollten das nicht. Aber Sie wollten auch nicht, dass ein anderer, dass Michael Obermeier, Sabine besitzt. Er hatte sie Ihnen weggenommen. Sie kannten seine Adresse. Ich habe in Sabines Wohnung einen Umschlag mit seiner Anschrift gefunden. Sie haben ihn ebenfalls gesehen, als Sie dort waren. Sie sind noch in derselben Nacht zu ihm gefahren. Dort haben Sie ihn bis zum Haus von Julia Reindl verfolgt. Was ist aus der Axt geworden? Wir haben sie nicht gefunden. Ich denke, Sie haben sie irgendwo unterwegs in den Regen oder die Donau geworfen. Ich weiß nicht, ob Sie mit Ihren Taten hätten leben können. Auf jeden Fall wären Sie ungeschoren davongekommen, gäbe es da nicht diese verdammte Schatulle, deren Geheimnis Sie entschlüsselt haben. Und die auch noch andere haben wollten. Sie haben sich damit zum Ziel und zum Opfer Robert Meinrads gemacht. Und unsere Aufmerksamkeit auf sich gelenkt.«

Eine Lüge. Ohne Barry Perkins und sein abgehörtes Telefonat würde Betti das Krankenhaus als freier Mensch verlassen.

Ob ihre Wunden je verheilen werden, weiß ich nicht.

Ob sie mit dem Wissen, zwei Menschen ermordet zu haben, leben kann, weiß ich nicht.

Aber ich weiß, wir hätten sie nie dieser Taten verdächtigt.

Betti sieht mich fast so lange stumm an, wie mein Monolog gedauert hat. Dann tippen ihre Finger auf das Tablet.

Sie irren sich.

Mel sieht mich mit versteinerter Miene an.

Es waren zwei Männer.

*

»Dann haben Meinrad und Joshua Sabine verfolgt.«

Melanie lehnt an ihrem Wagen. Sie zieht ihre Stirn in Falten und sieht mich an. Auf dem Weg zum Parkplatz hat sie erneut eine Wache vor Bettis Krankenzimmer angefordert. Diesmal nicht zum Schutz der jungen Frau, sondern, um diese an der Flucht zu hindern.

»Das stützt Robert Meinrads Aussage. Jetzt können wir ihm nie nachweisen, dass er es war, der Sabine gefoltert und in die Donau geworfen hat.«

»Vielleicht sagt er sogar die Wahrheit. Vielleicht war es ja Joshua. Denk mal nach. Die Keltischen Kameraden wussten von Michael, dass Julia die Schatulle hat. Warum also sollten sie Sabine töten? Sie brauchten sie nicht. Die Amerikaner aber haben Sabine abgehört. Von Julia wussten sie zu diesem Zeitpunkt noch nichts. Und damit auch Joshua nicht. Er musste erst Sabine foltern, um herauszufinden, wer die Schatulle tatsächlich gefunden hat.«

»Schon möglich. Hauptsache, Meinrad muss sich für den Mord an Gertraud Brandl und für das, was er Betti angetan hat, verantworten.«

»Ja, Betti. Irgendwie tut sie mir fast leid.«

Melanie trägt ihr Tablet in einer Hand. Sie hat es nicht ausgeschaltet. Jetzt reicht sie es mir mit einem Nicken. Ich sehe auf den Bildschirm. Betti Greiner hat noch etwas geschrieben. Es sind nur fünf Worte.

Sie sind Geständnis und Erklärung zugleich: *Ich habe sie doch geliebt.*

EPILOG

Volker

Seine Finger trommelten nervös auf die Hochglanzplatte seines Schreibtisches. Vor ihm lag die Berliner Morgenpost. Der Mordfall und seine Aufklärung waren spektakulär genug, um auch für die Medien der Hauptstadt als Schlagzeile herzuhalten. Die Regensburger Kripo hatte auf ihrer Pressekonferenz nicht alles preisgegeben und doch genug, um ihm die Tragweite des Artikels, den er soeben gelesen hatte, zu offenbaren.

Wie konnte das nur passieren? Robert, der sich in all den bisherigen Auseinandersetzungen als absolut zuverlässig erwiesen hatte, von der Polizei gefasst. Die Beweise gegen ihn erdrückend.

Und was war mit Heißmeyers Erbe? Darüber ließ sich die Zeitung nicht aus. Selbstverständlich nicht. Das Thema war zu gefährlich und zu geheim, um in die Öffentlichkeit getragen zu werden. Die Regensburger Ermittler würden die Sache mit der Schatulle unter Verschluss halten. Wussten sie von ihrer Bedeutung? Früher oder später würden sie es herausfinden.

Wie dem auch sei. Er hatte das Spiel verloren. Jetzt galt es, den Schaden zu begrenzen. Glücklicherweise wusste nur ein erlesener Kreis von der Aktion. Sein Ruf bei den Kameraden würde bröckeln, sollte dieser Misserfolg bekannt werden. Es galt, dies zu verhindern.

Außerdem musste er Ersatz für Robert Meinrad finden. Das wird schwierig werden, dachte er. Roberts Loyalität ihm gegenüber war unbezahlbar. War sie das? Oder würde er seine Geheimnisse verraten, um sich selbst zu retten? Würde er ihn verraten?

Volker überlegte. Ergab es Sinn, Robert zu beseitigen? Im Gefängnis wäre das kein Problem. Der Arm der Kameraden machte vor den Mauern der Strafanstalten des Landes nicht halt.

Zu spät, erkannte er. Sollte Robert erst einmal einsitzen, bedeutet dies, dass er vermutlich schon ausgepackt hat. Er wird kaum bis zur Verhandlung warten, sondern schon davor einen Deal mit der Staatsanwaltschaft eingehen.

Falls Robert ihn verraten würde. Doch das tat er nicht. Volker war sich dessen sicher. Robert war ein Mann von Ehre. Ein Keltischer Kamerad. Seine Treue war über jeden Zweifel erhaben.

Mit diesem Bewusstsein warf er die Zeitung in den Papierkorb und drückte die Taste der Gegensprechanlage. »Frau Kouchinsky.«

»Herr Scharf?«

»Was steht heute auf dem Terminplan?«

Alan, Edward und Barry

»Und Sie denken wirklich, Joshuas Tod wird Sie vor einem Verfahren retten?«

Barry Perkins hatte sofort nach seiner Landung ein Treffen mit Alan Kingsley und Edward Dallmann anberaumt. »Glauben Sie, Sie können die ganze Aktion als Ihren Erfolg verkaufen? Elizabeth Cooper wird Ihnen das nie abkaufen.«

Edwards Lippen zuckten nervös. »Joshua ist tot, wenn wir Ihnen glauben dürfen. Thelma und Louise sind tot. Niemanden interessiert es jetzt noch, was im Keller der beiden geschehen ist. Ziel dieser Mission war es, Joshua auszuschalten. Das ist gelungen. Die Akte kann geschlossen werden.«

»Niemanden interessiert es?«

Barry dachte an die Augen des Mädchens auf dem Foto. Er hatte es versprochen. Beim Anblick dieser Augen hatte er es beim Namen seiner Tochter versprochen. »Die Bundespolizei wird es interessieren. Sollten die internen Ermittlungen der NSA noch etwas von Ihnen übrig lassen, wird das FBI Ihre Reste einsammeln. Sie haben unbeteiligte Menschen geopfert, um Ihr Ziel zu erreichen. Sie mögen jetzt denken, ich sei naiv. Sie mögen denken, das sei doch üblich. Es diene ja einem höheren Zweck. Glauben Sie mir, auch ich diene meinem Land. Auch ich will es beschützen. Aber nicht auf diese Weise. Nicht um diesen Preis.«

Alans Blick erstarrte. Hasserfüllt blickte er den Mann von der CIA an. Natürlich war er selbst es gewesen, der die beiden alten Damen angeheuert hatte. Er war es gewesen, der sie und ihr mörderisches Treiben unter den Schutz der

Agency gestellt hatte. Dallmann aber hatte davon gewusst. Er hatte es geduldet, in der Hoffnung, Joshua zu fassen.

Sollte Elizabeth Cooper ihrem Ruf als knallharte Vorgesetzte gerecht werden, dann waren die beiden geliefert. Barry würde dafür sorgen.

Auch Edward schien das in diesem Augenblick bewusst zu werden. Er sank in seinem Stuhl zusammen und stützte den Kopf auf seine Hände. Der sonst so selbstsichere Agent sah nur noch müde aus.

Barry erhob sich und verließ die beiden Männer, die ihn mit auf die Jagd nach Joshua genommen und ihn dabei in die Abgründe ihres Tuns geführt hatten.

Clara und Nancy warteten auf ihn.

Donald

»Danke, Rodik. Du kannst jetzt gehen.«

Der Mann in der weißen Livree stellte die Tasse auf den Tisch, deutete eine Verbeugung an und schloss leise hinter sich die schwere Eichentür. Donald bemerkte ihn kaum. Seine Aufmerksamkeit wurde von den wenigen Zeilen auf seinem Laptop gefangen. Obwohl diese gelinde gesagt eine Katastrophe für ihn bedeuteten, konnte er nicht umhin, Galadriels Können und ihre Professionalität zu bewundern. Es war nicht nötig gewesen, sie zu kontaktieren. Etwas, was ohnehin unmöglich war. Sie – oder er – hatte ihm die Information zukommen lassen, ohne dazu aufgefordert worden zu sein. Ein nahezu perfekter Kundenservice, wäre die Nachricht eine bessere. So aber konnte sie für ihn den endgültigen Untergang bedeuten.

Was werden die Geldgeber denken, wenn ich ihnen Heißmeyers Schatulle nicht präsentieren kann? Sein resistentes TBC hätte ihm und der National Alliance die Macht in die Hände gelegt, die Geschichte der Menschheit zu ändern. Keine Regierung, kein Land der Erde hätte seine Forderungen ignorieren können. Ein Anspruch, der auch bei seinen Verbündeten in Wirtschaft und Politik Gelüste geweckt hatte. Sie jetzt nicht erfüllen zu können, würde sie nicht gerade glücklich machen. Gut, er war das geistige Haupt der Alliance. Aber ohne das Geld und den Einfluss von Leuten wie Stefen Noland und Robert Ashford galt er nichts.

Sie werden mich fallen lassen, dachte er. Noch einmal las er Galadriels Nachricht: »Dimitri tot – Heißmeyers Aufzeichnungen vernichtet – Mission gescheitert.«

Sie hat sich in die Computer der deutschen Polizei gehackt, dachte er. Er nahm einen Schluck des indischen Tees, den ihm Rodik serviert hatte. Lange betrachtete er die Tasse in seiner Hand. Dann schleuderte er sie gegen die Wand.

Galadriel

Akte Alex – Status: Datei gelöscht.

Moritz

Es sind drei Frauen, die meinen heutigen Tagesablauf bestimmen. Wie soll man das Glücksgefühl beschreiben angesichts der ersten Worte, die der Mensch, den man liebt und den man verloren wähnte, zurück im Leben spricht? Keine Schmerzensschreie, wie von Joshua prophezeit, sondern ein schlichtes: »Moritz. Was ist passiert?«

Nur mein Name und eine Frage. Und doch hoffnungsvoller als alles, was ich erwartet habe.

Das war heute Morgen. Claudia war nicht allein. Ludwig, Gisela und ich standen an ihrem Bett.

Ihre Eltern sind noch immer bei ihr, während ich nach Prackenbach fahre. Julia ist dort. Auch sie hat ein Anrecht auf die Wahrheit.

Auch sie soll von Robert Meinrad erfahren, von Joshua und von Otto. Seine Zukunft liegt im Nebel deutscher Rechtsprechung. Ich weiß, er hat zwei Menschen getötet und doch wird er sich dafür nicht verantworten müssen.

Da ist der unbekannte Soldat. Nur ich kenne sein Ende. Otto hat es bisher niemand anderem gestanden. Die Geschichte eines alten Mannes, die dieser jederzeit widerrufen kann. Außerdem war er damals noch minderjährig und damit nicht strafmündig.

Und Joshua? Wie Barry Perkins schon sagte: Es hat ihn nie gegeben. Ein Phantom ohne Nationalität und Identität. Auch die CIA kannte ihn nur unter dem von ihr geschaffenen Pseudonym. Sie werden seine Existenz leugnen, alle Hinweise darauf löschen. Einen Menschen, den es nie gab, kann man auch nicht töten. Wo kein Opfer, da kein Täter. Eine surreale Situation, kenne ich doch die Wahrheit.

Otto wird dennoch angeklagt werden. Er hat Julia entführt und gefangen gehalten. Kidnapping also statt Mord. Und auch hier wird das Gericht berücksichtigen, dass er ihr zuvor das Leben gerettet hat.

Und Robert Meinrad? Die Ärzte haben Barry Perkins Kugel aus seiner Lunge geholt. Fast schon ein Routineeingriff. Das Leben des Keltischen Kameraden sei zu keiner Zeit in Gefahr gewesen, sagen sie. Bald wird er gesund genug sein, um verhört zu werden. Und um auf der Anklagebank zu sitzen.

Ich habe Prackenbach erreicht. Meine zweite Station an diesem Tag. Ich parke vor dem schmucken Garten. Ein mulmiges Gefühl begleitet mich. Julias Mutter steht in der Tür. Sie erwartet mich bereits. Ich habe sie heute Morgen angerufen und mich nach dem Zustand ihrer Tochter erkundigt. Karin Reindl klang erleichtert, als ich versprach, noch heute vorbeizukommen.

»Guten Tag, Herr Buchmann«, begrüßt sie mich. »Julia ist hinten im Garten. Sie können gleich hier herumgehen.« Sie zeigt mir den Weg. »Möchten Sie etwas zu trinken? Wir haben frischen Apfelsaft. Mein Mann hat ihn selbst gepresst. Von unseren Bäumen hier im Garten.« Sie lächelt verlegen.

»Vielen Dank, gerne.«

»Danke, dass Sie gekommen sind. Es geht ihr nicht so gut, wissen Sie. Ich glaube, sie braucht ein paar Erklärungen. Sie verstehen schon.«

»Ja, ich verstehe.«

Mit einem Nicken verschwindet sie im Haus. Ich finde Julia im Schatten eines Kirschbaumes sitzend. Sie hat die Füße angezogen. Ihre Hände streicheln Hector, der zusammengerollt auf ihrem Schoß liegt. Ihre Augen blicken abwesend in die Ferne. Oder in die Vergangenheit, denke ich.

»Hallo, Julia.«

Sie sieht mich an, erkennt mich und kehrt in die Gegenwart zurück.

»Hallo, Moritz. Was machst du denn hier? Setz dich doch.« Ich blicke mich um. Da ist noch ein Stuhl. Ich hole ihn und setze mich zu ihr. Wie soll ich beginnen? Wo soll ich beginnen? Am Ende wähle ich eine Belanglosigkeit. »Ich sehe, du hast Hector hergeholt?« Ein seltsamer Einstieg in unser Gespräch, denke ich. Aber vielleicht der einzig mögliche.

»Ja. Er hat mich schon vermisst. Nur gut, dass er oben im Wald genug zum Fressen fand. Als ich ihn geholt habe, saß er vor der Haustür und sah mich ganz entrüstet an. Er hat es mir wohl übel genommen, dass ich ihn so lange allein gelassen habe, nicht wahr?« Der Kater hebt den Kopf, schnurrt und rollt sich zusammen.

»Was hast du vor? Ziehst du wieder zu deinen Eltern, oder gehst du zurück in dein Haus?«

»Fürs Erste bleibe ich hier. Mama und Papa würden sich viel zu große Sorgen machen, wenn ich wieder da oben allein bin. Das kann ich ihnen nicht antun. Und jetzt, wo Oma tot ist …«

Und damit sind wir mitten drin in den Ereignissen der letzten Tage. »Es heißt, es war einer von Michis Freunden.« Das war sie. Die Aufforderung, ihr alles zu erzählen. Den Durst nach Wahrheit zu löschen. Am meisten aber wohl, die Ungewissheit zu beenden. Die Ungewissheit, ob sie schuld an allem ist. Ob all das nur geschehen ist, weil sie die Schatulle gefunden hat.

Ich weiß nicht, ob ich das kann. Zumindest aber kann ich mein Wissen mit ihr teilen.

*

Unser Gespräch nähert sich dem Ende. Karin hat den Apfelsaft gegen Kaffee getauscht und sich wieder rücksichtsvoll zurückgezogen. Mit dem untrüglichen Gespür einer Mutter fühlt sie, dass ihre Tochter allein mit mir sprechen will.

Diese hat die meiste Zeit zugehört. Aufmerksam und konzentriert. Nur selten hat sie mich unterbrochen. Erst, als ich zu Sabines Tod komme, fragt sie nach: »Das heißt, dieser Unbekannte, dieser Joshua oder Robert Meinrad hat Sabine in die Donau geworfen?«

»Davon gehen wir aus. Sie wollten von ihr erfahren, wer die Schatulle hat. Aber Sabine war eine gute Schwimmerin. Sie hätte es geschafft, wenn Betti nicht gewesen wäre.«

Julia zieht überlegend ihre Augenbrauen zusammen: »Aber Betti hat nur die Gelegenheit genutzt. Hätte nicht ein anderer Sabine in den Fluss geworfen, würde sie noch leben. Man kann es drehen und wenden, wie man will. Es läuft alles auf mein Kästchen hinaus.«

Ich stehe einer Situation gegenüber, vor der mich Karin Reindl am Telefon gewarnt hat. Julia ist gefangen in einem Netz aus Schuldgefühlen und Selbstvorwürfen. Wie soll ich sie daraus befreien? Wieder versuche ich es mit der Wahrheit.

»Du denkst, du hättest die Schatulle nicht finden sollen? Das ist Blödsinn, Julia. Es war ein Zufall, für den du nichts kannst. Wenn du glaubst, du hättest Sabine nicht mit in die Sache hineinziehen sollen, hast du vielleicht recht. Das war deine Entscheidung, aber woher solltest du wissen, was es mit deinem Fund auf sich hat?«

»Ich habe es gewusst!« Sie sieht mich aus Augen voller Wut und Verzweiflung an. »Ich habe geahnt, dass es gefährlich ist. Aber ich musste ja alles wissen. Ich war ja so neugierig. Eine neue Geschichte, dachte ich. Ein neues Abenteuer. Ich hasse meine Geschichten!«

»Es war nicht deine Schuld«, starte ich einen letzten Versuch. »Es war ein Zusammenspiel guter und schlechter Eigenschaften, die uns Menschen ausmachen.« Sie sieht mich verständnislos an. »Da war die skrupellose Menschenverachtung der Ärzte von Hohenlychen. Da waren die Gier und der Machtwahn Robert Meinrads und seinesgleichen. Da war die Arroganz der Geheimdienste. Da war die Missachtung der Gefühle Betti Greiners durch Sabine. Da war Michi, der ohne Eltern aufwuchs und bei den Kameraden nach Anerkennung suchte und dabei Sabine und sich selbst opferte. Da war Otto, der sein Leben lang nach dem Geheimnis gesucht hat und am Ende nur noch die Welt retten wollte. Und schließlich waren da Liebe, Verzweiflung und Hass, die Betti zu ihrer Tat getrieben haben.«

Julia schließt die Augen. Minutenlang. Ich lasse ihr die Zeit. Vielleicht gelingt ihr der Weg zurück in ein normales Leben. Vielleicht kann sie die Stunden im Keller unter Ottos Stall vergessen. Vielleicht kann sie Sabine und Michael aus ihrem Gedächtnis verbannen. Vielleicht sogar ihre Großmutter. Ihr Tod ist für Julia der schlimmste von allen.

Ich ahne, was in ihr vorgeht. Wenn jemand dieses Gefühl der Schuld teilen kann, dann bin ich es.

Ich beobachte die junge Frau, die eine Entscheidung für ihren weiteren Lebensweg treffen muss. Aus ihren geschlossenen Augen suchen sich Tränen den Weg über ihr Gesicht. Ihre Lippen zucken.

»Danke, Moritz, dass du mir alles erzählt hast«, flüstert sie.

Ich stehe auf, gehe zu ihr und umarme sie unbeholfen. »Ich lass dich jetzt mit dir allein. Aber ich komme wieder. Versprochen.«

Ich bin schon fast um die Ecke des Hauses, als mich ihre Stimme noch einmal zurückhält: »Moritz!«

»Ja?«

»War es wirklich meine Kurzgeschichte, die dich auf meine Spur geführt hat?«

Ich nicke lächelnd. »Der Fund eines Briefes in einem Kästchen und die Zisterne als Versteck. Und dann die Flucht zu einer Freundin. Es war alles da.«

Sie hebt Hector hoch zu ihrem Gesicht und krault ihn hinter den Ohren. »Weißt du, vielleicht schreibe ich ja doch noch mal. Keine Fantasy. Vielleicht ja über eine junge Frau, die in Todesgefahr gerät.«

Sie schließt die Augen und überlegt.

»Und über einen Kriminalbeamten, der sie rettet. Einer von der Sorte, die mehr ist, als nur ein Polizist.«

»Mehr als ein Polizist?«

Zum ersten Mal seit unserem gemeinsamen Arbeitseinsatz vor elf Tagen sehe ich ein Lächeln auf ihrem Gesicht. »Einer, den man sich auch als Freund wünscht.«

»Ja. Solche soll es tatsächlich geben.«

IM SCHATTEN DER BURG

von
Julia Reindl

Stöhnend setzte Laura die beiden Eimer ab. Ihr Rücken schmerzte und der Schweiß brannte in ihren Augen. Sie hasste diese Arbeit, zu der sie gezwungen war, seit sie vor vier Jahren ihr zehntes Lebensjahr vollendet hatte. Seither diente sie in der Küche der Burg, in deren Schatten sich nicht nur die kümmerliche Hütte, die ihr Elternhaus war, sondern das ganze Dorf duckte.

Am Anfang hatte es ihr nichts ausgemacht, die hohen Herrschaften dort oben zu versorgen. Schon ihre Eltern hatten für die Burg gearbeitet und deren Eltern zuvor. Sie alle waren unter dieser Last und den Mühen schneller gealtert als die Herrschaft, der sie dienten.

»Wenigstens müssen wir nicht hungern«, versuchte ihre Mutter der misslichen Situation das Beste abzuringen, wenn Vater erschöpft von der Hitze der Schmiede nach Hause kam. Dabei reichten sein Sold und der von Mutter, die sich mit der Wäsche der edlen Damen mühte, längst nicht mehr, um die Münder von Laura und deren drei kleinen Geschwistern zu stopfen. Also war auch sie in die Dienste der Burg getreten.

Und so waren die Jahre vergangen. Drunten im Dorf ging das Leben seinen Gang zwischen Geburt und Tod. Lauras Großvater war im gleichen Jahr gestorben, in dem ihre Mutter die kleine Luisa gebar und dabei selbst zu Tode kam. Seit diesem Tag passten Nachbarn auf Lauras Geschwister auf, bis sie und Vater am Abend nach Hause kamen.

Irgendwann in dieser Zeit hatte sie eine Entscheidung getroffen. Nicht irgendeine Entscheidung. Nein, es ging um ihr Leben. Ein Leben zwischen der Not im Haus ihrer Familie und der Küche dort droben. Ein Leben im Schatten der Burg. Ihr war bewusst geworden, dass dies ihr Schicksal sein würde, sollte sie sich darin fügen.

Das werde ich nicht, dachte sie. Ich werde hinausgehen in die Welt und sehen, was diese für mich zu bieten hat. Zuerst einmal werde ich in die Stadt gehen.

Sie wusste, dass der Bruder ihres Vaters vor Jahren nach Regensburg gezogen war. Als gelernter Waffenschmied hatte er dort Lohn und Brot gefunden. Auch er hatte eine Tochter in Lauras Alter.

Einmal vor Jahren war sie hier gewesen. Damals, als ihr Vater mit dem Heerlager des Fürsten in den Krieg gezogen war. Margareta hatte ein halbes Jahr im Haus von Lauras Eltern verbracht.

Ein Mund mehr zu füttern, hatte Mutter gejammert. Vater aber hatte keine Widerrede geduldet. Immerhin war das Mädchen die Tochter seines Bruders.

Ja, ich werde zu Margareta nach Regensburg gehen. Dann sehen wir weiter, dachte sie. Schließlich gab es da noch ihr Geheimnis. Es würde ihr helfen, in der großen Stadt Arbeit zu finden und sich selbst durchzubringen.

Dann war das passiert, was ihr Leben schwerer und

ihren Entschluss fester werden ließ. Ein Unglück, über das die Menschen auf der Burg tagelang geklagt hatten. Es hatte sich wenige Tage nach Lauras 13. Geburtstag zugetragen, als das Wasser verschwunden war. Gestern war es noch da gewesen und heute war die Zisterne trocken wie die Weingläser in der Dorfschenke, hatte ihr Vater erzählt, als er wieder einmal todmüde nach Hause gekommen war.

Am nächsten Tag waren die Arbeiter hinabgestiegen und hatten das Dilemma begutachtet. Unter dem Wasserspeicher hatte sich eine Spalte im Fels gebildet und durch diesen versickerte das kostbare Nass im Bauch des Berges. Das Gestein sei löchrig wie die Socke eines Bauern, sagten sie. Unmöglich, den Riss zu verschließen. Sie hatten die Zisterne mit einem Deckel verschlossen, damit niemand hineinfiel. Eine Luke gab es auch. Damit man nachsehen kann, wenn sich etwas da unten tut, meinte Jakob, der Zimmermann. Er wurde für die Überwachung der Zisterne eingeteilt.

Er war es auch gewesen, der Laura noch einmal mit hinabgenommen hatte. Sie hatte so lange gebettelt, bis er ihr gestattet hatte, mit hinabzusteigen. Einmal nur und ganz kurz. Vielleicht wollte sie einfach sehen, was es war, das ihr Leben so erschwert hatte. Denn ab diesem Zeitpunkt musste sie mit anderen das Wasser vom Dorfbrunnen hinauf auf die Burg schleppen. Daran ist dieser Spalt im Boden schuld, hatte sie erkannt, bevor sie wieder mit Jakob hinauf ans Tageslicht gestiegen war. Dann hatte sie ihm das Stück Speck gegeben, das sie ihm versprochen und in der Küche gestohlen hatte.

Am Anfang hatte sie noch gehofft, die Herren der Burg ließen das Wasser mit Pferden und Eseln transportieren, um Mensch und Tier zu versorgen.

Eine Hoffnung, die der Krieg zunichte gemacht hatte. Wieder gab es an irgendeinem Ort, den Laura nicht kannte, irgendeine Schlacht zwischen Menschen, die ihr genauso fremd waren.

Und alle mussten sie dabei sein. Der Ritter und seine Mannen, ihre Pferde und Esel. So blieben nur Laura und die anderen Küchenhilfen, um das Wasser auf die Burg zu schleppen. Wenigstens hatte sich die Zahl der Menschen dort verringert, seit der berittene Trupp in Richtung Cham verschwunden war.

Laura erinnerte sich gut an die Fahnen und Trompeten. Was für ein prächtiges Bild sie doch abgegeben hatten. All die Männer in ihren Rüstungen und mit ihren Speeren und Schwertern. Die Menschen im Dorf hatten ihnen zugejubelt, wohl wissend, dass nur wenige von ihnen zurückkehren würden.

Und so trug Laura Wasser auf die Burg, putzte die Küche und schälte Kartoffeln und Rüben. Manchmal durfte sie auch selbst Hand an die Töpfe und Pfannen legen. Dann dachte sie daran, dass die Speisen, die sie zubereitete, bald oben im Saal landen würden, um von den Damen und zurückgebliebenen Hofleuten verspeist zu werden.

Und von Theobald. Noch zu jung, um zu töten oder selbst dahingemetzelt zu werden. Aber alt genug, um selbst als Ritter über Burg und Land zu herrschen. Denn so hatte es sein Vater bestimmt, bevor er in der großen Schlacht von der Lanze eines einfachen Mannes durchbohrt worden war.

Laura wusste das, weil sie mehr mit sich trug, als die beiden Eimer Wasser. Es waren zwei Geheimnisse und das eine bedingte das andere. Niemand, nicht einmal ihr Vater, wusste davon. Laura besaß eine Fertigkeit, die nur dem Adel, dem Klerus und den reichen Geschäftsleuten in der

Stadt vorbehalten war. Es war die Fähigkeit, Buchstaben zu erkennen und zu Worten und Sätzen werden zu lassen.

Es war Konrad gewesen, der sie lesen und schreiben gelehrt hatte. Der alte Zahlmeister und Chronist der Burg wartete in seiner Kammer auf den Tod. Ritter Bernhard vergalt die Verdienste um die Familie, die sich Konrad im Laufe eines langen Lebens erworben hatte, mit einem gesicherten Lebensabend im Schutz der Burg. Laura brachte ihm jeden Tag zu essen und die Neuigkeiten und den Tratsch des Dorfes. Da Alter und Gesundheit des Greises diesem nicht mehr erlaubten, die Kammer zu verlassen, hatte er eines Tages angefangen, das Mädchen, das seine Brücke zur Welt da draußen war, in der Kunst des Lesens zu unterrichten. Nicht, ohne ihr das Versprechen abzuverlangen, niemandem davon zu erzählen.

Und so war sie in diese Situation geraten, in der sie sich jetzt befand. Wegen Konrad und wegen ihrer Neugier.

Laura hob die beiden Eimer wieder auf und ging weiter. Die Bügel schnitten tief in ihre schwieligen Hände. Sie erreichte das Burgtor.

Hier hatte sie auch gestern gestanden, als von unten Hufgetrampel erklungen war. Vier Reiter hatten ihre Pferde den Weg heraufgesprengt. Laura hatte sich an die Burgmauer gedrückt. Beinahe hätte sie das Wasser verschüttet. Leise schimpfend war sie den Männern gefolgt, die vor dem Palas absaßen und lautstark nach den Stalljungen gerufen hatten. Dann waren sie die Stufen zum Saalbau der Burg emporgegangen, wo sie schon von Lucretia erwartet wurden.

Laura hatte ihre Schritte auf dem Weg zur Küche verlangsamt, um zu sehen, was sie nicht sehen sollte. Ritter Bernhards Gemahlin hatte die vier Männer zum Willkommensgruß umarmt.

Einen davon besonders lange, wie Laura aufgefallen war. Als sie hineingegangen waren, hatte er sich noch einmal umgedreht. Laura hatte beschämt zu Boden gesehen und sich beeilt, davonzukommen.

*

Wie jede Nacht schlüpfte sie erschöpft und müde in ihr Bett aus Stroh und zerrissenem Leinen. Der Abend war verlaufen, wie jeder andere auch. Während sich die Kinder des Dorfes am Brunnen oder drunten am Bach zu Spiel und Gelächter trafen, hatte sie ihre Geschwister versorgt, das Haus geputzt und die Wäsche gewaschen, bevor sie todmüde ins Bett fiel. Heute aber wollte es ihr nicht gelingen einzuschlafen. Zu aufgewühlt waren ihre Gedanken und Gefühle. Warum auch nur hatte sie dieses Gespräch belauscht. Konnte sie etwas dafür? Sie hatte doch nur die Suppe in die Gemächer der Herrschaft gebracht, so wie es ihr von Karl, dem Koch, aufgetragen worden war. Natürlich hätte sie sich bemerkbar machen können, als sie in der anderen Kammer gestanden hatte und durch die Tür die Stimme Lucretias und die eines Mannes gehört hatte. Des Mannes, der sie so grimmig angesehen hatte.

Laura aber hatte sich ruhig verhalten und alles gehört. Der Mann und Lucretia hatten über Ritter Bernhard gesprochen. Darüber, dass er nicht mehr nach Hause kommen würde. Darüber, dass Theobald Ritter auf der Burg werden sollte. Der Mann war ein Freund Bernhards gewesen. In der Schlacht hatten sie Seite an Seite gekämpft. Die beiden kannten sich seit Kindheitstagen.

Aber er kannte auch Lucretia. Mehr als das. Laura war erschrocken, als sie hörte, dass die beiden sich liebten.

Doch dann hatte Bernhard die damals 15-jährige Tochter des Ritters von Wernberg geehelicht und die Hoffnung der beiden auf ein gemeinsames Leben beendet.

Das sie jetzt wieder haben konnten.

Bernhard war tot. Seine Gemahlin musste nur das Trauerjahr abwarten. Dann konnte sie den Fremden zum Manne nehmen und ihn zum Herrscher auf der Burg machen. Gäbe es da nicht Theobald und den Willen Bernhards, der diesen zu Papier gebracht und dem Freund an seiner Seite in einer Schatulle anvertraut hatte.

Die Schatulle, die jetzt unter Lauras Bett lag. Sie konnte es noch immer nicht fassen. Warum nur hatte sie das kleine Kästchen gestohlen? War es, weil Lucretia und der Fremde beschlossen hatten, Bernhards Testament zu vernichten und durch ein anderes Schriftstück zu ersetzen? War es, weil sie Theobalds Anspruch auf das Erbe und den Titel seines Vaters stehlen und dem Fremden zuschreiben wollten? Oder war es aus einer Laune heraus geschehen, geboren aus Wahnsinn und Übermut? Auf jeden Fall hatte sie die Schatulle, die der Fremde auf die Truhe neben Lucretias Bett gestellt und dort liegen gelassen hatte, unter ihren Rock geklemmt und war mit pochendem Herzen zurück in die Küche gerannt, während Bernhards Witwe und ihr Geliebter hinab in den großen Saal gegangen waren.

Niemand hatte Laura bemerkt. Niemand wusste, was sie wusste.

Was soll ich nur tun?, dachte sie.

Sollte sie die Schatulle in den Fluss werfen, der sich drunten im Tal durch das Land schlängelte? Zu weit, zu auffällig. Man würde sie fragen, was sie dort suchte, abseits ihres Dorfes. Sollte sie das Kästchen wieder zurückbringen? Das war zu gefährlich. Bestimmt vermissten die beiden es schon. Die Gemächer Lucretias wurden jetzt sicher durchsucht und bewacht. Bald würde sich die Suche auf die ganze Burg ausdehnen. Man wird alle dort verdächtigen, dachte Laura. Auch mich. Sie werden mich befragen.

Vielleicht nicht nur das. Die harten Gesichter der Männer, die gestern an ihr vorbeigeritten waren, verrieten harte Herzen. Sie waren Männer des Krieges. Sicher würden sie eine unbedeutende Küchenhilfe mit eisernen Krallen und nicht mit Samthandschuhen anfassen.

Und dann werde ich mich verraten, erkannte Laura. Ich werde vor Angst reden. Sie werden mich als eine Gefahr für ihre Pläne sehen und mich töten. Ich muss verschwinden. Schon wegen Vater und den Brüdern und Schwestern. Ich bringe sonst auch sie in Gefahr. Warum nur musste Ritter Bernhard fallen?

Sie sah ihn noch einmal, mit wehenden Fahnen vor seinen Männern fortziehen. Wolfgang und Ludwig, sein Knappe und sein Waffenmeister an seiner Seite. Treue, ihm ergebene Männer.

Ihr kam ein Gedanke. Plötzlich und ohne ihr Zutun. Wolfgang und Ludwig. Sollte auch nur einer der beiden am Leben sein und zurückkehren, er würde es nie zulassen, dass der Wille ihres Herrn nicht befolgt würde. Sie würden Theobald zu dessen Recht verhelfen. Doch dazu mussten sie Bernhards Testament lesen. Das wahre Testament, nicht das gefälschte.

Ich werde es verstecken. Hier auf der Burg. Dann gehe ich fort. Und wenn Wolfgang oder Ludwig oder beide zurückkommen, werde ich ihnen schreiben. Ich werde ihnen vom Versteck schreiben und von der Verschwörung gegen Theobald. Ja, das werde ich tun. Denn ich kann das. Ich kann schreiben.

Noch in dieser Nacht schlich sie sich aus dem Haus. Sie packte ein Bündel Wäsche und ein Stück Brot. Geld hatte sie keines. Es war schlimm genug, ohne Vater und die Geschwister aufzubrechen. Ich werde ihnen eine Nachricht zukommen lassen, dachte sie. Wenn ich in Regensburg bin, werde ich jemanden schicken, der Vater erklärt, warum ich fortgehe. Außerdem ist es ja nicht für immer.

Wenn Theobald Herr auf der Burg ist, komme ich zurück.

*

Das Tor der Burg war verschlossen, doch die Gesindetür daneben stand offen. Also haben sie das Fehlen der Schatulle noch nicht bemerkt, dachte sie. Ich muss mich beeilen, ehe es so weit ist.

Der Burghof war leer. Die Fenster des Palas und der Türme sahen mit dunklen Augen auf sie herab. Nur das Schnauben der Pferde der fremden Männer verriet, dass die Burg bewohnt war. Vor dem Stall türmte sich ein Haufen Steine. Dort hatten Arbeiter aus dem Dorf begonnen, einen Brunnen auszuheben. Eine Burg ohne Wasser ist wertlos, dachte Laura. Eine Burg ohne Wasser stirbt.

Ich muss in die Zisterne hinab, entschied sie. Sie schlich sich vorbei an der Vorratskammer zu dem Loch im Boden, um das die Leute einen Bogen machten, seit das Wasser verschwunden war. Böse Geister lauerten darin, erzählte man sich im Dorf.

Niemand bemerkte Laura, als sie die Strickleiter, die neben der brüchigen Umfassungsmauer der Zisterne lag, in diese hinabließ. Behände kletterte sie in die Tiefe hinab. Die Luke war nicht schwer, doch als Laura sie anhob, sandten die Scharniere ein lautes Quietschen über den Burghof.

Erschrocken hielt sie die Luft an. Unbeweglich lauschte sie in die Nacht.

Drüben im Palas flackerte hinter einem der Fenster ein Licht auf.

Gleich sind sie hier, dachte Laura. Ich muss mich beeilen. Jede Vorsicht missachtend kletterte sie bis zum Ende der Leiter. Hier unten konnte sie die Hand vor Augen nicht sehen. Vorsichtig kroch sie über den Boden. Tritt nur nicht in die Spalte, ermahnte sie sich. Ihre Hand ertastete Steine und Geröll und schließlich die Wand der Zisterne. Dort legte sie das Kästchen auf den Boden und bedeckte es mit einer Schicht Steine, so gut es ihre in der Dunkelheit blinden Augen zuließen. Dann suchte sie die Leiter. Ohne dass es ihr große Mühen bereitet hätte, kletterte sie nach oben und schloss die Luke hinter sich. Das Quietschen wiederholte sich, diesmal leiser als zuvor. Vorsichtig steckte sie ihren Kopf über die Mauer und ließ ihren Blick über den Burghof wandern.

Im Palas leuchteten inzwischen drei Fenster.

So rasch sie konnte, sprang sie über die Mauer, zog die Strickleiter herauf und legte diese so, wie sie sie vorgefunden hatte, wieder an die vorherige Stelle. Im gleichen Augenblick, da sie zum Burgtor laufen wollte, öffnete sich drüben die Tür und der Fremde mit seinen Begleitern trat heraus. In ihren linken Händen trugen sie Fackeln und Lampen. In den anderen blitzten ihre Schwerter im Licht des Mondes.

*

Der Weg über den Burghof war versperrt. Unmöglich, zum Tor zu kommen, ohne von den Männern gesehen zu werden. Laura wandte sich in die Schatten zu ihrer Rechten.

Vorbei am Backofen schlich sie um den großen Fels, auf dessen Spitze die Kapelle in den Himmel grüßte.

Ich muss in die Küche, dachte sie. Dort gab es einen Weg hinaus. Nur dort konnte sie die Burg verlassen. Die Schmiede unter dem Felsen lag verlassen und dunkel vor ihr. Ihr Anblick versetzte ihr einen Stich ins Herz.

Hier arbeitet Vater. Hier schürt er die Glut, fertigt Werkzeuge und Waffen für seinen Herrn. Was wird aus ihm werden, wenn ich fort bin? Was wird aus seinen Kindern? Ohne eine ältere Schwester, die auf sie aufpasst und sie versorgt? Nur, weil diese sich entschlossen hat, fortzugehen? Ich werde zurückkommen. Sobald wie möglich.

Sie musste sich beeilen. Noch standen die Männer unschlüssig auf der Treppe vor dem großen Gebäude neben dem Haupttor. Sie kannten die Burg nicht und überlegten, wo sie ihre Suche beginnen sollten. Laura duckte sich.

Nicht, dass mich die Pferde bemerken und verraten.

Schnell huschte sie am Stall vorbei und dann hinein in die Küche.

Hinter ihr schwärmten die Männer aus.

*

Das Feuer unter dem großen Wasserkessel glomm vor sich hin. Heute hatte Georg, der Küchenjunge, die Aufgabe, es zu bewachen. Wie viele Nächte schon hatte Laura hier verbracht, stets darauf bedacht, nicht einzuschlafen und die Glut am Brennen zu halten.

Georg gelang dies heute nicht. Der Junge hatte sich in einer Ecke des Raumes zusammengerollt und schlief. Das wird Ärger geben, dachte sie. Lautlos schlich sie an ihm vorbei zu der Wand, in der sie den Weg in die Freiheit wusste.

Sie würde die Burg so verlassen, wie all der Abfall, den sie tagtäglich hinabwarf. Wenn sie Kartoffeln und Rüben schälte, Obst wusch und Hühnern und Gänsen die Federn ausrupfte.

Natürlich wurde nichts davon vergeudet. Unten, dort, wo die Reste der Küche landeten, wurden sie von den Mägden aufgesammelt und an Schweine und Kühe verfüttert. Die Federn landeten erst gar nicht dort. Sie gingen sofort zu den Frauen, um die Betten der Herrschaften damit zu stopfen.

Heute aber sollten weder Knochen noch Gräten in den Burggraben fallen. Heute war es ein Mädchen, das sich durch das Loch zwängte, kurz die Luft anhielt und sich in dem Augenblick fallen ließ, da hinter ihr die Tür zur Küche aufgerissen wurde.

Laura hörte noch die Schreie der Männer, die den armen Georg einen verschlafenen Faulpelz schimpften, als sie auch schon auf dem Boden aufschlug. Sie war mindestens drei Meter gefallen und wäre sie nicht sogleich den steilen Abhang des Burggrabens hinabgerollt, sie hätte sich sicher die Beine gebrochen. Verwundert darüber, noch am Leben und wohlauf zu sein, richtete sie sich auf. Sie strich Rock und Jacke glatt, atmete tief durch und begann, den Berg hinabzulaufen.

Das Dorf und ihr Elternhaus lagen an der abgewandten Seite. Hier blickte die Burg auf Wiesen und Felder hinab. Laura wusste, dass ein weiter Weg vor ihr lag. Drei Tage Fußmarsch und Hunger standen ihr bevor.

Ich werde es schaffen, sagte sie sich. Ich werde zu Margareta gehen, und wenn es an der Zeit ist, werde ich zurückkommen.

Noch einmal drehte sie sich um. Hinter ihr schälte sich die Silhouette der Burg vor der hellen Scheibe des Mondes aus der Nacht.

Liebe Leserin,
lieber Leser

als mich vor nunmehr sechs Jahren der Mord an Georg Koller, dessen Leiche oben in der Arberseewand gefunden wurde, in den Bayerischen Wald führte, konnte ich nicht ahnen, dass die Landschaft zwischen Donau und Böhmerwald meine neue Heimat werden würde. Die Schuld daran nur der wilden Faszination der Wälder, Flüsse und Berge zu geben, wäre schlichtweg falsch. Es waren die Menschen mit all den für »Waidler« so typischen Eigenheiten, die mir halfen, mein bis dahin verkorkstes Leben wieder auf die Reihe zu bringen. Seien es zwei liebenswerte alte Damen aus Kirchbach, die mich auf meiner Suche nach Georgs Mörder begleitet haben. Oder Karl, der mir trotz seiner verzweifelten Suche nach Janas Liebe Helfer und Freund wurde und mit mir den Schrecken beendet hat, der den Osserwinkel während der Auseinandersetzungen um ein Pumpspeicherwerk auf dem Berg heimsuchte. Und dann natürlich Melanie, ohne die ich den »Hochzeitskiller«, wie ihn die Presse später nannte, nie gefasst hätte. Und dann gibt es da drei Mädchen, die noch immer in meinem Herzen sind, obwohl meine Begegnung mit ihnen nun beinahe ein Jahr zurückliegt. Samira, deren kurzes Leben geprägt war von Schmerz und Trauer. Saskia, deren Lebensfreude auf ihre neuen Kollegen bei der PI Ingolstadt sicher genauso ansteckend ist, wie sie es auf mich war. Und Julia, der ich Vergessen und neue Geschichten wünsche.

Auch Sie, liebe Leserinnen und Leser, haben all diese Menschen getroffen. Und Sie haben mich kennengelernt. Einen Kriminalbeamten, der kurz davor stand, dem Alkohol zu verfallen, und der – so glaube ich behaupten zu können – wieder mit beiden Beinen im Leben steht. Ein Weg, der ohne eine Frau zu einem anderen Ziel geführt hätte. Claudia ist – das muss ich gestehen – der wahre Grund dafür, dass ich noch immer in dem kleinen Dorf am Regen wohne, das ich gegen die Weltstadt an der Isar getauscht habe. Sie kennen meine – zahlreichen – Schwächen und meine – weniger zahlreichen – Stärken. Sollten Sie mich von Anfang an begleitet haben, dann wissen Sie mehr über mich, als die Frau, die ich noch immer liebe, auch wenn … Doch das ist nun wirklich privat.

Ich danke Ihnen für Ihre Geduld mit mir und für Ihr Interesse, mit denen Sie meine wahrlich nicht alltäglichen Fälle bisher verfolgt haben. Und jetzt komme ich zu meiner Bitte an Sie. Sollten Sie mit meinen Methoden, meiner Art zu ermitteln, meinem Umgang mit Menschen, schlicht und einfach mit Moritz Buchmann, nicht zufrieden sein, schreiben Sie mir. Sagen Sie mir, was Ihnen an mir gefällt und was nicht. Vielleicht halten Sie mich ja für einen ganz passablen Zeitgenossen, worüber ich mich natürlich ganz besonders freuen würde. Nehmen Sie sich ein paar Minuten Zeit und schreiben Sie mir an: moritzkrimi@gmail.com

Sollte mich mein nächster Fall nicht zu sehr in Anspruch nehmen, kann ich Ihnen sogar eine Antwort versprechen. Falls sich aber der Anruf der soeben bei der PI Deggendorf eingegangen ist, nicht als Scherz erweist, stehen mir wieder einige unangenehme Tage ins Haus.

Ich wünsche Ihnen einen schönen Tag und auf Wiederlesen. Und jetzt muss ich los, denn die Mörder im Bayerischen Wald ruhen nicht.

Ihr Moritz Buchmann

Kommissar Moritz Buchmann ermittelt:

1. Fall: Osserblut
ISBN 978-3-8392-2111-2

2. Fall: Bayerisch Kalt
ISBN 978-3-8392-2287-4

3. Fall: Bayerisch Tot
ISBN 978-3-8392-2563-9

4. Fall: Gnadenlos im Bayerwald
ISBN 978-3-8392-0365-1

GMEINER SPANNUNG

WWW.GMEINER-VERLAG.DE
Wir machen's spannend